Natalie Jenner est née en Angleterre et a grandi au Canada. Elle est diplômée de l'université de Toronto en littérature britannique et en droit. Elle a travaillé dans ce dernier domaine pendant de nombreuses années et a créé en parallèle la librairie indépendante *Archetype Books* à Oakville, dans l'Ontario, où elle vit avec sa famille et deux chiens adoptés. Elle admire depuis toujours l'œuvre de Jane Austen ; *La Librairie de Bloomsbury* fait suite au succès de son premier roman, *Le Cercle littéraire des amoureux de Jane Austen*.

De la même autrice :

Le Cercle littéraire des amoureux de Jane Austen
La Librairie de Bloomsbury

Ce livre est également disponible
au format numérique

www.editions-hauteville.fr

Natalie Jenner

LA LIBRAIRIE DE BLOOMSBURY

Traduit de l'anglais (Grande-Bretagne) par Sébastien Baert

Hauteville

Hauteville est un label des éditions Bragelonne

Titre original : *Bloomsbury Girls*

Cet ouvrage a été publié avec l'aimable collaboration
de Brandt & Hochman Literary Agents, INC., New York
et La Nouvelle Agence, Paris.

Directeur : Antoine Béon
Directrice de la publication : Claire Renault Deslandes
Directrice éditoriale : Julia Leloup
Directeur artistique : Fabrice Borio

ISBN : 978-2-38122-722-1

Bragelonne – Hauteville
60-62, rue d'Hauteville – 75010 Paris

E-mail : info@editions-hauteville.fr
Site Internet : www.editions-hauteville.fr

À ma fille, la véritable Evie,
et à la mémoire de Malkit Leighl,
le meilleur des hommes

« Toute vie qui mérite d'être vécue est difficile…
Le véritable bonheur est la contrepartie d'une existence
courageuse, mais il n'arrive jamais sous la forme attendue,
ni au moment espéré, ni en adéquation avec nos projets. »

Katherine Anne Porter

« Cette sensation que tout le monde travaille dans les mêmes
cercles, pour ou avec les mêmes personnes,
était délicieusement typique de Londres. »

Adam Gopnik

« Le plus difficile, pour une librairie,
c'est d'être sans concession. »

Nancy Mitford

À la librairie

Evelyn Stone : ancienne domestique et diplômée de Cambridge
Grace Perkins : assistante du directeur général
Herbert Dutton : directeur général
Vivien Lowry : employée désabusée
Alec McDonough : responsable rayon Fiction
Ashwin Ramaswamy : responsable rayon Sciences et Nature
Frank Allen : responsable rayon Livres rares
Capitaine Simon Scott : responsable rayon Histoire

À l'extérieur du magasin

Fredrik Christenson : vice-président du Jesus College de Cambridge
Lord Baskin : propriétaire de *Bloomsbury Books*
Ellen Doubleday : veuve de l'éditeur américain Nelson Doubleday père
Lady Browning : aristocrate anglaise et autrice
Sonia Brownell Blair : veuve de George Orwell
Mimi Harrison : star de cinéma
Samuel Beckett : dramaturge irlandais
Peggy Guggenheim : héritière et collectionneuse américaine
Stuart Wesley : assistant de recherche du vice-président Christenson
Yardley Sinclair : directeur des services culturels chez Sotheby's
Elsie Maud Wakefield : conservatrice adjointe de l'herbier des jardins botaniques royaux de Kew
Docteur Septimus Feasby : conservateur en chef des livres imprimés, au British Museum
Robert Kinross : jeune chercheur au Jesus College, Cambridge

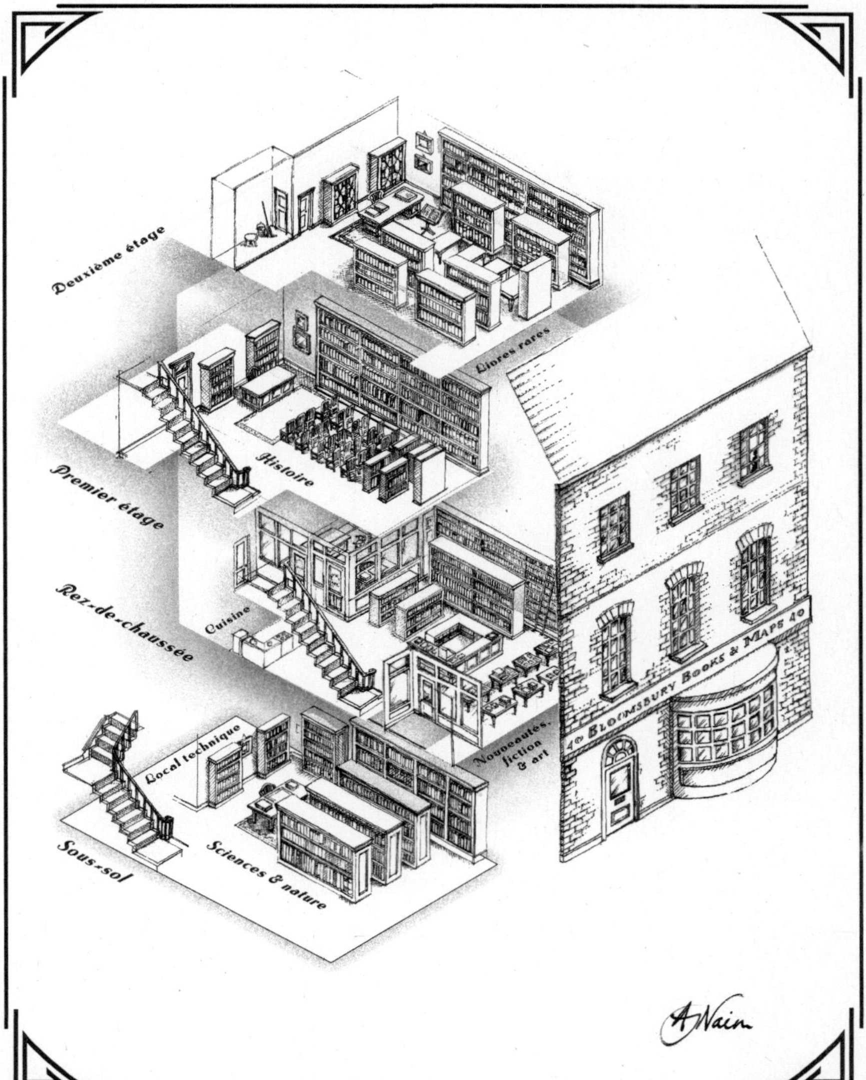
Deuxième étage
Livres rares
Premier étage
Histoire
Rez-de-chaussée
Cuisine
Bloomsbury Books & Maps 40
40
Nouveautés, fiction & art
Local technique
Sous-sol
Sciences & nature
AWain

Prologue

Cambridge, Angleterre
Le 19 décembre 1949

Evie Stone se trouvait seule dans son petit studio à l'extrémité nord de Castle Street, à la limite des cinq kilomètres autorisés aux étudiants de Cambridge. Mais Evie n'était plus étudiante ; ses jours à l'université étaient comptés. Les quarante minutes qui suivraient décideraient du temps qu'il lui restait.

L'unique fenêtre de la pièce était entrouverte, laissant pénétrer l'air frais de décembre. À exactement cinq kilomètres de là, les cloches de Great St Mary s'apprêtaient à sonner 14 heures. Son entretien avec le professeur Christenson, maître de recherche à l'université, était prévu vingt minutes plus tard, précisément le temps qu'il lui faudrait pour gagner le Jesus College. Evie faisait toujours en sorte que ses sorties soient minutieusement chronométrées.

Christenson fixait invariablement ses rendez-vous vingt minutes après l'heure, une des nombreuses excentricités pour lesquelles il était réputé. Pour plaisanter, les étudiants appelaient cette singularité l'« Unité Tyrannique de Christenson » (UTC). Que les cloches de St Mary sonnent ou non, Evie aurait pu deviner l'heure à la minute exacte, voire à la seconde près. Elle avait parfait cette compétence lorsqu'elle avait été domestique au Manoir de Chawton, sur le domaine des Knight, où, pendant deux ans, elle avait secrètement dressé la liste des ouvrages de la bibliothèque familiale. Sans pouvoir compter sur la moindre horloge, elle avait passé des heures chaque nuit à parcourir les 2 375 livres, page par page. À soixante centimètres de distance, en jetant un simple coup d'œil à n'importe quel ouvrage, d'un tome de l'époque de Gutenberg à une vulgaire copie carbone, Evie pouvait désormais non seulement estimer le temps qu'il lui faudrait pour en résumer le contenu, mais aussi en parcourir rapidement les pages. Ces compétences, elle les gardait pour elle. Elle savait depuis longtemps que, dans la vie, il valait mieux rester sous-estimé.

Pour le corps enseignant, Evelyn Stone était une étudiante discrète, sans prétention, mais d'une étonnante franchise, de la première promotion de femmes autorisées à passer un diplôme à Cambridge. Après trois années d'études éprouvantes au Girton College, un établissement exclusivement féminin, Evie avait obtenu la mention « très bien » pour son travail, dont un long mémoire sur Mme de Staël, contemporaine d'Austen, et était devenue l'une des premières femmes diplômées en huit cents ans d'histoire de l'université.

Christenson était le prochain obstacle qu'elle devrait surmonter.

Il lui fallait un assistant de recherche pour le deuxième trimestre, et Evie avait été la première à proposer sa candidature. Elle avait besoin de ce poste plus que n'importe qui. Depuis qu'elle avait obtenu sa licence d'anglais avec mention « très bien », elle aidait Kinross, jeune chercheur à Cambridge, à annoter *La Foire aux vanités*, le roman de William Makepeace Thackeray paru en 1848, un travail qu'il avait entrepris de longues années auparavant. Ce projet arrivant enfin à son terme, la bourse d'Evie allait prendre fin le dernier jour de l'année 1949. Si elle devenait assistante de recherche de Christenson, Evie pourrait continuer à passer ses journées seule, sans supervision, travaillant méthodiquement dans la centaine de bibliothèques de l'université, une perspective qui lui paraissait plus passionnante que toute autre à ce stade de sa carrière universitaire.

Dès que les cloches se mirent à sonner, Evie – déjà vêtue de son épais manteau d'hiver en laine – se leva, attrapa son sac de cuir et se dirigea vers la porte. Vingt marches à dévaler jusqu'à la rue, cinq minutes trente pour atteindre le *Castle Inn*, et dix de plus avant d'apercevoir le coude de la Cam. Là, le pont des Soupirs se dressait au-dessus de la rivière, gothique et impérieux, le remplage de pierre de ses fenêtres ouvertes conçu pour empêcher les étudiants de se hisser à l'intérieur. Le genre de plaisanterie estudiantine à laquelle Evie ne cherchait jamais à participer – et à laquelle elle n'était jamais conviée.

Fondé en 1496 sur le site d'un ancien couvent, le Jesus College, la destination actuelle d'Evie, était chargé d'histoire. Des siècles durant, l'herbe que les pieds de la jeune fille foulaient à ce moment était restée longue, trahissant sa fonction historique de pâturage. Pendant la Seconde Guerre mondiale, afin d'offrir une protection contre les raids aériens allemands, on avait creusé sous les jardins des abris en béton. Ainsi l'université médiévale avait-elle commencé à porter les stigmates de l'existence moderne, mais aussi ses fruits : quelques années plus tard seulement, les femmes de Cambridge avaient enfin été autorisées à être diplômées.

Evie ne songea à rien de tout cela pendant qu'elle traversait le parc. Elle comptait les secondes dans sa tête en se repérant au rythme régulier du craquement de la pelouse couverte de givre sous ses bottines. À chacun de ses pas vifs et cadencés, son sac de cuir patiné se balançait contre sa hanche, alourdi par le texte qu'il contenait : près de cent pages disséquant l'individualité et la résistance dans l'œuvre de Staël pour lesquelles Evie n'aurait pas pu faire mieux, ayant reçu la meilleure note possible. Il y avait également dans son sac une lettre de recommandation du professeur Kinross. Cette fois, Evie aurait pu faire mieux, mais elle ignorait qu'elle en aurait besoin.

Au début de l'automne, en prévision de sa future recherche d'emploi, Mimi Harrison avait écrit à Evie. Elle avait exhorté la jeune fille à accepter une lettre de recommandation de son mari, qui, pendant trois ans, avait occupé une chaire au Jesus College et venait de retourner à Harvard avec sa nouvelle épouse.

— Mais je ne l'ai vu qu'une fois, avait rétorqué Evie à Mimi au téléphone, dans la salle commune du rez-de-chaussée.

— Et alors ? avait répliqué Mimi d'un ton complaisant. Quand je suis arrivée à Hollywood, il y a vingt ans, c'était avec une lettre de l'ancien associé de mon père, et je ne l'avais croisé qu'à deux reprises. De plus, Geoffrey souhaite vraiment t'aider.

— Mais pourquoi ? *Y me...* enfin, il ne... me... connaît pas.

Evie revenait souvent au dialecte de Chawton lorsqu'elle discutait avec Mimi, dont l'amitié restait enracinée dans le temps qu'elles avaient passé ensemble dans le petit village agricole.

Mimi avait ri, s'efforçant en permanence de garder un comportement léger avec cette jeune femme si sérieuse.

— Moi, il me connaît, et il sait que je sais identifier une bonne âme quand j'en vois une.

Evie avait tout de même refusé. Mimi lui avait malgré tout envoyé la lettre, comme elle le faisait souvent pour les billets de théâtre, de train et tout ce qu'elle avait tenté d'offrir à la jeune fille au fil des ans. La générosité de Mimi Harrison, célèbre actrice de cinéma et de théâtre, ne connaissait aucune limite.

Mais l'orgueil d'Evie non plus. C'était donc la lettre de recommandation du professeur Kinross qu'elle avait apportée. Chaque trimestre, ce dernier signait un grand nombre de lettres de ce genre, mais la malheureuse Evie l'ignorait. Elle avait été ravie lorsqu'il lui en avait proposé une. Elle avait réalisé pour lui un travail de recherche substantiel sur son annotation de *La Foire aux vanités*, et il l'avait qualifiée de compétente et d'efficace. Cela suffirait sûrement au maître de recherches.

Il était à présent 14 h 22, et Evie se sentait plus petite que jamais dans le grand fauteuil pivotant qui faisait face à son avenir. Christenson reposa la lettre de Kinross, tapota le haut des cent pages consacrées à de Staël et soupira.

— La recherche ici… Toutes ces écrivaines obscures… Même de Staël n'est pas George Eliot.

Compte tenu de l'expertise reconnue de Christenson sur cette dernière, Evie trouva cette remarque intéressante.

— Après tout, le bon grain finit toujours par triompher de l'ivraie, n'est-ce pas ? (Il s'adossa à son siège.) Et cette collaboration… sur M. Thackeray…

Evie se redressa. Elle était particulièrement fière du travail de recherche qu'elle avait effectué avec Stuart Wesley, un autre jeune diplômé, pour le professeur Kinross. Ce dernier l'avait félicitée pour sa prise de notes et les index impressionnants qu'elle avait établis pour étayer ses annotations. Il l'avait encouragée à passer le plus de temps possible avec les sources originales, soulignant souvent à quel point une recherche précise était essentielle pour l'ensemble du projet.

— J'ai cru comprendre que votre collègue, M. Wesley, avait eu une part importante dans ces travaux.

Evie se redressa encore plus.

— Nous y avons tous les deux contribué.

Christenson marqua une pause, plissant les yeux face à l'absence d'opposition et à la lettre de recommandation trop familière qu'il avait sous le nez. Kinross ne rendait service à aucun de ses étudiants avec ces petites missives répétées.

— Oui, je comprends que vous ayez effectué les recherches et autres, mais l'écriture… (Christenson sourit d'un air si cordial, ce qui ne lui ressemblait guère, qu'Evie finit par s'inquiéter.) Comme vous le savez, ce dont j'ai besoin, c'est d'une certaine aisance avec les textes, avec, euh… le langage.

Il appuya longuement le « a » du dernier mot d'un air si snob que cela rappela à Evie son accent rural, sa tendance à raccourcir les syllabes plutôt que les allonger.

— Ce que vous ignorez sans doute, c'est que je remplacerai le vice-président Bolt au cours de la nouvelle année. Ce qui est dommage, car j'aurai moins de temps à consacrer à mes écrits.

Il rassembla les feuilles devant lui, en tapota le bord inférieur contre le buvard de son bureau surchargé, puis lui rendit l'intégralité de son travail du trimestre.

— Je vous remercie, mademoiselle Stone, pour le temps que vous nous avez accordé.

Il lui indiqua la porte close de son bureau d'un bref signe de tête, ce que tout le monde savait être sa façon de donner congé. Evie le salua avant de partir précipitamment.

Sur le chemin du retour, il se mit à neiger. Les vitrines des magasins et des pubs brillaient de l'intérieur, leur éclat électrique doré contrastant doucement avec la pénombre du début de l'hiver qui commençait à tomber. Pour Evie, cependant, la journée touchait à sa fin, et de façon tragique.

Elle ne sentit même pas les petits flocons qui s'amassaient sur sa tête nue et ses épaules, elle ne remarqua pas les silhouettes qui se hâtaient de rentrer chez elles, les paniers remplis de produits rationnés, les sachets de papier kraft qui laissaient présager la semaine de Noël qui s'annonçait. Au lieu de cela, elle ajusta son manteau, se demandant ce qui venait de se passer, ressassant inlassablement chaque détail. Elle savait désormais que quelque chose lui avait échappé, non seulement lors de son entretien avec Christenson, mais aussi avec Wesley et Kinross, depuis le début. Elle sentit naître de sa confusion un sentiment de doute, et fut agacée par son apparition aussi soudaine que tardive.

Evie savait qu'elle avait travaillé plus dur que n'importe quel autre étudiant, ces trois dernières années. Ses notes en témoignaient. Christenson ne trouverait jamais de meilleur assistant de recherche. Et pourtant…

Elle s'arrêta devant la vitrine du *Castle Inn*. À l'intérieur, elle vit des étudiants rire et boire, entassés autour des tables, célébrant le dernier jour du trimestre, les festivités de Noël battant déjà leur plein. Elle resta là un moment, les observant à travers le verre dépoli, convaincue que personne ne remarquerait sa frêle silhouette dans la nuit enneigée.

Lorsqu'elle regagna son studio, à l'extrémité nord de Castle Street, la lettre hebdomadaire de sa mère était posée sur le tapis usé, à quelques mètres du seuil de la porte. Elle accrocha sa sacoche en cuir au portemanteau, auquel n'était suspendu que son résistant parapluie noir, puis demeura immobile au milieu du salon, regardant sans but autour d'elle. Il lui faudrait bientôt faire ses valises. Elle n'avait aucune idée de l'endroit où elle irait.

Ses frères étaient tous dispersés loin de la maison familiale, à l'exception du plus jeune, Jimmy, qui n'avait que dix ans. Leur père était mort deux ans auparavant des suites d'une infection à la jambe droite, qu'il avait montrée au médecin du coin une semaine trop tard. Ensuite, ils avaient finalement vendu la ferme familiale, et sa mère et Jimmy avaient emménagé dans une petite maison de ville avec deux pièces à l'étage et deux autres au rez-de-chaussée, sur la route principale du village. Mais Evie avait travaillé trop dur pour revenir à la case départ.

Elle se dirigea vers la commode verticale dont elle avait transformé les tiroirs supérieurs en un classeur improvisé, car elle n'avait que peu de vêtements à y ranger. Elle ouvrit le premier tiroir et commença par le « A ». Elle l'inspecta à un rythme soutenu, passant en revue chaque copie carbone, chaque feuille de papier à lettres, chaque carte de visite et chaque brochure qu'elle avait conservées au fil des ans. Elle n'avait jamais rien jeté.

Lorsqu'elle arriva à « AL », elle découvrit la petite carte de visite d'un certain M. Frank Allen, acquéreur de livres rares chez *Bloomsbury Books & Maps*, 40 Lamb's Conduit Street, Bloomsbury, Londres. M. Allen lui avait été présenté par une connaissance commune, Yardley Sinclair, lors de la fameuse dispersion de la bibliothèque de la famille Knight, par Sotheby's, à l'automne 1946. Avec Mimi Harrison, Yardley Sinclair et Evie avaient fait partie des premiers membres de la Fondation Jane Austen, qui avait acquis la bibliothèque dans le cadre de son action pour sauver le cottage de Chawton, où Austen avait vécu. Lors de la vente aux enchères, Allen avait acheté une poignée de livres du XIXe siècle pour le magasin londonien qui l'employait. À l'époque directeur adjoint en cession immobilière chez Sotheby's, Yardley avait fièrement présenté Evie à tous les détaillants et agents présents. Elle se souvenait qu'Allen avait brièvement complimenté le catalogue qu'elle avait soigneusement rédigé à la main et que Yardley n'hésitait pas à montrer à tout le monde.

Evie contempla fixement le lettrage argenté embossé sur la carte blanche, faisant courir ses petits doigts tachés d'encre sur le nom en relief. Elle entendit les cloches de Great St Mary sonner 15 h 30. Immobile dans son manteau de laine, elle sentit le courant d'air froid qui pénétrait dans la pièce par la fenêtre qu'elle avait laissée ouverte. La sacoche pendait à son perchoir solitaire, la lettre de sa mère gisait toujours par terre sans avoir été décachetée. Elle entendait encore le mot « lan-gââ-ge » résonner dans son esprit. Elle prit une profonde inspiration pour rassembler toute l'assurance et la volonté dont elle était capable.

Elle ne ferait pas demi-tour ; elle ne regarderait pas en arrière.

Chapitre premier

Règle n° 17

Le thé sera servi promptement quatre fois par jour.

— Le Tyran nous appelle.

Grace leva les yeux de son petit bureau, au fond de la boutique. C'était là qu'elle rassemblait tout ce que le personnel de la librairie appelait la « paperasse » : les piles de lettres, de demandes, de publicités, de revues, de journaux, de cartes de visite, de catalogues, de magazines, de faire-part, d'invitations et tous les documents éphémères qui permettaient à *Bloomsbury Books* de rester en contact avec le monde extérieur.

Sa collègue Vivien se tenait dans l'embrasure de la porte, sa bouilloire se balançant dans sa main droite. C'était lundi matin, et Vivien était toujours de service le premier jour de la semaine.

— Et voilà que le fusible de la cuisinière a encore sauté ! (Elle grimaça.) Tu sais bien qu'ils ne sont bons à rien sans leur thé. Le Tyran est de particulièrement mauvaise humeur, aujourd'hui.

Le Tyran avait un nom, mais Vivien refusait de le prononcer en privé, et Grace se surprenait souvent à ne pas le faire non plus, ce qui n'était qu'un exemple de la façon dont l'attitude de Vivien au travail déteignait parfois sur la sienne. Grace se leva et ajusta une pile de papiers devant elle.

— S'il te surprenait à l'appeler comme ça…

— Impossible. Il n'entend que le son de sa propre voix.

Réprimant un sourire, Grace regarda la jeune femme en secouant la tête. Elles travaillaient ensemble à la librairie depuis la fin de la guerre, et l'amitié de Vivien était l'une des principales raisons pour lesquelles Grace était restée. Enfin, cela et le salaire, bien sûr. Et le fait que son mari au chômage ne pouvait guère lui refuser cette occasion de gagner de l'argent. Et le répit que lui accordait ce temps passé loin de ses garçons, qui exigeaient tant d'attention. Et la peur d'un changement radical. En fin de compte, Grace trouvait qu'elle était restée pour un grand nombre de raisons. Elle se demandait si c'était également le cas de Vivien.

— Dutton n'est pas encore là ? demanda cette dernière en jetant un coup d'œil au bureau inoccupé derrière Grace.

Herbert Dutton, le directeur général de longue date du magasin, n'avait jamais reçu de sobriquet de la part de Vivien, sans parler de surnom affectueux. Ce n'était pas le genre d'homme qu'on prenait la peine de mettre dans une case ; il était déjà suffisamment à l'étroit dans ses propres principes.

— Il est chez le médecin.

— Encore ?

Vivien haussa les sourcils, mais, pour toute réponse, Grace se contenta d'un mouvement d'épaules. Étant les deux seules femmes employées par *Bloomsbury Books*, Grace et Vivien étaient passées maîtres dans l'art de s'exprimer en silence, se contentant souvent de communiquer en arquant un sourcil, en se tirant le lobe de l'oreille ou avec un geste de la main à peine dissimulé.

Vivien déposa la bouilloire sur un classeur voisin, et les deux femmes se dirigèrent sans mot dire vers le sous-sol. Chaque fois qu'elles déambulaient ensemble dans les couloirs du magasin, leur taille similaire et leurs tenues impeccablement ajustées leur conféraient une allure indomptable qui faisait instinctivement reculer le personnel masculin. Bien qu'elles aient des physiques très différents, les deux femmes étaient particulièrement grandes. Grace avait de larges épaules qui n'avaient pas besoin du rembourrage supplémentaire si à la mode à l'époque, le visage avenant, non maquillé, et le teint frais et rosé, son seul héritage d'une famille qui avait cultivé les collines du Yorkshire des générations durant. Elle s'habillait de manière simple, mettant en valeur sa haute taille : elle privilégiait la coupe épurée des vestes militaires et des jupes crayons, avec des escarpins à petits talons pour la marche. Le plus délicat chez elle était son regard gris apaisé et sa jolie chevelure brune aux légers reflets auburn qu'elle gardait toujours soigneusement relevée en chignon.

Quant à Vivien, elle était aussi anguleuse et svelte qu'une gazelle, et aussi prompte à déguerpir lorsqu'elle s'impatientait ou était contrariée. Elle préférait porter des tenues noires ajustées, le plus souvent des jupes et des pulls en laine près du corps, ornées d'une broche victorienne en améthyste qui attirait l'œil, tout ce qui lui restait de sa grand-mère bien-aimée. Elle se maquillait toujours considérablement, de façon intimidante, ce qui était l'objectif : en ayant l'air si maîtresse d'elle-même, elle parvenait à tenir les autres à distance.

En se rendant au sous-sol, les deux femmes passèrent devant le bureau vitré de M. Dutton, à la fois directeur général du magasin et son plus ancien employé. Pour atteindre l'escalier de service que Vivien avait surnommé « Via Inferno », elles devaient se faufiler entre les énormes cartons de livres qui arrivaient chaque jour de différents éditeurs, de salles d'enchères, de stocks d'entreprises en faillite et de ventes immobilières de tout le centre de l'Angleterre et d'ailleurs. Le magasin vendait en moyenne cinq cents livres par semaine, ce qui nécessitait un réapprovisionnement aussi conséquent que fréquent auprès de l'ensemble de ces sources.

La boîte à fusibles capricieuse se trouvait dans le local technique contigu au rayon Sciences et Nature, relativement peu fréquenté. En raison du fonctionnement incohérent de la chaudière d'avant-guerre, il faisait anormalement chaud et humide dans l'ensemble du sous-sol. Par la porte ouverte du local technique, Grace et Vivien aperçurent les petites lunettes à monture métallique et le front placide de M. Ashwin Ramaswamy, responsable du rayon Sciences et de lui-même, unique employé sous ses ordres. Il leur jeta un coup d'œil par-dessus la table où il s'asseyait toujours, derrière des piles de livres qui lui appartenaient.

— Il n'a pas encore dit un mot aujourd'hui ? chuchota Vivien.

Grace secoua la tête. M. Ramaswamy était réputé pour rester discret dans la boutique, ce qui ne lui était guère difficile compte tenu de la rareté des visiteurs dans son rayon. La collection d'ouvrages de biologie, de chimie et de sciences diverses qui se trouvait au sous-sol remontait au moins à l'époque de Darwin, mais elle demeurait la plus délaissée et la moins rentable du magasin.

Naturaliste et entomologiste qualifié, Ash Ramaswamy ne semblait guère se soucier de rester seul. Au contraire, il passait la majeure partie de ses journées à ordonner les livres d'une manière qui donnait des complexes aux autres chefs de rayon, et à étudier au microscope les diapositives d'insectes rangées dans une boîte en bois plate sur son bureau. Il s'agissait de créatures de son pays d'origine, l'État de Madras, dans le sud-est de l'Inde. Feu son père, brahmane tamoul et haut fonctionnaire du gouvernement colonial britannique, l'avait toujours encouragé à considérer les avantages d'aller vivre en Grande-Bretagne. Ash avait émigré après la guerre dans l'espoir d'obtenir un poste au Musée d'histoire naturelle de Londres. Membre de la caste la plus privilégiée de son État d'origine, il n'était pas préparé aux préjugés manifestes des Britanniques à son égard. Incapable de décrocher ne serait-ce qu'un entretien dans l'un des musées de la ville, il avait fini par postuler au magasin.

— Tu as parlé de mauvaise humeur…, commença Grace, tout en tripatouillant les fusibles, la tête plongée dans la boîte.

— Hmm ?

— Le Tyran. Pourquoi est-il si mal luné aujourd'hui ?

— Margaret Runnymede.

Grace émergea de la boîte à fusibles.

— Son nouveau livre est sorti ?

— Sa façon d'accourir ici à chaque nouvelle parution, juste pour qu'il puisse lui offrir ce ridicule bouquet de violettes, la féliciter de sa dernière prose ampoulée et lui répéter tout ce qu'elle pense déjà d'elle-même… c'est écœurant. Il veut que tout dans le magasin soit parfait pour l'accueillir, aujourd'hui.

Grace regarda la jeune femme en haussant un sourcil.

— C'est tout ce qu'il veut ?

Vivien poussa un grognement de dégoût.

— Il est tellement imbu de sa personne. Comme si elle allait s'intéresser à lui…

— Ce ne serait pas la première. À s'intéresser à lui, je veux dire. (Grace referma la boîte à fusibles et se frotta les mains l'une contre l'autre.) Voilà, c'est réparé.

— Et il en est parfaitement conscient.

— Eh bien, on ne peut pas vraiment le lui reprocher non plus.

Même si Grace n'aimait guère le responsable du rayon Fiction, Vivien éprouvait envers lui un degré d'aversion que Grace estimait qu'il valait mieux tempérer, pour leur bien à tous.

Elles remontèrent ensemble l'escalier, s'arrêtant dans le bureau de Grace pour que Vivien y récupère la bouilloire, avant qu'elles repartent chacune de leur côté. Par la paroi vitrée de la pièce la plus éloignée, elles aperçurent le visage rond de M. Dutton, installé paresseusement derrière son bureau, comme s'il attendait que quelqu'un lui dise ce qu'il devait faire. Au-dessus de sa tête était accroché, légèrement de travers, un cadre contenant les cinquante et une règles du magasin que M. Dutton avait établies dès son accession au poste de directeur général, près de vingt ans auparavant.

— Un biscuit ou deux ? demanda Vivien d'une voix forte et autoritaire, soudain toute à son travail, tandis que Grace s'asseyait dans son fauteuil, lissant délicatement les plis de sa jupe trapèze sous son séant.

Grace hésita. Elle avait presque quarante ans et, ces derniers temps, avait remarqué une légère prise de poids au niveau des hanches. Son mari Gordon l'avait également remarqué. Il n'était pas du genre à tolérer ce genre de laisser-aller.

Elle leva son pouce en soupirant. Vivien retourna à la cuisine d'un air moqueur, balançant sa bouilloire d'avant en arrière d'un geste ample, comme si elle espérait heurter quelque chose en chemin.

Grace jeta un coup d'œil autour d'elle. Elle vit les documents familiers, les cartons de livres et les bordereaux de fret qu'elle n'avait pas encore saisis. Il serait inutile de commencer quoi que ce soit si près de l'heure. Elle préféra donc patienter.

Quelques minutes plus tard, à 11 heures précises, elle entendit M. Dutton l'appeler depuis l'arrière-boutique.

— Mademoiselle Perkins, l'appela-t-il avec son ton soutenu habituel.

Il associait toujours le titre « mademoiselle » à son nom d'épouse afin de souligner son statut particulier de mère active. Si elle avait été moins avisée, Grace aurait eu l'impression d'être une star de cinéma, à l'instar de Mlle Crawford, Mlle Hepburn…

Attrapant son bloc-notes et son crayon, elle se leva et pénétra dans le bureau de M. Dutton par la porte communicante ouverte.

— Bonjour, monsieur Dutton. Tout s'est bien passé, j'espère.

Elle s'était exprimée d'un ton aimable, mais déclaratif, sachant qu'il ne lui répondrait pas directement.

— Bonjour, la salua-t-il avec un sourire si léger qu'il était tout juste perceptible sur son large visage. J'espère que vous avez passé un bon réveillon du Nouvel An.

— Et vous ?

Il acquiesça.

— M'accorderiez-vous un moment ?

Grace acquiesça à son tour et brandit le bloc-notes et le crayon. Ils avaient fait ce numéro un millier de fois. Il parcourut le programme de la journée – son programme à lui seul, car les autres employés du magasin travaillaient au service des clients –, et, lorsqu'il arriva au créneau de 14 h 30, il s'arrêta.

— Mademoiselle Evelyn Stone ? demanda-t-il.

— Oui, vous vous rappelez ? Ce curieux appel juste avant les fêtes… M. Allen a attesté l'avoir rencontrée par l'intermédiaire de Yardley Sinclair, et vous avez accepté d'avoir un entretien avec elle.

M. Dutton se contenta de dévisager Grace. Consciente que sa mémoire n'était plus ce qu'elle avait été, elle poursuivit.

— Vous avez dit que ce ne serait qu'une formalité, par respect pour M. Sinclair, un important client de la boutique.

M. Dutton tapota le nom dans son carnet de rendez-vous avant de hocher la tête. C'était le moment pour elle de s'asseoir et de prendre la dictée de sa correspondance.

Ils en étaient à leur septième lettre lorsqu'il conclut par :

— « Et, bien que nous appréciions le travail de la Broadstreet Signs Company pour la promotion de ce dernier succès commercial, nous sommes au regret de vous annoncer que nous nous voyons dans l'obligation de décliner votre aimable proposition de signalétique à tarif concurrentiel. Je vous prie d'agréer… »

Il marqua une pause et passa ses doigts sur le côté droit de son crâne dégarni. Grace devait avoir son air ahuri, comme Gordon aimait à le répéter.

— Oui, mademoiselle Perkins ?

— C'est juste que… eh bien, je trouve la vitrine un peu vide depuis quelque temps. Viv et moi sommes allées faire un tour chez *Foyles* pour voir la leur, la semaine dernière, et je dois dire qu'ils s'en sont astucieusement sortis.

M. Dutton la regarda, immobile, prenant à son tour un air ahuri, un curieux mélange de terreur et de bienveillance modifiant ses traits ronds chaque fois qu'elle proposait quelque chose de nouveau. Plus encore que de perdre du terrain face à *Foyles*, le principal concurrent du magasin, Grace soupçonnait que la plus grande crainte de M. Dutton était que, d'une manière ou d'une autre, elle puisse être celle qui sauverait la librairie de la faillite. Les idées de Grace pour améliorer le magasin semblaient uniquement le mettre à cran.

— Et… bon… Je m'étais dit qu'avec une signalisation appropriée comme celle fournie par la société Broadstreet, accrochée au plafond pour éviter de bloquer la vue depuis la rue, et avec des rayonnages différents – plus ouverts, pour laisser passer la lumière –, nous pourrions promouvoir les soldes du Nouvel An de façon assez efficace.

M. Dutton la regarda fixement. Grace travaillait chez *Bloomsbury Books* depuis près de cinq ans et, à sa connaissance, on n'avait jamais disposé de signalétique dans la vitrine ni, d'ailleurs, où que ce soit d'autre dans le magasin. Au contraire, on demandait au personnel de ne mentionner les soldes que de manière très discrète, en aparté pudique avec le client, comme si la simple idée d'argent n'avait pas sa place au royaume des livres.

— Il y a aussi la question du centenaire de l'établissement, cet été, poursuivit Grace face à son silence. Il n'est jamais trop tôt pour le célébrer. Vivien et moi avons pensé à une nouvelle vitrine : « Cent ans de livres ». Avec une sélection des meilleurs titres de chaque décennie.

M. Dutton était un homme d'habitudes et de règles qui, intimidé par l'incertitude de l'avenir, refusait de consacrer du temps et de dépenser de l'argent trop longtemps à l'avance. C'était l'une des nombreuses différences entre lui et sa fidèle secrétaire en matière d'affaires.

— Je vous remercie, mademoiselle Perkins, répondit-il finalement, semblant presque affligé par ses suggestions. Ce sera tout pour le moment.

C'était en effet tout pour le moment. Ce serait également tout pour le lendemain et le surlendemain. Elle continuerait à lui taper des lettres inutilement longues, à classer sa volumineuse paperasse dans l'ordre alphabétique et à lui apporter son thé. Puis, chez elle, elle en ferait plus ou moins autant pour sa famille.

Grace jeta un coup d'œil à Vivien à l'autre bout du couloir. Appuyée contre le bord du comptoir de caisse, elle notait quelque chose dans un carnet vert à spirale, mâchonnant ponctuellement le bout de son crayon en balançant les hanches. Vivien était pratiquement en cage derrière ce comptoir et n'était autorisée à en sortir qu'à l'occasion pour aider les clients. Comme Grace, elle travaillait au magasin depuis que le monde avait commencé à émerger des cendres de la guerre. À l'époque, tout semblait possible, et il régnait un grand sentiment de liberté, notamment pour les femmes, qui avaient pris les choses en main pendant que les hommes se battaient. C'était le contrat social qui avait été établi afin de soutenir chacun durant une période de grande douleur et de sacrifice : ceux à qui l'on demandait beaucoup seraient récompensés plus tard.

Mais le passé avait toujours eu tendance à s'introduire dans les moindres fissures de ce monde fracturé. De nombreuses femmes comme Vivien et Grace avaient espéré un nouveau départ pour tous ; mais, cinq ans plus tard, les nouvelles opportunités offertes aux femmes étaient toujours aussi rationnées que la nourriture. Ceux qui détenaient le pouvoir se tailleraient toujours la part du lion, jusqu'au bout.

Chapitre 2

Règle n° 12
En cas d'urgence, il faut respecter scrupuleusement les procédures de premiers secours.

Le « Tyran » était Alec McDonough, un célibataire d'une trentaine d'années à la tête des rayons Nouveautés, Fiction et Art, au rez-de-chaussée de *Bloomsbury Books*. Il avait étudié la littérature et les beaux-arts à l'université de Bristol et se destinait à une grande carrière – Vivien l'accusait de vouloir diriger une petite colonie – avant que la guerre éclate. Après la démobilisation de 1945, Alec avait été recruté par le magasin le même jour que Vivien. « Avec une heure d'avance. Tel un jumeau dominant », plaisantait-elle chaque fois qu'Alec était récompensé en premier.

Depuis toujours, Alec et Vivien étaient rivaux, et pas seulement pour la domination du rayon Fiction. Chaque éditeur qui passait, chaque conférencier littéraire invité était autant d'occasions pour eux d'avoir accès aux acteurs majeurs du monde de l'édition. Tous deux – secrètement – écrivains en herbe, ils s'étaient rendus à Londres et avaient accepté leur poste chez *Bloomsbury Books* pour cette raison. Mais ils étaient également assez avisés pour savoir qu'il fallait d'abord plaire aux anciens, de l'inflexible M. Dutton au responsable Fiction de l'époque, Graham Kingsley, en passant par l'agité Frank Allen et le revêche capitaine Scott. En la matière,

Alec avait un net avantage. Entre les récits sur la guerre du jeune homme, ses années lycée et ses victoires au cricket, Vivien avait rapidement vu ses possibilités de promotion réduites à néant.

En quelques semaines, Alec s'était rapproché du directeur général, Herbert Dutton, et de Frank Allen, son bras droit. En 1948, après le départ à la retraite de Graham Kingsley, Alec avait accédé au poste de responsable du rayon Fiction et, dans l'année, avait ajouté les nouveautés et l'art à sa supervision, une réussite que Vivien qualifiait encore d'« annexion ».

Elle avait été la première à le surnommer « le Tyran » ; lui ne lui adressait guère la parole. Les problèmes de Vivien avec Alec allaient des titres qu'ils exposaient sur les étagères à la volonté de ce dernier d'organiser des séances de dédicaces exclusivement avec des auteurs masculins qui avaient fait la guerre. Diplômée en littérature à Durham (Cambridge, l'université de ses rêves, refusait encore en 1941 de diplômer des femmes), Vivien avait une idée précise du type de livres qu'il leur fallait proposer au rayon Fiction. Sans surprise, Alec n'était pas de son avis.

— Mais il ne lit même pas les femmes, se lamentait Vivien auprès de Grace, qui hochait la tête d'un air compatissant tout en essayant de se souvenir de sa liste de courses avant de rentrer chez elle en bus. Enfin, quoi… un seul Jane Austen en rayon ? Aucun Katherine Mansfield ? Aucun Porter ? J'ai lu dans le *New Yorker* cette histoire de Salinger dont il nous rebat les oreilles : des soldats traumatisés par les bombardements et des enfants partout… Je ne vois pas ce qu'il y a de si viril là-dedans.

Contrairement à Vivien, Grace n'avait pas beaucoup de temps à consacrer à ses lectures personnelles, une ironie sur laquelle son mari attirait souvent son attention. Mais Grace n'allait pas au magasin pour les livres. Elle y travaillait parce qu'elle n'avait que vingt minutes de bus jusqu'à Bloomsbury, pouvait déposer les enfants à l'école en chemin et rapporter les journaux du magasin chez elle en fin de journée. Grace avait également suggéré de proposer des magazines étrangers, notamment le *New Yorker*. Proche du British Museum et du quartier des théâtres, *Bloomsbury Books* accueillait son lot de riches touristes américains. Grace était convaincue que de telles attentions les inciteraient à passer plus de temps dans la librairie, de même qu'une radio diffusant du jazz près de la caisse, l'une des nombreuses idées auxquelles M. Dutton opposait encore une certaine réticence.

Durant plus de quatre ans, Vivien et Alec s'étaient occupés tous les deux du rez-de-chaussée du magasin, se tournant autour dans le box de caisse comme deux lions méfiants dans une minuscule arène. On avait disposé le comptoir carré et fermé au centre du rayon Fiction pour tenter de dissimuler une vieille prise électrique qui dépassait du sol. Chaque fois que M. Dutton voyait cette horreur, il s'attendait à ce qu'un client qui aurait trébuché accidentellement le traîne devant les tribunaux. Lorsqu'il avait été promu directeur général, dans les années 1930, il avait aussitôt ordonné que le comptoir soit déplacé autour de la prise.

Cette configuration s'était révélée très avantageuse pour le personnel. On pouvait voir un client venant de n'importe quelle direction, préparer une réponse appropriée à son air – de la perplexité à l'hostilité –, et même repérer quand il glissait subrepticement un livre dans son sac sans l'avoir payé. Après avoir étudié l'agencement du rez-de-chaussée de *Bloomsbury Books*, d'autres librairies avaient d'ailleurs réaménagé le leur. Le quartier entier était rempli d'espions. Grace et Vivien n'étaient pas les seules employées de librairie à épier les vitrines des autres magasins. Après cinq longues années de rationnement et de redressement, Londres recommençait à prospérer, et de nouvelles librairies fleurissaient un peu partout. Le quartier de Bloomsbury hébergeait le British Museum, l'université de Londres et de nombreux auteurs célèbres d'hier et d'aujourd'hui, notamment le cercle d'avant-guerre formé par Virginia Woolf, E.M. Forster et Lytton Strachey. Le quartier était donc un lieu idéal pour les lecteurs, les auteurs et les clients.

C'était donc là, sous une neige légère, le 2 janvier 1950, qu'une jeune Evie Stone se présenta, la carte de visite de M. Allen dans une poche, un aller simple pour Londres dans l'autre.

Vivien fut la première à la voir.

La clochette de la porte d'entrée tinta aussi sèchement qu'à son habitude lorsque la jeune fille franchit la porte du vestibule intérieur avec ses bottines usées. Tout aussi sèchement, Alec McDonough lui jeta un rapide coup d'œil depuis son perchoir, sur une échelle non loin.

La petite silhouette sans chapeau ne remarqua même pas sa présence. Prenant son temps, elle déambula lentement devant les tables d'ouvrages de fiction, à l'avant du magasin. Elle faisait trois choses avec chacun des livres qu'elle touchait : elle passait d'abord la paume de sa main sur la couverture avec ravissement, puis en tapotait le titre d'un air songeur, et, enfin, le prenait délicatement à deux mains pour en étudier minutieusement le contenu et la quatrième de couverture.

Vivien avait cessé d'écrire dans son carnet et mâchonnait distraitement le bout de son crayon, observant la jeune femme avec intérêt. Elle avait une coupe au carré simple et mal taillée, le regard noir et pénétrant qui se focalisait avec intensité sur l'objet de son attention. Elle ne ressemblait pas vraiment à une citadine, mais ne paraissait pas tellement dépaysée non plus.

Elle s'approcha progressivement du comptoir, tandis que Vivien s'y accoudait d'une manière qui avait le don d'irriter M. Dutton. Lorsque la jeune fille arriva enfin devant elle, Vivien posa son crayon.

— Bonjour.

Vivien haussa un sourcil.

— Bonjour, répondit-elle prudemment.

Elle attendit.

La jeune fille posa une main gantée sur le bord du comptoir et, sans un mot, poussa vers elle une petite carte blanche.

Inclinant la tête de côté, Vivien saisit la carte. À sa grande surprise, elle appartenait à Frank Allen, responsable des livres rares.

— Je m'appelle Evie Stone, déclara la jeune fille en guise d'explication.

Vivien l'observa, fascinée par le contraste entre l'apparence banale de la jeune fille et son regard aussi profond qu'intense.

— Je crains que M. Allen soit absent aujourd'hui et demain pour une vente immobilière. J'espère que vous ne venez pas de loin.

La jeune fille secoua la tête avec insistance.

— Je suis *Evelyn* Stone. Je viens voir M. Dutton.

— Ah ! s'exclama Vivien d'un ton aimable, le rare enthousiasme dans sa voix attirant l'attention d'Alec du haut de son échelle. Je vois. Vous avez donc rendez-vous ?

Evie pencha la tête, comme si elle était préoccupée par le fait que personne n'avait été prévenu de son arrivée.

— Si vous voulez bien attendre ici, je vais le chercher.

La silhouette élancée de Vivien s'éloigna, franchissant la petite porte battante derrière le comptoir avant de s'engager dans un long couloir et de pénétrer dans un bureau vitré, au fond du magasin. Grace sortit ensuite la tête de ce même bureau pour jeter un coup d'œil dans le couloir, avant de disparaître à son tour. Quelques secondes plus tard, Vivien réapparut, retournant auprès d'Evie comme si elle avait tout son temps.

— Nous sommes désolés, il vous attendait effectivement. Je vais vous guider. (Vivien lui fit signe de la suivre.) Permettez-moi de prendre votre manteau, voulez-vous ?

La jeune fille refusa, resserrant son manteau de laine sur sa poitrine avec une légère nervosité que Vivien trouva attendrissante.

Après avoir confié la jeune fille à Grace, Vivien regagna son poste à la caisse. Elle y trouva Alec, appuyé contre le comptoir avec la même désinvolture que celle pour laquelle on la réprimandait si souvent. Chez un homme, cela ne semblait guère choquer M. Dutton outre mesure. On attendait des filles de la boutique qu'elles se conduisent de manière élégante, et des hommes qu'ils soient décontractés et accessibles.

— Oui ? demanda-t-elle d'un ton sec.

— Qui était cette curieuse petite créature ?

Soupirant, Vivien reprit son crayon. Il lui fallait constamment lever les yeux pour voir Alec, ce qui l'agaçait prodigieusement. On ne devrait pas avoir le droit d'être aussi grand.

— Une certaine Mlle Evie Stone, pour M. Dutton, si vous voulez tout savoir.

— Pourquoi donc ?

Vivien reposa son crayon en poussant un soupir exaspéré.

— Pour du travail, apparemment. D'après Grace, elle est recommandée par Yardley Sinclair, le directeur des services culturels chez Sotheby's… Ai-je cité assez de noms pour vous ?

Alec lui rendit son sourire.

— Sûrement pas pour s'occuper de la clientèle, à mon avis. On dirait qu'elle a seize ans, et encore.

— Ne t'inquiète pas, Alec. Je suis convaincue qu'elle ne s'intéresse pas le moins du monde à ton territoire.

Alec s'apprêtait à répliquer lorsque retentit le plus singulier des cris. Dans la librairie, tout le monde leva les yeux de son livre, tandis qu'Alec, alarmé, saisissait Vivien par le coude.

— Mon Dieu ! s'exclama-t-il. C'était Grace ?

Il fit prestement le tour du comptoir pour ouvrir la porte battante à Vivien, avant qu'ils se précipitent tous deux dans le couloir. Ils trouvèrent Grace devant le bureau du directeur général, pétrifiée, la main sur les lèvres.

Dans l'embrasure de la porte, ils virent M. Dutton étendu par terre, le visage et le corps raides comme une planche. Evie Stone était agenouillée auprès de lui.

—Mais qu'est-ce que…

Alec voulut s'approcher du directeur général, mais Evie tendit la main gauche pour l'en empêcher.

Au même moment, M. Dutton se mit à convulser, agitant violemment les bras et les jambes.

—Appelez une ambulance, ordonna calmement Evie à Grace tout en desserrant la cravate de l'homme. Et reculez.

Grace demeura dans l'encadrement de la porte avec Alec et Vivien, tous trois abasourdis en voyant le directeur général se tortiller à leurs pieds, sur la moquette élimée.

—Tout de suite ! s'écria Evie.

Affolée, Grace finit par sursauter et se jeta sur le téléphone qui trônait sur le bureau, tandis qu'Alec, surgissant derrière Vivien dans l'embrasure de la porte, lui criait :

—Mettez-lui… Mettez-lui quelque chose dans la bouche. Un livre, ou…

La jeune fille secoua la tête.

—Non, répondit-elle sèchement. Reculez. (Levant les yeux, elle désigna de la tête la grande table ancienne sur laquelle M. Dutton passait en revue son incessante correspondance.) Et éloignez le bureau. Vite ! Avant *qu'y* se cogne !

Alec poussa l'angle du bureau de toutes ses forces, tandis que Grace raccrochait.

—Le pauvre… Ils arrivent. Comment… comment avez-vous…

La jeune fille leva de nouveau la main gauche pour la faire taire. Les trois employés de la boutique ne pouvaient que rester là, à observer la scène, impuissants. Evie posa sa main droite sur la poitrine de Dutton.

— Son cœur bat lentement.

— Grace, demanda Alec, a-t-il dit quelque chose tout à l'heure ? N'importe quoi ? Tu étais au courant ?

Grace secoua la tête, sa main tremblant de nouveau devant sa bouche.

— Il venait de chez le médecin, c'est tout ce que je sais. (Elle ouvrit le tiroir du haut de son bureau et le fouilla, puis s'élança jusqu'au portemanteau et enfonça les doigts dans les poches de son pardessus.) Oh, attendez, oui, il y a quelque chose...

Elle brandit un petit flacon de comprimés pour qu'ils puissent tous le voir.

— « Phénytoïne », lut-elle à voix haute.

— Va chercher Ash ! s'écria Vivien. Et son dictionnaire médical !

Alec lui lança un regard, avant de se ruer aussitôt vers l'escalier de service.

— Il a cessé de convulser, annonça soudain Evie.

Les trois femmes virent M. Dutton cligner des yeux, les muscles de son visage se décontractant progressivement.

Alec revint alors accompagné d'Ash Ramaswamy, qui tenait entre ses mains un épais dictionnaire médical.

— C'est de la phénytoïne – pour l'épilepsie –, n'est-ce pas, mademoiselle ? demanda-t-il à Evie. Son rythme cardiaque est faible ?

Evie dévisageait si ouvertement Ash que toutes les autres personnes présentes dans la pièce se sentirent soudain mal à l'aise. Vivien se demanda si ce n'était pas la première fois qu'Evie voyait quelqu'un d'origine indienne, avant d'éprouver un curieux sentiment de honte d'avoir eu une telle pensée.

— Oui, assez faible, finit par répondre Evie.

Mais Ash ne semblait avoir remarqué ni son hésitation ni son teint écarlate. Au contraire, il parut tout aussi étonné de sa présence.

— Mettez quelque chose sous sa tête, alors, mademoiselle, pour aligner sa colonne vertébrale et sa mâchoire.

Ils regardèrent tous Evie ôter à la hâte son gilet de laine bleu et le placer avec précaution sous la nuque de M. Dutton, qui revenait lentement à lui.

— Tout va bien, monsieur, c'était juste une petite crise.

Evie tendit la main à M. Dutton et lui tapota l'épaule comme si elle tentait de réconforter un petit animal ou un enfant, ce qui ne fit qu'accroître le sentiment d'humiliation de M. Dutton dû à son état.

Tout le monde regarda avec soulagement Evie aider M. Dutton à se hisser sur son coude droit.

— Votre rythme cardiaque est faible, monsieur. Restez immobile, s'il vous plaît, lui recommanda Evie.

Déconcerté par cette voix inconnue, M. Dutton se tourna vers la candidate avec qui il était en entretien, agenouillée derrière lui.

— Je suis terriblement navré. Ça doit être affreux pour vous. Et pour vous tous.

Evie esquissa un sourire, le premier qu'ils voyaient sur ses lèvres.

— Ne vous inquiétez pas pour moi, m'sieur.

— Elle a raison, déclara Vivien depuis l'embrasure de la porte, jetant un coup d'œil vers l'entrée du magasin en entendant tinter la clochette à l'arrivée des secours. Mlle Stone a sans doute mieux tenu le coup que n'importe lequel d'entre nous.

Vivien s'écarta pour faire place aux deux ambulanciers qui se précipitaient dans le couloir avec une civière, puis commençaient à administrer des soins à M. Dutton, encore à terre. Alec regagna la boutique pour s'occuper des quelques clients, Ash retourna dans son sous-sol, et Vivien, Grace et Evie restèrent agglutinées dans le couloir.

Se rappelant combien la situation devait être difficile pour la nouvelle venue, Grace s'apprêtait à lui proposer une tasse de thé lorsqu'une voix retentissante résonna depuis l'étage supérieur dans l'escalier que Vivien avait surnommé de façon moqueuse « Via Dolorosa ».

— Qu'est-ce que c'est que ce raffut ?

Chapitre 3

Règle n° 44
Le directeur général a pleine autorité sur le recrutement, l'avancement et le licenciement du personnel.

Au pied de l'escalier se tenait un homme d'une bonne soixantaine d'années, vêtu d'une veste ornée sur les deux revers d'une série d'épinglettes de marine.

— M. Dutton a eu une sorte d'attaque, expliqua Grace en désignant son bureau d'un signe de tête.

Par la porte ouverte, on apercevait les deux ambulanciers agenouillés auprès du directeur général, l'aidant à s'asseoir contre l'un des pieds du bureau.

— Une attaque ? cracha presque le vieil homme. Quel genre d'attaque ?

— Une crise d'épilepsie, très probablement, répondit Evie.

Regardant par-dessus ses lunettes de lecture, l'homme remarqua enfin la frêle silhouette d'Evie, coincée entre les grandes silhouettes de Grace et de Vivien.

— Et qui êtes-vous ? tonna-t-il de nouveau.

Grace s'avança d'un petit pas.

— Je vous présente Mlle Evelyn Stone. M. Sinclair l'a recommandée pour un poste à M. Dutton. M. Yardley Sinclair, de Sotheby's… Le directeur des services culturels…

L'homme pouffa d'un air dédaigneux.

— Pas pour mon rayon, ça, c'est sûr. Le premier étage n'est pas un lieu pour une fille.

Vivien poussa un soupir sonore. Elle était habituée à ce type d'obstruction de la part des hommes du magasin. Alec ne voulait pas de la jeune fille au rez-de-chaussée, le capitaine Scott la refusait au premier.

— Peut-être n'est-elle pas intéressée par vos vieilles cartes poussiéreuses, hmm ? répliqua Vivien d'un ton moqueur. Quelqu'un a-t-il songé à lui poser la question ?

Vivien était la seule employée à ne pas craindre le capitaine Scott, et ce, malgré ses fréquents accès de colère. Elle était à peu près certaine que sous ses abords revêches se cachait un homme qui aimait les femmes, à plus forte raison les jolies femmes, et qui avait érigé une muraille entre elles et lui afin de protéger son ego. Vivien était en train d'esquisser un personnage qui lui ressemblait, dans son livre ; le roman que personne ne savait qu'elle était en train d'écrire dans son carnet vert à spirale.

Le capitaine Scott parut sur le point de lui répondre, mais quelque chose dans l'attitude agressive de Vivien sembla le faire changer d'avis.

— En tout cas, elle a l'air trop fragile pour être bonne à quoi que ce soit. (Il se tourna vers Grace.) Attaque ou non, c'est l'heure du thé, ajouta-t-il d'un ton bourru.

— Un biscuit ou deux ? s'enquit Grace d'un ton exagérément déférent dont la sincérité avait été sérieusement remise en question par les hommes de la librairie, ces derniers temps.

— Deux, aboya-t-il avant de remonter l'escalier.

— Vous vous demandez sûrement qui c'était, fit remarquer Grace à Evie d'un ton contrit.

À côté d'elle, Vivien éclata de rire.

— Oh, quelque chose me dit que son accoutrement est suffisamment éloquent.

Grace jeta un coup d'œil dans le bureau où les deux ambulanciers étaient en train de ranger leur matériel. Elle fut soulagée de voir M. Dutton déjà de retour à son bureau, un stylo dans une main, s'efforçant de faire comme s'il ne s'était rien passé au cours des précédentes minutes.

— C'était le capitaine Simon Scott, poursuivit Grace. Il a participé à la bataille du détroit de Douvres pendant la Grande Guerre et, à sa grande déception, il n'a pas pu prendre part à la Seconde Guerre mondiale. Il supervise les ouvrages du premier étage : histoire, voyages, topographie, généalogie… Mais surtout l'histoire navale et militaire.

— La cartographie ne m'intéresse pas beaucoup, répondit Evie.

Vivien lui donna une tape dans le dos.

— Tant mieux pour vous. À quoi vous intéressez-vous ? En matière de livres, je veux dire.

Evie se tourna vers l'escalier.

— Les livres rares.

En sortant du bureau, les ambulanciers passèrent devant les trois femmes alignées et longèrent le couloir en portant le brancard vide. Une légère toux résonna à l'intérieur du bureau. Grace comprit aussitôt que c'était le signal de M. Dutton pour qu'Evie et elle y retournent.

— Son rythme cardiaque s'est stabilisé, annonça à Grace un des ambulanciers, un grand jeune homme à la mine joviale. Probablement grâce au nouveau médicament.

— Ce n'était pas une crise d'épilepsie, alors ? demanda Vivien.

L'homme se tourna vers elle et la dévisagea d'un air approbateur.

— Non, mademoiselle, mais c'était… lié. Vous ne saviez pas qu'il était épileptique ?

Les deux employées secouèrent la tête, tandis qu'Evie demeurait complètement immobile, l'air absent.

— Eh bien, la personne qui s'est occupée de lui a fait du bon travail.

Lorsque Grace désigna Evie en reculant d'un pas, l'homme se pencha pour bien la voir.

— J'ai cru comprendre que vous passiez un entretien d'embauche quand ça s'est produit.

Evie acquiesça.

— Eh bien... (Se redressant, il adressa un clin d'œil à Vivien et à Grace.) Après toute cette agitation, la moindre des choses serait de vous confier le poste.

Evie avait retrouvé sa place dans le fauteuil face au bureau de M. Dutton. Il écrivait quelque chose pour Grace, restée debout dans l'encadrement de la porte.

Evie parcourut la pièce du regard pendant qu'il rédigeait laborieusement son message. Elle remarqua la vitrine de livres anciens à côté d'une série de classeurs, à ses yeux le genre d'organisation idéale. Aux murs étaient accrochés plusieurs certificats attestant d'autant de succès de librairie, un trophée de cricket datant du lycée, une photo de l'équipe du magasin en train de pique-niquer sur une plage, et le portrait d'une femme âgée d'allure austère au visage aussi rond que celui de M. Dutton. En évidence, un grand règlement était encadré derrière son bureau.

Evie avait l'impression que l'intégralité de l'existence de M. Dutton était contenue entre les murs de *Bloomsbury Books*. Avant de s'effondrer par terre, il lui avait raconté qu'il avait d'abord été employé par le magasin en tant que livreur. Il y avait travaillé les week-ends pendant toute la durée de ses études, puis, après avoir échoué aux examens de la fonction publique, il avait fini par rejoindre définitivement le magasin. C'était juste après la Grande Guerre, au cours de laquelle il avait été trop jeune pour combattre. Dans les années 1930, il avait gravi les échelons jusqu'au poste de directeur général de *Bloomsbury Books & Maps*, et c'était à cette époque qu'il avait recruté Frank Allen – aujourd'hui chargé des livres rares – en tant que responsable adjoint des achats. C'étaient les deux membres les plus anciens de l'équipe.

M. Dutton lui avait ensuite raconté l'histoire du magasin. Evie n'avait pas vraiment compris pourquoi. Ce dont elle voulait surtout entendre parler, c'était de la collection d'ouvrages anciens du deuxième étage, hors de portée du capitaine Scott.

Après avoir plié la feuille sur laquelle il avait écrit, M. Dutton la tendit à Grace.

— Il faudrait que vous postiez ceci à M. Allen. Il est à Toppings aujourd'hui et demain matin, mais il doit être mis au courant, si je...

Il s'interrompit, Grace prenant soigneusement la note.

— Monsieur Dutton, je vous en prie, ne vous fatiguez pas. Je m'occupe de tout. Et je suis certaine que Mlle Stone ici présente aimerait également avoir l'occasion de reprendre son souffle.

Evie secoua la tête avec un sourire.

— Non, m'dame.

— Je suis terriblement navré, s'excusa M. Dutton. Je ne vous ai même pas remerciée. On m'a raconté ce que vous aviez fait. Comment avez-vous su ?

Evie haussa les épaules, repensant aux nombreuses crises d'épilepsie dont son père avait souffert après son premier accident vasculaire cérébral. M. Stone ne s'était jamais remis du traumatisme causé par son accident de tracteur dans la ferme familiale. Les unes après les autres, différentes parties de son corps avaient commencé à le lâcher et à se détériorer. Cela avait été une leçon difficile pour sa famille : un malheur ne vient jamais seul.

— Il y a des choses qu'on est contraint d'apprendre.

— Et vous avez été obligée d'en apprendre sur les livres rares ? demanda simplement M. Dutton.

— D'une certaine façon, ouais… oui.

— Et vous désirez en vendre, à présent, après toutes vos études ?

— Non, pas du tout.

Elle vit M. Dutton et Grace échanger un regard perplexe.

— Je veux les répertorier.

M. Dutton s'adossa à son fauteuil, et, à la lueur déclinante de l'après-midi, les deux femmes distinguèrent les petites perles de sueur restées sur son front à cause du stress de sa récente attaque.

— Grace, la lettre.

Il la dévisagea jusqu'à ce qu'elle se ressaisisse, acquiesce et s'en aille d'un pas preste.

— Comment savez-vous qu'il faut les répertorier ? demanda-t-il à Evie.

— Eh bien, c'est toujours le cas, en un sens. Les choses changent. La provenance, la rareté, la valeur. Il y a toujours un élément qui vient changer l'avenir d'un vieux livre.

À présent, M. Dutton la dévisageait également. Evie avait conscience de parler des livres comme s'ils étaient des êtres animés. Aussi vivants et inconstants que les humains.

— Votre parcours universitaire est impeccable. J'ai du mal à croire que vous puissiez vous contenter d'un poste dans un magasin. (M. Dutton lui adressa un léger sourire.) Mais j'imagine que je ne vaux pas mieux.

En plus de leur nature compulsive et de leur sens aigu du devoir, l'ancienne domestique et le directeur général replet partageaient un curieux point commun. M. Dutton exposait sa vie entière sur les quatre murs de son petit bureau ; Evie était réputée pour réserver son affection à des auteurs morts et à des relations auxquelles la société imposait des limites. Elle avait adoré son institutrice Adeline Gray et son ancienne employeuse Frances Knight. Elle avait même fait confiance à Kinross–à tort, s'était-il avéré.

Assise dans ce bureau, Evie sentait déjà qu'elle commençait à apprécier ce vieil homme souffreteux, pâle et usé, qui s'efforçait si vaillamment de poursuivre son travail, exactement comme elle l'aurait fait.

—Monsieur, je ferais peut-être mieux de revenir un autre jour.

—Je crains qu'il n'y ait pas d'autre jour. (Remarquant l'expression inquiète de la jeune femme, il leva la main d'un air implorant.) Désolé, mademoiselle Stone. Je voulais simplement dire qu'on m'a recommandé un peu de repos. Au moins quelques semaines, semble-t-il. J'en informerai le personnel demain matin. Cela impliquera quelques changements, et je crains qu'ils ne soient pas du goût de tout le monde.

D'une manière ou d'une autre, Evie devina qu'il parlait de Vivien et de Grace.

—M. Allen, notre responsable des livres rares, est mon bras droit depuis près de vingt ans, et nous travaillons toujours en étroite collaboration. Mais, comme vous le savez, il est loin, dans le nord, et je ne pense pas pouvoir le joindre avant demain. Ces, euh… changements seront importants pour M. Allen, surtout pour lui, d'ailleurs. Il aura besoin… (M. Dutton marqua une pause si longue qu'Evie se mit à redouter une nouvelle attaque.) Il aura besoin de renfort dans son rayon. Et ce sera le cas de tout le personnel.

Evie garda le silence, se rappelant sa récente réunion avec Christenson et le fait qu'elle ait mis trop de temps à bien comprendre la situation. Elle ne s'était pas suffisamment imposée contre sa préférence pour Stuart Wesley. Elle n'avait pas fait le nécessaire pour obtenir le poste.

— Je peux me rendre utile de différentes façons, se proposa-t-elle. Pas seulement pour les livres rares, comme je vous l'ai dit. Vraiment… pour tout ce dont vous avez besoin.

C'étaient les paroles que M. Dutton avait toujours voulu entendre. Il attendait de son personnel un dévouement et une docilité absolus. C'était lui qui avait rédigé les cinquante et une règles si bien mises en évidence sur le mur de son bureau pour s'assurer que sa voix – paternelle, pleine d'autorité, divine même – résonne en permanence aux oreilles de ses employés. Si tout le monde acceptait de suivre les règles, tout se passerait bien. Il en était persuadé.

Chapitre 4

Règle n° 14
L'heure de fin de service du personnel dépend des besoins et du déroulement de la journée.

En cette journée chaotique, Grace Perkins et Vivien Lowry partirent ensemble à 17 h 30 précises, comme cela avait toujours été le cas ces quatre dernières années. Qu'importe ce qui se passait au magasin, qu'il s'agisse d'un effondrement de la direction ou d'autre chose, le personnel s'en tenait toujours à sa routine.

Les hommes du magasin pouvaient régler leur montre en se fiant au moment où Grace arrivait devant la caisse principale, un sac à main noir uni au bras gauche et les mains élégamment croisées, et où Vivien interrompait aussitôt ce qu'elle faisait pour attraper son propre sac noir. Elles sortaient ensuite toutes les deux et se rendaient directement à l'arrêt de bus de Russell Square. Elles passaient la première partie du trajet du retour à se plaindre des événements de la journée et à se donner du courage pour ceux qui les attendaient, reconnaissantes de se trouver hors de portée de voix de leurs supérieurs masculins. Vivien descendait toujours à Camden Town pour prendre le train jusqu'à Hackney. Elle aurait pu rentrer directement chez elle en bus depuis Bloomsbury, mais le temps qu'elle aurait gagné l'intéressait moins que celui qu'elle passait à se lamenter auprès de Grace.

Ce soir-là, cependant, assises côte à côte, les deux femmes demeurèrent étrangement silencieuses. Grace regardait par la vitre le ciel nocturne, dont l'obscurité était ponctuée du halo lumineux des réverbères et des fenêtres éclairées. En ville, la nuit dissimulait une grande partie de la crasse et des ombres projetées par la pollution qui planait en permanence au-dessus de Londres, un nuage immuable qui semblait refléter l'humeur du pays.

Le bus vers Camden Town roulait lentement vers le nord, passant d'abord devant Russell Square, puis Tavistock Square. Les contours de ces parcs parfaitement géométriques étaient cernés par des bâtiments abritant toutes sortes de services publics : des hôpitaux, des universités, le British Museum, et même l'ancien site du ministère de l'Information, rendu célèbre par George Orwell, où le mari de Grace avait travaillé durant la guerre.

Sentant Vivien lui tapoter le bras gauche, elle se tourna vers elle.

— On dit qu'Orwell est mourant, là-bas, à l'hôpital universitaire. J'ai surpris l'un des éditeurs de Secker & Warburg en train d'en parler au magasin.

En se rappelant leur propre invalide, Grace soupira.

— Pauvre M. Dutton ! Il doit être si affligé à l'idée que tout le monde puisse le voir dans cet état… Je me demande ce que le médecin va dire.

— Quoi qu'il en soit, Dutton n'en tiendra sûrement aucun compte.

— Peut-être qu'il nous surprendra.

Vivien poussa un petit éclat de rire dédaigneux.

— Il ferait tout de même mieux de se reposer. Janvier n'est jamais un mois très chargé.

— Il pourrait recruter cette fille, Evie. J'aime bien quand on me montre que je me suis trompée sur quelqu'un.

À son tour, Grace poussa un rire tout aussi moqueur.

— N'importe quoi !

— Non, c'est vrai, tu as raison.

— Quoi qu'il en soit, ce serait bien d'avoir une autre fille à la boutique.

— Il faut dire que tu es entourée d'hommes, même à la maison. (Vivien hésita.) Tout s'est bien passé pendant les vacances ?

Grace esquissa un petit sourire.

— Les garçons ont été gâtés par ma mère.

— Et Gordon ? Même si j'imagine que tu le gâtes déjà suffisamment.

Grace sentit que Vivien l'observait attentivement.

— Quant aux hommes du magasin, répondit-elle en ignorant la dernière question de sa collègue, ils feraient bien d'affecter Evie au deuxième étage et de laisser Frank s'occuper du reste jusqu'au retour de M. Dutton.

— Tu as tout compris. Comme toujours. (Vivien lui adressa un clin d'œil, puis se leva pour descendre à son arrêt.) Il est peu probable qu'ils nous fassent monter en grade, toi et moi.

Tandis que Vivien descendait du bus, Grace posa discrètement son sac à main sur le siège à côté d'elle, espérant profiter d'un peu de temps seule avant de rentrer à la maison.

Mais avait-elle réellement envie d'être chez elle ? Le simple fait de se poser la question la tourmentait depuis des années.

Son mari Gordon était un homme difficile pour qui il fallait que le quotidien soit une suite sans fantaisie d'éléments distincts, soigneusement orchestrés pour s'adapter à son humeur imprévisible. Les choses avaient empiré après son passage sous les drapeaux durant la guerre, lorsque, au sein d'un département de propagande comptant des centaines d'employés très instruits, il avait trouvé encore plus d'individus dont il pouvait se plaindre. Grace et Gordon avaient fait connaissance en 1937, alors qu'elle travaillait comme secrétaire dans la société de réassurance où il occupait un poste de cadre moyen. Âgée de vingt-sept ans et impatiente d'avoir des enfants, Grace commençait à redouter de devoir rester célibataire (une crainte qu'elle remettait à présent en question, au vu de femmes plus jeunes et plus modernes, comme Vivien, qui acceptaient presque sans sourciller leur statut de célibataire). Elle avait donc accepté d'épouser Gordon après l'avoir fréquenté quelques mois seulement. L'homme, qui approchait la quarantaine, semblait plutôt décidé à accélérer la cadence, et Grace n'avait compris que plus tard que c'était plus à cause de la pression constante de sa mère pour qu'il fonde une famille qu'en raison de son engouement pour elle. Leur premier fils avait suivi un an plus tard, le second encore plus rapidement. Puis la guerre avait éclaté, et leur vie de famille avait subi un coup d'arrêt.

Tandis que Gordon passait de longues heures à accomplir des tâches militaires dont il ne pouvait pas parler, Grace devait élever presque seule leurs deux garçons. En grandissant, ceux-ci avaient été de plus en plus agacés par le fait qu'elle soit constamment inquiète : à cause des bombes qui tombaient aléatoirement sur leur quartier, de la tranchée creusée dans le Kent voisin afin de parer à la menace d'une invasion, des hommes qui partaient pour l'Europe et qui ne revenaient jamais. Elle était reconnaissante que, grâce à Dieu, ses deux garçons n'aient jamais à prendre part aux combats, alors qu'eux, dans leur naïveté juvénile, s'en indignaient ouvertement.

Après la guerre, Gordon avait continué à éprouver un profond sentiment de victimisation. Alors que le ciel au-dessus de l'Angleterre commençait enfin à s'éclaircir, son humeur s'assombrissait de plus en plus, et Grace avait consacré la majeure partie de son temps et de son énergie à le retenir de s'emporter contre elle et les garçons. Et le collecteur d'eau de pluie qui fuyait.

Et le laitier qui s'était approché d'un peu trop près de son parterre de roses. Et un millier d'autres choses que Gordon était convaincu d'être des conspirations contre lui. Si seulement tout le monde se conduisait normalement, il aurait lui aussi pu être heureux. Était-ce trop demander ?

Bien sûr que oui, mais Grace n'avait jamais exprimé à voix haute le fond de sa pensée, car cela aurait été insolent et insensible, les deux défauts que Gordon lui reprochait le plus. Grace ne voyait absolument pas le monde de la même façon que son mari. Si elle pouvait offrir un conseil à Vivien, ce serait de trouver quelqu'un qui partage la même vision critique du monde qu'elle, la même curiosité et le même humour.

Avec le temps, elle avait appris à réprimer toute trace d'insolence avec Gordon, mais elle ne s'était jamais considérée comme étant quelqu'un d'insensible. Elle était simplement convaincue que le monde ne devait rien à personne. D'une manière ou d'une autre, la vie était difficile pour tous. On pouvait envier Grace d'avoir une famille unie et un toit sur la tête, mais nul ne soupçonnait qu'il lui arrivait parfois de vouloir rester dans ce bus et poursuivre son voyage.

Les sentiments contradictoires qu'elle éprouvait envers sa propre vie la troublaient, car elle aimait plus que tout ses fils, aujourd'hui âgés de dix et onze ans. Elle aimait leur corps bruni par le soleil avec leurs marques de bronzage autant que leurs petites jambes fines comme des allumettes qui bondissaient constamment par-dessus toutes sortes de choses : des fauteuils renversés, le toit en tôle de l'abri de jardin de Gordon, derrière la maison, le vieux noyer noueux sur la pelouse de devant… Elle aimait voir leur visage s'illuminer lorsqu'elle leur préparait un bol d'Ovomaltine fumant avant d'aller se coucher, en hiver, et leur front tout chaud lorsqu'elle les embrassait pour leur souhaiter bonne nuit. Mais elle avait l'impression de ne représenter que le début et la fin de leurs journées. Pire encore, pour Gordon, elle était le trou au milieu, la source de sa déception et de son désespoir, la personne qui – si seulement elle avait été suffisamment gentille et aimante – aurait pu lui faciliter la vie, mais qui s'y était refusée. Il n'arrivait absolument pas à comprendre pourquoi diable elle souhaitait constamment le rendre si malheureux.

En acceptant de travailler à la librairie, par exemple. Gordon s'était vu prescrire une longue période de repos, vers la fin de la guerre. Officiellement pour un épuisement nerveux, mais il soutenait qu'on l'avait simplement fait travailler beaucoup trop dur. Il recevait une indemnité hebdomadaire qui couvrait à peine leurs dépenses alimentaires et, en 1946, sa femme avait commencé à désespérer, d'autant plus qu'après la guerre les prix avaient grimpé en flèche.

Un jour, Grace s'était rendue de bonne heure à Camden Town pour y faire ses courses hebdomadaires. Alors que son bus approchait de la rangée de primeurs, de poissonneries et de boucheries, elle avait décidé sur un coup de tête de rester à bord. Le véhicule à deux étages s'était ensuite dirigé vers les gares de King's Cross et St Pancras, s'enfonçant de plus en plus vers le sud, dans le West End, plus loin que Grace n'avait jamais eu l'occasion d'aller. Installée à l'avant du niveau supérieur, elle regardait tourbillonner Londres par la vitre, en contrebas. Cela lui avait rappelé le livre qu'elle lisait aux garçons, à l'heure du coucher, *Vingt Mille Lieues sous les mers* de Jules Verne, et, dans un rare moment de fantaisie en adéquation avec son humeur soudain impulsive, Grace s'était imaginée à l'avant d'un sous-marin futuriste, exilée en mer, hors de portée de tous ceux dont elle avait la responsabilité.

Lorsque le bus avait atteint Bloomsbury, Grace avait reconnu le nom de Great Ormond Street, où se trouvait l'hôpital pour enfants auquel l'écrivain J.M. Barrie avait fait don des droits d'auteur de *Peter Pan*, un autre des livres préférés de ses fils. Tandis que le bus continuait à sillonner des rues de plus en plus étroites, Grace avait décidé de descendre se promener. Elle s'était ainsi retrouvée pour la première fois dans une ruelle calme et pavée, Lamb's Conduit Street, qui s'étendait de Guilford Street, beaucoup plus animée, à l'extrémité nord, à Theobalds Road, au sud. Depuis l'époque georgienne, cette rue et ses soixante-dix-huit commerces hébergeaient toutes sortes de boutiques de luxe, des pâtisseries, fromageries et caves à vins aux bijouteries, librairies en passant par pas moins de deux magasins de jouets concurrents.

Grace s'était offert une viennoiserie et une tasse de café noir fumant auprès d'un marchand ambulant, puis avait erré au hasard, buvant à petites gorgées le liquide qui lui brûlait le bout de la langue. Enfin, en prenant place sur un banc en fer forgé, elle s'était retrouvée nez à nez avec une affiche collée à hauteur d'yeux dans la vitrine d'une librairie.

OFFRE D'EMPLOI
Recrutons secrétaire mature, responsable
et assidue pour des tâches administratives
auprès du directeur général.
Sténographie Pitman et vitesse de frappe
de 100 MPM indispensables.
Pour plus d'informations, veuillez vous
renseigner à l'intérieur.

La librairie en soi était exactement ce que les touristes venaient chercher à Londres. Les boiseries extérieures étaient peintes d'un bleu indigo brillant, il y avait une partie de la vitrine en saillie au niveau de la rue et des fenêtres georgiennes symétriques sur les deux étages supérieurs. Au-dessus de la porte d'entrée, l'imposte victorienne représentait un soleil levant. En guise d'enseigne, les mots « Bloomsbury Books & Maps » étaient peints en lettres dorées sur la vitrine, sur toute la largeur du magasin, depuis le dessus de la porte à gauche jusqu'à la saillie, à l'autre bout de la façade.

Dans la vitrine, les livres qui attiraient le regard de la plupart des passants n'intéressaient pas particulièrement Grace. Elle aimait lire, mais ce qui lui plaisait le plus, c'était l'argent, ou plutôt la façon d'en gagner davantage. Pleine de ressources et de bon sens, Grace était parfaitement adaptée à son rôle par défaut de chef de famille. Elle avait toujours apprécié l'aspect économique de la gestion du ménage et aimé réutiliser ce qui pouvait l'être : les restes de nourriture pour le dîner du lendemain, son pot de boutons, sa pelote de diverses ficelles… Grace était intimement persuadée qu'il fallait tirer le meilleur parti de ce qui nous était offert. Seule la liste des courses pour la famille défiait son esprit d'initiative : le rationnement étant toujours en vigueur, les repas des Perkins étaient généralement composés d'une viande, de légumes différents chaque jour, et d'un œuf mensuel chacun.

Ce fut alors qu'un homme de l'âge de Grace et d'allure plutôt avenante s'était immobilisé juste devant elle, cherchant quelque chose dans sa mallette tout en marmonnant. S'apercevant qu'il l'empêchait de voir la vitrine de la librairie, il avait reculé d'un pas.

— Oh, je suis terriblement navré, je vous gêne ?

Grace avait levé les yeux vers lui et secoué la tête avec un sourire poli, renversant un peu de café sur sa jupe crayon en tweed.

— Oh, mince ! s'était exclamé l'homme avec inquiétude.

Saisissant un mouchoir soigneusement repassé dans la poche avant de sa veste, il avait fait tomber la clé qu'il avait enfin trouvée et l'avait regardée, impuissant, ricocher sous le banc où Grace était assise.

Elle avait tendu sa tasse à bout de bras et s'était instinctivement penchée pour ramasser la clé avec son autre main, et tous deux avaient souri lorsqu'ils avaient manqué de se cogner la tête l'une contre l'autre.

— Ce que nous pouvons être maladroits, avait déclaré l'homme d'une manière très élégante.

Grace l'avait aussitôt apprécié, notamment pour la façon dont il semblait vouloir la mettre à l'aise. Plus il s'en voulait, plus il était attentionné avec elle. Tout le contraire de Gordon, qu'elle avait jadis trouvé élégant, lui aussi, à la manière des acteurs Charles Boyer et Basil Rathbone, jusqu'à ce qu'il s'avère qu'il était simplement pointilleux à l'excès.

Un grand jeune homme blond, bien habillé, au visage d'ange, avait alors surgi dans le vestibule de la boutique, ouvrant en grand la porte donnant sur la rue.

— Excusez-moi, Votre Altesse, avons-nous besoin d'aide ? avait-il demandé en riant, tandis que l'autre homme brandissait triomphalement la clé qu'il avait récupérée.

Grace avait regardé les deux hommes plaisanter de manière facétieuse et familière, avant de pénétrer ensemble dans la boutique. Depuis son banc, elle avait relu l'annonce. Aucune des qualités requises ne lui paraissait insurmontable : elle avait été une secrétaire compétente, à l'époque. Sa vitesse en Pitman était excellente, et elle serait certainement considérée comme étant mature, puisque, d'après elle, cela signifiait qu'elle était trop mariée ou trop âgée pour constituer une menace sur les relations délicates entre les différents membres du personnel.

Grace avait bu une nouvelle gorgée de café, rendu la tasse au marchand ambulant et, à contrecœur, pris la route du retour. Lorsqu'elle avait atteint l'arrêt de bus, quelque chose l'avait poussée à rebrousser chemin. Aujourd'hui encore, elle n'avait aucune idée de ce qui l'avait décidée à faire demi-tour. Elle avait apprécié la saveur inhabituelle de la viennoiserie, le goût d'un café qu'elle n'avait pas préparé, pour une fois, ainsi que l'impression d'avoir été le capitaine Nemo durant son trajet en bus. L'élégance de l'homme maladroit, l'affabilité de l'autre.

« C'est comme ça qu'ils t'ont piégée », lui dirait plus tard Vivien.

Chapitre 5

Règle n° 6

La réputation historique de la librairie en tant que pourvoyeur de livres de qualité doit être préservée à tout moment.

Le propriétaire de *Bloomsbury Books* était Jeremy Baskin, le onzième comte Baskin, dont l'arrière-grand-père avait gagné le magasin au cours d'une partie de cartes à rallonge dans un club privé du West End, exactement cent ans auparavant. Pour le comté de Baskin, *Bloomsbury Books* n'était qu'un actif de plus dans un registre vieux de plusieurs siècles, au même titre que plusieurs générations de chevaux de course, un original de Hogarth et une rangée de cottages ouvriers dans un village proche du siège ancestral de la famille, dans le Yorkshire.

Acquise sur un coup de tête, la librairie avait depuis lors été conservée dans le même esprit. Jusqu'à l'actuel comte Baskin, la famille n'avait guère accordé d'attention à *Bloomsbury Books* et à l'immeuble de Lamb's Conduit qui l'hébergeait, et n'avait même pas non plus passé beaucoup de temps en ville. Mais Jeremy Baskin aimait Londres. Il aimait se promener dans les rues bondées et tortueuses, et tomber sur quelque chose qu'il n'avait jamais remarqué. La ville regorgeait de surprises ; il fallait simplement toujours lever les yeux, aussi bien pour éviter de se cogner que de passer à côté d'une jolie découverte.

Lord Baskin nourrissait une affection paternelle pour la librairie et son personnel, qu'il voyait souvent comme une bande d'enfants pleins de vie, même s'ils se chamaillaient parfois. Lui-même était sans enfant, divorcé et seul. Il était revenu d'Afrique du Nord blessé au bras gauche, et, en son absence, sa femme s'était enfuie avec un jeune soldat américain. Un scandale digne du livre de son ami Evelyn Waugh, *Une poignée de cendre*. Mais, plutôt que d'aller se perdre dans les entrailles de la forêt amazonienne pour échapper aux ragots, le comte s'était réfugié chez *Bloomsbury Books*, tandis que les membres de la haute société avaient fui Londres et les bombardements pour se terrer dans leurs propriétés à la campagne. Plusieurs jeunes hommes du personnel ayant été appelés sous les drapeaux, des femmes étant souvent engagées pour les remplacer, lord Baskin avait fini par travailler au magasin jusqu'au terme de la guerre.

Contrairement aux autres hommes de sa famille, Jeremy Baskin aimait rencontrer des individus de tous horizons. Il était la cordialité incarnée : il pouvait trouver quelque chose d'intéressant chez à peu près n'importe qui. Si son défunt grand frère, son père et son grand-père s'en tenaient tous à la fréquentation d'une classe sociale extrêmement restreinte – l'aristocratie oisive –, Jeremy faisait tout son possible pour écouter les histoires des autres, qu'elles soient modestes ou impressionnantes. Il trouvait qu'il n'existait pas meilleur endroit pour les découvrir que dans une librairie.

Derrière le comptoir de la caisse où Vivien travaillait à présent à contrecœur, Jeremy Baskin était aux premières loges pour comprendre quelques-unes des raisons possibles de son mécontentement. Le statut de client semblait faire ressortir ce qu'il existait de pire chez certains. Il y avait quelque chose de merveilleusement – mais tristement – démocratique dans tout cela. Un instant, une ménagère pressée avec une sucette collée à sa manche exigeait de se faire rembourser un livre manifestement usagé ; un autre, un professeur de l'une des universités voisines critiquait le désordre qui régnait à l'étage des livres rares. Lord Baskin était incapable de prévoir le moment où la gêne ou l'agressivité se manifesterait, mais c'était dans ces circonstances que ses années de préparation à l'héritage du patrimoine familial lui étaient le plus utiles. Il voyait la librairie – et le monde – comme une série d'éléments interconnectés. Son travail consistait à assurer le bon fonctionnement de l'ensemble, et son amabilité naturelle l'aidait à répondre aux besoins passagers des autres, tout en s'efforçant de ne pas céder le moindre pouce de terrain. L'actuel comte Baskin ne pouvait pas se permettre de perdre davantage.

D'une part, la loi de finances de 1949 avait imposé des droits de succession de quatre-vingts pour cent sur les montants du patrimoine familial dépassant le million de livres ; lorsque le grand-père de Baskin était mort, son fils et héritier n'avait dû payer qu'une fraction de cette somme. Résultat, le comté avait dû vendre les biens familiaux les moins essentiels pour pouvoir assumer les coûts des moins dispensables. N'ayant rapporté que quelques milliers de livres de bénéfices chaque année depuis la crise de 1929, la librairie aurait dû être la première à en faire les frais. La situation demeurait si tendue que MM. Dutton et Allen, les plus anciens membres du personnel, recevaient une petite partie de leur salaire annuel sous forme d'actions, afin de maintenir la librairie en activité. Bientôt, en mettant en commun leurs parts, les deux hommes seraient en mesure d'acquérir la majorité de l'établissement, et ce serait la fin de l'implication de la famille Baskin dans *Bloomsbury Books*.

Récemment, M. Dutton avait évoqué cette possibilité avec M. Allen. Lord Baskin n'était cependant pas sûr qu'ils soient le meilleur choix pour faire entrer le magasin dans la seconde moitié du XXe siècle. Bien qu'il apprécie et respecte sincèrement les deux hommes, Baskin ne pouvait s'empêcher de se demander s'il n'était pas temps de changer. Frank passait de plus en plus de temps sur la route, tandis que Herbert balayait du revers de la main les idées de ses jeunes collaborateurs comme autant de mouches importunes : ni offres spéciales, ni ventes privées, et surtout pas d'abonnements personnalisés ni de services de livraison à domicile. La mère de lord Baskin, hôtesse réputée pour sa générosité, lui avait enseigné l'importance de mettre les autres à l'aise et de leur faire vivre un moment mémorable. Dutton et Allen ne vendaient que la mémoire du passé, et celui-ci ne valait plus grand-chose. Lord Baskin comprenait mieux que n'importe qui l'aspect financier de l'industrie du livre, et la boutique familiale ne valait guère plus que le terrain sur lequel elle était implantée.

Heureusement pour lord Baskin, il en était toujours propriétaire. En Angleterre, la majorité des terres restaient encore entre les mains de quelques milliers d'héritiers comme lui. Mais lord Baskin soupçonnait l'« aristocratie terrienne », comme son père préférait se qualifier, de bientôt devoir rendre des comptes. L'aristocratie chanceuse. Ayant hérité du sang-froid de son père et de l'esprit libre de sa mère américaine, Jeremy Baskin n'était guère inquiété par l'idée du changement ; il savait qu'il ne manquerait jamais de rien. Mais, pour nombre de ses pairs, les perspectives pour la nouvelle décennie, entamée deux jours seulement auparavant, étaient très préoccupantes. L'aristocratie avait commencé à vendre les maisons familiales quand elle le pouvait, et à les démolir dans le cas contraire. Les invitations étaient prisées : un week-end à la campagne ou une fête à Londres aux frais de l'hôte pouvaient résoudre bien des problèmes de trésorerie momentanés.

Le comte se trouvait ainsi ce soir-là devant le bar du vaste salon de la résidence de son hôtesse, à Belgrave Square. Les invités fêtaient le retour de Vivien Leigh sur scène le soir même dans

Un tramway nommé Désir, après une courte convalescence. Baskin avait prévu de ne pas s'éterniser. Le message laissé à son intention à la réception de l'hôtel *Russell* à Bloomsbury était relativement déconcertant : Herbert Dutton avait téléphoné pour annoncer un remaniement temporaire du personnel le temps d'un congé regrettable de sa part, si court soit-il. Connaissant à la fois le dévouement de M. Dutton à son travail et sa tendance à minimiser tout le reste, lord Baskin était suffisamment inquiet pour montrer encore moins de patience qu'à l'accoutumée pour le tourbillon de mondanités autour de lui.

Il fut soulagé de voir approcher Yardley Sinclair au milieu d'une foule de robes de cocktail aux tons chatoyants et de smokings noirs, sans la moindre queue-de-pie en vue. Ce n'était là qu'un des nombreux changements vestimentaires de l'après-guerre auxquels lord Baskin devait s'adapter, alors qu'il avait la quarantaine depuis peu. En dépit de cette nouvelle décontraction, Yardley semblait toujours aussi élégant et malicieux. En tant que directeur des services culturels chez Sotheby's, très respecté mais particulièrement pingre, Yardley partageait son temps entre Londres et le petit village de Chawton, dans le Hampshire, où il avait récemment acquis plusieurs hectares de terres agricoles. D'après la rumeur, il y partageait sa demeure avec un autre homme, un fermier local, membre de la Fondation Jane Austen. Lord Baskin connaissait et appréciait Yardley depuis des années, depuis leurs études à Cambridge.

— Sinclair, tu as donc quitté ta ferme ?

Yardley acquiesça tout en attrapant joyeusement une flûte de champagne sur le plateau discrètement tendu par un serveur qui, contrairement aux convives, était toujours en queue-de-pie.

— *Aye*, répondit Yardley avec son accent écossais traînant. (Lord Baskin aurait juré qu'il s'épaississait avec le temps.) Rien de tel que de célébrer le Nouvel An avec une bande de villageois ivres de cidre.

— La fondation était-elle de nouveau au complet ?

— À l'exception de la petite, oui. Elle est toujours à Cambridge, dépassant de loin nos efforts dérisoires quand nous y étions. Mais j'ai ramené Mimi. Elle est quelque part par là. Et toi ? Tu es resté en ville ?

Baskin termina sa coupe de champagne, mais en refusa une seconde.

— Il faut que je garde les idées claires, expliqua-t-il en remarquant le regard intrigué de Yardley.

— Un problème de femme ?

Baskin éclata de rire, comme si l'idée était totalement absurde.

— Ça ne risque pas. Qui voudrait d'un divorcé vieillissant avec un patrimoine qui tombe en ruine ?

— Un patrimoine reste un patrimoine, mon vieux. Et il y a de plus en plus de divorcés.

Haussant un sourcil amusé, Yardley désigna d'un coup d'œil quelques femmes qui tentaient d'entendre ce que disait lord Baskin, si grand et si séduisant qu'il se distinguait au milieu de n'importe quelle foule.

Suivant son regard, lord Baskin aperçut lady Browning, qui écoutait attentivement, d'un air espiègle, la conversation des deux hommes. Elle le regarda délibérément dans les yeux avant de chuchoter quelque chose à l'oreille de son amie Ellen Doubleday, la veuve du magnat américain de l'édition. Baskin se demanda quels ragots les deux femmes pouvaient bien se réserver pour ce soir-là. Heureusement, il savait que sa vie sentimentale, qui commençait à le laisser perplexe, lui aussi, était à l'abri des regards indiscrets.

— Le problème, c'est le magasin, en fait, répondit-il à Yardley. Mon directeur général a pris un congé maladie, et il va falloir rappeler Frank Allen.

— Ça ne va pas plaire à Allen. Ces derniers temps, il fait acquisition sur acquisition chez Sotheby's.

Baskin acquiesça.

— Le personnel est si peu nombreux que Dutton va devoir réorganiser l'ensemble des postes. Il ne proposera certainement aucune promotion aux filles… Dutton est bien trop vieux jeu de ce point de vue.

— Peut-être va-t-il enfin se dérider…

— C'est peu probable, sourit lord Baskin avec un certain dépit.

Il connaissait Herbert Dutton depuis des dizaines d'années, avec ses cinquante et une règles et sa poigne de fer. L'homme était incapable de donner la moindre impulsion et de prendre quelque initiative que ce soit.

— Ta famille possède le magasin depuis… quoi, une centaine d'années ? Il est peut-être temps de lâcher prise.

Baskin secoua lentement la tête.

— Qu'adviendra-t-il des femmes ? Le pays est encore en pleine crise économique. Et puis, il y a M. Ramaswamy, qui nous a rejoints depuis l'Inde, contraint de se contenter de nous malgré son espoir de trouver un emploi de scientifique. Non, il faut que je fasse tout pour qu'il reste entre de bonnes mains.

— C'est très paternel de ta part.

Baskin éclata de rire.

— Je dois avoir l'air drôlement présomptueux… Mais chacun d'eux a besoin de ce travail pour pouvoir mettre du beurre dans les épinards, ils ont déjà tellement de mal à joindre les deux bouts. Nous avons de la chance, toi et moi. Enfin, regarde autour de toi. Tout le monde est là. Il est toujours possible de se créer des opportunités.

C'était le cas. Tous les soirs à Londres, les bars des hôtels, le foyer des théâtres et les salons regorgeaient du même assortiment de personnes : des politiciens et des barons de la presse, des aristocrates et des mondains américains comme Ellen Doubleday, des écrivains, des artistes et des actrices comme lady Olivier et Mimi Harrison. Aux États-Unis, Hollywood contrôlait l'industrie cinématographique, Washington était le centre politique et New York celui des arts, mais Londres était le centre de tout. Cité construite sur les vestiges de celles qui l'avaient précédée, on pouvait y dénicher des reliques qui remontaient aux époques romaine, anglo-saxonne, viking, normande, élisabéthaine et victorienne.

Lord Baskin regarda autour de lui dans la pièce, se demandant si les lords et les dames qui s'y trouvaient n'allaient pas bientôt devenir des reliques d'un autre genre. Hors de ces salons dorés, le Londres de ses employés avait été bombardé et presque anéanti. Mais le changement était en marche, même lui le voyait. Lord Baskin ignorait à quoi s'attendre pour la décennie à venir, mais il se doutait qu'elle ne ressemblerait en rien à la précédente. Les zones résidentielles à haute densité, l'emploi, l'immigration et les exportations prenaient tous de l'ampleur, de même que la sécurité sociale pour tous. Cela signifiait plus d'argent pour les vacances à la mer, les sorties au cinéma et les livres. Pour les nouveaux bas en nylon que Vivien et Grace pouvaient désormais s'offrir, malgré leurs escarpins en cuir verni au bout éraflé.

Ses deux employées étaient des femmes très compétentes sachant mettre à profit leurs capacités, même si ce n'était pas grand-chose. Lord Baskin les admirait beaucoup et craignait que M. Dutton ne porte préjudice au magasin en n'en confiant la direction qu'à des hommes. Baskin était cependant un propriétaire peu impliqué : la boutique lui tenait à cœur, mais il savait où était sa place et respectait l'autonomie des autres. Sa conception du « noblesse oblige » était absolue, incontestée et, pourtant, sur le point d'être remise en question.

Chapitre 6

Règle n° 13
Le personnel est tenu de respecter scrupuleusement les horaires d'arrivée.

Lamb's Conduit Street (la « rue de la conduite des agneaux ») tenait son nom non pas de l'image pittoresque d'un passage pour les agneaux comme pouvaient le croire certains touristes, mais d'un marchand de tissu et d'un barrage élisabéthain. Quatre cents ans auparavant, le riche William Lambe avait financé la construction d'une véritable conduite, aujourd'hui démolie depuis longtemps, pour alimenter la ville en eau à partir de sources et de rivières de prairie. Philanthrope notoire, Lambe avait également fourni plus de cent seaux à des femmes démunies pour la collecte et la vente de l'eau, un travail ennuyeux que Vivien comparait souvent avec sarcasme au sien et à celui de Grace.

Dans le bas de la rue, au numéro 40, se trouvait *Bloomsbury Books*. Lorsque Vivien arriva au travail – en retard –, le lendemain de l'attaque de M. Dutton, elle fut surprise de constater que les portes extérieures et intérieures du magasin étaient encore fermées. Les clients ne devaient pas se présenter avant la demie, heure d'ouverture officielle du magasin, mais M. Dutton avait toujours demandé au personnel de commencer sa journée à 9 heures précises, bien que Vivien ait souvent enfreint cette règle. D'après ce qu'elle put constater en entrant et en jetant un coup d'œil autour d'elle, personne n'était encore arrivé pour réclamer du thé, espionner depuis une échelle ou manipuler des fusibles vétustes. Le rez-de-chaussée de la boutique était étrangement silencieux.

Vivien alla déposer son sac à main en cuir verni noir sous le comptoir. Elle laissa la caisse s'ouvrir entièrement plutôt que de l'arrêter avec sa hanche, comme à l'accoutumée. Toujours aucune réaction, pas même la toux caractéristique de M. Dutton dans son bureau au premier tintement de la caisse, chaque matin.

En accrochant les clés de la porte d'entrée à leur petit crochet métallique, Vivien jeta un coup d'œil sous le comptoir. La mallette d'Alec (en cuir de veau véritable et ornée d'un monogramme en or, un cadeau de ses parents aimants) n'était pas dissimulée dans le recoin où il la rangeait toujours.

À cette découverte, Vivien, l'œil vif, dressa la tête en réfléchissant.

Alec n'était jamais en retard, à moins qu'il ait passé la soirée avec des auteurs la veille, avec l'autorisation et les encouragements de M. Dutton, beaucoup moins sociable que lui. En fait, la plupart du temps, Alec était le premier arrivé et souvent le dernier parti, en fin de journée. Et, les lundis soir, il travaillait très tard. Vivien était convaincue que c'était pour tirer quelque avantage sur les autres pour le reste de la semaine.

Elle repensa à toute l'agitation de la veille. La petite et singulière Evelyn Stone avait quitté le bureau de M. Dutton en disant à peine « au revoir » ; Vivien et Grace étaient parties quelques minutes après elle. Généralement, Ashwin Ramaswamy s'en allait peu de temps après les femmes ; personne ne s'était donné la peine de lui demander où. Le capitaine Scott était habituellement le suivant. Il se rendait dans l'un des deux pubs qui faisaient partie de la vie de Lamb's Conduit depuis des siècles : le *Sun*, au numéro 63, à l'angle de Great Ormond Street, et le *Lamb*, au 94, dont on racontait qu'il avait souvent été fréquenté par Charles Dickens. Pour cette raison, il était particulièrement apprécié des hommes de *Bloomsbury Books*.

Chaque soir, les derniers à partir étaient toujours Herbert Dutton, Frank Allen et Alec McDonough. Lorsque Frank n'était pas à une vente aux enchères, il attendait Herbert pour que les deux hommes puissent achever leur journée en discutant des affaires du magasin. Il arrivait à Alec de s'attarder encore plus longtemps, prétendument pour s'occuper avant d'aller en soirée, mais aussi pour passer un temps précieux seul avec Dutton et Allen, au grand agacement et au grand désarroi de Vivien.

Mais la journée de la veille n'avait pas été comme les autres. Vivien avait été surprise par son degré d'affolement et d'inquiétude pour M. Dutton alors qu'il se tordait par terre, le reste d'entre eux se demandant quoi faire. Tous, sauf Evie Stone.

À ce moment-là, Vivien entendit un bruit au fond de la boutique. M. Dutton devait être à son bureau, frais et dispos comme à son habitude. Elle s'y rendit, étonnée par cette soudaine envie de prendre de ses nouvelles. Lorsqu'elle atteignit la porte ouverte, elle s'immobilisa.

Là, derrière le grand bureau de Herbert Dutton, jonché d'énormes piles de paperasse et de factures, était installé Alec McDonough.

— Bonté divine, Alec, le corps n'est même pas encore froid ! Lève-toi de là, cracha-t-elle avant de remarquer l'épaisse liasse de papiers entre ses mains. Qu'est-ce que c'est ? demanda-t-elle d'un air méfiant.

— Des instructions. De la part de M. Dutton. (Alec posa les feuilles sur le bureau et les étala en éventail sur le buvard devant lui.) Quatorze pages.

— Pour quoi faire ?

— Il semblerait… il semblerait qu'il doive prendre un congé prolongé. Ordre du médecin.

— Impossible ! Ce n'était qu'une crise d'épilepsie, et sans doute pas la première.

Alec secoua la tête.

— J'ai l'impression que l'état de M. Dutton est bien plus préoccupant qu'il ne l'ait jamais laissé entendre.

Vivien le dévisagea.

— Quoi qu'il en soit, M. Allen le remplacera tout aussi bien.

Alec tapota les papiers des deux mains, comme s'il désirait mettre un terme à la discussion.

— Il semblerait que M. Dutton souhaite un directeur général provisoire qui soit disponible en permanence au magasin.

Vivien demeura immobile, dévisageant Alec en silence, profitant pour une fois d'être plus grande que lui malgré son mètre quatre-vingts, jusqu'à ce qu'elle comprenne ce qui se passait.

— Tu n'es pas… (Alec haussa légèrement les épaules d'un air assuré.) Enfin, je ne vais pas…

— Ça te regarde.

Ils se regardèrent droit dans les yeux.

— Très bien. Je vais démissionner, alors.

— Tu en es bien sûre ? demanda Alec.

Vivien l'observa avec soin. Il ne lui disait pas tout. Quatorze pages, c'était beaucoup, même pour M. Dutton, et il ne s'agissait sans doute pas d'un panégyrique des capacités de son personnel.

— Qu'y a-t-il d'autre dans ces instructions ? Tiens, donne-les-moi.

Alec changea de position dans l'imposant fauteuil, mais n'eut aucune autre réaction.

— Elles me sont adressées. En tant que directeur général provisoire.

Poussant un soupir de capitulation, Vivien prit place en face de lui.

— En premier lieu, Evelyn Stone est engagée.

— J'espère bien.

— Et il y aura un nouveau responsable du rayon Fiction. (Alec marqua une pause.) Toi, apparemment.

Il l'observa attentivement à son tour. Elle remarqua dans son regard un changement délibéré : la disparition de son habituelle sérénité.

— Je retire ma démission, répliqua aussitôt Vivien.

— Tu t'en sens capable ?

— Oui, oui, je crois que oui.

Elle se leva et quitta le bureau avant qu'il puisse dire un mot de plus. Elle faillit percuter Grace qui venait d'arriver, encore vêtue de son manteau et de son chapeau. Sachant qu'Alec pouvait les entendre par la porte ouverte, elle se contenta de lever les yeux vers elle lorsqu'elles se croisèrent dans le couloir, avant de se diriger avec une impatience contenue vers l'avant de la boutique, face aux tables et aux étagères.

Presque aussitôt, elle se planta devant le rayon marqué « A » et saisit les deux exemplaires des *Quatre Filles du docteur March* de Louisa May Alcott, ainsi qu'une épaisse anthologie sur Jane Austen qui se trouvait étonnamment laissée à l'abandon sur l'étagère du bas. Tout d'abord, elle allait composer la table des autrices classiques dont elle avait toujours rêvé. Anne Brontë gagnerait la place qui lui revenait à côté de ses sœurs, Katherine Mansfield rejoindrait sa correspondante de longue date Virginia Woolf, et Elizabeth Gaskell sortirait de l'ombre victorienne de Dickens, Thackeray et Trollope.

Un coup frappé à la porte d'entrée tira Vivien de sa rêverie. Elle consulta sa montre Tank de Cartier, un présent de son défunt fiancé, l'une des toutes premières fabriquées par le styliste de luxe français. Grace lui avait un jour demandé si cette montre en or 18 carats sertie de diamants n'était pas un souvenir trop douloureux, surtout compte tenu de son style inspiré des chars d'assaut des champs de bataille de la Première Guerre. Mais Vivien aimait la vive émotion qu'elle éprouvait chaque fois qu'elle voyait la montre et qu'elle était obligée de se souvenir. Contrairement à tout le reste, elle lui donnait l'impression d'être étrangement vivante.

Sa montre indiquait exactement 9 h 30 : il était temps d'ouvrir. L'anthologie d'Austen encore dans les mains, Vivien alla déverrouiller la porte extérieure depuis le petit vestibule, devant l'entrée de la boutique. Elle salua rapidement le premier homme de la file d'attente, puis retourna au comptoir de caisse, où Grace patientait, désormais.

— Tu n'as pas démissionné ? s'enquit-elle à voix basse.

Vivien secoua la tête avant de jeter un coup d'œil dans le couloir.

— Le Tyran t'a tout raconté ?

Grace acquiesça.

— Le pauvre M. Dutton a dû passer des heures ici, hier soir, pour écrire tout ça.

— Je suis sûre qu'il avait un brouillon dans son classeur, prêt à servir. En cas d'urgence.

— Alors, c'est toi qui t'en occupes ? demanda Grace en baissant les yeux sur le livre d'Austen que Vivien s'amusait à bercer au creux de ses bras. Ne laisse pas le pouvoir te monter à la tête.

Elles se sourirent l'une à l'autre, et Grace donna à Vivien une tape rapide et affectueuse sur l'épaule avant de regagner son bureau.

Une heure s'écoula, une heure durant laquelle, pour une fois, on ne vit Alec McDonough nulle part. Tant de liberté, Vivien en aurait presque pleuré. Elle passa son temps à dresser mentalement la liste de toutes les autrices qu'elle allait désormais pouvoir mettre en avant sur les rayonnages : Gertrude Stein et ses collègues post-modernes, les réalistes américaines dont Sarah Orne Jewett, les romancières à sensation victoriennes démodées comme Mary Elizabeth Braddon et Ellen Wood…

— Mademoiselle ?

En entendant l'accent américain, Vivien leva les yeux et vit une jeune femme devant elle. Elle portait des lunettes à monture épaisse et un béret.

— Que puis-je faire pour vous ?

— Pas grand-chose, j'en ai bien peur, mais auriez-vous par hasard *Le Temps de l'innocence* d'Edith Wharton ?

— Non, je crains que non.

— Il a remporté le prix Pulitzer, aux États-Unis.

— Oui, je le sais. Je suis terriblement navrée.

La jeune femme esquissa un sourire compréhensif avant de regagner l'allée la plus éloignée du rayon Fiction. Vivien la regarda fouiller dans les rayonnages marqués « W », consciente que le mieux qu'elle pourrait trouver serait Virginia Woolf, la seule femme qui ne semblait pas déranger le personnel masculin, malgré l'espace précieux qu'elle occupait sur les étagères.

Vivien ne comptait plus le nombre de fois où de jeunes étudiantes et des membres du personnel des universités et des musées environnants étaient entrés dans la boutique pour demander certaines autrices, en vain. Seules Agatha Christie, Nancy Mitford et Daphné du Maurier figuraient à coup sûr sur les étagères, surtout parce qu'elles continuaient à produire et à vendre, et qu'il était donc plus difficile de les ignorer.

« Difficile à ignorer », c'était le mieux que l'on puisse attendre du magasin en ce qui concernait les femmes qui écrivent. Vivien avait toujours rêvé de donner un coup de pied dans la fourmilière.

Soudain, elle en avait la possibilité. Si l'on pouvait compter sur quelque chose chez *Bloomsbury Books*, c'était bien sur la hiérarchie. M. Dutton avait tout noté noir sur blanc et, ce faisant, avait libéré l'ambition de Vivien pour protéger la sienne. En outre, en tant que directeur général provisoire, Alec ne pouvait pas s'opposer avec fermeté aux choix de Vivien : pour le dominer, il suffisait à cette dernière de lui rappeler son bilan en tant que responsable de la fiction.

Vivien se sentait non seulement libre, mais également enhardie. Elle pouvait prendre les restrictions en place, les cinquante et une règles du magasin, les nombreuses pages d'instructions qu'Alec mettait déjà en pratique avec enthousiasme, et les tourner en sa faveur. Elle se demanda si les hommes avaient bien compris ce qu'ils avaient fait en donnant avec tant de ferveur cet avancement à Alec.

Il s'agissait d'une grave erreur de calcul de leur part.

Chapitre 7

Règle n° 9
Interrompre la réflexion d'un client est susceptible de compromettre une vente.

Frank Emsbury Allen rentra à Londres en milieu d'après-midi, après avoir participé à une vente aux enchères de deux jours à Toppings, dans le North Yorkshire, aux côtés de dizaines d'autres acheteurs de livres rares venus de toute l'Angleterre. À sa sortie de la gare St Pancras, à la nuit tombante, Frank s'offrit un taxi. En temps normal, il aurait couru une quinzaine de minutes de Judd Street jusqu'au magasin, mais la journée avait été longue, et il avait hâte de rentrer chez lui.

À Toppings, Frank avait parcouru rapidement, mais avec minutie l'intégralité de la bibliothèque familiale composée d'un millier de livres. Il n'avait pu disposer d'aucun catalogue pour se préparer, puisqu'il n'avait été fait appel à aucune maison de vente aux enchères à l'image de Sotheby's. C'était ce qu'on appelait dans le milieu du livre une « vente au rabais ». Le dernier membre de la famille était décédé sans héritier mâle direct, et l'exécuteur testamentaire s'était empressé de tout liquider pour payer les droits de succession punitifs. Frank se doutait que, dans les dix ans à venir, la maison palladienne georgienne, superbe malgré son état de délabrement avancé, serait démolie pour faire place à d'autres bungalows préfabriqués comme ceux qui ceignaient déjà le domaine.

En pénétrant dans la boutique du 40Lamb's Conduit, Frank n'y décela aucun changement flagrant. Deux Américaines vêtues de robes Dior rose et jaune, avec des chapeaux et des sacs assortis, contemplaient la première table de livres d'art d'un air morne, comme si cette activité leur avait été imposée. C'était le genre de femmes qui passaient en général en coup de vent dans la boutique après une journée où elles avaient déjeuné, fait du shopping et visité la National Gallery en compagnie d'un guide privé. Pour une fois, Alec McDonough, avec sa chevelure blonde ondulée et sa grande silhouette toujours vêtue d'une veste et d'un pantalon, ne se trouvait pas juché au sommet d'une des échelles roulantes (« comme s'il se prenait pour Dieu », Vivien aimait-elle à se plaindre). Cette dernière se tenait à son poste habituel, à l'intérieur du comptoir de caisse, griffonnant rageusement dans son carnet vert à spirale.

En passant devant elle, Frank la salua d'un petit signe de tête qu'elle lui rendit, chacun des membres du personnel étant parfaitement conscient de la nécessité de rester aussi silencieux que possible. « Interrompre la réflexion d'un client est susceptible de compromettre une vente. » C'était la neuvième règle du magasin, et l'un des nombreux mantras que la direction leur avait inculqués au cours des ans.

Frank avait appris par le courrier du matin de Toppings, que le maître d'hôtel lui avait remis juste après le petit déjeuner, que Herbert Dutton serait absent ce jour-là. Il ne savait rien de plus. Il avait pris la note sur le plateau d'argent qu'on lui tendait juste au moment où lady Bradbury, d'au moins quinze ans son aînée, lui avait encore lancé un de ses regards. Il n'avait pas donné suite, même s'il lui aurait été facile de s'adonner à une nuit de plaisir loin de chez lui. Avenant, avec ses traits aquilins et ses manières de séducteur, Frank s'était retrouvé à décliner les attentions d'un grand nombre de veuves au fil des années, pendant qu'il fouillait dans la bibliothèque de leurs défunts époux.

Frank gravit quatre à quatre l'escalier qui menait aux deux niveaux supérieurs. Débordant d'énergie, c'était le pendant du discret Herbert Dutton, avec qui il avait officieusement codirigé *Bloomsbury Books* au cours de ces dix-huit dernières années. En atteignant le palier du premier étage, il ne prit pas la peine de jeter le moindre coup d'œil au capitaine Scott, qui l'aurait accueilli tout au plus par un grognement. Lorsqu'il eut enfin gagné le palier du second, qui donnait sur un vaste grenier ouvert, il accrocha son sac et sa valise à un portemanteau non loin, se retourna, soulagé d'être de retour, et se figea si brusquement qu'un de ses pieds resta suspendu en l'air devant lui.

Là, au milieu de la pièce, installée sur un tabouret de bois à trois pieds, se trouvait une gamine de petite taille, au physique quelconque, et qui semblait encore dans l'adolescence. Elle avait ouvert en grand les portes vitrées de la bibliothèque aux panneaux de style Régence, et furetait à l'intérieur.

Frank ouvrit la bouche, puis la referma, et fit volte-face pour redescendre en courant au premier.

— Il y a une fille dans mon rayon.

Le capitaine Scott ne leva pas les yeux immédiatement en entendant Frank. Il se contenta de brandir son index gauche avec un « chut ! » tout en poursuivant sa lecture.

— Une fille. Toute petite. Haute comme ça.

Frank tendit sa main gauche à un mètre du sol.

Scott finit par poser sa loupe et se tourner vers son collègue.

— Allons, mon vieux, elle n'est pas si petite.

— Que diable s'est-il passé ici en mon absence ?

Scott lui raconta brièvement les détails de la crise d'épilepsie de M. Dutton, tandis que Frank s'installait lentement dans un fauteuil de lecture non loin.

— Je l'ignorais... Dans son mot, il disait simplement qu'il ne serait pas là aujourd'hui.

— Il était inutile de t'inquiéter pour rien. (Scott toussota.) Tout s'est plutôt bien passé.

Chaque fois qu'il discutait avec l'ancien officier de marine, il avait l'impression de fendre la glace dans les mers arctiques, mais, à ce moment-là, Frank crut déceler un léger dégel dans l'attitude du vieil homme.

— Alors, il lui a donné un poste, juste comme ça, sans me consulter ?

— Sans consulter personne. Elle est arrivée ce matin. Elle s'est mise directement au travail, et on n'a plus entendu parler d'elle depuis. Une certaine Evelyn Stone.

— Evelyn Stone, répéta Frank presque distraitement. Ah, bien sûr, je m'en souviens, à présent... l'appel téléphonique juste avant Noël. Je crains qu'elle ne soit pas du tout ce que j'attendais.

— Mais tu l'as déjà rencontrée ?

— Vaguement. Lors de la dispersion de la bibliothèque du Manoir de Chawton. Automne... 1946, il me semble ? C'est Yardley Sinclair de Sotheby's qui me l'a présentée. J'ai du mal à comprendre pourquoi.

Frank se leva de son fauteuil en poussant un profond soupir. S'il aimait voyager, c'était en partie parce qu'il n'aimait pas se sentir surveillé de quelque manière que ce soit. Sur la route, Frank pouvait faire ce qu'il voulait, quand il le souhaitait. Et il n'avait aucune envie qu'une fille fouille dans ses précieux livres, diplômée de Cambridge ou non.

—Je suis sûr que ce sont les femmes qui ont poussé Herbert, ajouta-t-il en plaçant son pouce et son index entre ses sourcils, chassant la ride verticale qui avait tendance à s'y creuser dans les moments de stress.

Le capitaine Scott haussa les épaules.

—Herbert n'avait pas toute sa tête.

Frank soupira de nouveau.

Les choses ne commençaient pas sous les meilleurs auspices pour Mlle Evelyn Stone.

Le 3 janvier 1950, à 10 h 29, Evie Stone s'était présentée à la porte d'entrée de *Bloomsbury Books* une minute précisément avant l'horaire que M. Dutton lui avait stipulé. La veille au soir, elle était sortie du magasin en qualité de nouvelle employée et avait soigneusement chronométré le trajet jusqu'au petit appartement de son amie Charlotte Dewar à Richmond. Lorsque Evie l'avait appelée à Noël pour lui expliquer qu'il lui fallait du travail, Charlotte lui avait aussitôt proposé un lit pliant chez elle jusqu'à ce qu'Evie puisse se payer son propre logement.

Evie et Charlotte avaient tissé des liens lorsqu'elles avaient été domestiques dans la propriété de la famille Knight, à Chawton. Après la vente du domaine à un promoteur, Charlotte avait rapidement trouvé un nouvel emploi à Londres en tant que femme de chambre dans un hôtel. Son déménagement dans la capitale avait été motivé par une histoire d'amour qui s'était terminée aussi vite qu'elle avait débuté. Charlotte avait eu plusieurs autres aventures depuis, mais elle ne semblait pressée ni de se marier, ni de fonder une famille, ce qui déconcertait passablement Evie. Elle ne voyait pas à quoi les hommes pouvaient servir d'autre.

Rentrant chez elle en longeant Lamb's Conduit Street alors que les commerçants baissaient leurs rideaux pour la nuit, Evie était passée devant la rangée de boutiques sans lever les yeux. Elle s'était rendue à Bloomsbury à l'occasion de suffisamment de voyages de recherche pour ne plus faire attention aux bâtiments et aux monuments. Même lorsqu'elle se trouvait dans un nouveau lieu, Evie avait tendance à regarder droit devant elle, concentrée sur sa destination et déterminée à ne jamais être en retard. Cela ne lui était jamais arrivé. Elle faisait en sorte d'avoir toujours une minute d'avance. L'idée de faire attendre quelqu'un, ne serait-ce que quelques secondes, lui paraissait aussi saugrenue que le fait d'être en retard au travail pour M. Dutton, ou celui d'être à l'heure pour l'irascible Vivien.

C'était pourtant cette dernière qui avait accueilli Evie à son arrivée, le lendemain matin, pour son premier jour chez *Bloomsbury Books*.

— Tiens, salut, M. Dutton a écrit que vous viendriez.

Vivien lui avait semblé beaucoup plus chaleureuse que lors de leur première rencontre. Elle avait une grosse pile de livres dans les mains, une table vide devant elle, et agençait joyeusement les choses comme elle le souhaitait.

Ignorant que lui répondre, Evie lui avait demandé où se trouvait l'homme qui avait prêté assistance au malade la veille, celui qui se trouvait toujours sur son échelle.

— Oh, vous voulez dire le nouveau directeur général, en l'absence du malheureux M. Dutton. (Vivien avait fait tournoyer un crayon entre ses doigts.) C'est un opportuniste. Vous voyez le genre.

Evie avait songé à Stuart Wesley, à Cambridge, tenant par la taille la fille de Christenson, tous deux déambulant ivres dans les rues pavées, en costume et robe de soie, enjambant de manière exagérée les bouchons de champagne et les confettis qui jonchaient le sol sous leurs pieds de nantis.

— Ah ! avait lâché Vivien avec un sourire complice. Je vois que vous voyez *très bien* le genre. Ne vous en faites pas. Vous n'aurez pas à vous soucier de lui.

Evie avait dévisagé Vivien, étudiant ses rapides changements d'humeur entre l'hostilité et l'humour, ses cheveux coupés encore plus court que les siens, mais de manière beaucoup plus séduisante. Si Evie utilisait des ciseaux de couture pour maintenir son carré, la coupe de Vivien mettait en valeur son visage ovale et ses grands yeux, avec une frange juste au-dessus des sourcils pour faire ressortir la noirceur de ses cils enduits de mascara. Pendant qu'elles discutaient, Evie s'était surprise à contempler les yeux de Vivien, plus maquillés que ceux de toutes les femmes qu'elle connaissait, même de son amie actrice Mimi Harrison. Elle avait appliqué une épaisse couche de mascara, avait accentué l'arc de ses sourcils au crayon noir, et allongé ses yeux d'un trait d'eye-liner, au point que le regard de Vivien semblait dominer l'ensemble de son visage. Evie avait l'impression que Vivien pouvait sonder son âme, comme l'un des nombreux beagles qu'ils avaient à la ferme familiale. Evie s'était demandé si ce n'était pas le but recherché.

— M. Dutton a laissé une longue liste d'instructions. Dieu merci, McDonough ne pourra pas n'en faire qu'à sa tête ! Je suis la nouvelle responsable du rayon Fiction, et, d'après ce que nous avons compris, vous allez aider M. Allen.

— Oui, mademoiselle.

Vivien avait semblé attendre qu'Evie ajoute quelque chose, avant d'insister gentiment :

— J'ai cru comprendre que vous connaissez M. Allen ?

— Oui, mademoiselle. J'l'ai rencontré lors d'une vente aux enchères. Chez Sotheby's.

— Vous travailliez chez Sotheby's ?

Il y avait dans sa voix un soupçon d'étonnement qui avait totalement échappé à Evie.

—Non, mademoiselle, j'assistais à la vente aux enchères. Avec M. Yardley Sinclair.

—Ah, oui, Grace me l'a dit. Comme c'est charmant ! Et… comment le connaissez-vous ?

Evie n'était pas certaine d'avoir déjà rencontré quelqu'un d'aussi curieux que Vivien.

—Nous sommes tous deux membres de la même fondation.

Vivien la regarda fixement.

—Quel genre de… fondation ?

—La Fondation Jane Austen.

Vivien avait sursauté.

—Non…

—Si.

—Vous faites partie des fameux huit qui ont sauvé le cottage ? Vous, Yardley Sinclair et l'actrice Mimi Harrison ?

Evie avait acquiescé.

—Eh bien, je ne l'aurais jamais cru. Je suis moi-même membre à part entière de la Fondation Brontë. Je pense mieux m'identifier à la colère qui émane de l'œuvre des sœurs Brontë.

Vivien avait consulté sa montre. M. Dutton n'autorisait pas la présence d'une horloge sur les murs de la boutique, de peur que les clients ne se souviennent soudain de leurs autres engagements.

—Il va bientôt être l'heure de la collation. Souhaitez-vous vous joindre à moi dans la cuisine ? Nouvelle responsable de la fiction ou non, nous, les femmes, serons toujours chargées de faire le thé. Et je peux vous assurer que ce n'est pas une mince affaire, ici.

Alors qu'elles longeaient le couloir en direction de la kitchenette, à l'autre extrémité, face aux deux bureaux du fond, Evie avait remarqué la présence du grand blond de l'échelle de la veille, à présent installé confortablement dans le fauteuil de M. Dutton.

Vivien l'avait également aperçu.

— Comme je vous l'ai dit, ne vous souciez pas de lui, répéta-t-elle avec un soupir.

La guidant vers le modeste débarras transformé en cuisine, Vivien avait sorti une boîte de feuilles de thé noir et branché la bouilloire sous le regard attentif d'Evie.

— Nous laissons toujours la bouilloire remplie pour que l'eau soit un peu stagnante. C'est l'un de nos nombreux petits actes de rébellion, ici.

Vivien avait tiré un sucrier et plusieurs tasses et soucoupes dépareillées du placard ouvert, au-dessus de leurs têtes.

— À présent, attendons ici, car, avec cette bouilloire, l'eau a tendance à s'évaporer complètement. J'ai déjà mis le feu au comptoir, comme ça.

Elle avait poussé un curieux éclat de rire, son mélange d'hostilité et de joie empêchant Evie de trouver quoi que ce soit à lui répondre.

— Le rationnement étant toujours de cinquante grammes par semaine, soit vingt-cinq tasses, M. Dutton nous impose à tous les sept – tous les huit, maintenant ! – une comptabilité très stricte. Mais, si vous vous souvenez que ça fait quatre fois par jour, vous ne vous tromperez pas.

Immobile, Evie humait des parfums plus inconnus les uns que les autres.

Vivien, qui l'observait sans discontinuer, avait remarqué que la jeune fille remuait les narines.

— Des épices, lui avait-elle simplement expliqué en désignant d'un signe de tête une pile de petites boîtes en bois cubiques rangées sur l'étagère la plus haute. Elles sont à M. Ramaswamy. L'Indien.

Vous l'avez croisé, hier. Enfin, plutôt rapidement, compte tenu de notre soudain manque d'hospitalité.

Prenant une profonde inspiration, Evie avait senti une odeur de cannelle et de clou de girofle. Cet effluve puissant lui avait rappelé le fameux gâteau de Noël de sa mère, et elle avait éprouvé un inhabituel mal du pays.

— C'est pour préparer son thé, avait précisé Vivien. Il appelle ça son « masala ». Un joli mot. C'est un homme charmant, à vrai dire.

Evie avait regardé Vivien récupérer les feuilles de thé dans la boîte à l'aide d'une cuillère à doser et les verser dans une grande théière Brown Betty. Lorsque l'eau s'était mise à bouillir, elle avait débranché l'appareil avant de remplir la théière jusqu'en haut.

— Il y a un léger problème avec le fusible, avait-elle fait savoir à Evie. Si on perd cette bouilloire, ce sera l'enfer, ici. Alors Grace et moi la laissons débranchée par précaution.

Vivien avait attrapé un pot de crème dans le réfrigérateur blanc encastré, des petites cuillères dans un tiroir non loin, et déposé le tout à côté des tasses et des soucoupes.

— À présent, laissons les hommes se servir eux-mêmes. Ils sont tous très exigeants.

Evie avait regagné le rayon des livres rares avec sa tasse de thé et deux biscuits, puis était restée immobile un moment au milieu de la vaste pièce, réfléchissant en silence. Bien qu'elle ait toujours été favorable à la routine, *Bloomsbury Books* semblait avoir mis en place un grand nombre de règles – et tout autant de violations – inutiles. Après la relative liberté de Cambridge, malgré tous les défauts de l'université, Evie commençait à se demander dans quoi elle s'était embarquée.

Derrière le grand bureau, à droite de la pièce, Evie avait repéré un placard à balais. Elle y avait trouvé un petit tabouret en bois, parfait pour son travail. S'installant dans sa nouvelle routine et sur son siège habituel, elle était au moins reconnaissante d'être libre de reprendre la tâche secrète qu'elle s'était fixée.

En fait, elle en avait décidé des mois auparavant, bien avant que Christenson, Kinross et Wesley interrompent son parcours universitaire. Ce n'était pas un hasard si Evie avait ouvert le tiroir du haut de son classeur improvisé, commencé par les « A », et récupéré peu après la carte de M. Allen.

Elle l'avait gardée tout ce temps pour une raison bien précise.

Chapitre 8

Règle n° 20
Les nouveaux membres du personnel doivent se consacrer entièrement à l'apprentissage de leur poste et de leurs responsabilités.

Evie Stone passa sa première journée chez *Bloomsbury Books* à parcourir les étagères du rayon des livres rares. Juste avant de partir pour sa longue convalescence, M. Dutton l'avait informée qu'il y avait à l'étage supérieur du magasin près de dix mille volumes qui, il l'avait reconnu avec peine, avaient besoin d'être organisés.

— Frank – M. Allen – est un excellent acquéreur. Nous comptons beaucoup sur lui. Cependant, il manque un peu de diligence lorsqu'il s'agit de répertorier.

En commençant à trier le désordre du deuxième étage, Evie se souvint de la dernière fois où elle s'était trouvée seule devant autant de livres rares dans un tel état de négligence. Simple servante au Manoir de Chawton, sur le domaine de la famille Knight, elle était alors désespérément avide d'éducation, ayant quitté l'école prématurément en raison de l'accident de son père et de la malchance qui en avait résulté. Lectrice précoce de Jane Austen et d'autres auteurs et autrices classiques, Evie avait été la première du village à considérer l'importance et la valeur possibles de la bibliothèque de la famille Knight, dont Austen elle-même avait régulièrement profité et qui, plus d'un siècle plus tard, était laissée à l'abandon, à l'image du domaine en déclin.

Deux années durant, pendant que tout le monde dormait dans la vaste demeure, Evie avait parcouru page après page chacun des 2 375 livres de la bibliothèque, à la recherche d'annotations et de marques de toutes sortes – peut-être même de traces d'Austen elle-même. Le catalogue manuscrit qu'elle avait rédigé avait servi de support à l'estimation effectuée par Yardley Sinclair pour le compte de la Fondation Jane Austen nouvellement créée. L'association avait fait l'acquisition de l'ensemble de la bibliothèque de la famille Knight grâce aux estimations d'Evie et de Yardley, qui avaient été les moins surpris de tous lorsque Sotheby's avait vendu deux mille ouvrages à l'automne 1946 pour un montant record de 400 000 livres sterling. Grâce à ces bénéfices, la fondation avait pu transformer le cottage voisin de Chawton, où la romancière avait vécu, en musée consacré à Jane Austen.

C'était Allen qui s'était chargé de la dispersion des ouvrages du Manoir de Chawton, pour le compte de *Bloomsbury Books*. À la fin, il avait acquis, sans grande concurrence, cinq volumes de la bibliothèque de la famille Knight. Evie avait noté dans son carnet les deux mille enchères remportées durant cette longue vente. Elle avait été soulagée lorsque l'édition du Troisième Folio des œuvres de Shakespeare avait été remportée par le docteur Septimus Feasby au nom du British Museum, à l'issue d'une bataille extrêmement âpre avec un acheteur par téléphone de l'université de Bonn ; consternée que *Le Premier Livre d'Urizen* de Blake parte chez un riche collectionneur privé de la côte californienne ; et déçue qu'une poignée de livres d'autrices aient tout juste atteint leur prix de réserve.

Au cours de cette période passionnante, Evie avait également préparé ses examens d'équivalence universitaire sous le regard attentif et exigeant d'Adeline Gray, institutrice et membre du club, qui lui avait donné des cours particuliers. Yardley Sinclair avait fréquenté Cambridge des dizaines d'années auparavant, et le fiancé de Mimi Harrison y était actuellement, après avoir pris un congé sabbatique à Harvard. À l'insu d'Evie, ces trois membres de la fondation avaient veillé à ce que sa candidature soit convenablement examinée. Les professeurs chargés de l'admission avaient bien été obligés de tenir compte du fait qu'Evie, à seize ans seulement, avait réalisé le catalogue de la bibliothèque du Manoir de Chawton, une tâche d'une grande importance historique. L'association l'avait envoyée à Cambridge, espérant que son extraordinaire conscience professionnelle, son ambition sans faille et sa morale irréprochable lui permettraient de mener une carrière universitaire longue et enrichissante.

Mais Evie Stone s'était retrouvée à classer des livres. Elle était cependant loin d'être abattue, alors qu'elle avait entamé son premier jour de travail depuis quelques heures à peine, et qu'on l'avait déjà oubliée au dernier étage de *Bloomsbury Books*. Malgré toutes ses aspirations, Evie se sentait plus à l'aise seule, entourée de ces simples objets qui lui permettaient, bien mieux que quiconque, d'explorer et d'expliquer le monde.

Elle se tourna vers la vitrine suivante. Elle savait exactement ce qu'elle cherchait ; elle espérait juste le trouver.

Paradoxalement, c'était au professeur Kinross qu'elle devait à la fois son emploi actuel et sa mission secrète. En effectuant des recherches sans rapport avec son travail à Cambridge, Evie avait découvert que l'un des livres de la bibliothèque du Manoir avait une valeur historique et financière bien plus élevée que ce que ni elle ni Yardley n'auraient eu de raison de soupçonner. En notant avec tant de diligence les deux mille enchères gagnantes dans son carnet tout au long du mois qu'avait duré la vente de Sotheby's, Evie avait pu elle-même confirmer que le livre sous-évalué avait été acheté lors de la dispersion par M. Frank Allen pour le compte de *Bloomsbury Books*.

Evie avait été soulagée de ne pas avoir à demander à Yardley – et, par extension, à Sotheby's – l'identité de l'acquéreur du livre. Bien qu'Evie fasse confiance à Yardley en tant qu'ami et membre de la Fondation Jane Austen, elle savait également qu'il avait l'obligation éthique, en sa qualité d'employé de Sotheby's, de divulguer tout ce qu'il pouvait apprendre sur l'une de ses ventes, passée ou présente. Evie hésitait donc à l'impliquer, lui ou qui que ce soit d'autre, dans ses recherches actuelles.

Cette fois, tout ce qu'elle découvrirait serait uniquement pour elle.

Le dernier étage de *Bloomsbury Books* était faiblement éclairé afin de protéger les livres rares, et Evie passa la majeure partie de cette première journée confortablement assise dans la pénombre. Le ciel finit par s'assombrir avec l'arrivée de la neige et du crépuscule. Elle alluma la lampe en cuivre sur le bureau de M. Allen. Comme rien ne se produisit, Evie suivit le fil électrique qui serpentait sur le plancher, entre les piles de livres, jusqu'à un boîtier électrique qui dépassait dangereusement au milieu de la pièce. Après avoir trituré la fiche et la prise, elle descendit à contrecœur s'enquérir de la situation auprès de Grace.

— Oh, ne vous inquiétez pas, c'est encore ce fichu fusible !

Grace se leva de son petit bureau et se dirigea vers l'escalier de service, invitant gentiment Evie à la suivre d'un signe de tête.

— Mlle Lowry a surnommé cet escalier « Via Inferno », à cause de tous les incendies que nous avons failli déclencher au fil des ans. Les neuf cercles de l'Enfer de Dante.

— Elle m'a parlé de celui du comptoir de la cuisine, confirma Evie alors qu'elles descendaient prudemment les marches de bois branlantes jusqu'au local technique, en bas.

— Viv a donné un surnom à la plupart des choses – et des gens – qui l'agacent. J'ai bien peur qu'il y en ait beaucoup.

Grace enfonça la tête dans l'armoire électrique, et, attendant patiemment, Evie jeta un coup d'œil autour d'elle. Par la porte ouverte, elle entrevit le dos de M. Ramaswamy, debout devant son bureau.

— Des nouvelles de M. Dutton ? demanda Evie à voix haute, repensant à sa première rencontre avec Ash Ramaswamy.

— Pas la moindre. Aucune. C'est réparé. Evie ?

Entendant son nom, la jeune fille se retourna. Elle vit Grace la regarder avec amusement.

— On y va ?

— En fait, j'aimerais jeter un coup d'œil pendant que je suis ici, si ça ne pose pas de problème…

— Bien sûr. Maintenant, officiellement, d'après la règle n° 22, vous ne devez pas laisser votre poste sans surveillance à moins d'être en pause. (Grace lui adressa un clin d'œil.) Mais je ne vous ai rien dit.

Entendant Grace remonter l'escalier avec précaution, Evie pénétra tout aussi discrètement dans le rayon Sciences et Nature. Ash Ramaswamy semblait concentré, plongé dans ses pensées, ce qu'Evie respectait parfaitement. Elle ne détestait rien de plus que d'être interrompue au milieu d'une tâche.

En l'entendant approcher, Ash leva les yeux et se tourna vers elle.

— J'espère que je ne vous dérange pas.

Comme il ne réagit pas, Evie regarda autour d'elle, puis vers le bureau. Elle fut surprise de découvrir qu'il était en train d'étudier quelque chose au microscope, et non un livre.

— Vous êtes donc revenue, lâcha-t-il enfin en chaussant ses petites lunettes à monture métallique. Vous n'êtes pas facilement effrayée.

Elle se tenait devant lui d'un air embarrassé.

— Alors, mademoiselle Stone ? En quoi puis-je vous être utile ?

Son bureau était jonché de lamelles de verre, et y trônait une grande boîte de bois contenant plusieurs petits tiroirs étiquetés où étaient rangés des loupes, des pinces et divers instruments métalliques moins familiers.

— Que regardez-vous ? (S'écartant, il désigna le microscope.) Vous voulez y jeter un coup d'œil ?

Evie ne s'était jamais interrogée sur ce qu'elle ne pouvait voir. Sa vision avait toujours été concrète, terre à terre. La vie à la ferme lui avait appris à se préoccuper de ce qui se trouvait devant ses yeux : les nuages noirs qui se profilaient à l'horizon, la bosse dans le pelage d'un animal, le moment exact pour moissonner le blé avant que l'épi s'abîme... Les années qu'elle avait passées dans les livres lui avaient appris à s'intéresser aux mots et à leur emplacement en tant qu'objets, créateurs de sens. C'était l'une des raisons pour lesquelles les études plus ésotériques telles que la philosophie et la religion la laissaient de marbre. Il fallait qu'elle puisse toucher quelque chose pour croire que c'était bien réel.

Ayant quitté l'école avant d'avoir étudié les sciences de manière significative, Evie n'avait jamais regardé dans un microscope. Ash l'aida à ajuster la lentille et la hauteur de l'instrument, et, soudain, l'objet sur la lame devint net. Evie retint son souffle en voyant l'iridescence aqueuse et la symétrie détaillée de la paire d'ailes devant ses yeux.

— Oh, c'est très joli, en fait. Une libellule ?

— Non, c'est une demoiselle. Ce n'est pas tout à fait la même chose. (Il ôta la lame pour la lui montrer.) Plus petite, vous voyez ? Moins de trois centimètres, celle-ci.

— C'est ce qu'il y a dans tous ces tiroirs, alors ? Des insectes ?

Il acquiesça.

— Il y a un million d'espèces différentes dans le monde. De quoi m'occuper.

Elle le regarda d'un air intrigué. Il avait l'air de se moquer de lui-même.

— Je n'aurais jamais cru qu'un insecte puisse être aussi beau, vu de près.

— C'est peut-être le but.

Ash rangea la lame dans son minuscule tiroir.

— Vous étiez scientifique, alors, chez vous ? En Inde ?

— Je sais où c'est, chez moi. (Il fit suivre ses paroles sèches d'un sourire tout aussi soudain et conciliant.) Et, oui, c'était bien le cas. À l'université de Madras.

— Vraiment ? Depuis combien de temps êtes-vous à Londres ?

Il ajusta ses petites lunettes à monture métallique.

— Ça va faire exactement un an ce mois-ci. Grâce à votre gouvernement, je peux – pour la première fois – vivre et travailler, ou, au moins, vendre des livres ici, sans aucune restriction.

— Oh, dit-elle d'un ton hésitant, se demandant quoi ajouter.

— Et vous, en tant que femme, pouvez enfin conserver votre nationalité britannique, quelle que soit celle de votre époux.

— J'ignorais que je pouvais la perdre, bredouilla Evie avec surprise.

Il lui lança un regard amusé.

— Quelle chance !

— Pourquoi ?

Il s'apprêta à lui répondre, mais se ravisa.

— Peut-être suis-je simplement un peu envieux.

— De toute façon, je n'ai pas l'intention de me marier. Ni de quitter Londres.

— Alors vous avez vraiment beaucoup de chance.

Evie s'éloigna du bureau et fit mine de scruter les nombreuses étagères de livres du rayon des sciences, mais elle avait trop la tête ailleurs pour en retenir quoi que ce soit. Ash lui donnait l'impression de vivre dans un autre monde, plus facile que le sien, d'ailleurs. Il ne pouvait pas savoir à quel point sa famille avait souffert, ni combien elle avait travaillé dur pour obtenir le peu qu'elle avait. Quelque part, elle lui en voulait d'avoir autant de préjugés sur elle, alors qu'il ne semblait guère apprécier que l'on en ait sur lui. Mais, au fond, elle souhaitait mieux le comprendre et faire en sorte qu'il l'appréhende aussi plus clairement.

Aucun d'eux n'étant parvenu à trouver un emploi dans le milieu universitaire, Evie se demandait si Ash et elle n'avaient pas un peu le même but, mais en s'y prenant de manière totalement différente. Evie ne pensait pas que c'était nécessairement le meilleur point de départ pour une amitié. Les années qu'elle avait passées au sein de la Fondation Jane Austen lui avaient prouvé qu'une quête ou un état d'esprit similaire était un excellent moyen de tisser des liens avec quelqu'un, mais elle ne s'intéressait absolument pas aux insectes, si beaux soient-ils au niveau microscopique. Doutant qu'elle et M. Ramaswamy puissent jamais trouver des sujets de discussion communs, Evie se sentit soulagée, mais aussi curieusement contrariée en regagnant seule le dernier étage de la boutique.

Chapitre 9

Règle n° 2
Le client a toujours raison. Sans exception.

Vivien observait la femme d'âge mûr depuis un moment. Elle avait deviné qu'elle était américaine grâce à la petite carte *Londres de A-Z* qui dépassait de son sac à main de luxe, à l'absence de trench-coat par-dessus son tailleur noir, et à son long parapluie glissé dangereusement sous son bras.

Après avoir examiné les nouvelles fictions disposées sur les tables à l'avant de la boutique, la femme longeait à présent les différents rayons. Avec ses doigts élégants aux ongles vernis de rouge, elle avait pris ou touché sans hésitation chacun des livres à portée de main, manifestement sans avoir la moindre intention de les acheter. Ses déplacements au milieu des rayons semblaient tout aussi peu ambitieux. La voyant ne jeter qu'un coup d'œil superficiel à la nouvelle section consacrée aux autrices classiques, Vivien se sentit presque offensée.

Elle finit par s'approcher de cette cliente.

— Puis-je vous être utile ?

La femme tenait un exemplaire de *L'Ardeur du jour* d'Elizabeth Bowen.

— C'est sorti aux États-Unis l'année dernière. C'est bien ?

Une fois de plus, Vivien la soupçonna de moins s'intéresser à l'achat de ce livre qu'à exercer une certaine forme de surveillance.

— C'est un de mes préférés.

— Mais est-ce que c'est bien ?

Cette fois, la femme s'était exprimée avec un sourire malicieux.

Vivien lui adressa le sourire bien rodé qu'elle réservait pour ce genre d'occasion.

— Eh bien, je dirais que ça dépend de ce que vous recherchez.

— Ça, ma chère, je ne pourrai pas le trouver dans un livre.

Vivien sentit alors son regard attiré par la quantité de bijoux – une bague de fiançailles, une alliance, un superbe diamant d'anniversaire – à la main gauche de la femme, contrastant tous de manière éblouissante avec sa tenue noire et ses traits tirés qui contredisaient la légèreté de son discours.

— Mercredi prochain, ça fera un an que mon mari est mort, déclara la femme.

Vivien fut prise au dépourvu par la désinvolture avec laquelle celle-ci lui livrait des informations si intimes et personnelles, ce qui lui parut particulièrement direct et incontestablement américain.

— Toutes mes condoléances.

— C'est pour cette raison que je suis là, en fait. Pour mettre un peu d'ordre dans certaines affaires. Il travaillait aussi dans le milieu du livre. Comme vous.

— Oh, pas comme moi, j'en suis sûre. Je travaille juste dans une librairie.

— Ne vous ai-je pas entendue vous qualifier de responsable, tout à l'heure, au téléphone ?

Vivien se demanda si la femme ne l'épiait pas depuis son arrivée.

— Ce n'est que temporaire.

Son interlocutrice esquissa un sourire attristé.

— N'est-ce pas le cas pour tout ?

— Pas par ici. Rien n'a changé depuis cent ans.

— Ah, alors, c'est une vraie librairie britannique. Mon mari les adorait. Il me traînait dans tout Londres pour espionner les dernières nouveautés.

— Un espion d'entreprise ? Cette rue en regorge.

La femme éclata de rire.

— Pas pour le commerce de détail. Mais sa famille a un intérêt… disons, professionnel.

— Il était donc écrivain ?

— Non, mais c'est votre cas, n'est-ce pas ?

Vivien sursauta.

— Qu'est-ce qui vous fait dire ça ?

— Vous ne cessez de gribouiller dans votre petit carnet. Je doute que la vie au magasin soit intéressante à ce point.

— À vrai dire, il y a eu beaucoup d'agitation, ces derniers temps. C'est uniquement pour cette raison que je suis momentanément responsable.

— Ne vous sous-estimez pas, ma chère.

— Oh, non. Ça n'a rien à voir avec moi. Ce sont eux. (Vivien prit conscience de la pointe d'amertume dans sa propre voix.) Les hommes, je veux dire.

La femme lui adressa à présent un sourire bienveillant, si large qu'il laissa de profondes rides sur ses lèvres, où la pâleur ne tarderait sûrement pas à revenir.

— Je les soupçonne de ne pas être de taille contre vous, ma chère.

Une toux résonna derrière elles. Vivien vit aussitôt que deux autres touristes américaines s'impatientaient à la caisse. Elle reconnut immédiatement les femmes en tenues Dior de la veille qui avaient consulté avec attention le rayon des livres d'art. Cette fois, elles étaient vêtues de pied-de-poule et brocart Chanel, et équipées de sacs à main et d'escarpins en peau de crocodile brun foncé parfaitement assortis.

Dès que Vivien pénétra dans la zone de caisse, laissant la demi-porte se rabattre violemment derrière elle, la plus grande des deux clientes se pencha par-dessus le comptoir.

— Ma sœur, déclara la femme à voix haute, désignant d'un signe de tête la plus petite, à ses côtés, a perdu sa montre ici, hier.

— Je suis terriblement désolée, répondit calmement Vivien. Je crains que nous n'ayons rien trouvé. Mais si vous voulez bien me laisser vos coordonnées…

— Agnes ! appela la femme en faisant de nouveau signe à sa sœur. Regarde.

Les deux femmes regardaient fixement le poignet fin de Vivien, posé sur le bord intérieur du comptoir.

— Mon Dieu, vous êtes une voleuse !

Vivien se redressa, se mordant les joues pour éviter d'exploser.

— Je crains de n'avoir aucune idée…

— Où est le responsable ?

La femme la plus grande s'exprimait désormais d'une voix suffisamment forte pour attirer l'attention des autres clients matinaux, qui levèrent la tête des tables, des journaux et des étagères pour voir ce qui se passait. Du coin de l'œil, Vivien remarqua la veuve endeuillée qui longeait les rayons dans sa direction, écoutant manifestement de nouveau aux portes.

— C'est moi, la responsable.

— C'est absurde !

— Je vous demande pardon ?

— Où est l'homme responsable ?

— Excusez-moi, madame, mais c'est moi qui suis responsable.

— C'est ridicule… Excusez-moi… Ohé ! lança la femme vers l'arrière du magasin, sa sœur à ses côtés, l'air de plus en plus embarrassé.

Vivien sentit tous les regards de la boutique se braquer sur elle. Elle se souciait rarement de ce que les autres pensaient. Mais, de temps à autre, elle ne pouvait s'en empêcher. Elle était contrainte de s'intéresser à ces femmes insolentes et à ce qui allait se passer ensuite, simplement en raison du pouvoir qu'elles détenaient grâce à leur position. Inévitablement, elle se sentit gagnée par la nausée.

Entendant la voix furieuse de l'Américaine, Grace fut la première à sortir de son bureau, une liasse de documents à la main. Elle s'efforçait toujours de donner une impression d'efficacité. Elle avait appris depuis longtemps que le meilleur rempart contre les hommes de la boutique était d'avoir l'air occupée.

— Vivien, tout va bien ? demanda-t-elle en la regardant fixement, ce qui était un code pour lui offrir du renfort.

— J'ai bien peur que la sœur de cette femme n'ait égaré sa montre.

— C'est faux ! s'écria la cliente. Elle est à votre poignet, et vous le savez très bien. Une vendeuse qui porte une Cartier !

Vivien demeurait immobile, le regard glacial, refusant de baisser les yeux, mais gardant le silence.

— C'est un présent…, commença à répondre Grace.

Elle s'interrompit en voyant Vivien secouer la tête en contemplant ses pieds.

— Non, Vivien, c'est ridicule, insista-t-elle, avant de se tourner vers la cliente courroucée. C'est un présent. De son défunt fiancé. Lord St Vincent. Héritier du comté de St Vincent. Fils du septième comte St Vincent, son père. De Skillerton Hall.

Grace surprit Vivien en train de sourire en entendant les nombreux titres de noblesse qu'elle lançait aux deux sœurs déterminées. Tous les autres clients de la boutique, y compris l'Américaine endeuillée, les écoutaient à présent ouvertement sans le moindre scrupule.

— Nous voulons parler à l'homme responsable de ce magasin, répéta la femme en colère à Grace.

— J'ai bien peur que M. McDonough soit actuellement au téléphone.

La femme fit signe à sa cadette de la suivre et se dirigea vers l'arrière-boutique. Par la grande fenêtre, on pouvait voir Alec assis confortablement dans le fauteuil pivotant de M. Dutton, les chevilles croisées sur l'angle extérieur du bureau. Grace emboîta le pas des deux clientes, Vivien les talonnant d'un air indigné.

— Cette femme a volé la montre de ma sœur, accusa l'Américaine en faisant irruption dans le bureau du directeur général.

Alec posa sa main droite sur le combiné.

— Je vous demande pardon ?

Pour une fois, le personnel féminin lui fut reconnaissant d'être totalement incapable de reconnaître une femme d'humeur dangereuse.

— La montre de ma sœur, sa Cartier, exactement la même que celle qu'elle a perdue ici, hier. Elle est au poignet de cette fille. Enfin, ce qui se passe ici est évident, et si vous ne faites rien, nous n'aurons d'autre choix que d'appeler la police pour porter plainte.

Alec se tourna vers Vivien, qui se tenait dans le couloir, quelques mètres derrière Grace.

— Vivien ?

— Non.

— Vivien, s'il te plaît. Ça nous rendra service à tous.

Grace regarda à présent Vivien et Alec d'un air perplexe, tandis que Vivien soutenait le regard de ce dernier en silence, les bras croisés. Pour une fois, Grace se sentit exclue du langage silencieux de sa collègue.

— Vivien…

Quelque chose dans le ton d'Alec attira l'attention de Grace. Quelque chose qu'elle n'avait jamais remarqué, jusqu'à présent.

Poussant un soupir de frustration, Vivien s'approcha, ôta sa montre et la tendit devant elle à bout de bras.

— Tu vois, Agnes ! s'exclama la femme en signe de triomphe.

Alors qu'elle s'apprêtait à arracher la montre des mains de Vivien, Alec l'en empêcha.

— Permettez-moi, dit-il d'une voix étonnamment douce, en prenant la montre de Vivien.

Il l'observa un court instant dans la paume de sa main gauche, puis la retourna pour en montrer la face arrière aux deux femmes.

La plus petite, Agnes, regarda fixement l'inscription, puis recula, écarlate, tirant sur le coude de sa sœur pour partir.

— À présent, l'affaire est réglée, mesdames, déclara fermement Alec, dissimulant à peine son agacement.

Tandis que les deux sœurs quittaient prestement les lieux, Grace demeura immobile sur le seuil du bureau, regardant Alec rendre la montre à Vivien sans un mot. Celle-ci la remit en place avec rage, avant de tourner les talons et de s'éloigner à son tour.

— Ce sera tout, conclut Alec d'un ton inhabituellement sec.

Grace regagna alors sa petite pièce vitrée avec sa vue sur le magasin et les clients qui reprenaient à contrecœur leur déambulation. Ce n'était pas tout, comprit-elle, totalement perplexe. Et l'affaire n'était certainement pas réglée.

Mais quel en avait été le début ?

Chapitre 10

Règle n° 28
Les relations entre les membres du personnel doivent toujours rester strictement professionnelles.

Le début avait été une erreur.

Quelques mois après l'arrivée de Vivien dans la boutique, Graham Kingsley, le responsable Fiction de l'époque, avait organisé un événement au premier étage pour fêter la sortie d'un nouveau livre d'Evelyn Waugh intitulé *Retour à Brideshead*. Il s'agissait d'un véritable coup d'éclat pour *Bloomsbury Books*, entièrement dû à l'influence et aux relations de son propriétaire, lord Baskin.

Evelyn Waugh était revenu à Londres à l'automne 1945, après avoir combattu en Yougoslavie, et Vivien avait, c'était le moins qu'on puisse dire, été stupéfaite de le voir au magasin. Même si elle était sur son lieu de travail, elle avait pris une coupe de champagne pour se détendre, mais, au lieu de la désinhiber comme elle l'avait espéré, l'alcool n'avait fait qu'accroître sa nervosité. Elle n'avait jamais osé aborder M. Waugh pour lui poser toutes les questions qui la hantaient à propos de son dernier livre, qu'elle avait lu cet été-là en une seule journée, sur une plage près de chez sa grand-mère, à Hastings, et qu'elle avait ensuite décortiqué chapitre par chapitre tel un jeu de Meccano bien construit. Des questions sur la symétrie de l'intrigue, sur le titre parfait – « Et in Arcadia ego » – de la première partie, et sur le fait que les frère et sœur Sebastian et Julia ne fonctionnaient que l'un par rapport à l'autre. Au lieu de cela, lorsque Waugh et les employés du magasin s'étaient réunis après l'événement, Vivien s'était assise sur les marches du rayon Histoire, l'air si abattu qu'Alec s'était approché et accroupi face à elle.

— Eh bien, ça ne va pas ?

C'était la première fois qu'Alec lui adressait véritablement la parole, même s'ils avaient tous les deux rejoint *Bloomsbury Books* au début de l'été, exactement le même jour. Dans le bureau de M. Dutton, Vivien avait tout de suite pensé qu'Alec était le genre de petit étudiant privilégié, en quête d'ascension sociale et qui se prenait déjà pour un homme. Entre-temps, tout le monde au magasin avait compris qu'il était également écrivain. Ce n'était pas inhabituel pour un employé de librairie : Nancy Mitford avait récemment écrit son roman suivant alors qu'elle était en congé de la librairie *Heywood Hill*, à Mayfair.

Alec, cependant, considérait ses aspirations littéraires comme un échelon supplémentaire sur l'échelle du succès, profitant de son travail pour entrer en contact avec les rédacteurs en chef, les éditeurs et les auteurs bien placés, habitués des événements tels que celui de ce soir-là. Graham Kingsley ayant laissé entendre qu'il allait prendre sa retraite, Alec était considéré comme le premier à pouvoir occuper le poste de responsable du rayon Fiction, même s'il avait la même ancienneté que Vivien. Le règlement du magasin stipulait clairement que le responsable de chaque rayon avait le dernier mot sur les invités et les événements particuliers, ce qui permettrait à Alec de développer ses relations, tandis que Vivien serait reléguée derrière la caisse, n'étant qu'une spectatrice, uniquement là pour faire joli.

Ce soir-là, le fait qu'Alec quitte une manifestation si courue pour prendre des nouvelles de Vivien avait eu un effet inattendu sur elle. Peut-être était-ce le champagne, ou le fait d'avoir frôlé une célébrité littéraire, ou ses propres espoirs d'écrivaine, mais, à ce moment-là, avec ses yeux bleus galvanisés par le désir, Vivien avait vu Alec différemment. Positivement. Et même, à son grand regret, sans réserve. Elle s'était demandé s'il l'avait toujours désirée. En tant que belle femme qui avait été aimée du fond du cœur, Vivien prenait un certain plaisir à sentir qu'elle pouvait produire cet effet. Ce sentiment n'était que renforcé par le peu d'estime qu'elle avait pour elle-même, ce soir-là.

Alec avait proposé de lui appeler un taxi. Tandis qu'il se tenait au bord du trottoir pour l'aider à y monter, leurs regards s'étaient de nouveau croisés. Alec avait tourné la tête avec hésitation vers les fenêtres du premier étage de la boutique, puis avait replongé son regard dans le sien. Soudain, sans un mot, il était monté sur la banquette arrière du taxi et lui avait pris la main avec une telle douceur qu'elle avait bêtement baissé sa garde face à toute nouvelle forme d'histoire compliquée.

Vivien avait perdu son fiancé, l'héritier du comté de St Vincent, en 1942. Il avait essuyé un assaut lors d'une bataille terrestre à Gazala avec la 50e division d'infanterie de Northumbrian, et l'on n'avait jamais retrouvé son corps. Cela avait donné à cette disparition une dimension émotionnelle singulière qui avait ébranlé Vivien bien plus que de raison. Elle n'avait que vingt-deux ans, à l'époque, et ils avaient passé toutes leurs fiançailles à gérer le désarroi que l'annonce de leur union avait provoqué auprès de la famille noble de David. Depuis la mort prématurée de son fiancé, Vivien s'était promis d'éprouver le moins de sentiments et le plus de colère possible. Sa haine d'Hitler et de la guerre avait fini par tant la chauffer à blanc que son entourage avait craint qu'elle ne s'en remette jamais.

Les seuls souvenirs que Vivien avait de David étaient sa bague de fiançailles, sertie d'un diamant solitaire, qu'elle avait mise sous clé, sa montre Cartier et quelques bribes d'une unique nuit de permission dans un hôtel de bord de mer plutôt douteux. Cette nuit de janvier 1942 avait été plutôt quelconque, puisqu'il s'agissait de leur première fois à tous les deux. Elle avait cependant donné à Vivien un aperçu de ce qu'était l'intimité, et lui avait fait comprendre que le fait d'être physiquement vulnérable pouvait vous lier à quelqu'un de la manière la plus délicieuse et la plus mystérieuse qui soit. Elle n'avait jamais compris ni cautionné l'adultère, mais cette nuit de passion avait montré à l'écrivaine en herbe que l'amour était peut-être ce qu'il y avait de moins important dans cet acte. La nature dissimulée de l'expérience, le sentiment exacerbé de faire quelque chose d'interdit – et d'y prendre du plaisir – pouvaient être ce qu'il y avait de véritablement attirant pour certaines personnes.

Quelques heures après l'événement littéraire de Waugh, Vivien et Alec avaient compris qu'ils étaient tous les deux ce genre de personnes. Au lieu de les rapprocher, cette prise de conscience avait créé un fossé entre eux. Quand Vivien se souvenait de leurs ébats, elle rougissait. C'est pourquoi elle s'en abstenait. Elle tentait plutôt de se rappeler la façon dont Alec, dès son réveil, s'était comporté comme si c'était elle qui avait fait quelque chose de mal, ou qui l'avait poussé à le faire. Leur relation professionnelle ne s'en était jamais remise. Vivien l'avait rebaptisé le Tyran et s'était coupé les cheveux. Grace – la seule personne mariée du magasin – s'était retrouvée à jouer les arbitres entre eux deux, alors qu'il leur aurait fallu un tribunal, pour trancher une bonne fois pour toutes la question.

C'était comme si cette nuit-là n'avait jamais eu lieu. Personne à la boutique ne s'en doutait, bien au contraire. Vivien et Alec étaient tous deux tacitement – et farouchement – déterminés à ce qu'il en soit ainsi.

Alec s'était réveillé le premier, et était resté étendu à côté de Vivien, observant la manière dont ses longs cheveux retombaient naturellement sur ses épaules en ondulant. Il les avait laissés caresser son torse pendant leurs ébats et les avait agrippés avec ses mains et ses lèvres comme s'il suffoquait, sans se douter que, dans l'heure qui suivrait, elle les couperait court, un geste qu'il ne pouvait considérer que comme le rejet total de son désir pour elle.

Après qu'ils s'étaient effondrés dans les bras l'un de l'autre, Alec avait eu un sommeil étonnamment agité et perturbé. Il était heureux que Vivien soit restée assoupie à ses côtés, car cela lui avait donné le temps de réfléchir. Mais il l'avait surtout passé à penser à elle. Il s'émerveillait de sa beauté et de sa sérénité, de la satisfaction qu'elle semblait éprouver dans son sommeil, alors qu'éveillée, ses traits n'étaient que dédain pour tout ce qui l'entourait.

Alec avait ensuite porté son attention de ses cheveux à son épaule droite et à son dos nus, qui, dans la douce lueur matinale, avaient le teint merveilleusement crémeux. S'apercevant qu'il regardait à présent fixement sa peau, il s'était forcé à cligner des yeux et à se tourner face au mur de la chambre de la jeune femme, couvert d'un papier en damas bleu et blanc délavé qui s'écaillait. Une commode imposante, équipée d'un grand miroir incliné, occupait toute la surface du mur, et autour du miroir se trouvaient épars des flacons de parfum, des brosses de différentes tailles et toute une collection de petits pots. C'était grâce à cet assortiment que Vivien parvenait à donner à ses yeux noirs en amande un regard si brutalement évaluateur et saisissant que, jusqu'à la nuit précédente, Alec avait évité de le croiser. Allongé ce matin-là dans son lit, il comprenait désormais pleinement à quel point il avait été sage de se comporter de la sorte.

Enfonçant le côté droit de son visage dans l'oreiller en proie à la perplexité et à la détresse, Alec laissa son unique œil ouvert se promener sur la tour de livres érigée sur la table de chevet de Vivien. La pile comprenait plusieurs titres qui avaient conduit à d'âpres négociations entre Vivien et Alec au moment de les commander : une édition étrangère du *Puits de solitude* de Radclyffe Hall, interdit depuis longtemps en Angleterre, *Les Cœurs détruits* d'Elizabeth Bowen et *A Traveller in Time* d'Alison Uttley, un livre pour jeunes filles dont la présence lui sembla à la fois surprenante et curieusement attendrissante. Il n'avait pas identifié *Une représentation à l'asile* d'Anna Kavan, mais il connaissait sa nouvelle *I Am Lazarus* pour l'avoir lue dans un numéro récent de sa revue littéraire préférée, *Horizon*. La plupart des écrits de Kavan s'inspiraient de son expérience auprès de soldats invalides dans des services psychiatriques, et faisaient étalage d'une absurdité et d'un refus de faire plaisir au lecteur qu'Alec trouvait particulièrement virils. Intrigué, il avait tenté de faire glisser le livre avec précaution sous la montre Cartier qui reposait dessus.

La montre avait glissé trop vite, et Alec avait dû tendre la main pour l'attraper en plein vol. Il avait toujours été surpris qu'une femme comme Vivien possède une telle montre. Il ne savait pas grand-chose de son passé au sein de la classe moyenne inférieure, si ce n'était que son père était commerçant. Celui d'Alec était radiologue et aurait facilement pu lui offrir une montre Cartier à son vingt et unième anniversaire, pour accompagner son éducation en internat et l'année passée à l'étranger avant la guerre, si sa famille n'avait pas été si fidèle à la marque Patek Philippe.

La montre de Vivien était sertie de diamants autour de son cadran rectangulaire en or dix-huit carats. Il s'agissait d'une création assez récente de la maison de luxe française, et il était donc peu probable qu'elle en ait hérité. Alec avait reconnu le modèle, car il avait toujours été attentif aux questions de style. Il savait que, dans la vie, les apparences faisaient la différence : comment on s'habillait, de quoi on avait l'air, la façon dont on affichait sa réussite… Raison pour laquelle il portait des chemises blanches et des vestes sur mesure de chez *Gieves & Hawkes*, au numéro 1 de Savile Row, et des brogues parfaitement cirées de chez *Barker Shoes*, sur Jermyn Street, des établissements fréquentés depuis longtemps par son père, son grand-père et son arrière-grand-père avant lui.

Toujours nu, il s'était redressé dans le lit et avait tourné la montre dans sa main. Au dos, une seule date : « 22 janvier 1942 ». Il s'était demandé ce que cela signifiait.

— Qu'est-ce que tu fais ?

Sursautant, Alec avait reposé la montre et le livre à leur place. Il s'était lentement tourné vers Vivien, qui s'était appuyée sur son coude droit pour lui poser la question.

— Bonjour.

— Je t'ai demandé ce que tu faisais.

— C'est une belle montre. Et je ne connaissais pas ce livre. C'est bien ?

Vivien lui avait lancé un de ses habituels regards suspicieux. Alec avait eu l'impression que les dix heures qui venaient de s'écouler risquaient de lui glisser entre les doigts de la même manière que la montre.

— Je doute que ce soit le livre qui t'intéressait.

Elle se redressa complètement, uniquement vêtue d'une légère chemise de nuit vert menthe.

— Comme je te l'ai dit, c'est une belle montre. Un cadeau ?

Il connaissait suffisamment Vivien pour ne pas se laisser impressionner, ce qui l'aurait d'ailleurs contrariée davantage.

— Oui.

Elle avait rejeté les couvertures et s'était glissée vers le bord du lit, loin de lui, avant de se diriger vers le lavabo, dans l'angle de la pièce. Il l'avait regardée attacher ses longs cheveux en un chignon hâtif et s'asperger le visage d'eau glacée, puis se sécher avec une serviette à rayures bleues et blanches accrochée non loin. Elle avait enfilé une robe de chambre en tricot orange, puis s'était dirigée avec un calme inquiétant vers le petit salon et la kitchenette.

Par la porte ouverte, Alec avait silencieusement regardé Vivien allumer la gazinière et faire chauffer la bouilloire. Il avait continué à l'observer pendant qu'elle leur préparait à tous les deux une tasse de thé, comme au magasin, d'un air tout aussi maussade. D'une certaine manière, ce côté « vie de famille » lui plaisait, le fait qu'on le nourrisse et qu'on s'occupe de lui, comme s'il était pour elle bien plus qu'un simple collègue ou qu'une rencontre sans lendemain. Mais, au fond de lui, il redoutait aussi la normalité trompeuse de ce geste, étant désormais parfaitement conscient des rapides changements d'humeur de Vivien.

Regagnant le lit, elle avait déposé le plateau entre eux, sur les draps froissés. Muette comme une tombe, elle s'était contentée de servir le thé et de commencer à le boire à petites gorgées, tandis qu'il demeurait assis, silencieux, cédant de plus en plus à l'affolement.

— Un cadeau d'un parent ? avait-il fini par demander, exaspéré par cette nouvelle humeur indéchiffrable.

— En quelque sorte.

— Un homme ?

— Mm-hmm. Mon fiancé, en fait.

Alec avait quasiment bondi du lit.

— Ton quoi ?

— Détends-toi. Il est mort.

Mais sa réponse abrupte ne l'y avait guère incité.

— Pourquoi est-ce que tu ne l'as pas dit avant ?

— Ça ne regarde personne, n'est-ce pas ? Les choses qui n'arrivent *pas* dans la vie ?

Gagné par l'agacement, Alec avait laissé échapper des paroles, en sachant au moment où il les avait prononcés qu'il n'aurait jamais dû les dire. Des mots qui l'éloigneraient définitivement d'elle. Des années plus tard, il ne savait toujours pas pourquoi il l'avait fait.

— Eh bien, ça explique certaines choses.

Elle l'avait dévisagé.

— Tu n'es pas sérieusement en train de…

— Tu es juste… tu sais… très démonstrative, au lit.

Vivien s'était levée sans un mot, comme si on la tirait avec un fil invisible, et avait quitté la petite chambre pour se rendre dans la salle de bains, sur le palier. Alec l'avait entendue claquer la porte de la chambre, puis la porte d'entrée et enfin celle de la salle de bains.

Alec s'était frappé le front du plat de la main.

À son retour, Vivien s'était coupé les cheveux, ce qui, sans le vouloir, la rendait encore plus séduisante à ses yeux.

L'inscription était restée inexpliquée, bien que, des années durant, Alec se soit torturé les méninges sur sa signification.

À présent, quatre ans plus tard, parce qu'il avait voulu éviter la prison à Vivien, tout le magasin, dont au moins trois citoyennes américaines, savait qu'il connaissait la montre dans ses moindres détails.

Chapitre 11

Règle n° 15
Conformément à la loi sur les jours fériés de 1871, l'ensemble du personnel cesse le travail le jour du Seigneur et les jours fériés.

Depuis qu'elle avait emménagé à Londres, Evie Stone avait pris l'habitude de passer ses dimanches au British Museum.

Sa colocataire, Charlotte, travaillait tous les week-ends comme femme de chambre, laissant Evie seule pour son unique jour de congé au magasin. Elle avait rapidement établi la routine suivante : un simple bol de porridge, puis un long trajet en bus jusqu'au musée, où elle effectuait des heures de recherche à la bibliothèque.

Ce dimanche-là, cependant, Evie se rendit au Musée d'histoire naturelle. Étant depuis peu dans une impasse au British Museum, elle se demandait si elle ne trouverait pas des informations utiles à ses recherches dans les archives du célèbre botaniste et horticulteur John Claudius Loudon. Tout cela faisait partie du casse-tête qu'Evie Stone tentait de résoudre, par intermittence, depuis un an.

Le département de botanique disposait d'une bibliothèque indépendante qui contenait des ouvrages et des documents spécialisés. Elle était située à proximité des zones de travail des scientifiques. Evie se rendit directement à l'accueil de la bibliothèque, signa le registre des visiteurs et demanda à consulter les dossiers appartenant à John Loudon pour les années 1825 à 1830. Pour ce faire, la bibliothécaire devait inscrire le nom d'Evie dans le registre des sorties, un moment qui avait toujours fait hésiter Evie. Elle préférait éviter de laisser des indices ou des traces écrites de ce qu'elle cherchait. Sa méfiance naturelle et son opiniâtreté s'ajoutaient à la certitude que Stuart Wesley avait obtenu un poste qui lui revenait de droit et qu'il profitait de tout le dur labeur qu'elle avait accompli jusqu'alors. Elle était déterminée à ne plus jamais commettre cette erreur.

Evie se vit remettre deux longues boîtes en bois qu'elle passa plusieurs heures à étudier attentivement. Il lui faudrait des jours pour passer en revue toutes les archives de Loudon, compte tenu de la quantité de documents qu'elles contenaient : des dessins de feuilles, de brindilles et de fruits réalisés par le célèbre botaniste, une correspondance relative aux magazines de jardinage et d'histoire naturelle qu'il avait fondés, et des piles de papiers divers.

Ce n'étaient cependant pas les écrits de John Loudon qui intéressaient Evie. Elle cherchait toutes les informations possibles sur son épouse, écrivaine à part entière, dont il ne restait que peu de traces écrites. Evie s'était souvent sentie frustrée par l'écart entre la conservation des écrits masculins et celle des écrits féminins : chaque esquisse de brindille que John Loudon avait pu composer, même de façon fantaisiste, était soigneusement sauvegardée par plusieurs musées britanniques, alors qu'un roman entier de sa femme était réduit à une note de bas de page dans les archives de l'œuvre de son mari.

En dressant l'inventaire de la bibliothèque du Manoir de Chawton, Evie avait appris que ce qui était récupéré au fil des années, toutes les choses victimes du temps qui passe étaient soumises aux caprices de l'époque. Au cours de ses recherches à Cambridge, elle avait passé au peigne fin les listes de tous les romans publiés à des époques spécifiques, et avait noté que la proportion de femmes romancières avait subi un déclin lent et constant au cours des cent dernières années. Leur apogée semblait même remonter au début du siècle précédent, lorsque des célébrités comme Jane Austen et Maria Edgeworth dominaient l'évolution du genre.

En approfondissant ses recherches, Evie avait découvert des autrices oubliées de cette période, telles Charlotte Lennox, Eliza Haywood, Rachel Hunter et Elizabeth Inchbald, dont plusieurs avaient été lues et admirées par Jane Austen en personne. Pour les lecteurs de l'époque, ces noms ne signifiaient pas grand-chose. Mais ils prenaient souvent de la valeur avec le temps ; Evie, ancienne servante et récente diplômée de Cambridge, en était la preuve. Le livre qu'elle cherchait en secret n'était pas un classique au sens traditionnel du terme, car il n'avait aucune valeur littéraire reconnue ou établie. Mais l'ambition d'Evie allait bien au-delà. Son objectif était de lui conférer une nouvelle stature, par son simple sauvetage.

Elle avait passé plusieurs heures à travailler paisiblement sur la volumineuse correspondance de Loudon dans l'espoir de trouver des éléments susceptibles de mettre sa femme en avant, lorsqu'en ouvrant un journal manuscrit elle découvrit ceci :

Janvier 1830
Je suis en train de lire un roman étrange et délirant dans lequel l'auteur, un homme d'une intelligence et d'une imagination des plus rigoureuses, plante le décor dans un avenir lointain et tente de prédire l'état d'amélioration dans lequel ce pays pourrait éventuellement se retrouver. Je prévois d'en faire prochainement une critique pour le magazine. Entre-temps, j'ai écrit à l'éditeur, Henry Colburn, pour lui faire part de mon intérêt à rencontrer cet auteur inconnu. Je suis particulièrement

intrigué par la mention qu'il fait de divers dispositifs permettant d'économiser de la main-d'œuvre, comme une machine à creuser fonctionnant à la vapeur.

Février 1830
À l'heure où j'écris ces lignes, je suis encore sous le choc : l'auteur du livre s'est révélé être une dame, Mlle Jane Wells Webb ! Comme il est typique de M. Colburn d'avoir voulu conserver cette information pour lui et de ne rien faire pour me détromper. Cet homme fait toujours tout pour attiser la curiosité et donc augmenter les ventes.
Après ma première réaction, j'ai eu un entretien très agréable et instructif avec Mlle Webb. Elle est orpheline depuis peu et a écrit ce livre à l'âge de dix-sept ans afin d'accroître ses revenus et de se redonner du moral. Je dois admettre qu'il est difficile de concevoir qu'une si jeune personne soit dotée d'autant d'imagination et de clairvoyance. Elle est cependant tout à fait charmante et a gentiment accepté une nouvelle rencontre, car j'ai encore beaucoup à apprendre et à découvrir.

14 octobre 1830
Ma bien-aimée et moi sommes mariés depuis un mois aujourd'hui, et je n'ai jamais été si heureux. Comme moi, Jane est une passionnée de toutes choses, ce qui convient parfaitement à mon imagination et à mon tempérament. J'oublie souvent qu'elle est jeune, tant son esprit passe rapidement d'un projet ou d'une pensée à l'autre !
À mon grand soulagement et à mon immense joie, Jane m'a proposé de m'aider à terminer mon arboretum. Mon objectif est que l'encyclopédie présente un compte-rendu complet de chaque arbuste et de chaque arbre poussant dans notre royaume et de son histoire,

tous dessinés d'après modèle vivant, ce qui nécessitera de nombreux voyages et beaucoup d'efforts de notre part à tous les deux. Cela exigera de ma bien-aimée qu'elle mette de côté ses propres écrits pour me servir de copiste, compte tenu de mon état pathétique d'infirme. D'après M. Colburn, les ventes des récentes Histoires d'une mariée de Jane ne sont pas bonnes, et, malgré des débuts prometteurs, son premier livre est oublié depuis longtemps…

Evie était tellement captivée par sa découverte qu'elle entendit à peine la voix douce, mais déterminée d'un homme prononcer son nom à quelques mètres d'elle.

En se retournant, elle aperçut Ashwin Ramaswamy. Surprise, elle sentit monter à ses joues la même chaleur singulière que lorsqu'ils s'étaient rencontrés au-dessus du corps pris de convulsions de M. Dutton, sur le sol du bureau. Evie n'avait pas revu Ash depuis son unique visite au rayon Sciences, lors de son premier jour de travail. Il passait tout son temps au sous-sol de *Bloomsbury Books*, et elle s'en tenait à l'étage du haut.

— Bonjour, mademoiselle Stone, répéta-t-il un peu plus fort en l'absence de réaction.

Elle jeta un rapide coup d'œil autour d'elle, refermant les pages du journal, avant de porter son index droit à ses lèvres d'un air grave. Les règles concernant le silence dans la salle de lecture étaient strictes, même s'il y avait peu de monde à déranger si tard dans l'après-midi.

Ash semblait les connaître, puisqu'il prit un air gêné. Rougissant légèrement, il acquiesça aussitôt et se mit à reculer.

— Attendez ! s'écria-t-elle d'une voix sonore.

Cette fois, une ou deux têtes se levèrent.

Evie se reprocha intérieurement cette habitude qu'elle avait de s'en tenir si étroitement aux règles qu'elle finissait parfois par les enfreindre sans le vouloir. Elle avait observé Vivien à la librairie, sa manière de détourner et d'ignorer complètement les consignes, avec un tel brio que les hommes en restaient bouche bée. Evie aurait aimé avoir ce don.

Ash se dirigea vers le couloir principal en marbre. Evie se sentait mal à l'aise à cause de sa peur constante d'être percée à jour et sa crainte d'avoir déçu cet homme qu'elle connaissait tout juste. En temps normal, elle ne se serait préoccupée que des deux longues boîtes en bois et du trésor qu'elles contenaient. Ash s'était immiscé dans tout cela, mais, pour une fois, elle ne lui en voulait pas pour cette interruption. Quelque chose chez cet homme la poussait à vouloir lui faire plaisir. C'était très déconcertant.

En restituant les dossiers à l'accueil, Evie oublia de tenter de rayer discrètement son nom dans le registre des sorties ; grâce à sa petite taille, elle avait souvent l'habitude de s'approcher du bureau de la bibliothécaire lors d'un moment de distraction pour le faire. Cette fois, elle sortit en courant avec son carnet de notes et sa sacoche en cuir pour suivre Ash. Lorsqu'elle pénétra dans l'immense couloir ouvert, il se tenait près d'une vitrine où étaient exposés plusieurs spécimens de coraux aux couleurs vives. Il lui tournait le dos. Elle remarqua qu'il n'était pas beaucoup plus grand que son propre mètre cinquante, une quinzaine de centimètres tout au plus. Ses bottes étaient relativement éraflées, comme les siennes, et il portait plusieurs épaisseurs de pulls. Il tenait un fin trench-coat, plié sur son bras.

— Désolée, s'excusa-t-elle.

Il se retourna lentement et la dévisagea avec attention. Devinant de l'approbation dans son regard, elle sentit de nouveau ses joues se réchauffer, cette fois sous l'effet d'une émotion si intense qu'il ne pouvait s'agir que de colère ; contre elle ou contre lui, elle n'aurait su le dire.

— Pourquoi ? demanda-t-il laconiquement.

— Vous étiez simplement amical.

— Peut-être pas. Peut-être que j'étais juste surpris.

— Moi aussi, j'ai été surprise. Surtout de vous voir, vous, ici.

Elle vit ses lèvres esquisser une grimace d'amusement.

— Je ne suis pas sûr que vous arrangiez les choses.

— Que faites-vous là ?

Son insistance semblait l'amuser.

— Je pourrais vous poser la même question.

Il désigna d'un signe de tête la sacoche en cuir suspendue à son épaule droite.

— Des recherches.

Il haussa un sourcil.

— Vous poursuivez vos études, alors ?

— Non, pas officiellement. Je m'intéresse à des choses et d'autres, voilà tout.

— Ah, oui, eh bien, moi aussi.

Evie ne savait pas grand-chose sur Ash, juste qu'il avait été naturaliste et entomologiste à l'université de Madras. C'était la seule véritable information que lui ou n'importe qui d'autre au magasin avait donnée jusqu'à présent sur son passé.

Ash l'invita à se remettre en route. Il la fit passer devant, et ils longèrent le couloir. Lorsqu'ils atteignirent le Hintze Hall, avec son plafond en cathédrale et son exposition d'éléphants, il consulta sa montre et jeta un coup d'œil autour de lui d'un air gêné.

— Eh bien, je ferais mieux d'y aller…

— Voulez-vous vous joindre à moi pour le thé ? s'entendit proposer Evie d'une manière impulsive qui ne lui ressemblait pas du tout.

Comme il ne répondit pas aussitôt, elle s'empressa d'ajouter :

— Bien sûr, vous devez déjà avoir des choses de prévues…

— Non, répondit-il simplement. Rien de prévu.

— Ah.

Hésitant, il regarda de nouveau autour de lui.

— Vous n'avez pas faim ?

— Si, mais ce n'est pas tellement le problème… (Il se passa l'index sur le bas du menton d'un air songeur.) Il y a un salon de thé de l'autre côté de la rue. J'y prends parfois un sandwich quand je suis dans le coin. Ça vous dit ?

Il lui adressa un nouveau signe de la main droite, lui indiquant qu'elle pouvait passer devant, et ils quittèrent le musée. À chaque virage, Evie avait l'impression qu'Ash se tenait légèrement en retrait.

À l'entrée du salon de thé, juste à côté d'Exhibition Road, personne ne les accueillit, et, vu l'heure tardive, ils avaient l'endroit pour eux seuls. Evie se dirigea droit vers une table près de la vitrine où ils pouvaient tous les deux s'asseoir avec une vue sur la rue.

— Vous désirez ?

Jetant un coup d'œil par-dessus son épaule gauche en direction du fort accent écossais, Evie aperçut une serveuse relativement âgée à quelques mètres de leur table.

— Oui, bonjour, du thé pour deux et…

Evie se tourna vers Ash d'un air interrogateur. Il ajouta :

— Et quelques sandwichs.

— Oui, et des sandwichs, s'il vous plaît. Avec de la laitue ? De la mayonnaise ? demanda-t-elle à Ash, qui lui répondit d'un hochement de tête aimable.

Comme s'ils étaient déjà venus ensemble à plusieurs reprises, ce qui les mit tous les deux un peu plus à l'aise. La serveuse, en revanche, semblait de plus en plus agacée.

— Z'êtes déjà venu, dit-elle finalement à Ash, manifestement peu satisfaite de cette prise de conscience.

Sans un mot, Evie vit Ash se redresser légèrement sur sa chaise.

— Oui.

— Mais pas 'vec elle.

Evie remarqua que tout ce que la femme disait à Ash ressemblait à des accusations. Elle était perplexe, mais une chose était sûre : ils n'étaient pas simplement en train de bavarder.

— Non, pas avec cette jeune femme.

La serveuse poussa un ricanement de reproche et s'éloigna.

— Est-elle toujours aussi impolie ? s'enquit Evie.

— Systématiquement. (Ash haussa les épaules.) Alors, vous m'avez parlé de recherches. Quel genre de recherches ? Je vous croyais spécialiste d'obscures femmes écrivaines du XVIIIe siècle.

Evie le dévisagea.

— Elles ne sont pas obscures. Elles sont sous-estimées.

— Désolé. (Il sourit.) « Obscur » peut paraître péjoratif. Vous m'avez corrigé.

— Mais vous avez raison, je ne m'intéresse ni aux cailloux, ni aux insectes et à ce genre de choses. J'essaie de mettre la main sur des documents d'archives qui ont quitté le British Museum pour venir ici. Et vous, pourquoi êtes-vous ici ?

— Pour les cailloux et les insectes, je dirais.

— Oh, je ne voulais pas paraître méprisante.

La serveuse revint et déposa la théière entre eux sans un mot. Evie servit leurs deux tasses, puis regarda Ash ajouter un peu de lait dans la sienne.

— Les épices de la cuisine sentent si bon. Pour votre masala.

Il s'arrêta net de servir, comme s'il cherchait à déchiffrer ses propos.

— *Mon* masala ?

— Je voulais juste dire…

Il finit de verser son lait en faisant un geste de la main à la fois dédaigneux et indulgent. Evie se demanda comment elle devait le prendre. Sans doute était-ce le but. Sans doute quelqu'un comme Ashwin Ramaswamy trouvait-il préférable de se protéger contre des gens comme leur serveuse – et même, Evie le craignait, contre elle-même – en gardant ses pensées secrètes.

— C'est ma famille qui me les envoie. Impossible d'en trouver, sinon, avec le rationnement et tout ça.

— Votre famille ?

— Ma mère, ma grand-mère et mes sœurs. Mon père est mort.

— Ah… Le mien aussi.

Ils se turent tous les deux lorsque la serveuse revint déposer bruyamment sur la table les assiettes de sandwichs et de crudités, avant de se retirer de nouveau sans mot dire.

— Vous allez souvent au musée ? demanda Evie.

— Assez souvent. Le dimanche. Ou bien je marche.

— Vous marchez ? Vous allez où ?

— Partout.

— Partout… ?

— Oui. Partout où j'en ai envie. Où le vent me pousse.

— Vous ne vous perdez pas ?

Evie songea à ses itinéraires calculés au plus juste.

— J'ai toujours le temps. Pour retrouver ma route.

— J'apprends encore à connaître mon chemin. (Evie saisit l'un des sandwichs et en prit une petite bouchée pour vérifier qu'il était à son goût.) Londres semble sans fin. Comme si on pouvait y déambuler des jours et des jours, et que seule la mer pourrait nous arrêter.

Ash esquissa un sourire.

— En fait, il en a été question. De tracer un chemin sur toute la longueur de la Tamise, de sa source à son embouchure.

— J'attends ce jour avec impatience.

— Vous préférez ça, alors… connaître votre chemin ?

Elle acquiesça.

— J'ai grandi dans un village de quelques centaines d'habitants avec une route principale d'à peine trois kilomètres. C'est très différent d'ici.

— Ici, c'est très différent de partout. (Il haussa de nouveau les épaules.) Mais n'est-ce pas ce qui nous y attire ? Pour y découvrir des choses qu'on ne trouve nulle part ailleurs ?

— Vous voulez dire des pierres et des insectes ?

Il éclata de rire.

— Non, pas uniquement.

Elle attendit qu'Ash ajoute quelque chose. Elle se sentait à l'aise, avec lui, comme s'ils étaient seuls mais ensemble. Lorsqu'ils discutaient, il ne tentait pas de s'immiscer dans ses pensées. Au contraire, il l'écoutait attentivement, puis reprenait ses petites phrases et les terminait pour elle. En général, elle avait plutôt l'impression qu'on lui parlait sans vraiment l'écouter.

— Quoi qu'il en soit, ajouta-t-il enfin, espérons que nous saurons les reconnaître quand nous les verrons.

Chapitre 12

Règle n° 35
Le responsable de chaque rayon choisit les livres qu'il souhaite proposer à la vente.

Tôt le lendemain matin, en arrivant à la librairie, Grace remarqua qu'Alec était déjà dans son bureau, en pleine conversation avec lord Baskin. Grace ne fut guère surprise de la visite du comte. Chaque année, en janvier, il faisait le voyage depuis le Yorkshire afin d'inspecter les documents comptables du magasin pour l'année civile écoulée.

— Grace, comment allez-vous ? demanda Jeremy Baskin, confortablement installé sur le bord du bureau de M. Dutton, tandis qu'Alec était enfoncé nonchalamment dans son fauteuil.

Grace commençait à se sentir presque nostalgique de la manière dont M. Dutton s'asseyait, toujours droit, raide comme un piquet, au garde-à-vous, portant des lunettes parce qu'il se retrouvait loin au-dessus des documents à traiter, ne pouvant tolérer l'avachissement, ni pour lui ni pour qui que ce soit d'autre.

— Je vais bien, lord Baskin, et comment allez-vous, vous et lady Baskin ?

— Ma mère est plus alerte que jamais. (Esquissant un sourire, il se redressa et se tourna vers Alec.) Ça ne vous ennuie pas si je passe en revue les derniers relevés bancaires avec Mme Perkins avant de poursuivre notre discussion ? Grace, ça vous dirait, d'abord, un café au chariot de Jonny, dehors ? J'ai besoin de me réchauffer.

Sans avoir eu le temps de quitter son manteau et son chapeau, Grace suivit la grande et imposante silhouette de lord Baskin, qui se dirigeait d'un pas décidé vers l'entrée du magasin et lui ouvrit la porte.

— Alec semble à l'aise à son nouveau poste, constata-t-il avec un sourire complice alors qu'elle le rattrapait.

Il fallait toujours trottiner derrière le comte : il marchait vite, même quand il n'avait apparemment besoin d'aller nulle part. C'était l'une des choses que Grace aimait chez lui : contrairement aux visiteurs les plus aisés de la librairie, il n'affichait pas cet air d'indolence insouciante, comme s'il n'y avait jamais lieu de s'inquiéter, et comme si les autres étaient bien sots de se préoccuper de leurs soucis. Au contraire, lord Baskin donnait l'impression de comprendre parfaitement pourquoi le personnel était toujours pressé. Elle supposait que c'était dû au fait qu'il avait lui-même travaillé au magasin pendant la guerre. Depuis, il passait encore de temps à autre, surtout à la période de Noël, son activité préférée étant de retourner derrière le comptoir, auprès de Vivien. Il déclarait souvent, au milieu du tumulte, qu'il n'existait pas de meilleur moment pour travailler dans une librairie que pendant les fêtes.

En attendant qu'une poignée de clients matinaux aient libéré le trottoir, lord Baskin examina la caisse de livres à prix réduits que Grace et Vivien avaient récemment disposée pour attirer les passants.

Sélectionnant deux livres de Henry Miller, ainsi que *Pour qui sonne le glas* d'Hemingway, lord Baskin secoua la tête d'un air amusé.

— Vivien a fait le ménage, à ce que je vois.

— Elle les surnomme les « Misogynes ». Elle dit que leur place est à la poubelle.

— C'est aussi votre avis ? demanda-t-il, le regard brillant.

Grace haussa les épaules.

— Je ne sais pas grand-chose sur ces livres. Je n'ai guère le temps de lire, sauf à mes garçons, avant d'aller les coucher. C'est affreux de ma part, je le sais.

— Pas du tout. Il en va de même pour Herbert, pour autant que je sache. Je pense d'ailleurs que c'est la marque des grands libraires : la capacité de donner l'impression d'avoir lu tous les livres.

Lord Baskin se dirigea vers le chariot du marchand tandis que Grace attendait sur le trottoir, observant la rue étroite et tranquille. Il était 9 heures à Lamb's Conduit, préambule à la période la plus animée de la journée. Seuls quelques magasins avaient ouvert leurs portes, et la plupart des gens qui passaient en trombe se rendaient à leur travail dans diverses institutions de Bloomsbury : le Great Ormond Street Hospital, le British Museum et les nombreux établissements de l'université de Londres disséminés un peu partout. Quelques rues plus au nord, un groupe de bambins et leurs nounous se rendaient à Coram's Fields, le grand terrain de jeu pour enfants situé sur l'ancien domaine de l'hôpital des enfants abandonnés. Il s'agissait d'une institution caritative créée en 1739 par le capitaine au long cours et philanthrope Thomas Coram, destinée à héberger et éduquer les enfants de mères célibataires. En songeant à ses deux fils, tandis que filaient devant elle les landaus et les jouets tirés au bout d'une ficelle, un parfum de talc et de bouillie dans l'air, Grace fut reconnaissante d'avoir pu être à la maison lors de leurs plus jeunes années. Gordon n'aurait certainement pas été à la hauteur de la tâche.

Lord Baskin retourna auprès d'elle tout en conservant son élégance et en s'efforçant de ne pas renverser ses deux tasses pleines de café fumant. Ils prirent place sur le banc devant la boutique, comme chaque fois qu'il venait leur rendre visite. Lord Baskin lui disait qu'il avait besoin de se réchauffer avant de s'occuper des comptes, toujours dans le même état inquiétant, et ils s'asseyaient tous les deux, regardant passer les badauds de Lamb's Conduit.

— Alors, des nouvelles de ce pauvre Herbert ? s'enquit-il.

— J'ai bien peur que non. Il ne devrait pas rester seul. Il me semble qu'Alec avait prévu de lui rendre visite, mais, pour une raison ou une autre, M. Dutton ne cesse de remettre à plus tard.

Grace se pencha en arrière pour laisser passer un grand landau, faisant légèrement déborder son café. Elle vit alors lord Baskin faire une chose des plus surprenantes : il tendit son index gauche et fit remonter les gouttes de café vers le bord de sa tasse, avant de lécher le peu de liquide resté sur son doigt.

Grace le regarda avec stupeur.

— Oh, je suis navré, c'était très impoli... C'est à ça que sert ce truc, après tout.

Il tira un mouchoir orné d'un monogramme de la poche avant de sa veste et se mit à tamponner le bord de la tasse de Grace, puis sa propre main. Grace se rendit compte que Herbert Dutton, Frank Allen et même Alec McDonough étaient en vérité beaucoup plus guindés que le comte.

— Bon, et Alec et Vivien ? Quelles sont les dernières nouvelles ?

Grace poussa un soupir et, pour une fois, prit ses distances avec son amie.

— Rien n'a changé. J'ai toujours compris les doléances de Vivien. Vous avez fait partie des meilleurs vendeurs de la librairie, vous savez comment il conviendrait de la récompenser. Mais je ne suis même pas sûre que ce soit de ça qu'il s'agisse.

Se souvenant de l'incident récent avec la montre, Grace s'interrompit. Elle craignait de trop en dire, tout en se demandant ce que le perspicace lord Baskin soupçonnait déjà.

— J'ai cru comprendre qu'elle avait complètement transformé le rayon en une semaine ?

— On peut changer beaucoup de choses en peu de temps, à condition d'en avoir la volonté.

Jeremy Baskin poussa à son tour un soupir inhabituel. Sous son front dégarni, il avait de beaux yeux noisette profondément enfoncés qui changeaient de couleur en fonction de son humeur ; lorsqu'il était heureux ou insouciant, son sourire illuminait la pièce. Ses manières relâchées et spontanées rappelaient à Grace les nombreux Américains qui venaient à la librairie. Elle se souvint que sa mère, lady Baskin, avait été une célèbre mondaine new-yorkaise avant d'épouser un membre de l'aristocratie britannique. Il lui avait suffi d'une décision sentimentale pour sauver le dixième comte Baskin et son domaine en difficulté grâce à la dot substantielle de son père industriel : les « boucanières », Vivien surnommait-elle ces femmes, d'après le titre du roman inachevé d'Edith Wharton. Grace se demanda si l'air charmeur de lord Baskin n'était pas un autre élément de son important héritage du côté américain de sa famille.

— Et nous avons recruté du personnel supplémentaire, si j'ai bien compris. J'espère que nous pouvons nous le permettre. Avec tout ce rationnement encore en place, je crains pour les bénéfices de cette année.

— Oui. Evelyn Stone. Diplômée de Cambridge, comme vous. Mais j'ai cru comprendre qu'*elle* avait obtenu une mention « très bien ».

Lord Baskin rejeta la tête en arrière en feignant de se sentir blessé par cette pique à peine dissimulée. Grace savait qu'il appréciait son franc-parler et sa volonté de le taquiner, lui qui était si enjoué et affable.

— Evie est très dévouée, poursuivit Grace. M. Dutton désire qu'elle répertorie tout le deuxième étage et qu'elle classe les milliers de volumes en je ne sais quelles catégories. Les choses se sont un peu désorganisées, là-haut, ces derniers temps.

— J'ai cru comprendre que Frank s'absentait énormément, ce qui ne doit pas arranger les choses. (Il hésita.) Tout va bien là-haut ?

Grace but une gorgée de café en silence, ne souhaitant rien dire sur les absences prolongées de son supérieur, ces derniers temps.

— Vous savez, dit lord Baskin d'un ton taquin, quand vous nous avez rejoints, j'ai cru pendant longtemps que Frank avait le béguin pour vous.

Elle éclata de rire.

— Je suis une femme mariée, lord Baskin.

— Comment va Gordon ? s'enquit-il d'un ton plus sérieux. Et vos deux fils ?

— Bien, je vous remercie. Tout le monde est retourné soit à l'école, soit au travail, maintenant que les vacances sont terminées.

Elle n'avait parlé à personne, pas même à Vivien, de la dépression de Gordon et de la période de chômage qui s'était ensuivie. Si elle lui faisait un coup pareil, il exploserait.

Le simple fait de songer à Gordon la fatiguait, et c'était affreux pour une épouse. Pire encore, après des années de comportement irrationnel de la part de son mari, Grace avait été forcée d'admettre qu'il lui était inutile d'espérer un quelconque changement. Quels que soient les mystérieux démons qu'il affrontait, Gordon était désormais confortablement empêtré dans ses propres lamentations. Elles étaient devenues ses compagnes les plus fidèles ; le fait de tenter de le sortir de ses soucis ne pouvait que le laisser démuni et sans repères. Sa mère était exactement pareille, et ce n'était qu'une partie de l'héritage familial de son mari.

— Et vous, comment vous débrouillez-vous avec tous ces récents bouleversements ? Les nouveaux employés et tout ça…

Grace but une nouvelle gorgée de café.

— Je m'adapte mieux aux petits changements.

— Moi aussi. Bien que je préfère considérer la situation comme agréablement stable. (Il esquissa un sourire.) Vivien et Alec, en revanche, semblent transformés par tout ce chaos. J'ai du mal à reconnaître les étalages. Et le manque de bonne humeur d'Alec. Malgré les accusations et les reproches qu'ils se lancent mutuellement, ces deux-là sont extrêmement ambitieux.

— Je leur envie cette vision à long terme. Ils s'enlisent rarement dans la banalité du quotidien.

— L'ambition, c'est bien, mais il y a des moments qu'il ne faut pas rater. Vous devez le savoir, avec vos enfants. Ils grandissent vite.

Sur cette note mélancolique, lord Baskin remit leurs tasses dans le chariot du marchand et raccompagna Grace à son bureau.

Alors qu'ils étudiaient ensemble les mauvais comptes de la librairie, ils retombèrent dans une autre routine familière. Ils arrêtaient soudain et simultanément ce qu'ils faisaient, et buvaient une gorgée du thé que Grace avait préparé en observant le reste du personnel par la grande baie vitrée du bureau. À un moment donné, ils virent tous deux avec amusement Alec s'approcher de Vivien à la caisse et lui demander quelque chose, ce à quoi elle répondit en jetant son crayon sur le comptoir et en s'éloignant en trombe.

— Ces deux-là vont avoir besoin de trouver un terrain d'entente. (Lord Baskin secoua la tête en riant.) Toutes les relations, je l'espère, ne se terminent pas nécessairement en guerre.

Grace s'interrogea de nouveau sur ce que lord Baskin pouvait savoir du mystérieux passé de Vivien et d'Alec, compte tenu de la proximité des deux hommes. Les paroles de lord Baskin l'amenèrent également à se poser des questions sur sa vie amoureuse actuelle, le scandale de son divorce se trouvant désormais loin derrière lui. Membre d'âge mûr de l'aristocratie, il n'était peut-être plus tout à fait le « délice des débutantes » qu'il avait été pour les jeunes femmes présentées chaque année à la cour au roi et à la reine, mais lord Baskin appréciait manifestement le beau sexe. Au fil des ans, Vivien et elle avaient à l'occasion aperçu un bras ganté de soie, semblable au cou d'un cygne, passer par la fenêtre du taxi lorsque lord Baskin descendait devant le magasin.

Grace s'étonnait qu'il ne se soit jamais remarié. Peut-être le divorce rendait-il l'entreprise du mariage si délicate et si impitoyable qu'on n'osait plus jamais retenter sa chance. Elle songeait souvent au coût d'une séparation, tant d'un point de vue financier que social, que l'on soit comte ou femme au foyer. En restant avec Gordon, Grace était peut-être à bout de nerfs, mais elle gardait aussi un homme à la maison pour ses deux fils, et donnait au moins l'impression d'être quelqu'un de respectable. Elle était toujours aussi fermement convaincue que c'était pour le mieux.

Chapitre 13

Règle n° 27
Il est strictement interdit de sympathiser avec les clients en dehors du magasin.

Vivien regagnait la caisse après une énième convocation à l'arrière-boutique lorsque le carillon de la porte retentit pour annoncer l'entrée de la riche Américaine de la semaine précédente. Non pas celle habillée en Chanel qui avait accusé Vivien d'être une voleuse, mais celle en deuil qui avait ostensiblement passé en revue le contenu du magasin.

En entrant, la femme adressa à Vivien un sourire familier, que cette dernière lui rendit avec un hochement de tête. Les membres du personnel avaient l'interdiction formelle d'engager la conversation avec les clients à leur arrivée. Ils devaient attendre un certain temps, espérer un signe d'hésitation ou de désarroi de leur part, et ne les approcher qu'avec les questions les plus passives qui soient.

Vivien se remit à écrire dans son petit carnet à spirale et, quelques minutes plus tard, on déposa une pile de livres d'art devant elle.

— Re-bonjour, la salua l'Américaine. Vous vous occupez de l'expédition à l'étranger, je suppose ?

Vivien se redressa.

— Bien sûr, madame.

— Je vous en prie, appelez-moi Ellen.

Admirant les goûts de cette femme en matière de livres, Vivien commença à dresser la facture pour les trois magnifiques ouvrages sur Picasso, Matisse et Cézanne, sortis en Angleterre l'année précédente.

— Je suis vraiment navrée pour ce qui s'est passé ici la semaine dernière, déclara la femme.

Vivien poursuivit sa tâche avec un sourire crispé.

— C'était une simple erreur.

— Absolument pas. Mais vous vous êtes très bien comportée. Vous deviez être la fiancée de David, alors ?

Vivien posa son stylo et demeura bouche bée devant les capacités d'investigation de cette femme.

— Je connais lady St Vincent. Quelle perte affreuse et tragique !

— Tout à fait, répondit simplement Vivien, espérant dissiper les inquiétudes de la femme.

— J'ai croisé Angelica, hier, d'ailleurs.

Ces femmes étaient toutes les mêmes, se dit Vivien. Elles déjeunaient ensemble, échangeaient des commérages et se mêlaient de la vie des autres. Curieusement, elle avait espéré que celle-ci serait différente.

Ellen sembla percevoir le désarroi de Vivien, car elle ôta son chapeau et ses gants, comme si elle avait l'intention de rester un moment, et les déposa sur le comptoir entre elles.

— Deux ans de fiançailles pendant une guerre mondiale, c'est à la fois long et imprudent, compte tenu des circonstances. Bertie et Angelica auraient dû faire preuve d'un peu plus de bon sens.

Vivien fut de nouveau prise au dépourvu par l'attitude désarmante de cette femme et sa volonté d'aborder des sujets aussi intimes.

— Moi aussi.

— Très juste, ma chère. Écoutez, j'organise une petite réception au *Dorchester*, ce soir. Il n'y aura pas beaucoup de lords et de dames, mais quelques personnes qu'une jeune femme écrivaine en devenir devrait rencontrer. On m'a recommandé de réintégrer la société, après mon année de deuil, dont le premier anniversaire, comme vous l'ignorez sans doute, était hier. (Ellen marqua une pause, remarquant l'air abattu et frustré de Vivien.) Je suis convaincue que ça vaut également pour vous.

— C'est très aimable de votre part, mais…

— Ne souhaitez-vous pas au moins y réfléchir ? S'il vous plaît ? (De nouveau, Vivien reconnut bien là la franchise et l'enthousiasme typiquement américains.) Oh, et envoyez ça à mon adresse personnelle. Je crois que mon défunt mari avait un compte ici.

Intriguée, Vivien sortit le livre de comptes et l'ouvrit.

— Le nom de votre défunt mari ?

— M. Nelson Doubleday père.

La femme lui adressa un sourire aussi chaleureux qu'intimidant, avant d'ajouter en se tournant vers la sortie :

— De la maison d'édition Doubleday. Donc, vous voyez, il faut vraiment que vous reconsidériez votre position pour ce soir.

Vivien descendit de la cabine d'ascenseur au septième étage de l'hôtel *Dorchester*. Elle était à la fois étonnamment nerveuse et agacée ; elle n'avait pas assisté à une soirée dans un cadre aussi élégant depuis de nombreuses années. En laissant retomber l'impressionnant heurtoir sur la porte de la suite d'Ellen Doubleday, Vivien prit involontairement une profonde inspiration. Au bout d'un long moment sans réponse, elle frappa de nouveau, mais seul le silence lui répondit. Frustrée, elle actionna les poignées lustrées des portes de la suite.

— Peu de chances qu'on vous ouvre, entendit Vivien.

En se tournant dans le couloir, elle aperçut une femme mince et séduisante d'une quarantaine d'années, coiffée d'un carré court ondulé. Elle était assise dans une alcôve sous un miroir à cadre doré assorti à la couleur de ses cheveux.

— Je suis en avance ?

L'inconnue éclata de rire.

— Non, mais Ellie est toujours en retard. Mieux vaut le savoir.

La femme se leva – elle était extrêmement grande – et glissa une pochette ornée de perles noires sous son bras gauche tandis qu'elle s'approchait pour lui serrer la main. Même de loin, Vivien était fascinée par le regard bleu ciel de cette femme.

— Et moi, je suis toujours en avance. Comment allez-vous ? Lady Browning.

Vivien saisit sa main gantée dans la sienne, mais, avant qu'elle puisse se présenter, les portes de l'ascenseur s'ouvrirent, et Ellen Doubleday surgit en tenue de soirée, suivie de trois hommes portant de grands plateaux de nourriture en argent au-dessus de leurs têtes.

— Comment avez-vous tous pu tenir là-dedans ? s'exclama lady Browning, amusée, tandis qu'Ellen lui passait devant d'une manière aussi intime que familière pour déverrouiller sa suite privée.

— Nous avons un peu de retard, répondit joyeusement Ellen avant d'ouvrir les deux portes ornées de dorures comme si elle dévoilait une scène de théâtre. Mais tu me connais… je vais rattraper le temps perdu. Vivien, ma chère, je suis ravie que vous ayez pu venir.

Vivien suivit Ellen, l'autre femme et les trois jeunes – et plutôt beaux – serveurs de l'hôtel. Même à l'époque où elle côtoyait la famille St Vincent, Vivien avait rarement vu une suite aussi luxueuse que celle-ci. Les pièces s'ouvraient sur d'autres à la manière d'une galerie, toutes percées d'une rangée de portes menant à l'extérieur, sur un impressionnant balcon avec vue sur Hyde Park. Le mobilier était un mélange de différents styles, et Vivien se souvint d'une chose que la mère de David lui avait un jour fait remarquer avec condescendance devant une salle pleine d'invités, à Skillerton Hall : « La clé, ma chère, pour votre gouverne, c'est de décorer à l'anglaise, de manger à l'italienne et de s'habiller à la française. »

Tandis qu'Ellen Doubleday indiquait aux serveurs où décharger leurs plateaux et installer le bar, la femme du couloir ôta son manteau de fourrure et tendit la main vers celui en laine de Vivien.

— Tenez, permettez-moi de vous débarrasser.

Vivien se sentit observée lorsqu'elle retira son pardessus et le déposa sur les bras élégamment tendus de lady Browning.

— Asseyons-nous, mademoiselle…

— Lowry. Vivien Lowry.

— Ah ! Joli nom. Et jolie fille. Je comprends pourquoi Ellie s'est entichée de vous.

Vivien préférait toujours avoir le contrôle réel, ou au moins symbolique, de son environnement, mais quelque chose chez ces deux femmes et dans leur attitude dominatrice la mettait incroyablement mal à l'aise.

Lady Browning tapota la banquette brodée à côté d'elle, et Vivien y prit place. Elle avait du mal à croiser son regard ; elle n'en avait jamais vu d'aussi beau et d'aussi perçant.

— Votre coiffure vous met joliment en valeur, jeune fille. Je ne cesse de menacer de me couper drastiquement les cheveux, mais mon mari – un homme d'ordinaire peu exigeant et encore moins présent – semble toujours avoir un avis contraire sur cette question précise.

Lady Browning parlait si franchement et de façon si enjouée que Vivien aurait rêvé de sortir son carnet de notes pour tout retranscrire.

Quand on frappa bruyamment à la porte, Ellen surgit aussitôt d'une autre pièce pour répondre, son humeur joyeuse s'intensifiant à chaque nouvel arrivant. Elle ouvrit la porte sur une poignée d'invités qui pénétrèrent dans le salon en arrachant foulards et gants de soie, chapeaux de soirée et fédoras. Près du bar, un tourne-disque diffusait à présent du Rachmaninov. On avait abaissé les lustres, et, soudain, la fête battait son plein.

— Ahh ! se réjouit lady Browning en tapotant légèrement le genou gauche de Vivien, à côté d'elle. Tout le monde est là. Nous adorons tous tellement Ellen… Cette fête est surtout pour nous, bien sûr. Je doute qu'elle ait pu l'envisager autrement.

— Elle a l'air très attentionnée, gentille et très chic.

— Entièrement d'accord.

— Lady Browning ! appela une voix joviale.

Vivien vit son interlocutrice se hisser sur ses genoux, sur les coussins du canapé, et saisir par-dessus le dossier de la banquette les deux mains de la nouvelle venue.

— Depuis combien de temps êtes-vous en ville ? demanda cette dernière en jetant un coup d'œil autour d'elle. Tommy est-il là aussi ?

Vivien apprit alors que le mari de lady Browning avait récemment été nommé chef du personnel de la princesse Elizabeth, duchesse d'Édimbourg et héritière du trône britannique. Ce qui expliquait sans doute le calme royal et l'air supérieur de lady Browning, ainsi que la déférence que lui témoignaient les autres invités.

Tandis que Vivien était assise en silence, attentive, n'ayant pas grand-chose à apporter aux conversations exaltées qui allaient bon train autour d'elle, les souvenirs refoulés d'une vie passée lui revinrent en mémoire. Sa première rencontre, désastreuse, avec les parents de David, la fête de fiançailles incroyablement tendue, la célébration du soixantième anniversaire de lord Albert St Vincent au cours de laquelle sa femme, Angelica, avait trop bu et n'avait rien eu à dire à sa future bru, quelques jours seulement avant que David embarque pour ce qui devait devenir son ultime mission. Vivien n'avait plus jamais eu de nouvelles de la famille depuis.

— Beverley, petite asociale, lança lady Browning à quelqu'un, venez que je vous présente ma nouvelle amie. Mlle Vivien Lowry de…

— De *Bloomsbury Books*, fut la seule chose que Vivien trouva à ajouter sur le moment.

— Oh, comme c'est merveilleux ! Oui, de *Bloomsbury Books* !

Les autres femmes bavardaient gentiment tandis que Vivien continuait à observer discrètement les invités. Ils étaient désormais plusieurs dizaines, arrivés en masse d'un cocktail organisé plus tôt dans un hôtel situé de l'autre côté du parc. Vivien ne connaissait personne, bien qu'elle ait été véritablement impressionnée lorsque quelqu'un appela Somerset Maugham et que, peu après, Noël Coward prit place devant le piano sous des applaudissements nourris.

Lady Browning présenta Vivien à la grande amie de Coward, Clarissa Spencer-Churchill, nièce de l'ancien Premier ministre, et Vivien se sentit de nouveau extrêmement intimidée. Elle avait toujours adoré l'énergie débordante de Winston Churchill, et avait été à la fois dévastée et agacée par sa défaite électorale après la guerre.

Clarissa, une belle jeune femme à peu près du même âge que Vivien et qui ressemblait étrangement à Greta Garbo, était encore célibataire. D'après la rumeur, elle avait une liaison avec Anthony Eden, beaucoup plus âgé qu'elle, chef adjoint du Parti conservateur de Churchill dans l'opposition. Clarissa raconta volontiers à lady Browning et à Vivien qu'elle avait vécu au dernier étage du *Dorchester* durant la guerre, à un tarif réduit en raison de la menace de raids aériens, et se désola de la fermeture ce mois-là de la revue littéraire *Horizon*, où elle avait jadis travaillé en tant qu'assistante de rédaction.

Vivien ne répondit pas grand-chose en retour, surtout pas qu'elle avait soumis un article l'automne précédent à cette même revue, et que le rédacteur en chef Cyril Connolly l'avait poliment, mais sommairement rejeté. Mais, en observant la salle et en constatant que tous les autres étaient unis par un enchevêtrement de liens sociaux et politiques – « Mon père, lorsqu'il était à Oxford… », « La saison théâtrale de ma grande sœur juste avant la guerre… », « La réception donnée par le sous-secrétaire en l'honneur de mon camarade d'école… » –, Vivien comprit une fois de plus qu'elle serait toujours le vilain petit canard de l'histoire.

Lady Browning fit de son mieux pour maintenir Vivien dans la conversation chaque fois que c'était possible, même si la plupart des discussions tournaient autour de l'hivernage au Cap-d'Antibes, de l'annonce ce jour-là de nouvelles élections par Clemmie (le surnom qu'ils donnaient tous à l'actuel Premier ministre, Clement Attlee), et du décès la semaine précédente de l'éditeur américain George Putnam, époux d'Amelia Earhart, présumée morte.

Tard dans la soirée, Clarissa Spencer-Churchill prit place au piano à côté de Noël Coward pour chanter – avec enthousiasme, mais plutôt mal – la dernière composition de ce dernier, *I Like America*.

— En hommage à notre hôtesse ! annonça vigoureusement Clarissa à l'auditoire.

Vivien ne pouvait qu'être impressionnée par le fait que toutes ces femmes puissent bénéficier d'une totale absence de retenue sociale. Elles disaient ce qu'elles voulaient, leurs paroles dégoulinant d'ironie et de sarcasme, mais reflétant malgré tout une étrange sincérité, se servaient sans modération à boire et à manger, et occupaient autant de place dans la pièce que n'importe quel homme.

— Le pauvre Coward ne sait jouer que dans trois tonalités, chuchota lady Browning de manière assez intime à l'oreille de Vivien. Et la malheureuse Clarissa ne sait chanter dans aucune d'entre elles. Ce qui ne l'empêche pas d'avoir des admirateurs, tout de même.

— Elle a vraiment une liaison avec M. Eden ? demanda Vivien en baissant d'un ton.

Lady Browning acquiesça.

— On raconte qu'il s'agit d'une passion romantique – de sa part à lui – qui remonte à de nombreuses années. Mais ça me semble être une distinction plutôt désobligeante.

— « Ce qu'on stigmatise comme étant romantique est souvent ce qu'il y a de plus proche de la vérité », cita Vivien.

— *La Locataire de Wildfell Hall*, répondit lady Browning, surprenant Vivien. D'Anne Brontë, la grande oubliée de la bande.

— Emily est ma préférée.

— À moi aussi. Mais ça n'a rien d'étonnant, je soutiens toujours les plus impétueux.

Lady Browning esquissa un sourire, tapotant de nouveau le genou gauche de Vivien avec compréhension. Vivien se demanda ce qu'Ellen Doubleday avait précisément pu partager avec son amie aristocrate au sujet de la famille St Vincent et de l'incident de la montre, la semaine précédente.

— La famille Brontë dans son ensemble m'obsède. Ma fille Flavia et moi envisageons de voyager dans le nord pour visiter le presbytère… Vous devriez vous joindre à nous.

Encore une chose dont Vivien se souvenait bien de l'époque où elle avait vécu auprès des St Vincent : la promptitude avec laquelle les gens riches lançaient des invitations de ce genre, qu'elles soient sincères ou non.

Les portes du balcon, restées ouvertes, laissaient entrer l'air frais de la nuit, tandis que le salon s'emplissait de la fumée des cigares et des cigarettes du flot continu d'invités riches et amicaux. Vivien avait déjà côtoyé de près cette existence, mais, en fin de compte, juste assez pour savoir à quoi elle échappait. C'était un chapitre de son passé qu'elle avait résolument tenté d'oublier : ce type d'interdépendance sociale et maniérée, le fait que la valeur d'une personne était déterminée par ses liens avec les autres... Le traitement que lui avait réservé les membres de la haute société au fil des ans – une admission limitée due à son apparence, un abandon précipité quand cela les arrangeait – avait fait de Vivien l'antithèse de quelqu'un comme Alec, lorsqu'il s'agissait de gagner la faveur des gens riches. C'était l'une des raisons pour lesquelles la rencontre avec les deux sœurs américaines à la librairie l'avait troublée : elle méprisait la présomption, l'imprudence, le jugement permanent des autres.

Vivien repensa avec colère à Alec assis dans son lit, dévorant les toasts qu'elle avait préparés et la qualifiant de « démonstrative », le tout fondé sur son sens étroit de la façon dont une femme comme elle devait se conduire. Elle se demanda s'il oserait un jour juger de la même façon l'une des dames riches qui se prélassaient dans la suite de Mme Doubleday, flirtant ouvertement, sans distinction et à répétition. Vivien s'étonnait également, et ce n'était pas la première fois, du fait qu'Alec semblait ne pas avoir conscience qu'il se sabotait lui-même, avec son attitude. Depuis, elle lui avait rendu au centuple l'hypocrisie brutale de ses paroles au vu de son propre comportement au lit, ce qui, en y repensant, la fit de nouveau rougir.

— Ma chère, vous êtes écarlate. (Lady Browning dévisageait Vivien avec une grande attention.) Je me sens moi aussi un peu fatiguée. Cela vous dit de partager un taxi pour rentrer ?

Elles firent leurs adieux à tous ceux qu'elles croisèrent en sortant. L'un des serveurs les informa que Mme Doubleday était dans sa chambre pour répondre à un appel de sa fille, à l'étranger. Lady Browning lui demanda que leurs remerciements et leurs adieux lui soient transmis. Après avoir récupéré son manteau, Vivien suivit lady Browning dans le couloir jusqu'aux ascenseurs. Elle avait l'impression que cette femme aimait bien qu'on la suive. Vivien ne la trouvait pas particulièrement maternelle, mais plutôt qu'elle exerçait un contrôle quasi divin. Sa présence magnétique poussait subtilement tous ceux qui l'entouraient à se plier à sa volonté et à ses désirs.

Il commençait à pleuvoir. Tandis que le portier en chef du *Dorchester* tenait un parapluie surdimensionné au-dessus de leurs deux têtes et les escortait jusqu'au trottoir, lady Browning demanda où elle pouvait déposer Vivien. Celle-ci lui indiqua aussitôt l'endroit le plus central par rapport à la ligne de bus qui la ramènerait chez elle, ce qu'elle faisait régulièrement avec les messieurs lors de ses sorties nocturnes.

— Et puis l'hôtel *Savoy*, indiqua lady Browning au chauffeur de taxi avant de s'installer à côté de Vivien sur la banquette. Je déteste Londres. J'ai grandi ici, à Hampstead, mais je suis restée à cause du travail de Tommy. Je préfère de loin notre maison en Cornouailles.

Il était déjà bien plus de minuit lorsque le taxi se mit à filer dans les rues désertes de la capitale, les lumières de la ville scintillant comme des étoiles à travers la brume et la bruine.

— Quand j'étais petite, ma chambre faisait face à celle de Katherine Mansfield, de l'autre côté de la rue. Je voyais ses lumières allumées, la nuit, pendant qu'elle écrivait…

Malgré sa richesse et sa stature évidentes, lady Browning commençait à donner à Vivien l'impression d'être un peu seule, voire mélancolique. Se tournant alors vers Vivien, elle lui avoua :

— Je ne suis vraiment pas adepte des soirées, surtout dans le monde de l'édition. Même si j'adore Ellie.

Vivien esquissa un sourire d'approbation.

— Moi non plus.

— Mais vous devriez. Après tout, vous êtes de *Bloomsbury Books*.

Vivien jeta un coup d'œil rapide à l'autre femme pour voir si elle la taquinait, mais elle décela chez elle quelque chose d'étrangement sincère. Comme si, ayant pris la pleine mesure du monde qui l'entourait, elle avait trouvé la plupart des choses insuffisantes et n'avait aucun mal à faire des éloges immérités.

— Je crois savoir que les événements littéraires font fureur à Londres, poursuivit lady Browning. On parle encore de l'altercation entre Roy Cameron et Spender, en avril dernier.

— Ce genre d'incident a tendance à mettre les hommes en valeur.

— J'ai moi-même dit « non » à nombre d'entre eux, fit simplement remarquer lady Browning, sous le regard interloqué de Vivien. Ellie m'a dit que vous écriviez... Moi aussi, ajouta lady Browning en hochant la tête d'un air conspirateur.

Vivien avait du mal à imaginer cette femme aspirant à quoi que ce soit, tant elle semblait à l'aise à la place qui était la sienne.

Lady Browning semblait souvent capable de lire dans les pensées de Vivien, car elle se reprit rapidement en précisant :

— Depuis un certain temps déjà, je veux dire. Heureusement, je ne suis plus une débutante. Ah, je vois que je vous ai surprise. Et je vous soupçonne de ne pas être facile à prendre au dépourvu. Alors, vous n'avez pas deviné ? *Tant mieux.** Elle était donc authentique, notre petite conversation de ce soir ?

---

*Les mots et phrases en italique suivis d'un astérisque sont en français dans le texte orignal. (*NdT*)

Vivien inclina la tête sur la droite, remarquant de nouveau ses cheveux dorés coiffés de façon si curieuse et attrayante pour accompagner ses pommettes saillantes et les lignes parfaites de son nez mutin et de ses lèvres bien dessinées.

— J'aimerais pouvoir toujours parler ainsi, en tête à tête, pas vous ? s'enquit lady Browning.

Vivien se remémorait à présent différents articles de magazines et de journaux, son esprit encore légèrement bourdonnant à cause de la coupe de champagne qu'elle avait dégustée l'estomac vide. Elle se rappela l'acteur Laurence Olivier, un manoir en flammes et un article sur un récent procès pour plagiat à New York.

— Mon Dieu ! s'entendit dire Vivien.

— Non, ma chère, tout de même pas.

C'était Daphné du Maurier.

Chapitre 14

Règle n° 41
Les événements organisés au magasin doivent avoir lieu en dehors des heures d'ouverture.

— Des déjeuners littéraires.

Alec leva les yeux des bons de commande sur son bureau, un peu plus déconcerté chaque semaine par tous ces nouveaux titres. Et pas seulement écrits par des femmes. Il y avait de la fantasy et de la science-fiction, de la fiction psychologique tordue, des imports douteux de petites maisons d'édition américaines.

— Je te demande pardon ? dit-il à Vivien sans avoir l'air de s'excuser le moins du monde.

— Je veux que nous organisions des déjeuners littéraires, ici. Comme *Foyles*. Ils ont vraiment de très bonnes idées.

Les femmes de la boutique faisaient autant que possible allusion à *Foyles* lorsqu'elles adressaient leurs requêtes à la direction. Ce mastodonte sur six niveaux, situé sur Charing Cross Road, qui proposait deux millions de références, ne manquait jamais de stimuler l'esprit de compétition des hommes de *Bloomsbury Books*.

— À vrai dire, *Foyles* les organise au *Dorchester*, protesta Alec. Un lieu nettement plus chic, comme vous le savez.

— Je le sais, répliqua Vivien avec agacement avant d'ajouter d'un air suffisant : J'en viens.

Alec lui lança un regard soupçonneux, tandis que Grace surgissait soudain derrière Vivien dans l'encadrement de la porte.

— Ça fera venir beaucoup plus de monde au magasin, monsieur McDonough, intervint Grace. De plus, ce genre d'événements particuliers donne aux clients l'impression d'obtenir quelque chose gratuitement.

— Alors, ils dépensent, conclut Vivien.

Alec dévisagea les deux femmes. M. Dutton était en congé depuis deux semaines, désormais, et la longue liste d'idées et de requêtes de la part du rayon Fiction devenait difficile à suivre.

— Nous en avons, des événements, insista Alec. Le soir. Pour ne pas empiéter sur les heures d'ouverture.

— Des événements où il n'y a que des hommes, objecta Grace.

— Tu te rappelles quand Stephen Spender s'est reçu un coup de poing dans le nez, lors d'une lecture de poésie, l'an dernier ? demanda Vivien à Grace en lui donnant un coup de coude amusé.

Spender était le poète préféré d'Alec, et il se trouvait dans le public, ce soir-là. Il grimaça en se remémorant l'incident, tandis que les deux femmes éclataient de rire devant lui.

— Les mères de famille ont toujours plus de temps dans la journée, fit remarquer Grace dès que Vivien et elle se furent calmées.

— En journée, les librairies ne sont pas des lieux où l'on discute, s'obstina Alec. C'est un endroit où les gens lisent et achètent.

— Et je sais exactement qui inviter à la première, poursuivit Vivien.

— J'ai dit « lisent ».

— Du Maurier.

— Daphné du Maurier ? Celle qui écrit des romans à l'eau de rose ? demanda Alec avec un rire dédaigneux.

— Mais pas du tout ! rétorqua Vivien sur le même ton. Qu'est-ce que ça veut dire ? Oh, ce que je déteste quand…

S'approchant, Grace posa sa main gauche sur l'avant-bras de Vivien. Celle-ci s'interrompit à contrecœur et reprit son souffle, avant de poursuivre plus calmement.

— C'est juste une de nos rares stars internationales. Elle est… très prolifique, et tout le monde la lit. (Vivien s'arrêta pour lui lancer un regard noir.) Qu'on l'admette ou non.

Alec s'enfonça dans son fauteuil.

— Et comment comptes-tu t'assurer les services de Mlle du Maurier pour un événement dans notre petite boutique ?

— Laisse-moi m'en occuper, répondit Vivien avec la même assurance que celle qu'elle mettait en œuvre auprès des clients. Laisse-moi m'occuper de tout.

Alec hésita, même s'il savait que c'était le but de la répartition actuelle des rôles. Il ne pouvait s'empêcher d'être impressionné par les objectifs originaux et de plus en plus nombreux de Vivien en tant que responsable provisoire du rayon Fiction, mais ses victoires se faisaient souvent à ses dépens. Le rayon était incontestablement plus fréquenté depuis que Vivien était sortie de derrière le comptoir pour aller en rayon comme il le faisait jadis, proposant son aide et son expertise à voix basse, avec déférence.

Ses tables thématiques étaient particulièrement appréciées. Avec l'aide de Grace, Vivien avait épuisé leurs stocks de vieux livres en les disposant sur les tables de la devanture selon un concept thématique et en les accompagnant d'œuvres d'art pertinentes : des vases ou des tableaux prêtés par le magasin d'antiquités d'en face, des fleurs de serre provenant du marché d'Inverness Street, à quelques rues de là, et même des objets usuels comme des tasses de thé assorties ou des boîtes de conserve décoratives.

Les présentoirs étaient parfois plus appréciés que les livres eux-mêmes. Grace l'avait récemment approché pour lui demander d'acheter pour l'ensemble du rayon des coussins de qualité qu'elle souhaitait disposer à des emplacements stratégiques. Elle avait surpris les clients en train de s'extasier devant ceux qu'elle avait rapportés de chez elle, brodés à l'aiguille la nuit durant la guerre pour chasser ses peurs.

Alec, quant à lui, était désormais coincé dans son bureau avec pour seule compagnie une Grace toujours un peu bougonne. Ce n'était pas la promotion dont il avait rêvé. Il n'avait plus le temps de persuader, de vendre et d'observer : tout ce qu'il avait tant aimé en étant à l'avant de la librairie. Bien sûr, il avait plus de temps pour écrire (il conservait son carnet à spirale dans l'un des nombreux classeurs de M. Dutton), mais il n'avait plus vraiment de sujets d'inspiration. Il ne voyait presque plus Vivien, ce qui n'aidait pas son imagination.

Et puis, il y avait la nouvelle, Evie Stone, qui se terrait au dernier étage, où personne ne pouvait la voir. Frank Allen s'absentait plus que jamais, même s'il achetait beaucoup moins. Alec était conscient qu'il devrait également en parler à Dutton. Ash continuait d'intimider les clients au sous-sol avec son mur de silence, tandis que le capitaine Scott en faisait de même avec sa voix tonitruante.

Tout allait de travers chez *Bloomsbury Books*, et Alec se demanda pour la première fois comment Herbert Dutton avait pu éviter l'implosion grâce à ses cinquante et une règles. Avant qu'Alec accepte de laisser une femme qui écrit des romans d'amour s'emparer de la boutique aux heures les plus chargées de la journée, il soumettrait l'idée à M. Dutton, ainsi que d'autres préoccupations de plus en plus alarmantes. En attendant, il demanderait poliment à Grace de se rendre au dernier étage, de lui apporter le carnet de rendez-vous de Frank Allen et de prendre des nouvelles d'Evie Stone.

Personne n'avait revu Frank Allen au magasin depuis le premier jour de travail d'Evie Stone. Après la vente de Toppings, il était parti trois jours en voyage de reconnaissance en Irlande. L'ensemble du personnel avait été surpris par ses longues absences, ces derniers temps, compte tenu de la récente réorganisation. Trois semaines après avoir été affectée à son poste, Evie continuait à travailler seule au dernier étage, à l'aise sur son petit tabouret, à trier les livres. Ce fut dans cette position que Grace la découvrit à présent.

— M. McDonough m'a demandé d'aller chercher le carnet de rendez-vous de M. Allen, lui expliqua Grace en jetant un rapide coup d'œil à la série de griffonnages hâtifs qu'il contenait. Comme c'est curieux...

Evie vit Grace feuilleter plusieurs pages, puis revenir en arrière, avant de la regarder d'un air consterné, ce qui ne lui ressemblait pas. Grace était d'ordinaire extrêmement calme et détendue, ce qui convenait parfaitement à Evie. Elle détestait les drames et les conflits, quels qu'ils soient. Elle n'avait guère apprécié l'esprit de compétition à peine dissimulé du milieu universitaire, sans parler des querelles ouvertes au sein du magasin.

— Pour cette semaine... la vente à l'entrepôt Roundtree. Je suis sûre qu'elle a déjà eu lieu l'automne dernier. Pareil pour la semaine prochaine...

Evie haussa les épaules et reporta son attention sur le livre qu'elle avait entre les mains. L'absence de M. Allen ne la dérangeait pas tant que cela. Elle commençait à considérer le dernier étage de *Bloomsbury Books* comme sa bibliothèque de recherche privée.

— Peu importe, je dois me tromper. (Grace saisit le carnet de rendez-vous et se tourna vers Evie.) Un thé ?

À cet instant précis, à la surprise des deux femmes, Ash surgit sur le palier.

— Je comptais proposer à Mlle Stone une tasse de « chai », annonça-t-il d'un ton solennel en désignant d'un signe de tête la tasse fumante sur un petit plateau en mélaminé, à côté de deux biscuits Bourbon, les préférés d'Evie.

En sentant le regard de Grace se poser sur elle, la jeune femme se leva précipitamment.

— C'est très aimable, fit remarquer Grace. N'est-ce pas, Evie ?

L'intéressée eut l'impression que la secrétaire de M. Dutton la poussait à dire quelque chose. En l'absence de réaction, Grace se retourna vers Ash avec un sourire bienveillant.

— Je vais vous laisser, dit-elle en frôlant Ash pour redescendre au rez-de-chaussée.

Il demeura immobile sur le palier, contemplant le désordre qui régnait au deuxième.

— Ça fait des lustres que je n'ai pas mis les pieds ici.

Tapotant les plis de sa robe en tricot marine, Evie s'avança pour lui prendre le plateau et le poser soigneusement par terre, à côté de son tabouret. Ne jamais s'approcher des livres était la seule règle de la boutique qu'ils respectaient tous unanimement lorsqu'il s'agissait de leurs nombreuses tasses de thé.

— M. Allen est encore en voyage. (Evie regarda Ash marcher prudemment entre les piles de livres, sur le plancher.) Les cartons ne cessent d'arriver.

Ash se dirigea vers la rangée de vitrines le long du mur du fond.

— Tout est bien protégé. Comme mes pierres et mes insectes.

Se retournant, il lui adressa un sourire complice.

Pour la première fois de sa vie, Evie sentit son cœur bondir pour autre chose qu'un livre.

— Eh bien, à leur façon, les livres sont précieux.

— Puis-je ?

Il attendit qu'elle acquiesce avant d'ouvrir l'armoire vitrée derrière le bureau de M. Allen. Il en tira délicatement un vieil atlas qu'il déposa sur un pupitre en chêne de l'époque victorienne, probablement présent dans la pièce depuis cette période.

Evie vit Ash en tourner chaque page avec soin, presque avec révérence, avant de lui faire signe d'approcher.

— Cette carte, ici. Elle date d'avant le Raj. Comme c'est intéressant. Et voici où je suis né, sur la côte de Coromandel. Madras, vous voyez ? George Town, comme c'est écrit ici. (Il retourna au frontispice du livre.) Oui, ça date de bien avant la colonisation britannique. Je dirais des années 1600.

Les connaissances littéraires d'Evie étaient extraordinaires, et ses souvenirs sur le cinéma américain presque aussi impressionnants, mais le fait d'avoir dû quitter l'école à quatorze ans avait laissé quelques lacunes notables dans son éducation. Malgré les efforts d'Adeline Gray, sa tutrice, Evie avait encore beaucoup à apprendre en géographie, en astronomie et en anatomie.

— C'est vraiment si vieux que ça ? demanda-t-elle avec étonnement.

— Le capitaine Scott devrait pouvoir vous le dire. Le prix indiqué est assurément bon marché. (Ash referma l'ouvrage poussiéreux et jeta un coup d'œil autour d'eux.) M. Allen a sans doute légèrement sous-évalué certaines choses, dans son agitation.

Evie était consciente que le dernier étage était dans un désordre indescriptible, mais elle était déjà fière de tout ce que l'on pouvait y trouver, et appréciait le choix prudent des mots d'Ash.

— Quel âge aviez-vous quand vous avez appris l'anglais ? lui demanda-t-elle à brûle-pourpoint.

Ash rangea l'atlas dans l'armoire vitrée et en ferma la porte.

— L'anglais est l'une de nos langues officielles.

— Ah, je l'ignorais.

— Je vous en prie. Comment quelqu'un qui vit ici aurait-il pu le savoir ?

Evie se demanda comment répondre à sa remarque cassante, et ils demeurèrent immobiles à se regarder l'un et l'autre, jusqu'à ce que l'expression d'Ash s'adoucisse face à son malaise.

— Navré. Ce n'était pas nécessaire de ma part.

— Non, c'est moi qui suis désolée. Je suis consciente d'avoir beaucoup de lacunes. En géographie, notamment.

— Ce n'est pas juste vous. (Il fit un grand geste de la main autour de lui.) C'est tout le monde. Et moi aussi, par conséquent. (Il soupira.) D'ailleurs, je doute qu'une fille diplômée de Cambridge ait beaucoup de lacunes dans son éducation.

— J'ai dû quitter l'école très tôt.

— À quel âge ?

— À quatorze ans. J'ai dû rattraper rapidement mon retard pour passer les examens de Cambridge. Je connais bien les ouvrages écrits par des femmes aux XVIIIe et XIXe siècles, mais je suis passée à côté de beaucoup d'autres choses.

Les bras croisés, Ash s'adossa au bureau de M. Allen et l'observa d'un air songeur.

— À quatorze ans… Cela n'a pas dû être facile de rattraper le temps perdu. Et tout ça pour ça ?

Il désigna du menton le désordre de livres qui les entourait.

Lorsqu'elle se souvint des professeurs Christenson et Kinross, et du recrutement de Stuart Wesley, son visage s'assombrit.

— Non, ce n'était pas… ce qui était prévu.

Il lui sourit d'un air entendu.

— Mais vous en avez un, n'est-ce pas ? Un projet ?

— Qu'est-ce qui vous fait dire ça ?

Evie commença à s'affoler à l'idée que ses activités au sein de la boutique ne passent pas totalement inaperçues.

— Le fait que vous consacriez votre jour de congé à faire des recherches sur des botanistes du XIXe siècle.

Evie sourit de soulagement.

— Oh, c'est vrai. C'était juste pour... terminer ce que j'avais commencé à Cambridge. Ce qui m'intéresse réellement, c'est de redécouvrir des femmes, des écrivaines, qui ont été négligées.

— Négligées ?

— Oubliées. Ignorées. Rejetées...

— Il y a de quoi faire. Comment comptez-vous vous y prendre ?

— Oh, j'ai oublié le chai !

Ash regarda avec amusement Evie s'asseoir sur le tabouret et boire quelques gorgées d'infusion à présent tiède, avant de répondre :

— J'ai l'intention de les publier.

Ash la regarda fixement.

— Ce n'était pas la réponse que j'attendais.

— En effectuant des recherches littéraires, on tombe sur énormément de livres perdus et oubliés. Plus personne ne se souvient de leur titre. Je lis vite, ça a toujours été le cas, et si j'en trouve un exemplaire, un seul, n'importe où, j'peux l'estimer et réimprimer les plus importants.

— Réimprimer ?

— Mm-hmm. Les mettre en pages et les imprimer, comme Virginia Woolf et son mari.

— Virginia Woolf a publié ?

— Mm-hmm, répéta Evie, de plus en plus enthousiaste. Avec une presse à bras, dans son salon ! Ça doit donc être possible. J'ai fait des recherches.

Admiratif, Ash secoua la tête.

— Je n'en doute pas. Nous attendons donc notre heure ici, tous les deux...

— Il y a pire, comme endroit.

— Oui (il lui adressa un sourire), vous avez certainement raison. Bon, je ferais mieux de vous laisser à votre travail, Allen vous a laissé du pain sur la planche.

Tandis qu'Ash redescendait, Evie regrettait de ne pas avoir pu lui en dire davantage. Elle avait le sentiment qu'Ash Ramaswamy comprendrait ses besoins, ce qui n'était pas le cas de tout le monde. La plupart des gens passaient leurs quelques heures de loisir à chercher du divertissement et de la distraction, mais Evie s'était fixé un objectif si important qu'elle ne pouvait pas se permettre de perdre du temps. Peu de monde serait prêt à passer des documents au peigne fin comme elle. Il lui fallait simplement devancer tout le monde, sans se faire remarquer, jusqu'à ce que son but soit atteint.

En baissant les yeux sur les piles de livres par terre et les cartons entassés contre les murs, Evie songea à l'atlas et se demanda combien d'autres trésors vieux de plusieurs siècles elle pourrait découvrir, enfouis sous les années de négligence de M. Allen. Malheureusement, elle commençait à craindre que le livre qu'elle cherchait secrètement au deuxième étage – la véritable raison de sa candidature à *Bloomsbury Books* – n'ait été perdu, ce qui ne serait pas la première fois.

Chapitre 15

Règle n° 21
Il est interdit au personnel de consulter les ouvrages des autres rayons sans autorisation.

La première fois, cela avait été quelques années seulement après la publication anonyme du livre en 1827, à la suite de laquelle *La Momie ! Un récit du* XXII*e* *siècle* de Jane Wells Webb avait entièrement disparu.

Grâce à ses recherches, Evie savait que c'était souvent le cas des textes anonymes ou écrits par des femmes. L'ouvrage de Mary Wollstonecraft intitulé *Défense des droits de la femme*, aujourd'hui reconnu comme la plus grande œuvre des débuts du féminisme dans l'histoire de l'humanité, avait également été épuisé et avait disparu de la mémoire culturelle jusqu'à ce qu'il soit réimprimé, plusieurs dizaines d'années plus tard.

L'absence d'archives publiques était l'une des raisons pour lesquelles Evie n'avait pas saisi l'importance de *La Momie !* lors de son inventaire nocturne à la bibliothèque du Manoir de Chawton, où le livre avait été caché à la vue de tous pendant plus de cent ans. Dans les listes de publications qu'Evie avait consultées dans différentes bibliothèques au cours de ses deux années d'indexation, elle n'y avait trouvé aucune référence à ce livre. Pour ce qu'Evie en savait à l'époque, *La Momie !* n'était qu'une obscure tentative de second ordre d'exploitation du roman gothique, comme beaucoup d'autres œuvres de son époque. Alors qu'ils préparaient la dispersion de la bibliothèque du Manoir par Sotheby's, Yardley Sinclair et ses collègues avaient également estimé et rejeté le livre, le considérant comme l'un des nombreux romans de moindre importance écrits dans le sillage du révolutionnaire *Frankenstein*.

Comme le reste de l'humanité, Evie l'avait oublié jusqu'à ce que, trois ans plus tard, elle se plonge dans son travail de recherche pour le professeur Kinross et sa volumineuse annotation de *La Foire aux vanités*, le plus grand chef-d'œuvre de Thackeray. Elle était tombée sur une lettre de Thackeray, dans les archives de la bibliothèque du Trinity College, à Cambridge, où le célèbre poète et écrivain avait également été étudiant, évoquant un dîner chez ses bons amis le botaniste John Claudius Loudon et sa femme, l'ancienne Jane Wells Webb. Dans cette lettre, Thackeray regrettait que le travail actuel de Mme Loudon auprès de son mari ainsi que ses récents manuels – *Jardinage pour dames* et *Botanique pour dames* – l'aient amenée à tourner le dos à ses écrits de fiction. Thackeray avait alors fait l'éloge d'un de ses premiers romans, écrit alors qu'elle n'avait que dix-sept ans, le décrivant comme un récit fascinant de la vie dans un siècle futur, gravitant, entre autres, autour de la réanimation d'une momie.

Thackeray avait également décrit plusieurs des avancées technologiques annoncées dans le premier livre de Jane Loudon, des inventions qu'Evie – lisant cette lettre cent ans plus tard – savait désormais étrangement prophétiques, comme, notamment, des lignes de chemin de fer avec des maisons mobiles, une forme de communication qui ressemblait vaguement à la télévision, ainsi que la vapeur et l'électricité comme principales sources d'énergie. Selon Thackeray, le livre se déroulait en 2126, alors que « l'Angleterre jouit de la paix et de la tranquillité sous la domination absolue d'une souveraine » qui mettait en place un règne uniquement fondé sur l'ascension des femmes au sein de la société. Les thèmes politiques et philosophiques décrits par Thackeray lui avaient semblé avoir plus de points communs avec les œuvres modernes d'anticipation comme *1984* d'Orwell qu'avec les textes gothiques du début du XVIIIe siècle. Avec trois années d'études supérieures derrière elle, Evie était désormais en mesure d'apprécier pleinement la valeur historique, littéraire et monétaire potentielle d'un tel ouvrage.

Rentrant précipitamment de la bibliothèque du Trinity College à son studio, à l'extrémité nord de Castle Street, Evie s'était dirigée droit vers son classeur improvisé dans les tiroirs d'une vieille commode verticale. Elle y avait récupéré le carnet dans lequel elle avait consigné avec assiduité chacun des deux mille ouvrages vendus lors de la dispersion de la bibliothèque du Manoir par Sotheby's. Tournant frénétiquement les pages de son carnet, Evie avait rapidement eu la confirmation qu'un livre d'un auteur anonyme intitulé *La Momie ! Un récit du XXIIe siècle* avait bien été acquis, ainsi que quatre autres textes du XIXe siècle, par un certain Frank Allen pour le compte de *Bloomsbury Books*.

Tout au long de l'automne, Evie avait enquêté à rebours, tentant de découvrir la moindre critique récente du livre de Webb. Elle avait d'abord trouvé un court résumé dans un texte d'Andrew Block publié au milieu du chaos de la Seconde Guerre mondiale et intitulé *Le roman anglais, 1740-1850*. Evie s'en voulait énormément d'être passée à côté de ce texte de référence lors de son premier inventaire de la bibliothèque du Manoir. Elle était ensuite tombée, dans le numéro du printemps 1949 d'une gazette littéraire du Wisconsin du nom de *The Arkham Sampler*, sur une critique récente et détaillée de la seule édition abrégée connue. En lisant ces deux analyses, qui constituaient la seule trace moderne de l'existence du premier roman de Jane Webb, Evie avait été mortifiée de constater qu'elle avait totalement sous-estimé l'un des romans de science-fiction les plus importants jamais écrits. Et par une personne de son âge, qui plus est!

Nouvellement employée chez *Bloomsbury Books*, Evie avait profité de ses premiers jours de travail pour inspecter l'ensemble des étagères et des caisses éventrées du deuxième étage, impatiente de mettre la main sur le livre que M. Allen avait acheté. Lors de son entretien, M. Dutton n'avait pas exagéré en la prévenant que le chef du rayon des livres rares du magasin manquait de zèle en matière d'inventaire. Mais Evie commençait à redouter que M. Allen ait fait pire que de ne pas répertorier le livre : elle craignait qu'il ne l'ait perdu.

Une semaine après son entrée en fonction, Evie avait fini de passer le deuxième au peigne fin sans avoir retrouvé ce livre au titre si original : *La Momie ! Un récit du XXIIe siècle*. Il ne se trouvait sur aucune étagère, ni dans les cartons, ni dans les piles de livres que Frank Allen avait laissées traîner. Aucune trace de son achat non plus dans les registres annuels que M. Allen et les autres chefs de rayon devaient tenir. La seule autre possibilité était que le livre soit rangé ailleurs dans la librairie. Quand M. Allen estimait qu'ils n'avaient que peu de valeur, on déplaçait parfois les livres anciens et rares vers d'autres étages, le plus souvent en fonction du sujet traité.

Evie n'avait pas perdu de temps et s'était vite tournée vers le rayon des nouveautés, de la fiction et de l'art. Malgré leurs querelles et leurs tempéraments opposés, Alec McDonough et Vivien Lowry étaient réputés pour leur sérieux lorsqu'il s'agissait d'organiser leurs secteurs respectifs. Vivien avait profité de son nouveau poste de responsable provisoire pour créer une impressionnante liste de catégories de genres (littérature féministe contemporaine, théâtre expressionniste moderne, réalisme français de la fin du XIXe siècle, et bien d'autres), ce qui avait permis à Evie d'affiner ses recherches.

Jusqu'à présent, ses brèves incursions durant sa pause-déjeuner n'avaient rien donné.

Était ensuite venu le sous-sol, avec son rayon Sciences et Nature, lui aussi parfaitement maintenu en ordre par Ashwin Ramaswamy. Evie avait appris à préparer de bonnes tasses de chai pour pouvoir y passer plus de temps et examiner discrètement les collections concernées. Encore mieux agencé que celui de la fiction, le rayon d'Ash était organisé selon les principes de la taxonomie linnéenne. L'ensemble du sous-sol étant divisé en différents « royaumes » et chaque étagère classée selon la notion de descendance commune de Darwin, Evie avait pu travailler méthodiquement sur les quelques sections qui lui semblaient le plus pertinentes et jeter un coup d'œil rapide sur le reste.

Seul le premier étage de *Bloomsbury Books* restait à explorer, et, malheureusement, il était sous la bonne garde du capitaine Scott, donc officiellement hors du périmètre où elle était libre d'aller et venir à sa guise. Evie savait qu'il valait mieux pour elle qu'elle ne se fasse jamais surprendre en train de fureter à l'étage des livres d'histoire sans l'aval du chef de rayon, conformément à la vingt et unième règle du magasin.

Evie allait donc devoir continuer à attendre le moment idéal où elle pourrait s'aventurer au premier sans crainte de représailles, et achever une fois pour toutes la mission qu'elle s'était assignée.

Chapitre 16

Règle n° 16
Le personnel administratif bénéficiera du samedi comme jour de congé pour passer du temps en famille.

Grace se tenait dans le couloir d'entrée de sa petite maison de ville de Camden Town, enfilant ses gants et souriant à ses fils qui s'agitaient tant ils étaient excités.

— Gordon ! appela-t-elle dans l'escalier. Gordon, il faut qu'on se dépêche !

Aucun bruit ne provenant de la chambre principale, Grace fit signe à ses deux garçons de l'attendre. Pendant qu'elle montait l'escalier d'un pas lourd, la moquette rose élimée atténuait le bruit de ses chaussures à petits talons qu'elle portait pour faire ses courses, ce qui rendait la perspective d'une nouvelle saute d'humeur de la part de Gordon encore plus inquiétante qu'à l'accoutumée.

Il était assis sur le coin de leur lit, comme s'il l'attendait.

— Gordon, je t'en prie.

Elle soupira.

— Je t'ai dit : « pas aujourd'hui ».

— Ce n'est pas à toi de le décider. C'est l'anniversaire de Teddy demain, et c'est ce qu'il souhaite.

— Vous irez sans moi.

Face à ce ton accusateur, Grace se sentit plus déterminée que jamais.

— Très bien.

— Tu n'en fais plus qu'à ta tête, de toute façon…, siffla-t-il entre ses dents.

Elle devina une lueur d'énervement dans son regard. Il ne fallait désormais plus grand-chose pour le mettre en colère.

— Navrée, Gordon, mais nous n'avons pas le temps pour ça. Et je ne laisserai pas tomber Teddy, ni pour toi, ni pour personne.

La volonté de Gordon d'utiliser leurs enfants comme des pions était récente. Grace avait appris à ignorer l'impact de ses sautes d'humeur, mais elle craignait l'effet de ses cruelles privations sur Nicholas et le sensible Teddy, surtout à mesure qu'ils grandissaient et prenaient conscience de la tension qui régnait chez eux.

Gordon fit un geste dédaigneux, comme si c'était elle qui se cachait derrière leurs fils et non l'inverse.

Grace tourna les talons et redescendit sans un mot. Elle poussa les garçons vers la sortie, espérant que le long trajet en bus jusqu'à Soho lui permettrait de recouvrer son calme et de préparer convenablement la journée spéciale de Teddy. C'était le onzième anniversaire de son cadet, et il demandait chaque année la même chose, étant un être aussi pétri d'habitudes que son père : une sortie pour choisir de nouveaux soldats de plomb pour sa reconstitution d'une des batailles de la Seconde Guerre mondiale. Ils se rendirent donc chez *Hamleys*, sur Regent Street, le plus grand et le plus ancien magasin de jouets de Londres.

Tandis qu'ils descendaient tous les trois l'allée menant à l'arrêt de bus, Grace savait qu'ils étaient certainement un objet de curiosité et de spéculation pour le voisinage. Personne n'était jamais venu lui demander directement où était Gordon, ni comment il allait ; ils étaient bien trop polis pour cela. Pourtant, Grace préférait toujours éviter de se faire remarquer de quelque manière que ce soit. Elle se demandait dans quelle mesure sa réserve innée avait joué un rôle dans sa décision d'épouser Gordon, alors qu'elle n'était plus si loin de devenir une vieille fille. Quel paradoxe que sa décision d'emprunter la voie matrimoniale prévue ait pu aboutir à un résultat si aberrant !

C'était l'une des raisons pour lesquelles elle admirait Vivien, qui se souciait rarement de ce que pensaient les autres. La jeune femme refusait notamment de se laisser écraser par le snobisme de la clientèle la plus chic de la boutique ; au contraire, cela l'incitait à se rebiffer. Personne ne pourrait jamais accuser Vivien de manquer d'assurance, ni de chercher l'approbation des autres. Cependant, après l'incident avec la montre, Grace se demandait si l'hostilité qu'éprouvait Vivien à l'égard d'Alec ne trahissait pas un certain intérêt pour ce que lui, au moins, pensait d'elle.

Contrairement à Vivien, Grace, au fil des ans, avait laissé son mari ébranler sa confiance en elle. Même s'il aurait dû être son plus fidèle allié, il s'était révélé très efficace pour lui miner le moral. Son travail de sape faisait mentir le dicton selon lequel il faudrait garder ses ennemis au plus près de soi. C'était uniquement lorsqu'elle se trouvait loin de lui qu'elle se sentait heureuse et libre. Pourtant, même quand c'était le cas, elle était incapable de retrouver son ancienne perception d'elle-même. Elle avait espéré que son emploi à *Bloomsbury Books* l'aurait aidée, mais les responsabilités limitées que lui avait confiées M. Dutton ne l'avaient guère motivée. Au contraire, son poste avait fait d'elle la seule femme de sa rue à aller travailler tous les jours avec les autres hommes, et la seule dont le mari ne le faisait pas.

Même si le comportement de Gordon envers elle et les garçons ne cessait de se dégrader, l'idée de le quitter lui était trop difficile à envisager. Cela signifierait non seulement qu'elle serait la seule femme active parmi leurs connaissances, mais aussi la seule divorcée. La honte du divorce peut être difficile à vivre, même pour les hommes, bien que les plus aisés d'entre eux aient paru s'en tirer plutôt bien. Il suffisait de regarder la vie amoureuse de lord Baskin : de nombreuses dames de la haute société d'un certain âge semblaient encore lui faire les yeux doux, et Alec, notamment, était au courant de nombreuses choses sur les différentes sorties et activités auxquelles les hommes de la boutique s'adonnaient ensemble.

Comme si le ciel pouvait lire dans son esprit habituellement indéchiffrable, lord Baskin en personne se tenait devant elle sur le trottoir londonien, aidant une femme à monter dans un taxi à l'arrêt devant l'hôtel *Café Royal*.

— Grace… Madame Perkins ! s'écria-t-il joyeusement en la voyant, puis il baissa les yeux sur ses deux garçons. Et qui avons-nous là ?

Gênée, Grace se mit à repousser l'encombrant épi qui se dressait en permanence sur le front de Teddy.

— Lord Baskin, quelle surprise !

Elle continua à triturer les cheveux de son cadet tout en jetant un coup d'œil au taxi qui attendait. La femme à l'intérieur semblait avoir à peu près l'âge de Vivien, et être aussi bien maquillée et apprêtée, mais dans de ravissantes nuances de rouge au lieu du noir morose de sa collègue.

— Je vous présente mes fils, Nicholas et Teddy.

Grace posa fièrement une main sur chacune de leurs épaules extérieures alors qu'ils se tenaient devant elle.

L'espace d'une seconde, elle surprit le regard de lord Baskin qui errait comme s'il cherchait lui aussi quelqu'un d'autre dans cette petite bande disparate.

— Ravi de faire votre connaissance à tous les deux. Vous faites du shopping ?

— C'est l'anniversaire de Teddy, demain, il aura onze ans. Alors nous allons chez *Hamleys*. Pour acheter des soldats de plomb, n'est-ce pas, Edward ?

En entendant son véritable prénom, Teddy leva les yeux vers sa mère.

— Ne m'appelle pas comme ça, dit-il simplement.

Grace sourit à lord Baskin par-dessus la tête de ses fils en haussant les épaules, tandis que les yeux noisette de son patron s'illuminaient d'une commisération amusée pour le plus jeune.

— Moi aussi, je préfère Teddy, avoua-t-il au cadet en s'agenouillant pour s'adresser à lui.

— Je n'ai pas dit que je préférais, déclara le garçon, encore une fois si simplement que Grace et lord Baskin ne purent que se regarder l'un l'autre d'un air aussi impuissant qu'amusé. Je n'ai rien dit de tel.

— Teddy, tais-toi, s'il te plaît.

— Si vous me le permettez (lord Baskin leur fit signe à tous les trois de passer de son côté du trottoir, à l'écart de la foule), il faut juste que je dise « au revoir » à quelqu'un. Vous m'attendez ici ?

Grace vit lord Baskin se pencher dans le taxi pour s'adresser d'abord à son occupante, puis au chauffeur, avant de remonter sur le trottoir. Elle remarqua qu'il attendait que le véhicule disparaisse dans la circulation dense avant de se tourner de nouveau vers eux.

— Bien, puis-je me joindre à vous ? Voilà trop longtemps que je ne me suis pas aventuré chez *Hamleys*. Mon grand-père m'y emmenait souvent.

Ils remontèrent ensemble Regent Street, un quatuor surprenant pour un après-midi en famille, et Grace ne put s'empêcher de constater que la foule autour d'eux était tout aussi hétéroclite. S'étirant de Piccadilly Circus à Oxford Street au nord, Regent Street avait été conçue par John Nash comme un autre type d'artère reliant les principaux quartiers commerçants, théâtraux et culturels du centre de Londres. Le trottoir était encombré de parents et d'enfants sortant de spectacles de théâtre du samedi après-midi dans le West End, de mondaines bien habillées, fatiguées par le shopping et cherchant un répit à l'heure du thé, et de jeunes profitant du cinéma et des galeries marchandes grâce à leur argent de poche, loisirs que nombre de familles pouvaient s'offrir depuis peu.

Plusieurs des meilleurs restaurants et hôtels de Londres étaient situés dans ce quartier animé, et le *Café Royal*, d'où lord Baskin venait de sortir, était le plus grandiose d'entre eux. Au fil des ans, il avait compté parmi ses clients des membres de la famille royale, des stars de cinéma, des artistes et des écrivains tels que Shaw, Kipling et Yeats. Le plus célèbre d'entre eux était Oscar Wilde, qui avait fait la connaissance de son futur amant lord Alfred Douglas au restaurant *Grill Room*. En quittant l'hôtel, on pouvait se promener au nord jusqu'à Regent's Park et au sud jusqu'au palais de Buckingham, le long d'un parcours bordé de boutiques réputées et de commerces plus récents. À l'approche de Piccadilly Circus, au sud, les enseignes lumineuses – Bovril, Coca-Cola, les chewing-gums Wrigley's... – parvenaient à paraître à la fois tapageuses et banales. De grandes portions de la rue ayant été reconstruites à la suite d'incendies catastrophiques et de bombardements allemands au cours du Blitz (« *Hamleys* a été touché au moins cinq fois ! » fanfaronnait parfois Teddy), nulle part ailleurs à Londres l'espoir en l'avenir et la quête de domination mondiale n'étaient aussi visuellement apparents.

— J'espère que nous ne vous avons pas empêché de faire quoi que ce soit, dit Grace au bout d'un long silence, trouvant curieux de déambuler avec lord Baskin si loin de la librairie.

— Je ne vous aurais pas laissés vous mettre dans une telle situation. Heureusement pour moi, je venais de terminer de déjeuner.

— Au *Grill Room* ?

— Oui. Vous connaissez ?

Éclatant de rire, Grace remarqua que Teddy l'observait d'un air méfiant. Bien qu'il n'ait qu'un an de plus, Nicholas regardait droit devant lui, beaucoup plus intéressé par les jeunes filles en jupes évasées et en bas.

— Non, pas vraiment. Nous ne venons pas souvent par ici.

— Moi non plus. Comme vous, dès que j'en ai la possibilité, j'essaie d'éviter Regent Street, répondit lord Baskin avec cet étrange mélange de galanterie et d'humilité qui amusait tant Vivien et Grace. Cependant, j'ai eu un déjeuner auquel je n'ai pas pu me soustraire.

Grace se demanda qui pouvait bien être la femme dans le taxi, mais elle se garda de l'interroger. Ils gagnèrent bientôt le magasin de jouets, avec sa série de grandes vitrines de chaque côté de la représentation des armoiries royales. Lord Baskin leva les yeux vers les cinq étages du magasin d'un délicieux air nostalgique, puis s'effaça pour laisser Grace et ses fils entrer les premiers. Avant qu'il puisse leur emboîter le pas, une petite foule d'enfants le devança, et Grace et Baskin s'adressèrent un sourire par-dessus leurs têtes en attendant qu'il les rattrape.

— C'est ce qui arrive quand on est un gentleman, le taquina-t-elle, bien qu'elle ne l'ait pas dit exactement comme elle en avait l'intention.

Elle se réfugia de nouveau aussitôt dans le silence.

Les soldats de plomb se trouvaient à une extrémité de l'étage des modèles réduits, les trains au milieu et, de l'autre côté, des maisons de poupées de différentes époques : Queen Anne baroque, georgienne majestueuse et victorienne très ornée. Tandis que Grace et lord Baskin s'attardaient dans l'allée centrale, Nicholas et Teddy coururent vers le rayon de la Seconde Guerre mondiale et disparurent derrière les présentoirs.

— On dirait qu'ils m'en veulent de les avoir mis au monde trop tard pour combattre, songea-t-elle à voix haute.

— Je crains d'avoir été dans le même cas, jadis. (Il observait attentivement les garçons.) L'idée de la guerre est toujours enthousiasmante pour les jeunes hommes. Tous mes petits soldats venaient de Crimée, où mon grand-père a combattu. Ce qui, bien sûr, me donne l'impression d'être un peu vieux.

Teddy adressa alors un geste implorant à sa mère de la main droite, tout en brandissant de l'autre une longue boîte contenant huit soldats de plomb peints. Elle secoua la tête et leva quatre doigts seulement. L'enfant qui fêtait son anniversaire tapa alors du pied, puis Nicholas lui chuchota quelque chose à l'oreille d'un air conspirateur.

Lord Baskin observait tout cela avec beaucoup d'amusement.

— Je vois à présent d'où vous tenez cela, Vivien et vous. Tous ces gestes silencieux…

— Je suis sûre que nous devons parfois paraître assez puériles.

— Pas du tout. Ça permet à la boutique de rester jeune. (Il s'adossa à un comptoir voisin.) J'aurais aimé avoir des enfants.

Une fois de plus, Grace se demanda qui pouvait bien être la femme dans le taxi.

— Nous – Anna et moi – devions avoir un fils, mais nous l'avons perdu. Je suppose que c'est ce qui a déclenché beaucoup de choses.

— J'en suis vraiment navrée.

— Merci. C'était il y a longtemps. Pourtant…

Il s'interrompit, et un silence attristé s'installa entre eux. Grace regardait ses deux fils jouer joyeusement avec les objets exposés, enchantée de leur présence dans son existence. Elle n'aurait pas eu la chance de les avoir si elle n'avait pas épousé Gordon. La question qui demeurait sans réponse était de savoir si, sans les enfants, elle serait toujours avec Gordon.

Grace laissa dériver son regard vers les magnifiques maisons de poupées dont elle avait rêvé lorsqu'elle était enfant. Elle trouva curieux de se dire que lord Baskin et elle avaient pu se trouver tous les deux à ce même étage des dizaines d'années auparavant, bien qu'ils soient issus de milieux familiaux très différents. La maison de poupée que ses parents avaient fini par lui offrir était une simple structure carrée d'un prix abordable, avec quatre poupées à l'intérieur symbolisant la famille édouardienne parfaite, chacun à sa place.

Elle se tourna vers lord Baskin, qui, d'un air songeur, regardait les garçons et les autres enfants courir dans le rayon.

— Nous venons ici pour l'anniversaire de Teddy depuis des années. La guerre n'y a rien changé, ajouta-t-elle. Pendant le Blitz, le personnel portait des casques et vous encaissait devant le magasin, effectuant des allers-retours pour aller chercher les jouets.

— C'est très churchillien.

Lord Baskin esquissa un sourire, puis lui adressa un signe de tête lorsque Teddy leur présenta son dernier choix, de l'autre côté de l'allée.

Grace se dirigea vers la caisse avec son sac à main pour payer l'achat. Pendant que l'employé emballait la boîte de quatre soldats, Grace contemplait les diverses scènes de bataille exposées, certaines représentant les croisades, d'autres des batailles napoléoniennes et d'autres, enfin, la guerre des Boers. Autant de siècles d'effusion de sang en guise de jeux, si différents de ceux avec lesquels elle s'amusait quand elle était petite.

Il n'y avait pas un seul soldat de plomb blessé en vue. Dans la vraie vie, bien sûr, personne ne sortait indemne de la guerre. Grace repensa au fait que lord Baskin avait laissé tomber ses clés, à la façon dont il luttait pour aller leur chercher un café et au fait qu'il privilégiait toujours visiblement son bras et sa main gauches.

Alec refusait de parler de la guerre, elle avait pris le fiancé de Vivien, et, en tant que civil, Gordon avait peut-être perdu la tête.

Pour la première fois, Grace se demanda ce que Gordon ferait sans sa famille. Elle était soulagée que lord Baskin ne lui ait pas demandé où se trouvait son mari ; il était bien trop galant pour cela. Malgré tout, il ne pouvait se douter que la vie à laquelle elle s'accrochait était aussi soigneusement aménagée qu'une maison de poupée, et tout aussi irréelle. Grace aurait bien aimé pouvoir parler à quelqu'un de ses problèmes conjugaux ; si ce n'était au comte, au moins à Vivien. Mais cela aurait rendu la situation douloureusement réelle.

Depuis des années de collaboration, Grace n'avait échangé des mots durs avec Vivien qu'à une seule reprise. Au plus fort de la dispute, Vivien avait accusé Grace de se servir de son calme et de son détachement comme d'un bouclier. « Personne ne peut être si imperturbable tout le temps ! » s'était finalement écriée Vivien avant de partir en claquant la porte. Les deux femmes n'en avaient plus jamais reparlé, mais Grace savait que l'absence de réaction aux autres pouvait se révéler un bouclier tout aussi efficace que n'importe quel discours. Chez elle, elle avait appris à réprimer ses émotions à la dure. Tout comme les hommes du magasin, elle était parfaitement capable de refouler ses sentiments et donc de se mentir à elle-même. À présent, dans le magasin de jouets, en regardant joyeusement ses fils sans leur père et sans qu'il leur manque le moins du monde, Grace s'autorisa un petit mais dangereux aperçu de ce qu'elle souhaitait vraiment. Et cela ne correspondait pas du tout à ce qu'elle avait.

Lorsqu'ils quittèrent tous les quatre *Hamleys*, le soleil se couchait. Tandis que lord Baskin et elle hésitaient sur le trottoir, Teddy se souvint finalement de sa faim, malgré toute son excitation, et s'appuya contre sa mère en poussant un gémissement spectaculaire.

— Pourquoi n'offrirais-je pas un thé à ce garçon qui fête son anniversaire ? proposa lord Baskin. En descendant Sackville Street, nous pourrions arriver à *Fortnum & Mason* en quelques minutes.

Les visages de ses fils s'illuminèrent, mais quelque chose dans cette situation lui sembla ne pas être tout à fait normal. Elle était surprise que lord Baskin veuille accompagner une femme mariée et ses enfants en un lieu où son propre cercle social – et eux quatre – serait en pleine lumière. D'ailleurs, elle était elle-même attendue chez elle. Et, à cet instant précis, elle eut enfin la réponse à une question qu'elle se posait depuis des années, durant tous ces trajets en bus depuis son travail.

Elle n'avait aucune envie de rentrer chez elle. En toute honnêteté, tout ce qu'elle voulait, c'était prendre ses garçons avec elle et s'enfuir, le plus loin possible.

Comme si elle redoutait que lord Baskin ne puisse deviner une telle trahison dans ses pensées, Grace les chassa, secouant poliment la tête avec un agréable sourire.

— C'est extrêmement gentil de votre part. Mais je crains que nous devions prendre le bus pour rentrer. Venez, les garçons.

Ces derniers poussant de nouveaux gémissements, lord Baskin se retourna et leva son index droit vers un taxi qui s'approchait.

— Permettez-moi au moins de vous offrir le trajet du retour.

Le taxi s'arrêta net. Lord Baskin ouvrit la portière arrière, et les garçons s'engouffrèrent avec enthousiasme à l'intérieur. En prenant place sur la banquette, Grace vit le comte discuter aimablement avec le chauffeur tout en lui remettant discrètement plusieurs billets de 1 livre. Il se comportait avec son élégance habituelle – encore cette galanterie – qui donnait toujours à Grace l'impression que rien n'avait plus d'importance, pour lui, à ce moment-là, que le confort des autres. Ce n'était pas seulement une question d'argent, même si cela comptait, bien sûr. C'était sa prévenance et sa sollicitude constantes qui rendaient lord Baskin unique.

C'était la première fois que ses fils montaient dans un taxi londonien : leur conception de Londres était faite de bus à étage et de stations de métro qui sentaient le renfermé. Alors que les deux garçons s'agitaient sur le siège à côté d'elle, Grace leva les yeux vers lord Baskin, qui se tenait sur le bord du trottoir, la porte du taxi fermée, mais la vitre encore ouverte.

— Je vous remercie.

— Pourquoi ? demanda-t-elle avec surprise.

— Pour m'avoir permis de passer un peu de temps avec vous et votre famille.

Tandis que le taxi filait dans les rues animées de Londres, Grace s'interrogea sur ses paroles. Lord Baskin semblait aspirer à ce qu'elle avait. Si seulement il savait… Malgré sa richesse et sa vie glamour, il lui avait soudain paru profondément solitaire. Elle n'avait jamais ressenti cela chez lui, lors de ses nombreux passages chez *Bloomsbury Books*. Là-bas, lord Baskin avait l'air parfaitement à l'aise, stimulé par l'activité et les employés qui l'entouraient. Auprès d'elle, il lui avait semblé particulièrement satisfait. Elle repoussa cette idée et se tourna de nouveau vers ses fils, sentant sa nervosité gagner du terrain. Elle espérait que le chauffeur de taxi les ramènerait à Camden Town à temps pour pouvoir servir le thé de Gordon à 16 heures précises, comme il l'exigeait.

Chapitre 17

Règle n° 29

La vie privée du personnel doit demeurer confidentielle.

Alec McDonough n'avait jamais mis les pieds dans ce quartier de Londres. Il lui avait fallu prendre le métro, le train et le bus avant de trouver la belle maison de ville victorienne sur une route sinueuse, dans l'enclave verdoyante de Dulwich Village, de l'autre côté de la Tamise par rapport au centre de Londres.

Le jardin de devant était impeccable, son périmètre de buissons d'aubépines et d'hortensias taillés contre le gel hivernal. Au milieu de la petite cour carrée trônait une urne en pierre fissurée sur un piédestal, ce qui donnait à l'espace un aspect exotique rehaussé par les vignes ornementales de chèvrefeuille qui couvraient le mur de pierre de la façade. Alec ouvrit le portillon, fraîchement peint d'une riche couleur mûre, et le referma derrière lui aussi doucement que possible. Tout dans la luxueuse demeure de Herbert Dutton lui semblait exiger à la fois soin et application.

Il laissa retomber le heurtoir en laiton en forme d'aigle contre la porte d'entrée d'une couleur mûre assortie. Après une légère attente, il entendit du bruit à l'intérieur, suivi de la voix de M. Dutton invitant les personnes présentes à entrer.

Alec pénétra dans le vestibule et découvrit, juste à l'entrée de la pièce, un porte-parapluies en porcelaine débordant d'un assortiment de cannes anciennes, ainsi qu'un panier contenant plusieurs paires de gants en cuir pour homme, posé sur une longue étagère au-dessus d'un vieux radiateur en fonte. Heurtant quelque chose du bout du pied, il baissa les yeux sur quelques lettres tombées par la fente dans la porte d'entrée. Il ramassa les enveloppes et les empila à côté d'un petit bol en porcelaine rempli de trousseaux de clés, puis jeta un coup d'œil le long des murs du couloir, ornés de nombreuses lithographies représentant des ruines romaines et grecques, des sites célèbres qu'Alec savait que M. Dutton avait toujours espéré visiter un jour, bien qu'il ne se soit jamais accordé suffisamment de vacances pour rendre la chose possible.

Alec se demanda comment un homme aussi consciencieux et travailleur que Herbert Dutton s'en sortait, coincé chez lui pendant des semaines. En tournant dans le passage menant au salon, il découvrit le patient installé sur une magnifique chaise longue ancienne, devant la cheminée toute proche. Sur la table basse devant lui reposait un plateau généreusement garni de thé, d'un plat de dattes fraîches, de bananes et d'oranges, ainsi que d'une grande assiette de tranches de quatre-quarts et de différents pains.

M. Dutton avait dû remarquer l'air étonné d'Alec devant toute cette nourriture, car ses premiers mots, après sa propre expression de surprise, furent à propos de la réception récente d'une caisse de fruits de la part d'une tante résidant en Espagne.

— Comme c'est aimable de sa part, répondit Alec, qui ne se rappelait pas avoir entendu parler d'une telle tante auparavant.

— Je ne vous attendais pas aujourd'hui.

M. Dutton détourna le regard, redonnant du volume aux coussins qui l'entouraient.

— Comme vous le savez, je voulais vous rendre visite depuis un certain temps déjà. Pour vérifier qu'on s'occupe bien de vous, ce qui est le cas, je le constate avec plaisir.

— Oui, comme je vous l'ai dit au téléphone, mes voisins sont très attentionnés. Il n'y a donc pas lieu de s'inquiéter. (Il jeta un coup d'œil rapide à l'horloge sur le manteau de la cheminée.) Je crains cependant d'avoir à me reposer bientôt et de devoir écourter notre entrevue.

Alec avait observé attentivement Herbert Dutton pendant qu'il s'exprimait, tandis que ce dernier avait évité de croiser son regard. Dutton avait l'air usé et las, comme s'il avait vieilli en une nuit, ce qui pouvait expliquer sa soudaine défiance à l'égard d'Alec. Mais celui-ci avait également l'étrange sensation que, pour la première fois dans leur relation professionnelle et personnelle, sa présence n'était pas vraiment la bienvenue.

— Tenez, proposa Alec en s'approchant de la fenêtre, je vais entrouvrir les rideaux pour faire entrer un peu de soleil.

— Vraiment, ce n'est pas nécessaire…, commença M. Dutton.

Mais, sans tenir compte de sa remarque, Alec continua à explorer la pièce à la recherche d'indices. Sur l'assise d'un fauteuil étaient éparpillés des extraits du *Sunday Times* du jour et un exemplaire importé du magazine *National Geographic*. De l'autre côté d'une arcade victorienne, il aperçut la majestueuse table en acajou de la salle à manger, intimement dressée pour deux personnes.

Alec revint auprès de M. Dutton, qui paraissait encore plus pâle et nerveux qu'à l'ordinaire. Il portait un pyjama en satin de soie rayé et une robe de chambre à carreaux, sous une luxueuse couverture en laine d'agneau remontée autour de sa taille. Ce qu'Alec ne manqua pas de remarquer, c'était l'absence de livres à proximité, ce qui lui sembla également étrange, compte tenu du temps que le vieil homme devait passer seul.

— Vous nous manquez beaucoup.

M. Dutton esquissa un de ses petits sourires qui ne laissaient guère de traces sur son visage rond.

— Le médecin m'a dit qu'un retour en février pourrait être envisageable, à certaines conditions. Vivien et vous pourrez survivre jusque-là ? Comment se débrouille-t-elle à son nouveau poste ?

M. Dutton se tourna de nouveau vers l'horloge.

Alec haussa les épaules.

— Le dossier du Maurier avance à grands pas, bien sûr. Elle met tout en œuvre pour le déjeuner avec elle de cette semaine. Je crains que nous ayons du mal à la remettre à la caisse.

— C'est ce que je craignais. (Dutton toussota.) M. Allen est d'avis que nous devrions la promouvoir responsable adjointe.

Alec réfléchit à ce qu'une telle promotion signifierait pour Vivien, comprenant à quel point elle était insignifiante, compte tenu de l'ambition et des capacités de la jeune femme.

— Qu'en dites-vous ? demanda M. Dutton, toujours désireux d'avoir l'avis d'Alec.

Ce dernier était partagé entre leurs années de querelles entre collègues rivaux et l'admiration indéniable qu'il éprouvait, en tant que directeur général provisoire, pour son travail et son esprit d'initiative. Ce dernier sentiment le prit au dépourvu.

Face à son hésitation, M. Dutton répondit à sa place :

— Je dois dire que je suis contre. Je suis peut-être vieux jeu. Et Evie Stone ? (La décision concernant Vivien n'était manifestement plus à débattre.) Je reçois occasionnellement des notes de Mlle Stone, des mémorandums, en quelque sorte, nous informant, Frank et moi, de ses progrès en matière d'inventaire, mais sans faire grand cas des autres membres du personnel.

— Elle reste dans son coin, au deuxième, ce qui lui est assez facile compte tenu des absences fréquentes de M. Allen. Ce qui me rappelle…

— Et Grace ?

M. Dutton toussa bizarrement en entendant la porte d'entrée s'ouvrir, puis le cliquetis de clés dans le petit bol en porcelaine.

— Grace va bien, comme toujours... (Alec s'interrompit lorsqu'en levant les yeux il aperçut Frank Allen dans l'encadrement de la porte du salon.) Oh, quelle coïncidence !

Alec s'avança d'un pas pour saluer son collègue, puis s'immobilisa.

Frank tenait dans le creux de son bras gauche un sac en papier kraft de la pharmacie locale et, dans sa main droite, la petite pile de courrier qu'Alec avait ramassée.

— Oh, salut ! (Frank fit également un pas vers lui, puis, semblant croiser le regard de M. Dutton derrière Alec, il se figea.) Je faisais juste quelques courses pour l'invalide ici présent.

— Je vois ça, dit Alec d'un ton aussi décontracté que possible.

— Permettez-moi de me débarrasser de ça, et de me joindre à vous deux ensuite pour prendre de vos nouvelles.

Frank regagna l'entrée et disparut. Confus, Alec patienta quelques secondes, puis se tourna vers M. Dutton qui avait le visage écarlate.

— Permettez-moi de calmer un peu le feu.

Alec alla remuer le charbon, son regard rivé sur les braises mourantes pendant qu'il réfléchissait à ce qui était en train de se passer. M. Allen lui avait semblé parfaitement à l'aise, courrier et médicaments à la main, évoluant au sein de la maison un dimanche matin comme s'il y était déjà venu à de nombreuses reprises. Comme s'il y vivait.

Quelque chose dans la nature d'Alec – une tendance à juger mêlée à un manque d'introspection – s'ajoutait soudain à ces données aussi nouvelles que troublantes. Tous ces éléments mis bout à bout eurent raison du charme décontracté qu'il exerçait d'ordinaire. Il prit aussitôt congé de M. Dutton, qui sembla visiblement soulagé par son explication vague selon laquelle il avait une autre visite à faire. Sans se retourner, il franchit chacune des portes couleur mûre qui donnaient sur le jardin de devant, puis se hâta de redescendre la route en direction du centre-ville.

Prenant de profondes inspirations malgré l'atmosphère glaciale de janvier, Alec se sentit déçu par MM. Dutton et Allen, et éprouva une forte désapprobation à leur égard. Les trois hommes avaient passé de nombreuses heures ensemble après le travail, discutant des finances précaires du magasin, ainsi que de politique, de voyages et de livres. Ils étaient devenus proches, songea Alec, mais pas autant que Vivien et Grace qui, dans leur intimité, possédaient le langage silencieux et subversif de deux sœurs. Alec vit soudain le magasin comme deux factions différentes et de plus en plus belligérantes d'une même famille. Il ne s'était jamais douté, cependant, que Herbert et Frank vivaient eux aussi comme une seule et même famille.

Alec se sentit étrangement blessé dans son ego. Il n'aimait pas qu'on lui mente, et encore moins qu'on lui apprenne cette vérité-là. Il s'étonna que les deux hommes aient pris tant de risques pour simplement coucher ensemble. Tout scandale qui en résulterait pourrait les anéantir tous les deux et, par extension, la réputation et les affaires de *Bloomsbury Books*.

Le paradoxe pour Alec était de ne pas se rendre compte qu'il passait son temps au magasin au milieu de souvenirs physiques qui lui rappelaient Vivien. Il continua donc à laisser son esprit moralisateur compliquer injustement ce qu'il venait de découvrir dans le salon, près du feu que Frank Allen avait allumé pour Herbert Dutton avant de le laisser à son petit déjeuner préparé avec amour. Malheureusement pour Allen et Dutton, les notions d'Alec en matière de sexe et de bienséance étaient aussi ancrées en lui que n'importe quoi d'autre. Ces notions n'incluaient pas deux hommes vivant secrètement en couple. Heureusement pour Alec, ses idées sur le sexe étaient parfaitement alignées à celles de la majorité.

À ses yeux, le fait que le principe majoritaire ne puisse, par définition, pas toujours correspondre aux croyances et aux besoins intrinsèques de chacun, n'avait aucun sens. Ce qui était illicite chez les autres était souvent, pour lui, le juste mérite d'être un homme. Il se souviendrait toujours avec émotion de son dépucelage avec la sœur aînée d'un camarade de classe, sous la pergola d'un jardin, après un match de cricket tout aussi mémorable. Pendant la guerre, il avait été ravi de trouver refuge dans les bras d'une très jeune Norvégienne après une longue bataille près du village de Kvam, où des dizaines de membres de la 15e brigade d'infanterie étaient à présent enterrés. Enfin, Alec n'oublierait jamais l'exploration intime du corps indompté à la peau crème de Vivien dans le lit de cette dernière, tous les objets qui constituaient son mystère éparpillés dans la chambre, qu'il avait explorée à son tour au lever du soleil.

Alec considérait encore la perte de Vivien comme un accident supplémentaire dans son parcours, et non comme la cause d'une douleur profonde qu'il s'infligeait tout seul et qui nécessitait une introspection. En refusant de chercher à comprendre son propre rôle dans sa souffrance, il se condamnait à continuer à faire du mal aux autres et à lui-même. Il avait laissé le passé de Vivien gâcher un moment d'intimité authentique entre eux, et cela se reproduisait avec Herbert et Frank. Alec n'avait jamais remis en question l'idée selon laquelle les moins favorisés dans la vie devaient se conformer à son existence exceptionnellement privilégiée. À l'image de la librairie où il travaillait, Alec était encore parfaitement adapté au monde tel qu'il était à l'aube de la seconde moitié du siècle.

Chapitre 18

Règle n° 30
Les membres du personnel doivent être désignés par leur titre officiel.

Grace ne s'était pas attendue à voir lord Baskin se diriger joyeusement vers les bureaux de l'arrière-boutique si tôt le matin du déjeuner littéraire. Sa dernière visite avait permis d'achever l'examen annuel des comptes, et la saison londonienne ne battait pas encore son plein. En janvier, Grace savait qu'il préférait se trouver dans le Yorkshire avec sa mère âgée, mais pleine de vie, et elle avait entendu de nombreuses histoires au fil des ans sur des parties de chasse et des fêtes sur l'étang gelé qui avaient mal tourné à cause des brusques coups de boutoir de l'hiver anglais.

En passant devant la baie vitrée de son bureau, lord Baskin dut remarquer son air intrigué. Faisant signe à Alec de patienter un instant, Baskin se pencha dans l'embrasure de la porte avec un sourire.

— Tout est prêt pour la célèbre lady Browning ?

Grace remit en place les nombreux papiers qui se trouvaient sur son bureau. Vivien et elle avaient travaillé dur pour s'assurer que l'événement imminent se déroulerait sans accroc. Cela amusait beaucoup les hommes autour d'elles, qui pensaient qu'il suffisait de quelques chaises supplémentaires pour accueillir des invités de marque.

— Vous la connaissez ?

— Un peu. Nos parents étaient très amis. Si je me rappelle bien, elle et moi avons exactement le même âge.

Bien sûr qu'il la connaissait, songea Grace. Quelle bêtise de sa part d'avoir posé la question !

— C'est-à-dire quarante-deux ans, ajouta-t-il d'un ton badin. Bien que vous ne me l'ayez pas demandé.

Quelque chose dans sa voix – une nouvelle note personnelle – la surprit. Leur récente sortie spontanée à *Hamleys* semblait avoir fait tomber une sorte de barrière invisible entre eux. Grace fut également étonnée d'apprendre qu'il n'avait que quelques années de plus qu'elle, alors qu'il paraissait avoir beaucoup vécu – et perdu –, sa vie de couple appartenant entièrement au passé.

— Comment va Mlle Lowry ? demanda-t-il avec cette façon taquine de souvent s'enquérir de Vivien.

— Elle ronge son frein.

— Mais pas vous, hein ? Vous n'êtes jamais inquiète. Dutton a beaucoup de chance de vous avoir.

— Et d'avoir M. McDonough. Ou « le Petit Usurpateur », comme Vivien le surnomme désormais.

Lord Baskin jeta un coup d'œil vers Alec, assis d'un air abattu derrière une montagne de documents sur son bureau, et éclata de rire.

— Oui, lui aussi.

— Désirez-vous du thé ? J'ai ma pause à 11 heures, aujourd'hui, mais nous pourrions l'avancer. Alec – contrairement à M. Dutton – ne semble pas à cheval sur les horaires.

— Alors, pourquoi ne vous inviterais-je pas, plutôt ? Le chariot de Jonny, *à deux**? J'ai besoin de me réchauffer.

Son ton affable lui sembla soudain un peu plus artificiel qu'à l'accoutumée. Elle se demanda s'il n'était pas venu du Yorkshire pour annoncer une mauvaise nouvelle au directeur général provisoire. Plus tôt dans la semaine, Alec avait fait un point sur l'état de santé de Dutton d'une voix tout aussi étrange. Vivien l'avait remarqué et s'en était inquiétée. Trop, avait pensé Grace, à l'époque. Elle se demandait à présent si d'autres changements n'étaient pas en cours au sein de la direction du magasin.

Grace acquiesça et se leva de son bureau, ne se donnant pas la peine d'attraper son manteau en raison de l'épais costume de tweed qu'elle portait pour le grand événement de la journée. Habituellement réservée aux baptêmes et à la messe de minuit, cette tenue était sa préférée : un ensemble écossais rouge à fils d'or qui faisait toujours ressortir les légers reflets roux de sa chevelure et le fard sur ses joues. Compte tenu des récits de Vivien sur la fête d'Ellen Doubleday au *Dorchester* et de l'impressionnante liste d'invités du jour, Grace avait ajouté à l'ensemble un rouge à lèvres assorti et son unique rang de perles. Elle se savait à son avantage, ce qui lui avait valu une réflexion acerbe de la part de Gordon, ce matin-là, tandis qu'elle se dirigeait vers la porte, et un regard ouvertement admiratif de lord Baskin lorsqu'elle le rejoignit à présent dans le couloir.

Quelques minutes plus tard, ils étaient assis sur le banc qui faisait face à la boutique, se réchauffant les mains sur leurs tasses de café fumant provenant du chariot de Jonny. Levant les yeux, Grace crut apercevoir un instant la jeune Evie Stone à la fenêtre de l'étage supérieur, puis, se tournant vers lord Baskin, comprit qu'il avait également remarqué sa présence.

— J'ai l'impression qu'il y a un espion dans la boutique, déclara-t-il d'un ton sinistre.

Grace regarda de nouveau la fenêtre déserte.

— Vraiment ? Que voulez-vous dire ?

Il secoua la tête avec un sourire.

— Rien de particulier. Alec et Frank m'ont dit que Mlle Stone était prodigieusement assidue. Très concentrée. Peut-être… un peu trop ?

— Je n'aurais pas cru que c'était un point négatif, ici, avec cinquante et une règles et dix mille livres à gérer.

Lord Baskin éclata de rire.

— Vous me remettez à ma place. Comme toujours.

Un étrange silence régna alors entre eux, ses paroles lui paraissant de nouveau étonnamment intimes. Grace n'y était pas habituée et ne comprenait pas d'où cela venait. Se demandant de quelle manière elle devait réagir, elle perdit son regard le long de Lamb's Conduit, sur sa gauche, où elle put voir Vivien marchander avec l'antiquaire, à l'angle d'Emerald Street.

— Je me demande ce qui la met dans tous ses états, maintenant, s'amusa lord Baskin.

— Ellen Doubleday lui a dit que lady Browning aimait Limoges, alors Viv est déterminée à obtenir un service à thé en prêt pour la journée.

— Ah, oui, j'ai également entendu parler de sa nouvelle relation avec Mme Doubleday. Comment en est-on arrivés là ?

Grace commença à se demander si les hommes de la librairie n'étaient pas plus bavards que Vivien et elle.

— Elle se trouvait dans la boutique lors de cet épouvantable incident avec la montre.

Lord Baskin but une gorgée de café.

— C'est une honte, mais ce n'est malheureusement pas surprenant. J'ai vu de quelle façon ces riches touristes étrangères la considèrent.

— Elles sont juste jalouses, ridiculement jalouses. Vivien ne voudrait jamais rien de ce qui leur appartient.

— Mais ce n'est pas votre cas. Vous n'êtes pas jalouse, je veux dire.

— Comment être jalouse d'une amie si dévouée ?

— Vous êtes en effet très proches, toutes les deux. (Il réfléchit un moment.) Vous vous dites tout…

Il lui lança un regard indéchiffrable, et une idée commença à germer dans l'esprit de Grace, une idée qu'elle était parvenue, inconsciemment, à refouler jusqu'à présent. Dans un ultime effort, elle s'obligea à imaginer Gordon à la maison, encore au lit, lui en voulant d'avoir laissé les stores enroulés de travers. Les garçons avaient repris les cours, et son mari n'avait rien de prévu pour la journée, si ce n'était de s'occuper de son jardin et d'écrire à la municipalité au sujet des bruyants travaux de voirie au bout de la rue.

Comme si lord Baskin lisait dans ses pensées silencieuses et refoulées, Grace l'entendit dire :

— Vous souvenez-vous… non, je ne pense pas que vous vous souveniez… Mais vous étiez assise ici même lorsque nous nous sommes rencontrés la première fois.

— Quand je suis venue pour le poste ? Je m'en souviens.

— Je m'étais enfermé dehors. Encore une fois.

— Et j'avais renversé mon café. Comme d'habitude.

— Vous aviez l'air totalement désemparée, alors, si je puis me permettre.

— Et vous étiez déjà aussi affable et conciliant. Vivien soutient que c'est comme ça que vous m'avez prise au piège.

— Prise au piège ?

— Pour que je postule. Pour le poste. Je ne sais toujours pas ce qui m'a pris.

— Je me le suis toujours demandé, moi aussi, répondit-il doucement.

Son regard indéchiffrable était devenu si sincère, si intime, que les émotions qu'il avait éprouvées à ce moment-là, quatre ans auparavant, exactement au même endroit, devinrent soudain claires comme de l'eau de roche pour Grace, le reste de Lamb's Conduit s'émiettant : le chariot à café et sa rangée de tasses crème, les chaises Queen Anne devant le magasin d'antiquités, les fleurs de serre dont la rosée se concentrait sur les pétales rouge rubis à cause de l'air glacial.

— Eh bien, nous ferions mieux d'y retourner pour que vous puissiez vous atteler aux préparatifs, déclara lord Baskin, retrouvant sa légèreté habituelle.

Après s'être levé, il tendit la main, et Grace la regarda fixement d'un air gêné jusqu'à ce qu'elle comprenne qu'il souhaitait simplement récupérer sa tasse. Il se dirigea aussitôt vers le chariot à café, comme s'il savait qu'elle avait besoin d'oublier au plus vite ce moment embarrassant. Grace se leva lentement, déconcertée par ce qui venait de se passer. Un homme comme lord Baskin pouvait-il réellement la trouver attirante ? Elle se laissa d'abord flatter par l'idée avant de la trouver terrifiante.

Elle était à bien des égards absurde. Grace s'était même parfois demandé si le comte – comme beaucoup d'hommes qui fréquentaient la boutique – ne s'intéressait pas plutôt à la bien plus séduisante Vivien. Certes, ses goûts passés en matière de femmes étaient typiques de sa classe. Par son élégance, l'ex-épouse de lord Baskin sortait du lot sur la photo du pique-nique du personnel datant d'avant la guerre que M. Dutton conservait dans son bureau, comme s'il s'agissait d'une photo de famille. On ne voyait que ses traits fins et symétriques, ainsi que ses pommettes saillantes, mis en valeur par son maquillage et sa coiffure réalisée par un professionnel. En comparaison, sur les photos de famille de Grace à la plage, ses traits forts et carrés – mais relativement harmonieux – paraissaient brûlés par le soleil et fouettés par le vent.

Mais il n'était pas seulement question d'avoir la tête de l'emploi. Elle n'avait rien en commun avec Jeremy Baskin, un noble titré et un homme divorcé qui travaillait au magasin uniquement parce qu'il en avait envie, sans qu'il en ait la nécessité pressante. Il vivait dans un état d'anticipation constante : du prochain week-end de chasse, du prochain bal de bienfaisance, de la prochaine cérémonie commémorative... Depuis des années, Grace évitait de songer aux promesses de l'avenir et aux déceptions du passé. Elle se concentrait uniquement sur la journée à venir : la vaisselle du petit déjeuner, les changements d'itinéraires de bus, le linge oublié sur la corde et mouillé par la pluie... Même dans ses périodes les plus sombres, Grace n'avait jamais envisagé la possibilité de quelque chose – ou de quelqu'un – d'autre.

Mais que cette personne puisse être lord Jeremy Baskin, le onzième comte Baskin, ne lui serait jamais venu à l'esprit, pas une seule fois, pas même en mille ans.

Par la baie vitrée qui donnait sur l'arrière-boutique, Alec surveillait le rayon Fiction jusqu'à ce que Vivien revienne de sa pause, porcelaine de Limoges en main.

— Tu te donnes beaucoup de mal, lui fit-il remarquer alors qu'elle disposait soigneusement la tasse et la soucoupe onéreuses dans le meuble vitré derrière le bureau de M. Dutton.

— Ce sont les détails qui font la différence, Alec. Tu devrais le savoir.

— Ce qui me rappelle... J'ai failli oublier. (En fouillant dans la poche de son pantalon, il en tira un petit objet enveloppé dans un mouchoir en papier qu'il plaça dans la paume de la main de la jeune femme.) Je l'ai fait graver.

Vivien leva brusquement la tête.

— Désolé. (Alec hésita en s'apercevant de la référence involontaire à sa montre Cartier.) C'était mal formulé.

— Ça ne me surprend pas vraiment de ta part, rétorqua-t-elle sèchement. (Elle déballa la petite plaque en laiton avec une épingle métallique fixée au dos, puis le regarda d'un air intrigué et – l'imagina-t-il – presque tendrement.) « Mlle Vivien Lowry, responsable », lut-elle à voix haute.

— J'ai demandé à Colworth, en face, de la fabriquer pour toi.

Il évita de faire allusion à sa récente visite à Dulwich ainsi qu'à la réticence de M. Dutton à toute promotion future pour elle. C'était cette réticence qui l'avait conduit à commander la plaque au début de la semaine, et à trouver de plus en plus difficile d'observer les efforts de Vivien. Dans le même temps, Alec commençait à mettre au point sa propre vision de la boutique, une vision qui, l'espérait-il, rendrait bientôt inefficaces les décisions de M. Dutton à propos de Vivien et de tout le reste.

— C'est un coup très intéressant de ta part, Alec.

— Ce n'est pas une partie d'échecs, Viv.

— Ah bon ?

Elle esquissa un sourire rare mais éphémère, avant d'ajouter d'un air impassible :

— Mais il faudra que je la retire au retour de Dutton.

— Profites-en, en attendant ! Qui sait ce qui peut se passer ?

Attentive à ses paroles malgré leur caractère vague, elle retrouva sa méfiance habituelle.

— Que me caches-tu ?

— Juste que j'ai vu M. Dutton dimanche, répondit Alec, choisissant désormais ses mots avec le plus grand soin. Le pauvre homme a l'air mal en point. Le magasin pourrait continuer sans lui un certain temps. Dans ces circonstances, je me suis dit qu'une reconnaissance plus formelle de ton nouveau statut s'imposait.

Vivien le regardait encore, les yeux plissés, mais il devina un léger sourire de satisfaction se dessiner sur ses lèvres. Lorsqu'elle croisa son regard, il tourna la tête.

— Comment as-tu connu du Maurier ? s'empressa-t-il de lui demander.

— C'est une cliente qui nous a présentées. Ellen Doubleday. Une grande amie de lady Browning.

Vivien s'interrompit, jouissant manifestement de son air surpris.

— Tu vas devoir t'accrocher, Alec.

Chapitre 19

Règle n° 40
Les événements en magasin doivent se dérouler avec la plus grande bienséance de la part du personnel, des participants et des intervenants.

— Je ne vois vraiment pas le rapport avec le sujet.

Daphné du Maurier, assise dans un fauteuil bas au premier étage de *Bloomsbury Books*, s'adressait au journaliste qui se tenait devant elle, bloc-notes et stylo à la main. Sur une petite table ronde à côté de la célèbre autrice trônaient la tasse à thé et la soucoupe en porcelaine de Limoges. L'ensemble du rayon Histoire avait été réquisitionné pour l'événement, le capitaine Scott s'étant rendu à contrecœur au pub d'à côté pour le restant de l'après-midi.

Le journaliste attendit que l'on cesse de ricaner autour de lui avant de reprendre la parole.

— Les critiques diraient que le fait d'opérer dans les limites du genre – la maison mystérieuse, le paysage menaçant, l'homme séduisant mais peu fiable – réduit la valeur du texte en termes d'innovation et, disons, de pénétration psychologique.

— Mais qu'est-ce que ça apporterait à l'*histoire* ?

Dissimulant à peine son agacement, du Maurier insista sur le dernier mot.

Il était 13 h 30, ce jeudi-là, et l'auteur de *Rebecca* et de *L'aventure vient de la mer*, réputée pour sa discrétion, faisait face à une foule essentiellement composée de femmes assises sur des chaises pliantes en bois, et de quelques journalistes masculins debout derrière elles. Vivien avait été ravie lorsque Evie avait fait allusion à un vague contact dans la communauté théâtrale londonienne susceptible de leur fournir gratuitement des sièges supplémentaires pour l'événement. À l'époque, Vivien n'avait pas cherché à en savoir davantage sur ce lien surprenant. Le personnel de *Bloomsbury Books* avait rapidement appris que Mlle Stone ne donnait aucune information sur elle à moins d'y être absolument contrainte.

— Un roman n'est pas simplement défini par son intrigue, objecta le journaliste. On pourrait soutenir qu'en insistant trop sur le cadre et le paysage, et en utilisant des notions fantastiques comme les rêves ou les visions pour créer du suspense…

Du Maurier se pencha légèrement en avant et joignit ses mains sur ses genoux.

— Je crois que le terme que vous cherchez est « gothique ».

Le critique du *Daily Mail* – Alec avait insisté pour qu'il soit invité à la manifestation – se racla discrètement le fond de la gorge.

— Vous ne voulez pas plutôt dire « romantique » ?

Grace, qui se tenait à l'écart de Mlle du Maurier, se mordit la lèvre.

— Je crois que je suis encore capable de savoir ce que je veux dire. C'est l'apanage des auteurs (l'invitée d'honneur adressa un sourire désarmant aux femmes de son auditoire) et des femmes.

Vivien considéra que c'était le moment idéal pour passer à autre chose que cette conversation qui devenait assez tendue. Se tenant à côté de Grace, elle fit un pas en avant et annonça :

— Nous avons le temps pour une dernière question dans le public.

Une femme séduisante, entièrement vêtue de noir comme Vivien et d'un âge proche du sien, se leva. Elle avait des yeux de biche noisette, le regard chaleureux, des lèvres charnues d'un rouge carmin intense, et une chevelure brune si somptueuse que Vivien regretta pour une fois de s'être coupé les cheveux si court.

—*La Poupée.*

Mlle du Maurier s'appuya contre le dossier de son fauteuil, portant involontairement les doigts de sa main droite à ses lèvres en se rappelant soudain un souvenir lointain.

—Je vois. Comme c'est intéressant. Et vous êtes ?

—Sonia Brownell Blair.

Les spectateurs se tournèrent aussitôt vers la femme charismatique qui se trouvait au milieu d'eux.

—Et puis-je vous demander comment vous êtes tombée sur ma petite histoire ?

—Chez *Horizon*. J'étais l'assistante de M. Connolly.

—La revue de Cyril ? Elle vient juste de mettre la clé sous la porte, n'est-ce pas ? Je vous présente toutes mes condoléances.

Du Maurier ne semblait cependant pas du tout bouleversée par la nouvelle.

—Merci, hésita la femme.

—Vous m'expliquiez de quelle manière vous l'aviez découverte.

—Ah, oui. (La femme hésita encore.) M. Connolly l'a apportée avec les dossiers de la revue *The Criterion*, après que M. Eliot dut également interrompre sa publication.

Vivien articula les lettres « T » et « S » à Grace, qui regardait bouche bée les deux femmes aborder ce qui était assurément un sujet confidentiel.

—Vous êtes donc l'une des deux seules personnes au monde à l'avoir lue, lui fit remarquer Mlle du Maurier avec une humilité inhabituelle. Même si je dois admettre que je l'ai fait circuler bien plus largement. En vain, dois-je ajouter.

— C'est une nouvelle très puissante.

— Je dis toujours : « Les femmes veulent que l'amour soit un roman, les hommes une nouvelle. »

Elle adressa un sourire radieux à la salle, tandis que les femmes de l'auditoire s'esclaffaient joyeusement. Vivien se tourna vers Alec, qui se tenait de l'autre côté de la scène improvisée. Il n'avait pas l'air très amusé.

— Vous n'aviez, il me semble, que vingt et un ans quand vous l'avez écrite.

— À vrai dire, corrigea Mlle du Maurier avec un sourire fier, je n'avais que vingt ans.

— Avec le succès remarquable que vous avez connu depuis, n'allez-vous pas de nouveau tenter de la faire publier ?

Mlle du Maurier parcourut du regard la pièce où se trouvaient réunies des femmes d'âge mûr et des ménagères, qui avaient été ravies d'apprendre la tenue d'un événement qu'elles pouvaient aisément éviter de mentionner à leurs maris, puisqu'il se déroulait au beau milieu de leur journée de shopping. Vivien et Grace avaient eu raison sur ce point, ainsi que sur l'ensemble de l'initiative. Le fait qu'une personne de la renommée de Daphné du Maurier vienne lire des extraits de son dernier ouvrage en cours, un nouveau manuscrit intitulé *Ma cousine Rachel*, et répondre aux questions du public s'avérait être un véritable triomphe pour la librairie.

— Je pense que *La Poupée* est une créature à la fois trop ancienne et trop en avance sur son temps pour les responsables du monde de l'édition.

— Vous voulez dire « pour les hommes » ?

Du Maurier éclata de rire.

— Oui, absolument.

— Mon défunt mari aurait été d'accord avec vous. Il disait qu'un jour un homme écrirait la même histoire, dans cinquante ou soixante ans, et que tout le monde se réveillerait et y porterait attention.

À ces mots, Vivien vit Ellen Doubleday, assise anonymement au sein du public, se pencher en avant depuis son siège au dernier rang.

— Votre défunt mari ? demanda du Maurier.

La femme hocha la tête.

— Eric Blair. C'était un grand admirateur de vos nouvelles. Il disait en effet qu'elles étaient en avance de plusieurs dizaines d'années sur leur temps.

Vivien prit une profonde inspiration, puis articula les mots « George Orwell » à l'intention de Grace.

— Ah, alors vous devez être Julia.

Du Maurier et l'autre femme s'adressèrent alors un sourire complice, comme si elles étaient secrètement de connivence.

— Je croyais qu'elle avait dit s'appeler « Sonia », chuchota Grace à Vivien, perplexe.

— Oh, mon Dieu ! Je crois qu'elle parle du personnage de Julia dans *1984*, répondit Vivien sur le même ton, perdant sa voix devant l'ampleur de la rencontre qui se déroulait sous leurs yeux.

Elle espérait que la presse locale présente sur place ferait le lien aussi vite qu'elle. Le premier déjeuner littéraire de *Bloomsbury Books* pourrait bien entrer dans l'histoire, même sans le spectacle de deux poètes en venant aux mains.

— Eh bien, ma chère, je vous présente cette fois mes condoléances les plus sincères. Il doit être très difficile pour vous de venir ici si tôt.

La jeune femme esquissa un petit sourire de gratitude qu'elle réprima aussitôt. Ce ne fut qu'à ce moment-là que l'on put s'apercevoir à quel point ses traits, par ailleurs ravissants, avaient été récemment abîmés par le chagrin.

— Souhaitez-vous que je vous parle un peu de *La Poupée*, avant de terminer ?

Mlle du Maurier se tourna vers la salle, le public murmurant aussitôt son assentiment. Vivien trouva cette tentative de détourner l'attention particulièrement gracieuse. Lorsqu'elle avait invité cette célébrité à inaugurer la série des déjeuners littéraires de *Bloomsbury Books*, du Maurier avait d'abord rechigné, invoquant son besoin constant d'intimité. Ellen Doubleday était finalement intervenue, lui expliquant qu'un tel événement ne manquerait pas d'asseoir Vivien à son nouveau poste de responsable. Au cours du déjeuner, Vivien avait été très soulagée par les questions respectueuses de l'auditoire sur le processus d'écriture de Daphné du Maurier, que la romancière avait indéniablement pris plaisir à évoquer. Vivien l'avait déjà rencontrée à plusieurs reprises et savait que c'était une femme qui était à l'écoute. Chacune des réponses qu'elle avait données ce jour-là n'avait fait qu'intriguer davantage les spectateurs ravis.

— *La Poupée*, c'est tout simplement une sorte d'automate mécanisé capable de satisfaire les désirs physiques d'une femme.

Un frisson de surprise parcourut l'auditoire de manière audible. Le regard de Vivien s'illumina ; Alec commença visiblement à paniquer.

Il fit aussitôt un pas en avant, mais Vivien lui fit immédiatement signe de s'arrêter. D'après les règles inflexibles de M. Dutton, le responsable de chaque rayon avait le dernier mot sur l'ensemble des aspects d'un événement qu'il choisissait de promouvoir et d'organiser.

— Mais, bien sûr, poursuivit joyeusement du Maurier, il ne s'agit pas vraiment de cela. Il est question de la honte que les hommes font peser sur les femmes, en grande partie parce qu'elles désirent les mêmes choses qu'eux. Parce qu'elles leur fournissent tout ce qu'ils nous disent vouloir. La poupée est peut-être une solution.

Alec lançait à présent un regard noir à Vivien en désignant du doigt le cadran de sa montre Patek Philippe. Vivien le regarda d'un air absent avant de reporter son attention sur leur invitée vedette.

— Une solution ? demanda l'un des journalistes masculins présents dans le public.

Mlle du Maurier soupira.

— Oui, pour le personnage féminin de l'histoire, qui vit à Bloomsbury et s'appelle Rebecca. Tirez de ces coïncidences les conclusions que vous souhaitez.

Elle décocha un clin d'œil à son public en faisant en partie référence à son livre le plus connu.

— Vous ne sous-entendez pas sérieusement que les épouses et les mères de famille de la vie réelle…

Mlle du Maurier leva la main pour faire taire l'homme.

— J'en ai assez de ces absurdités. Veuillez m'accorder la même considération que celle que vous témoignez aux écrits de mes collègues masculins en évitant de supposer qu'ils sont liés à la vie réelle. Ou à la mienne.

Un murmure d'approbation s'éleva de l'assistance, suivi par le début de ce qui devint aussitôt un tonnerre d'applaudissements pour saluer cette dernière déclaration de l'autrice sur le sujet.

Toujours aussi indifférente aux regards d'Alec, Vivien comprit que c'était la meilleure note sur laquelle il était possible de mettre un terme à la rencontre, et s'avança pour s'adresser à l'auditoire.

— Permettez-moi de remercier Mlle du Maurier d'avoir partagé son travail et son temps précieux avec nous, aujourd'hui. Je sais que je parle au nom de tous en disant que ce fut un immense privilège.

Au nom de *Bloomsbury Books*, j'aimerais lui adresser nos meilleurs vœux et nos remerciements les plus sincères.

Des applaudissements retentirent de nouveau. Plusieurs femmes du public se précipitèrent dans l'espoir de pouvoir échanger un mot ou deux avec l'écrivaine. L'un des journalistes appela Vivien et lui demanda s'il pouvait les prendre en photo ensemble, Mlle du Maurier et elle. Vivien le pria d'inclure également Evie et Grace, qui l'avaient toutes deux aidée à organiser l'événement. La photo qui en résulta se retrouva à la une des pages « Société » de l'édition matinale du *Times*. Cela entraîna une augmentation immédiate de la clientèle de vingt pour cent par rapport à la semaine précédente, et une cascade d'événements dont *Bloomsbury Books* ne se remettrait jamais.

Chapitre 20

Règle n° 18

La consommation d'alcool et de spiritueux dans les locaux du magasin est strictement interdite.

Ce soir-là, Vivien et Grace ne partirent pas ensemble à 17 h 30 précises pour rentrer chez elles en bus. Le personnel de *Bloomsbury Books*, à l'exception du capitaine Scott, parti depuis longtemps, organisa en effet une réunion impromptue après les heures de travail pour célébrer le succès de son premier déjeuner littéraire. Grace téléphona chez elle pour annoncer aux garçons qu'elle travaillerait tard et pour leur souhaiter une bonne nuit, ce qui ne lui était jamais arrivé au cours de ses nombreuses années passées au magasin. En attendant, Vivien sortit le plateau de verres à xérès en cristal et la carafe assortie, rangés dans un des placards du bureau de M. Dutton. Au fil des ans, il n'avait accepté de les utiliser qu'en deux occasions : un verre à la veille de Noël pour marquer le début de la période des fêtes, et un toast chaque 12 mai pour célébrer le couronnement du roi George VI en 1937.

Evie descendit du deuxième étage pour rejoindre les autres femmes, et Alec accepta de quitter son bureau, en partie pour garder un œil sur la victorieuse Vivien. Lord Baskin revint après un rendez-vous en fin d'après-midi quelque part en ville, et Ashwin Ramaswamy surprit tout le monde en surgissant du sous-sol pour participer lui aussi aux réjouissances. M. Allen était apparemment dans le Devon toute la seconde moitié de la semaine, et M. Dutton poursuivait sa convalescence à domicile.

À 19 heures, les membres du personnel étaient réunis autour de la caisse dans un rare élan de convivialité, se servant du comptoir comme d'une sorte de bar sur lequel ils posaient leurs boissons, lorsqu'on frappa bruyamment à la porte du magasin.

Grace inspira profondément.

— Gordon, marmonna-t-elle en lançant à Vivien un regard de désespoir mêlé d'avertissement.

Sans un mot de plus, elle se dirigea vers le vestibule et ferma la porte intérieure derrière elle avant de déverrouiller celle qui donnait sur la rue. Au début, personne n'aurait pu deviner ce qu'elle et son mari étaient en train de se dire. Ils voyaient simplement Gordon tendre la main derrière lui en direction de leur domicile, et Grace essayer vainement de l'apaiser en posant ses deux paumes sur son torse. Malgré les tentatives de Grace pour calmer son mari, ils finirent tous les deux par hausser le ton.

— Je devrais peut-être intervenir…, suggéra lord Baskin.

Vivien secoua la tête.

— Je vous en prie, n'en faites rien. Je pense que c'est la dernière chose dont Grace a besoin.

Vivien n'expliqua ni pourquoi ni comment elle le savait. Cela faisait un certain temps qu'elle n'avait pas repensé au comportement de sa mère, si similaire à celui de Gordon. Mais, dans le portrait succinct que Grace lui avait fait de son mari, Vivien avait reconnu des traits familiers : les plaintes continuelles, le rejet de ses fautes sur les autres, la mise à l'épreuve constante de leurs liens familiaux et de son affection… La nature rebelle de Vivien s'était développée en réaction aux humeurs chaotiques et tyranniques de sa mère. Elle avait déménagé à Durham pour les études, puis à Londres pour le travail, en partie pour échapper à tout cela. Elle s'était toujours demandé comment Grace parvenait à vivre dans ces conditions, et comprenait à présent qu'elle n'y arrivait pas vraiment. Elle en souffrait.

Embarrassé, le reste du personnel continua à regarder Grace lever les bras en signe d'agacement et ouvrir la porte intérieure du vestibule. Elle s'apprêtait à la refermer derrière elle lorsque Gordon entra de force à l'intérieur, la faisant trébucher.

— Cette fois, c'en est trop. (Lord Baskin se précipita et saisit Gordon par le coude.) Bonsoir, mon brave, pourquoi ne sortirions-nous pas discuter un peu, hein ?

Lord Baskin n'attendit pas sa réponse. Il profita de sa grande taille pour pousser l'homme sur le trottoir ; il mesurait dix centimètres de plus que Gordon Perkins. Grace resta en retrait, tête baissée, incapable de regarder Vivien ni qui que ce soit d'autre en face.

Au bout d'une minute de silence gênant, Vivien s'approcha et prit doucement Grace par les épaules.

— Tu ferais peut-être bien de rentrer, chuchota Vivien entre ses dents. Evie et moi ferons la vaisselle.

Grace secoua énergiquement le menton.

— Non, ça va. Je vais vous aider.

— Grace… il vaut mieux que tu le calmes, pour l'instant, tu ne crois pas ?

Devant le ton insistant de Vivien, Grace alla chercher son manteau et son sac en silence dans l'arrière-boutique, avant de quitter la librairie sans un mot.

La fête manifestement terminée, Alec descendit le reste de son xérès d'un trait.

— J'ai besoin de prendre l'air. (Il se tourna vers Ash.) Tu rentres chez toi ?

Les deux hommes partirent ensemble, laissant Evie et Vivien seules au magasin.

— Je m'occupe de la vaisselle, proposa Evie à Vivien. Vous en avez déjà fait suffisamment pour aujourd'hui.

Vivien lut dans le regard de la jeune fille la perplexité et la déception qu'elles avaient toutes ressenties au sujet du couple de Grace.

— Ne vous préoccupez pas des verres, Evie, mais je vous remercie. (Vivien lui adressa un sourire reconnaissant.) Vous pouvez peut-être simplement tout remettre à sa place au rayon Histoire, pour éviter que Scott pique une crise demain à son arrivée.

Tandis qu'Evie montait à l'étage, Vivien demeura derrière la caisse, attendant le retour de lord Baskin. Elle ne fut guère étonnée de le voir revenir quelques minutes plus tard, visiblement énervé.

— Je les ai mis dans un taxi, déclara-t-il avec une brusquerie inhabituelle.

— C'était sage.

— Vivien ?

— Oui, lord Baskin.

Il secoua la tête, puis tira de la poche de sa veste son mouchoir orné d'un monogramme pour s'essuyer soigneusement les mains d'un air de dégoût.

— C'est la première fois que ça se produit, ajouta Vivien, si c'est ce que vous voulez savoir.

Il lui lança un regard des plus dubitatifs.

— Je l'espère bien. J'espère qu'on me l'aurait dit, si ça n'avait pas été le cas.

Vivien avait toujours été intriguée par la présence constante du comte au magasin. Elle s'était d'abord demandé si elle ne lui plaisait pas. Il lui arrivait de se poser ce genre de questions ; l'occasion se présentait même assez souvent. Mais il lui était évident depuis longtemps que lord Baskin s'intéressait à quelqu'un d'autre. L'ayant surpris au cours du déjeuner à jeter des coups d'œil à Grace à plusieurs reprises alors qu'il croyait que personne ne le regardait, les soupçons de Vivien avaient été récemment et très heureusement confirmés.

— Je ne pense pas que vous auriez été mis au courant, si vous me permettez d'être franche.

— Parce que je suis comte ?

Vivien éclata de rire. Elle aimait bien lord Baskin, même s'il se comportait parfois de manière un peu particulière.

— Non, parce que vous êtes le propriétaire.

— Il m'arrive encore de travailler ici.

— Ce qui est encore plus curieux. Pourquoi vous accrocher à ce lieu ? À moins qu'il y ait autre chose qui vous retienne ici ? (Elle haussa un joli sourcil arqué.) À part les livres…

Lord Baskin secoua la tête d'un air amusé. Vivien savait qu'elle pouvait lui parler de cette façon sans qu'il lui en veuille pour autant. Il aimait manifestement les joutes verbales, et, quant à elle, elle appréciait sa considération manifeste envers les femmes, avec qui il se montrait toujours très respectueux. Vivien songea soudain à Alec, sans raison précise, ce qui la mit en colère.

— Pour des raisons sentimentales, alors, proposa-t-il.

— Foutaises… si vous me permettez.

Lord Baskin l'observa attentivement. Vivien voyait bien qu'il se demandait s'il pouvait lui faire confiance. En fait, il ne valait mieux pas. D'une part, elle était entièrement dévouée à Grace et à son bonheur. D'autre part, elle n'avait aucun intérêt à faciliter l'existence des hommes de *Bloomsbury Books*, pas même celle de lord Baskin avec sa surprenante affaire de cœur. Si le comte devait un jour se confier à elle, Vivien ne répondrait que dans l'intérêt de son amie. Pendant longtemps, Vivien avait accepté à contrecœur que ces intérêts s'étendent à la préservation du couple de Grace.

Ce soir-là, cependant, la situation avait changé : Vivien avait une nouvelle raison d'être en colère.

Elle avait toujours regretté que le respect des règles et de la hiérarchie serve surtout à protéger et à promouvoir les hommes du magasin. Elle s'était efforcée, en tant que responsable provisoire, d'utiliser les règles absolues de Dutton à son propre avantage. Dans le même temps, Evie Stone semblait vouloir opérer en toute discrétion, à l'écart et oubliée, et Grace restait toujours conciliante, convaincue que tout allait mieux lorsqu'il y avait consensus. Sur ce point, Vivien n'était pas du tout d'accord avec son amie. Ce qui peinait désormais Vivien était de comprendre que c'était cette même approche chez elle qui avait conduit à cette soirée et, comme elle le savait d'expérience, à beaucoup trop d'autres également. Mais si Grace avait besoin de se séparer, vers qui ou vers quoi pourrait-elle se tourner, avec deux garçonnets à sa charge ?

— C'est la raison pour laquelle la journée d'aujourd'hui était si importante, aussi bien pour Grace que pour moi, déclara Vivien d'une voix sonore, se demandant dans quelle mesure elle pourrait amener Baskin à considérer la situation de leur point de vue. C'était l'occasion de faire quelque chose pour nous, pour une fois.

— Vous avez assurément réussi un joli coup, toutes les deux. Alec était vert de jalousie. Ça va me manquer, au retour de Herbert.

Vivien était en train de ranger son carnet à spirale dans son sac à main, se réjouissant de pouvoir évacuer plus tard sa colère par l'écriture, lorsqu'elle s'interrompit pour le dévisager.

— Au retour de Herbert ?

— Oui, je viens d'aller lui rendre visite. Malgré l'avis de son médecin, il a l'intention de retrouver son poste de directeur général dès le mois prochain.

— On peut donc supposer qu'Alec devra reprendre son ancien poste. Et moi le mien, ajouta Vivien en soupirant.

— Vraisemblablement, répondit lord Baskin avec douceur.

— Vous savez aussi bien que moi que M. Dutton ne me promouvra jamais au rang de directrice adjointe, même si j'ai fait mes preuves ce mois-ci, avec un nombre de clients et de ventes en hausse, le succès de la rencontre d'aujourd'hui et la publicité que ça va nous faire.

Lord Baskin ne put qu'acquiescer à contrecœur devant la force de persuasion de Vivien.

— Vous avez accompli un travail exemplaire, personne ne peut le contester.

— Quel est l'argument, alors ?

Il s'éclaircit la voix.

— En tant que directeur général, M. Dutton ne confiera jamais ce poste à une femme de façon permanente.

— Vous êtes d'accord avec ça ?

— Pas du tout. Mais je n'ai pas mon mot à dire.

Vivien se tourna vers le classeur des règles et procédures du magasin, rangé dans un recoin du comptoir.

— Règle n° 44.

Lord Baskin ne put se retenir de rire.

— Je suis ravie que vous trouviez ça amusant.

Il posa sa main droite sur son avant-bras de façon si amicale qu'elle fut prise au dépourvu. Tout à coup, lord Baskin ne lui sembla plus être un ennemi.

— C'est vous le propriétaire, vous ne pouvez rien changer ?

— Malheureusement, non. J'ai voté pour approuver de nouveau les règles et procédures actuelles lors de la dernière assemblée annuelle des actionnaires. Oui, croyez-le ou non, Herbert nous oblige à les respecter aussi.

— Vous plaisantez…

— Vivien, vous savez comment il est. Tout est validé jusqu'à la prochaine année fiscale, qui débutera le 1er janvier 1951.

— Qui sont les actionnaires, alors ?

Vivien avait du mal à croire qu'elle ne s'était jamais interrogée sur la structure de l'actionnariat. Elle doutait que Grace soit au courant, n'ayant accès qu'aux comptes. Pour autant que Vivien le sache, les registres de l'entreprise et les procès-verbaux étaient conservés sous clé dans l'un des nombreux classeurs de M. Dutton.

— Il n'y a que Herbert, Frank et moi. Je détiens actuellement la majorité des parts avec cinquante et un pour cent, Herbert en a trente-deux pour cent pour chacune de ses années de travail, et Frank dix-sept pour chacune des siennes.

— Seulement cinquante et un pour cent ? C'est un peu juste.

Lord Baskin s'accouda au comptoir avant d'adresser à Vivien un sourire presque malicieux.

— Que se passe-t-il ? demanda-t-elle avec méfiance.

— Je n'ai jamais eu l'intention de garder la boutique aussi longtemps. Enfin, ma mère s'en moque certainement.

— Pourquoi la gardez-vous, alors ?

Il rit de nouveau.

— Non, Vivien, même si je vous aime bien, je ne vous dévoilerai pas tous mes secrets ce soir. (Il hésita.) Frank et Herb essaient de me racheter le magasin depuis la fin de la guerre. Du moins, les actifs et le fonds de commerce. La famille n'a aucune envie de laisser partir le reste.

— MM. Allen et Dutton, ensemble ?

— Mm-hmm. Je les soupçonne de vouloir fusionner les postes de directeur et de propriétaire. Comme vous le savez, nous n'avons pas fait beaucoup de bénéfices, ces dernières années… Du moins jusqu'à ce mois-ci, grâce à votre esprit d'entreprise, à Grace et à vous. Juste assez pour pouvoir payer toutes nos factures.

—Alors, l'année prochaine...

—L'année prochaine devait avoir lieu la passation. Herbert et Frank sont censés acquérir à eux deux cinquante et un pour cent des parts, ce qui leur permettrait alors de me racheter, du moins, d'un point de vue professionnel.

Lord Baskin sembla surpris d'avoir prononcé ces dernières paroles, car il s'interrompit, ce qui amena Vivien à poser son carnet et son sac à main et à croiser les bras.

—Pourquoi me dites-vous tout ça ?

Se redressant, lord Baskin tapota le plan de travail avec les doigts de ses deux mains, de manière presque saugrenue.

—J'aime bien Herbert et Frank, je les ai toujours estimés. Ils ont été très utiles au magasin.

—Mais ?

—Mais d'autres aussi, et dans des circonstances assez difficiles, comme nous l'avons vu ce soir. (Il réfléchit.) Avez-vous déjà entendu parler de capital social ?

Vivien dut se résoudre à secouer la tête. Elle n'avait jamais prêté beaucoup d'attention à l'aspect financier de son employeur ; elle comprenait à présent combien c'était une erreur.

—J'ai cinquante et une actions, d'accord ? Actuellement évaluées dans les registres à 50 livres chacune.

— Ils peuvent donc racheter vos parts pour environ 2 500 livres ?

—Absolument. Le magasin s'est toujours maintenu juste à flot, et le fait de donner quelques actions par an nous a permis de rester dans les clous.

—Mais comment MM. Dutton et Allen, en tant que propriétaires uniques, pourraient-ils continuer ainsi ?

— Ils baisseraient leur salaire, je suppose, et continueraient à faire du surplace.

— Mais pourquoi feraient-ils une chose pareille ?

Lord Baskin haussa les épaules.

— Je crois qu'ils misent sur le fait que la situation va enfin commencer à s'améliorer, au fur et à mesure que nous nous éloignons de la guerre. Mais je suis d'accord : il faut une croissance agressive, un changement significatif et de grosses innovations, pour que quelqu'un puisse continuer à faire tourner la librairie plus longtemps.

Il se dirigea vers le stand près de la porte d'entrée, attrapa son chapeau et son manteau, puis se tourna vers elle avec un sourire.

— Ce n'est pas donné à tout le monde.

Vivien demeura seule au comptoir, encore sous le coup du succès de la journée, exclue des registres de l'entreprise, la présence d'Evie Stone à l'étage du dessus lui étant complètement sortie de l'esprit.

Chapitre 21

Règle n° 24
Il est défendu au personnel d'utiliser les connaissances acquises au travail à des fins personnelles.

Evie Stone était enfin seule chez *Bloomsbury Books*.

Il y avait longtemps qu'elle avait renoncé à attendre qu'une telle occasion se présente au cours de sa journée de travail. Chaque matin, Alec et Ash arrivaient toujours les premiers. Mis à part les motivations professionnelles d'Alec, c'étaient les deux employés qui habitaient le plus près du magasin : Ash dans un foyer pour Indiens dans l'East End tout proche, et Alec à quelques minutes de métro, à Knightsbridge, où il avait hérité un appartement d'une tante vieille fille qui l'adorait. Le trajet d'Evie depuis l'appartement de Charlotte, à Richmond, lui prenait beaucoup plus de temps, même si c'était une lève-tôt depuis l'époque où elle avait vécu dans la ferme familiale et, surtout, depuis qu'elle avait été servante.

Alec était également le dernier à partir chaque soir, d'autant plus qu'il s'efforçait de faire face aux responsabilités qui lui avaient échu en devenant directeur général provisoire. La correspondance de M. Dutton était à elle seule si importante qu'Alec passait la majeure partie de sa journée à lire le courrier et à dicter ses réponses à Grace, gardant les tâches qu'il pouvait accomplir seul pour après la fermeture.

En cherchant *La Momie !*, Evie avait tenté de se faire aussi discrète que possible et d'éviter d'attirer l'attention sur elle. Ayant déjà parcouru les milliers d'ouvrages stockés au deuxième étage, elle avait profité de ses pauses pour explorer les autres rayons de la manière la plus décontractée, mais aussi la plus approfondie possible. Ash avait simplement semblé ravi d'avoir de la compagnie, et Vivien était trop occupée à réorganiser de façon autoritaire l'ensemble du rayon des romans pour faire attention à quoi que ce soit d'autre. Jusqu'à ce soir-là, seul le rayon du capitaine Scott lui était resté interdit, les apparitions occasionnelles d'Evie sur le seuil de sa porte ayant toujours été accueillies par un grognement et un rappel brutal de la règle n° 21.

Tout en pliant les chaises supplémentaires pour le déjeuner, juste après la courte célébration, Evie entendit le son du carillon de la librairie indiquant le départ de lord Baskin et de Vivien pour la nuit. En fait, Evie en avait entendu bien davantage pendant qu'elle rangeait : elle s'était souvent demandé si lord Baskin, élégant mais assez âgé, s'intéressait à Vivien, ce qui n'aurait pas été surprenant, compte tenu du charisme et de l'attrait de la responsable provisoire du rayon Fiction.

Mais leur conversation avait été des plus insipides, portant sur le capital social, les assemblées annuelles et les exercices fiscaux. Evie n'en avait entendu que des bribes, juste assez pour savoir qu'ils parlaient affaires, un domaine qui ne l'avait jamais intéressée. Evie refusait de croire que l'on pouvait créer de la valeur ou la faire croître artificiellement : soit une chose était spéciale ou nécessaire, soit elle ne l'était pas. C'était l'une des raisons pour lesquelles les efforts constants de Grace pour promouvoir le magasin passaient largement au-dessus de la tête d'Evie. Pour elle, les livres se suffisaient à eux-mêmes. Il fallait juste les trouver, et c'était le plaisir de les dénicher qui comptait.

Evie sentit son cœur s'accélérer à l'idée que c'était peut-être là, au premier, que *La Momie!* se cachait depuis tout ce temps. La raison principale pour laquelle Evie avait postulé à *Bloomsbury Books* serait bientôt à sa portée... Elle n'avait aucune idée de ce qu'elle ferait si ce n'était pas le cas.

Paradoxalement, Evie n'était même pas certaine de savoir ce qu'elle ferait si c'était le cas.

Elle n'avait pas assez d'argent pour se l'offrir, son prix n'étant certainement pas inférieur aux 20 livres que M. Allen avait payé près de quatre ans auparavant. Evie n'osait pas confier à qui que ce soit d'autre la valeur potentielle de ce livre, ni solliciter de l'aide pour l'acheter. À ses yeux, il s'agirait d'une violation implicite de la règle n° 24 : « Il est défendu au personnel d'utiliser les connaissances acquises au travail à des fins personnelles. » Bien qu'elle puisse tenter de le dissimuler ailleurs dans le magasin, dans l'espoir d'éviter qu'un client l'achète au hasard, Evie considérait que cela s'apparentait à du vol et que ce n'était pas une façon correcte de traiter un livre.

Elle décida qu'elle se préoccuperait de la suite des événements une fois qu'elle aurait trouvé ce texte oublié depuis longtemps. Entendant le carillon de la boutique sonner d'abord pour lord Baskin, puis, une ou deux minutes plus tard, pour Vivien, Evie se mit aussitôt à passer au peigne fin les étagères du premier à la recherche de livres sur l'égyptologie, sachant combien les lecteurs britanniques étaient encore fascinés par le sujet. Elle soupçonnait fortement le capitaine Scott de n'avoir lu aucun des livres dont il avait la charge. Le plus souvent, elle le trouvait en train d'examiner de vieilles cartes de ses anciens voyages dans la marine, une loupe à la main. Evie se demandait si, en jetant un coup d'œil au titre du livre et à son auteur anonyme, Scott ne l'avait pas rangé sans réfléchir. Peut-être à côté d'un livre sur les campagnes napoléoniennes ou sur le déchiffrage des hiéroglyphes par Champollion…

En se déplaçant d'une bibliothèque à la suivante, Evie fit courir méthodiquement ses doigts sur le dos des livres, l'un après l'autre. D'après son catalogue manuscrit, elle recherchait trois tomes, chacun relié de cuir avec des plats marbrés et des lettres gaufrées dorées. Cela ne devrait pas lui prendre beaucoup de temps : la plupart des livres sur les étagères du rayon Histoire dataient de l'entre-deux-guerres, leurs reliures souvent enveloppées de jaquettes plus modernes.

Après avoir fureté dans les bibliothèques situées au fond de la pièce, non loin du bureau de Scott, Evie progressa avec application, livre après livre, jusqu'à ce qu'elle atteigne le mur ouest, qui donnait sur la rue. En contrebas, Lamb's Conduit était immobile et déserte, la rangée de becs de gaz conférant une lueur sinistre à la neige qui tombait légèrement. Après un début de mois de janvier relativement doux, la température à Londres était descendue bien en dessous des quatre degrés, ces derniers jours.

Le chauffage de la librairie ayant été éteint pour la nuit, Evie ajusta son gilet bleu tandis qu'un frisson la parcourait. Elle avait suffisamment d'expérience pour savoir que le picotement qu'elle ressentait n'était pas seulement dû au froid : c'était la sensation du *Fingerspitzengefühl*, qu'elle n'avait ressentie qu'à de rares occasions dans son existence, malgré les milliers de livres qu'elle avait manipulés. C'était le Saint Graal pour un amateur de livres rares comme elle : la conscience que l'on s'apprête à découvrir quelque chose de particulier, comme un présage.

Elle se tourna vers les étagères suivantes, et, comme elle s'y attendait, le livre était là, coincé entre un ouvrage sur les monuments de Gizeh et un vieil atlas du Nil. La main d'Evie se figea devant les trois volumes assortis, et son cœur se mit à battre si fort qu'elle ne remarqua d'abord pas les sons étranges provenant de l'étage inférieur. Elle tira doucement le premier tome et le fit tourner dans ses mains, le lettrage doré du dos s'illuminant à la lueur du clair de lune, avant de l'ouvrir à la page de titre. Il s'agissait bien de la première édition de la bibliothèque du Manoir de Chawton, mais, avant qu'Evie puisse poursuivre sa lecture, un bruit sec et percutant fit vibrer le parquet sous ses pieds.

Il était à présent bien plus de 20 heures, et toute la rue devait être déserte, à l'exception des pubs situés un peu plus haut. Il y avait pourtant quelqu'un à l'intérieur de la librairie.

Evie remit le premier volume à sa place sur l'étagère et descendit quelques marches sur la pointe des pieds. Arrivée sur le petit palier qui marquait le tournant de l'escalier le plus proche de la porte d'entrée, elle scruta le rez-de-chaussée à la recherche de signes indiquant la présence de cambrioleurs. Les deux portes du vestibule semblaient fermées et verrouillées, la vitrine en saillie n'avait pas été brisée, le tiroir de la caisse enregistreuse sur le comptoir était intact.

Le bruit provenait clairement des bureaux. Evie longea le mur de façon hésitante, baissant la tête sous le rai de lune qui illuminait le couloir devant elle. Elle n'y était pas retournée depuis le jour de son entretien, lorsqu'elle s'était occupée de M. Dutton sur la moquette élimée de son bureau et qu'elle avait été recrutée peu après, comme si tout cela avait été écrit d'avance. Comme si c'était sa destinée, depuis la découverte de la lettre de Thackeray dans les archives de la bibliothèque du Trinity College, jusqu'à sa trouvaille ultime, là, au magasin, le soir même, en passant par le retour à pied dans la neige après son entrevue catastrophique avec Christenson.

En jetant un coup d'œil par la paroi vitrée qui donnait sur les bureaux de Grace et de M. Dutton, Evie ne vit toujours rien. Elle espérait ne pas avoir à s'approcher trop près. Elle n'imaginait pas toutes les explications qu'elle aurait à fournir si un autre membre du personnel, revenu pour une raison ou pour une autre, la surprenait accroupie là, marchant sur la pointe des pieds dans l'obscurité.

Atteignant la porte du bureau du directeur général, Evie jeta un coup d'œil à la même moquette élimée, puis quitta aussitôt la boutique. Elle ne s'arrêta pour reprendre son souffle que lorsqu'elle se retrouva aussi loin que ses petites jambes avaient pu la porter.

Chapitre 22

Règle n° 10
Le personnel doit se conduire d'une manière conforme à sa fonction, tant dans les locaux du magasin qu'à l'extérieur.

Il était 2 heures du matin, et ni Vivien ni Alec n'arrivaient à dormir. Elle déambulait dans le magasin avec pour seul éclairage une petite lampe de bureau sur le comptoir de la caisse, nue sous le trench-coat brun clair d'Alec. Lui-même préparait du thé dans la kitchenette, uniquement vêtu d'un pantalon et de bretelles.

— Un biscuit ou deux ? demanda Alec dans le couloir d'un ton amusé.

Jetant un coup d'œil par la porte de la cuisine, il la surprit en train de sourire à cette phrase familière, ce qui l'apaisa considérablement. Compte tenu de la trêve aussi soudaine qu'ardente entre eux deux, il était bien décidé, cette fois, à ne pas commettre de faux pas.

Il était revenu à la boutique au moment où lord Baskin s'en allait. Il avait attendu que M. le comte soit hors de portée avant de s'approcher de la porte d'entrée, réprimant un profond sentiment de jalousie à propos de ce que Baskin et Vivien avaient pu faire seuls ensemble si tard dans la nuit.

Approchant d'elle avec un plateau de thé maladroitement équilibré entre ses bras nus, Alec déposa ce dernier sur le comptoir, en violation directe du protocole du magasin.

En franchissant la porte battante derrière la caisse, Vivien annonça avec une gaieté surprenante :

— Nous enfreignons toutes les règles, cette nuit.

Elle prit place sur un tabouret rarement utilisé durant les heures d'ouverture du magasin, M. Dutton préférant que le personnel reste toujours debout à son poste.

— Numéro 19, annonça Alec, avant qu'ils répètent tous deux à l'unisson : « La présence de nourriture et de boissons à proximité des livres est strictement interdite. »

Alec baissa les yeux, presque timidement, sur son torse nu sous ses bretelles.

— Quelque chose me dit que c'est le cadet des soucis de Dutton, en ce moment.

Vivien resserra instinctivement le trench-coat d'Alec autour de son corps, et il s'étonna de la voir rougir.

— Lady Browning a été vraiment remarquable, aujourd'hui, déclara-t-il en commençant par servir Vivien. Ces femmes lui mangeaient dans le creux de la main.

— Ne mens pas. Tu étais terrifié.

— Au fait, où est ta plaque ?

Vivien se tourna vers le comptoir en fronçant les sourcils.

— Elle a dû se détacher avec toute cette, euh… agitation.

Alec éclata de rire et se dirigea vers l'arrière-boutique. Là, il jeta un coup d'œil par terre et aperçut le reflet du laiton sur la moquette, à côté de plusieurs documents également tombés de son bureau.

Il regagna le comptoir, faisant doucement sauter la plaque dans sa paume.

— Tiens, laisse-moi te la remettre avant qu'on oublie…

Il tritura le support jusqu'à ce que la plaque soit solidement épinglée à son manteau, juste au-dessus de son sein gauche, puis se permit de suivre avec un doigt la courbure de sa poitrine, ce qui leur arracha un soupir à tous les deux.

Submergé par l'émotion, Alec regarda autour de lui les nombreux espaces vides sur les étagères des livres de fiction.

— Tu vas devoir passer des commandes à la chaîne, après ce qui s'est passé aujourd'hui.

— La caisse enregistreuse a servi en continu, après le déjeuner. Nous avons épuisé la moitié de la section gothique, la majeure partie de la littérature féministe contemporaine et l'ensemble de la romance.

— Alors que je soupçonne le *Daily Mail* d'avoir perdu des abonnés.

Vivien éclata de rire, un son si joyeux qu'Alec eut l'impression que son cœur allait exploser. Résolu à garder son calme, il posa sa tasse de thé et se dirigea vers la bibliothèque consacrée aux autrices classiques.

— Savais-tu qu'Evie s'était spécialisée dans l'étude des écrivaines du XVIIIe siècle, lorsqu'elle était à Girton ? lui demanda Vivien en buvant une gorgée de thé dans la tasse en porcelaine de Limoges qu'il avait récupérée pour elle, avec sa soucoupe, dans l'arrière-boutique.

— Non, répondit-il distraitement. Je dois dire que ça ne m'étonne qu'à moitié.

— Elle m'a aidée à garnir ces étagères avec des livres de moindre valeur provenant du deuxième. Nous avons ajouté Burney – Fanny –, elle vivait à quelques pas d'ici, tu étais au courant ? Et Mme de Staël, et Mme Radcliffe, aussi.

— Est-ce vraiment une bonne idée de mélanger les nouveaux livres de fiction et les anciens comme ça ?

— Toujours l'employé de magasin…, murmura Vivien.

Il sentait qu'elle observait son dos nu depuis son côté du comptoir. Pendant qu'il déambulait, elle resta assise sur le tabouret haut, inhabituellement placide et satisfaite, ses jambes nues joliment croisées à hauteur des genoux. Alec ressentait plus de bonheur à cet instant que depuis des années, ce qui l'excitait et le terrifiait à la fois.

Cherchant à penser rapidement à autre chose, il tira l'un des derniers livres arrivés et le retourna.

— Elizabeth Lake ?

— Réalisme littéraire. Anti-sentimental.

— Comme toi, lâcha-t-il simplement en replaçant l'ouvrage sur l'étagère.

Vivien garda le silence. Recourant à une attitude plus familière, il déclara :

— La veuve de George Orwell était plutôt séduisante.

— Dommage qu'*Horizon* ait mis la clé sous la porte. (Vivien descendit de son siège et quitta la caisse pour se rendre au rayon des périodiques, face à l'endroit où se tenait Alec.) Je me demande si on a encore le dernier numéro.

Alec savait que ce n'était pas le cas. Il avait acheté les quatre exemplaires le jour de leur arrivée.

— J'en doute, répondit-il en tentant de paraître aussi indifférent que possible. Comme tu le sais, Grace surveille de manière rigoureuse les retours mensuels.

Vivien secoua la tête.

— Elle m'a dit qu'elle avait ajouté quelques exemplaires supplémentaires, lorsque la nouvelle de sa fermeture avait commencé à circuler.

Alec se mordit la lèvre, s'en voulant intérieurement d'avoir fait allusion à Sonia Blair pour tenter de taquiner Vivien de manière puérile. Il dut se contenter de regarder avec un affolement grandissant la jeune femme passer allégrement ses ongles vernis sur le dessus des différents magazines, revues littéraires et journaux.

—Ah, le voilà ! Novembre 1949.

Elle tira le dernier exemplaire du dernier numéro d'*Horizon* pour en étudier le sommaire tandis qu'Alec s'éloignait des étagères.

—Alec...

Il resta le dos tourné, continuant à se maudire en silence.

—Alec, tu t'es fait publier ?

Il haussa les épaules, résigné à faire face à la défaite. Celle-ci ne saurait tarder.

—*La Fille de la boutique*, entendit-il Vivien marmonner alors qu'elle commençait à tourner furieusement les pages jusqu'à ce qu'elle trouve l'article.

Il se retourna enfin pour regarder en silence, l'air maussade, sa jolie bouche au rouge à lèvres légèrement estompé, qui, quelques minutes auparavant, avait été si avenante, articuler rageusement chacun des mots au fur et à mesure de sa lecture. Il lui était impossible de l'en empêcher, de mettre un terme à ce moment. Comme si la montre avait de nouveau glissé de la montagne de livres, sur la table de chevet, et qu'il n'était pas parvenu à la rattraper, encore une fois.

Puis, comme dans un mauvais film, elle jeta par terre la revue littéraire et la piétina, avant de flanquer sa plaque en métal à la poubelle, où elle tinta en tournoyant tristement jusqu'au fond de la corbeille à papier vide, sous le comptoir.

Fin de la trêve.

Chapitre 23

Règle n° 32
Il est interdit au personnel de laisser l'amitié interférer avec le travail.

Entre la découverte de *La Momie !* et les activités clandestines dans le bureau de M. Dutton, Evie Stone se faisait encore plus discrète qu'à l'accoutumée, au deuxième étage de *Bloomsbury Books*. Seul Ash semblait s'être aperçu de son changement d'humeur lorsqu'il lui apportait de temps à autre une tasse de chai. Un jour, pour lui remonter le moral, il lui fit la surprenante proposition de se joindre à lui pour un déjeuner dominical dans son restaurant préféré de l'East End, puisqu'ils avaient un jour de congé et aucun proche à Londres.

N'ayant jamais eu l'occasion de se rendre dans ce quartier, Evie fut soulagée de voir qu'Ash l'attendait sur le trottoir lorsqu'elle sortit de la station d'Aldgate, à midi pile. Vêtu d'un costume, au lieu de son habituel pull en laine, complété d'une chemise Oxford et d'une cravate, Ash avait l'air distingué avec ses lunettes à monture métallique et ses cheveux noirs ondulés. Rien qu'en le voyant, Evie sentit quelque chose en elle s'illuminer. Il ne fit pas mine de s'avancer vers elle pour la saluer, mais lui adressa un hochement de tête et un sourire. À cet instant, pour la seconde fois de son existence, Evie sentit son cœur faire un bond, petit mais perceptible.

Il s'agissait d'un rare franchissement du fossé affectif et social qu'Evie avait creusé autour d'elle, après avoir été forcée de quitter l'école à quatorze ans et de se débrouiller seule. Elle avait appris à ses dépens que l'ambition devait venir de l'intérieur, afin que personne ne puisse vous l'ôter. Ses nombreuses années de concentration et d'étude de vieux livres lui avaient donné un but et un réconfort ; le fait de rester seule lui avait fourni l'énergie nécessaire pour réussir.

Mais l'existence d'une vendeuse valait-elle la peine de se sacrifier, alors que tout ce qu'elle pouvait espérer, c'était l'entretien et le dépoussiérage de livres ? Après avoir planifié sa vie dès son entrée à l'université, Evie goûtait pour la première fois à l'amertume de l'ironie. Elle se demanda également si elle n'avait pas creusé ce gouffre pour une autre raison, moins délibérée : parce qu'il fallait toujours laisser une partie du passé derrière soi pour faire place à la nouveauté.

Pour se rendre au restaurant, Evie et Ash se dirigèrent vers le sud à partir de Whitechapel High Street, puis tournèrent à droite dans une ruelle tranquille composée d'immeubles résidentiels de style georgien. À l'intersection d'Alie et de St Mark Street se trouvait le restaurant *Halal*, dans une bâtisse située à l'extrémité d'une série de maisons de ville du XVIIIe siècle. Ash lui expliqua que cet établissement, l'un des six seuls restaurants indiens de Londres, avait été ouvert par nécessité.

— À l'origine, il s'agissait du réfectoire d'un foyer pour marins de la marine marchande, qui logeaient dans les chambres des étages supérieurs. Ils cuisinaient différents types de curry, et leurs camarades venaient les déguster, ce qui a fini par devenir le premier restaurant indien du coin.

Evie n'avait pas eu l'occasion de fréquenter beaucoup de restaurants, le petit village de son enfance ne comptant qu'un seul débit de boissons, et son allocation à Cambridge ne lui permettant guère de se faire plaisir. Paradoxalement, les rares fois où elle était allée au restaurant, c'était à l'invitation de Mimi Harrison dans certains des meilleurs établissements de Londres. Le préféré de Mimi était le *Thames Foyer* de l'hôtel *Savoy*, où elle séjournait toujours lorsqu'elle était en ville. Elle y prenait le thé l'après-midi dans un recoin discret de la salle à manger, cachant son visage connu derrière des palmiers en pot.

Le restaurant *Halal* était très différent. Les tables étaient si proches les unes des autres qu'elles étaient presque communes. Evie sentait les diverses épices des plats de ses voisins, et entendait les nombreuses voix et les innombrables dialectes qui résonnaient dans la pièce. Le restaurant avait pour spécialités trois currys, rappelés sur un tableau : le curry de viande, de boulettes et de viande hachée. Cette fois, ce fut Ash qui commanda, et il avait des instructions précises pour les cuisines, ce qui fit rire familièrement le serveur.

En observant de quelle manière Ash l'avait dirigée lorsqu'ils marchaient, de quelle façon il interagissait avec les serveurs et disposait son verre d'eau et sa serviette non pas par nervosité, mais par sens de l'ordre, Evie n'eut aucun doute sur le fait que c'était un scientifique né. Il était extrêmement précis et se fondait uniquement sur les faits. Durant le déjeuner, elle tenta de parler de leurs collègues de travail, en particulier d'Alec et de Vivien ; Evie n'arrivait toujours pas à comprendre ce qui se passait entre eux. Mais Ash n'avait aucune envie de juger ni d'évaluer le comportement des autres – la mère de la jeune femme aurait d'ailleurs qualifié ce genre de discussions de « bavardages ». Elle se demanda si Ash avait toujours été ainsi, ou si sa réserve venait du fait qu'il était constamment jugé par son entourage.

Ce n'était certainement pas dû à un manque d'observation. Au début, Evie avait supposé qu'Ash était comme elle : tellement concentré sur les détails des tâches qui lui incombaient que les questions plus importantes et moins tangibles lui échappaient. Mais plus ils passaient de temps ensemble, plus Evie s'apercevait qu'Ash remarquait vraiment tout. Il était toujours sur le qui-vive, prêt à se mettre sur la défensive. Elle ne lui en voulait pas : les regards qu'on leur lançait lorsqu'ils sortaient tous les deux ne lui échappaient pas.

C'était peut-être pour cette raison que, comme elle, Ash se tenait à l'écart, au travail, étudiant ses nombreuses diapositives d'insectes, effectuant des tâches secrètes très différentes des siennes. L'esprit d'Evie vivait si souvent dans le passé – l'odeur de renfermé des livres, les pages déchirées ou qui se désagrégeaient, les registres d'objets devenus introuvables – que la découverte d'un nouveau type d'insecte, ou ce qu'il pouvait nous apprendre sur notre monde et son histoire, lui échappait. De même, Ash semblait déconcerté par l'obsession d'Evie pour ce qu'il appelait des « histoires », comme si les livres n'étaient que des contes pour passer le temps, plutôt que la preuve la plus directe et la plus durable de ce que l'espèce humaine avait ressenti et pensé à travers les âges. C'était ce dont ils discutaient souvent lorsqu'ils étaient seuls au travail, et voilà qu'ils recommençaient : une comparaison ludique de leurs domaines de compétence, auxquels ils consacraient chacun tout leur temps et toute leur énergie.

Lorsqu'on servit leurs plats, Ash montra à Evie comment manger d'une main tout en gardant l'autre sèche pour boire. Le curry était un mélange de saveurs à la fois familières et nouvelles pour elle. Elle reconnut le gingembre, la coriandre, la cardamome et le fenouil qu'Ash utilisait dans le chai qu'il préparait au travail. Il lui expliqua ensuite l'assaisonnement supplémentaire du curry, à base de curcuma et de cumin, accompagné de la puissante poudre de piment qui donnait à l'ensemble son côté relevé si intense. À la ferme, la cuisine de la mère d'Evie, qui n'utilisait que de l'oignon, du sel et du poivre pour accommoder les aliments, était sérieusement mise à mal, en comparaison.

Alors qu'ils mangeaient, Evie remarqua finalement l'absence de femmes autour d'eux et en fit part à Ash.

— Ce n'est pas inhabituel. Contrairement à ça.

Il désigna l'espace qui les séparait, d'un côté à l'autre de la table.

Elle le dévisagea avec incompréhension.

— Notre présence ici est inhabituelle ?

— Le fait de déjeuner ensemble, sans chaperon, oui. (Il réfléchit.) De faire quoi que ce soit ensemble.

Perplexe, elle inclina la tête sur la droite, mais il se contenta de lui adresser un petit sourire énigmatique, et ils se turent tous les deux. Pour une fois, Evie n'appréciait guère le silence : il la rendait encore plus nerveuse.

— Est-ce que ça ne vous donne pas le mal du pays ? s'enquit-elle lorsqu'on débarrassa leurs assiettes.

Comme à son habitude, il haussa les épaules.

— J'espérais me sentir un peu plus chez moi à Londres, après autant de temps.

— Au moins, vous avez ça.

— Cela ne m'intéresse pas, de retrouver des choses que je connais déjà. Et se sentir chez soi n'a rien à voir avec une chose aussi triviale que des épices. En revanche, j'aime bien être compris.

Evie songea à la Fondation Jane Austen, chez elle, créée par des individus issus de milieux très différents. Un médecin, un commissaire-priseur, une star de cinéma, une domestique, un fermier, une professeure, un avocat, une héritière… D'une manière ou d'une autre, ils s'étaient rapprochés et liés grâce à leur amour commun d'Austen et de ses livres. Evie ne s'était jamais sentie aussi comprise. Elle n'était pas parvenue à retrouver ce sentiment à Cambridge et avait récemment commencé à le chercher chez

Bloomsbury Books. Cela la fit réfléchir. Et si son déménagement à Londres n'avait pas été uniquement motivé par la recherche d'un livre ?

Evie et Ash regagnaient la station d'Aldgate, après le déjeuner, quand il s'immobilisa, posant un doigt sur ses lèvres d'un air songeur.

— Sauriez-vous rentrer depuis la station de Whitechapel ? Il faut que je vous montre quelque chose, déclara-t-il d'un ton mystérieux, avant de lui faire signe d'aller vers l'est, le long de la grand-rue.

C'était l'un des arbres les plus anciens de Londres, un mûrier de quatre cents ans planté dans le jardin de l'évêque qui avait aidé Henri VIII à séparer sa couronne de l'Église romaine. Le mûrier noir avait survécu au grand incendie de Londres de 1666, avant de s'être vu réduit à l'état de souche carbonisée lors du Blitz allemand, des siècles plus tard. Au cours de la décennie qui avait suivi, l'arbre avait bien repoussé, mais avait pris une nouvelle forme étrange, son tronc noueux et endommagé se penchant vers l'avant avec une crête de verdure lui surgissant de la tête comme si elle était vivante.

— Nous l'appelons *munja pavattay*, en tamoul. « Le mûrier indien ». Ou… (Ash esquissa un rare sourire) *ach*.

Sans un mot, Evie le regarda poser sa paume sur l'arbre, comme elle le faisait parfois avec les livres. Ils avaient tous deux une appréciation tactile des éléments concrets qui composaient le monde : ceux que nous pouvions mettre au jour et explorer. Les traces cachées de notre histoire que tant d'autres choisissaient d'ignorer ou, pire, de dévaloriser.

— Un jour, j'ai vu des infirmières de l'hôpital danser en ronde autour de l'arbre en se tenant par la main, raconta Ash en s'éloignant, désignant d'un signe de tête le bâtiment récent qui se trouvait derrière eux. C'était à Pâques, à mon arrivée. Je pensais que vous étiez tous zinzins, comme vous aimez à le dire, vous, les Britanniques.

—Ah ! (Evie se mit à rire.) Elles devaient jouer au jeu de la ronde, vous savez, celui de la comptine pour enfants : *Ring Around the Rosie* !

—Je la connais bien. Mon père adorait tout ce qui était anglais et avait un livre illustré, quand nous étions petits... *Les comptines de la mère l'Oie*. Moi aussi, je suis tombé amoureux de l'Angleterre grâce à cet album.

Elle le laissa parler. Elle adorait l'écouter.

—C'est comme ça que j'ai appris l'anglais. Mon père me lisait inlassablement les mêmes comptines, et je me rappelle en avoir mémorisé les sons, et puis, un jour, j'ai mis les sons sur les lettres, et les lettres sur les mots... et, ensuite, les mots sur les images. J'avais l'impression de découvrir un code secret. Le code des Britanniques. (Il laissa échapper un éclat de rire amer.) J'avais tort.

Evie aussi s'était trompée. Elle savait désormais que l'apprentissage de la langue – la maîtrise des livres – n'était qu'une des clés pour comprendre ceux qui l'entouraient. Il lui fallait aussi les comprendre pour obtenir ce qu'elle voulait. M. Dutton était si rigide qu'il en devenait prévisible, mais Alec, qui le remplaçait, c'était une autre histoire. Evie soupçonnait ce dernier de ne pas avoir à cœur les intérêts de la librairie, tant il semblait focalisé sur sa propre quête de succès. D'autre part, M. Allen et lord Baskin ne s'intéressaient visiblement que très peu à ce qui se passait au magasin, compte tenu de leur prédilection pour les mondanités et les voyages. Et personne ne comprenait pourquoi le capitaine Scott souhaitait tant continuer à travailler. Le mauvais calcul qu'il avait fait en prenant trop tôt sa retraite de la marine – manquant ainsi l'intégralité de la Seconde Guerre mondiale – y était sans doute pour beaucoup, mais il paraissait surtout intéressé par la fréquentation du pub d'à côté.

Evie se demandait ce qu'Ash pensait des autres hommes de la boutique.

Malgré le temps qu'ils passaient ensemble à discuter des affaires du magasin, il ne s'intéressait guère aux habitudes ni aux relations des autres employés, et encore moins aux histoires d'amour qui se nouaient aux différents étages. Elle se demanda ce que cela signifiait pour eux deux, et quelles avaient été ses intentions en l'invitant à déjeuner. Peut-être s'agissait-il simplement de deux personnes solitaires, loin de chez elles et de leurs familles, qui avaient un intérêt pour le passé comme point commun. Evie savait seulement qu'elle n'avait aucune envie de dire « au revoir » à Ash lorsqu'ils atteignirent la station de Whitechapel, repensant à leur déjeuner durant tout le trajet du retour, impatiente de retourner travailler le lendemain.

Chapitre 24

Règle n° 39
Le responsable de chaque rayon a toute autorité et toute latitude pour organiser des événements.

Contre l'avis de son médecin traitant, Herbert Dutton reprit ses fonctions de directeur général le 1er février. Frank et Alec l'avaient prévenu que le moral général à la librairie était en train de basculer dangereusement. Par moments, les femmes semblaient stimulées, voire galvanisées par les différentes victoires qui s'accumulaient. D'autres fois, elles se montraient de plus en plus rancunières et méfiantes à l'égard des hommes qui les dirigeaient. Vivien se plaignait au sujet d'une ascension méritée au poste de directrice adjointe qui lui aurait été injustement refusée, ce qui, d'après M. Dutton, nécessiterait sa présence à temps plein sur le terrain pour apaiser les esprits. Grace était selon eux plus calme sur ce point et sur d'autres, mais une forte hausse du recours aux signaux entre les deux femmes mettait les chefs de rayon masculins sur les nerfs, comme si tout ce qui était important dans le magasin se passait dans leur dos.

Depuis le déjeuner littéraire inaugural et la couverture médiatique qui en avait résulté jusqu'à l'augmentation des visites et des ventes, les efforts de Vivien et de Grace produisaient le genre de résultats financiers que *Bloomsbury Books* n'avait jamais connus jusqu'à présent. Un jour, lord Baskin l'avait laissé entendre à Frank, temporairement de retour à son bureau entre deux voyages. Dès lors, Frank et Herbert avaient commencé à s'inquiéter de l'avenir de leurs fonctions respectives et de l'augmentation annuelle du nombre de leurs parts.

Herbert Dutton avait compris que plus vite il reprendrait le travail, plus vite les choses redeviendraient ce qu'elles avaient toujours été.

Contrairement à Vivien, Alec ne voyait aucun inconvénient à retrouver son ancien poste de responsable du rayon Fiction. La fonction de directeur général provisoire n'avait pas répondu à ses attentes. Alec croyait vouloir gérer les choses, mais il s'était rendu compte qu'il n'éprouvait guère de satisfaction à faire ressortir le meilleur des autres et à faire face à leurs récriminations. Ce qu'il souhaitait vraiment, c'était se sentir maître de la situation, comme le propriétaire du magasin, lord Baskin, avec tous les avantages que cela comportait : le statut et le prestige, l'autonomie, la possibilité de limiter ses risques.

Pour ces mêmes raisons, Alec avait d'abord envisagé une carrière de grand écrivain. Tout au long de sa jeunesse, il avait été encouragé par ses professeurs et par les réactions positives que suscitaient ses écrits auprès de relations personnelles triées sur le volet. Quelques années auparavant, l'une de ses nouvelles avait même été acceptée par *Gangrel*, une petite revue littéraire, après avoir été soumise par Evelyn Waugh au nom d'Alec. Il avait insisté pour que le célèbre auteur accepte de devenir son mentor après sa visite chez *Bloomsbury Books*, à l'automne 1945. Malheureusement, *Gangrel* avait fermé ses portes en 1946, avant d'avoir pu publier la nouvelle d'Alec.

Elle s'intitulait *La Fille de la boutique*, et il l'avait écrite à la suite de son premier fiasco matinal avec Vivien. Au cours de ces trois dernières années, Alec avait continué à en peaufiner l'histoire, comme si, en essayant de comprendre Vivien sur le papier, il aurait pu retrouver un peu de ce qu'il avait perdu dans la vie réelle. À l'automne précédent, lorsque la grande revue littéraire *Horizon* l'avait stupéfié en lui proposant de publier sa nouvelle, Alec avait d'abord hésité devant le caractère très personnel du portrait qu'il dressait de Vivien. Mais, à ce moment-là, il n'avait plus aucun espoir avec elle et doutait de plus en plus de celui de devenir auteur. Toute autre relation intime entre eux semblait également improbable. Le moment n'aurait pas pu être plus mal choisi pour que Vivien tombe sur le dernier numéro d'*Horizon* enfoui au fond du présentoir du magasin.

Le texte était court, cependant, et sa brièveté en disait long sur l'échec encore plus cuisant qui l'attendait : son incapacité à écrire un roman. À l'aube de la trentaine, avec cette seule nouvelle à son actif, Alec se demandait si le moment n'était pas venu de s'essayer à autre chose. Bien qu'il ait l'intention de garder secret ce qu'il avait appris sur MM. Dutton et Allen, il s'imaginait qu'il y avait peut-être une opportunité de carrière pour lui, dans tout cela. Avec les années, Dutton avait fini par lui révéler de quelle manière étaient réparties les actions, et Alec savait que le moment du transfert approchait. Il avait lui-même de l'argent ; quelle meilleure façon de l'utiliser ? Son plan secret pour reprendre le magasin avait commencé à prendre forme, né de la frustration et – si seulement Alec pouvait le voir – du désœuvrement et de la peur.

Pour l'instant, responsable du rayon Fiction nouvellement réinstitué, il se concentrait sur la sélection d'un orateur pour la conférence d'hiver qui se tenait chaque année en février chez *Bloomsbury Books*. Il avait appris que Samuel Beckett était en ville pour présenter une nouvelle pièce qu'il avait écrite pour la scène parisienne, l'énigmatique *En attendant Godot*. Les premiers partisans de la pièce affirmaient que cette nouvelle œuvre de Beckett allait révolutionner le théâtre pour les décennies à venir. Compte tenu de cet engouement précoce, les principaux agents et imprésarios londoniens souhaitaient rencontrer l'auteur et acquérir les droits de représentation en Grande-Bretagne.

Samuel Beckett menait exactement le genre d'existence dont Alec avait toujours rêvé : continentale, itinérante et libre. Le fait de passer du temps avec le célèbre dramaturge, intellectuel et ancien assistant de recherche de James Joyce pourrait aider Alec dans sa propre quête. C'était l'invité idéal, et le contrepoint parfait à la réception de du Maurier et à la concentration de manteaux de fourrure et de perles dont les hommes dans la salle ne s'étaient pas encore complètement remis.

Vivien surprit tout le monde en s'abstenant de rechigner en apprenant qu'Alec avait choisi Samuel Beckett pour la conférence suivante chez *Bloomsbury Books*.

— J'aime bien Beckett.

C'était tout ce qu'elle avait dit, derrière sa caisse, à l'annonce d'Alec, qui venait de réintégrer le poste de responsable du rayon Fiction. Elle s'était exprimée d'un ton si affable qu'elle avait aussitôt éveillé ses soupçons.

À présent, tout le monde au magasin savait que Vivien n'était pas adepte des légendaires écrivains irlandais qui avaient tenu leur rang dans les beuveries de l'Europe de l'entre-deux-guerres. Elle ne comprenait surtout pas l'agitation autour de James Joyce, l'idole littéraire déclarée de Beckett et aussi une de celles d'Alec. Mais, d'après lady Browning, qui connaissait Suzanne Dechevaux-Dumesnil, agente et maîtresse de Beckett, l'auteur irlandais avait récemment revu sa copie. Sa dernière œuvre proposait une approche nouvelle et audacieuse du théâtre, se débarrassant agressivement des normes et des conventions jusqu'à l'absurde.

De nouveau éconduit par Vivien, Alec lui lançait clairement un nouveau défi en invitant un Irlandais connu pour être amateur de mondanités et héros de la Résistance comme futur conférencier, à une heure de la soirée hors de portée de la ménagère moyenne. Comme si elle souhaitait rassembler des renforts, Vivien avait demandé que des invitations VIP spéciales soient envoyées à Mme Doubleday, qui séjournait à Londres jusqu'à la mi-mars, ainsi qu'à Daphné du Maurier et à Sonia Blair, récente veuve de George Orwell. Daphné du Maurier et Ellen Doubleday avaient aussitôt accepté, surtout lorsque la rumeur avait couru que Peggy Guggenheim, l'ancienne maîtresse de Beckett, participerait également à l'événement.

Ayant toutes les deux grandi à Manhattan à la fin de la Première Guerre mondiale, Ellen Doubleday et Peggy Guggenheim étaient des rivales notoires. En acceptant l'invitation à la conférence de Beckett par téléphone, Ellen avait fait allusion au temps passé par Guggenheim dans une librairie de Manhattan à la suite de son important héritage (« Elle prétendait que c'était ça ou se faire refaire le nez ! »). Lady Browning, qui s'était arrêtée au magasin pour accepter personnellement son invitation, avait joyeusement informé Vivien que l'objectif principal de la plupart des débutantes du New York des années 1920 était de se trouver un mari avant qu'il ne puisse tomber dans les filets de la célèbre héritière et collectionneuse (« d'art et d'autres choses, ma chère ! »).

— Ellie appelle cette période « avant PG », pour « avant Peggy », expliqua lady Browning à Vivien. Elle était apparemment sans pitié lorsqu'il s'agissait de choisir ses amants. Elle s'est fait connaître un an avant Ellen, en 1919, l'année où elle a hérité d'un demi-million de dollars. Ensuite, le monde était à la merci de Peggy, et elle ne s'est pas contentée d'un seul homme. Je dois admettre que, même moi, je suis un peu envieuse.

Vivien était convaincue que le fait de voir autant de femmes au premier étage de *Bloomsbury Books* ferait de nouveau grincer les dents d'Alec. Mais, tout comme la réaction de Vivien au choix de Beckett avait étonné Alec, l'impassibilité de ce dernier à la perspective de voir débarquer toutes ces femmes la surprit également. En réalité, Alec ressentait un indéniable frisson d'anticipation à l'idée du feu d'artifice qui éclaterait inévitablement en présence d'un tel rassemblement d'anciennes rivales, de veuves, d'ex-maîtresses et d'amies. Peut-être pas de coups de poing dans le nez, mais sûrement un équivalent féminin quelconque.

Alec avait à moitié raison, mais, comme souvent, ce n'était pas la moitié à laquelle il s'attendait.

Chapitre 25

Règle n° 23
Le personnel doit consacrer l'ensemble de son temps de travail à l'activité et aux bénéfices du magasin.

Evie Stone était installée seule au salon de thé le *Thames Foyer*, de l'hôtel *Savoy*. Elle était entourée d'un mélange de membres de la haute société britannique et de riches visiteurs américains qui prenaient tous le thé dans le remarquable atrium à dôme de verre, juste au-dessus de leurs têtes. Evie ne prêtait cependant aucune attention à ceux qui l'entouraient, ce qui lui arrivait rarement. Sinon, elle aurait pu remarquer à quel point elle n'était pas à sa place, dans ce lieu.

Tirant sur les boutons inférieurs de son gilet, elle se redressa aussi droite que possible à la table d'angle dissimulée derrière un grand palmier en pot. L'emplacement avait été choisi à la demande de son hôtesse, Mimi Harrison. Chaque fois qu'elle venait à Londres, elle prenait un malin plaisir à couvrir Evie d'attentions que la plupart des gens ne pouvaient se permettre, sans parler des étudiantes et des vendeuses précaires.

En contemplant les bulles du champagne rosé que le serveur lui avait apporté sans qu'elle lui ait demandé quoi que ce soit, Evie songea aux bals de l'université auxquels elle n'avait jamais assisté. Des jours durant, les bouchons de champagne et les confettis jonchaient les rues de Cambridge. En se rendant à la bibliothèque, Evie devait contourner de mauvaise grâce les bouteilles vides et autres reliquats de la fête. Comme une démangeaison agaçante qu'elle ne pouvait s'empêcher de gratter, Evie se rappelait avoir croisé Stuart Wesley, qui raccompagnait la fille du professeur Christenson après le bal de mai, au printemps précédent, à la fin de leur dernière année universitaire.

C'était tôt le matin, la veille du jour où Evie et Stuart devaient remettre leurs travaux de recherche au professeur Kinross. Stuart avait raconté avec joie à Evie comment lui et sa cavalière avaient terminé la soirée par une promenade à minuit jusqu'à l'*Orchard*, le jardin de thé de Grantchester, s'endormant dans des transats en toile verte sous les arbres fruitiers en fleurs, avant de rentrer par les prairies, le long de la Cam. Comme Stuart lui avait semblé libre, détendu et sympathique à ce moment-là, alors qu'Evie, elle, n'avait pas dormi depuis deux jours ! Lui aussi manquait de sommeil, mais il était manifestement sous l'emprise d'un autre type d'adrénaline. Elle n'avait pas été surprise de le voir rendre son devoir en retard.

Le *Thames Foyer* se mit à bourdonner d'excitation. De sa place face à l'entrée, Evie comprit aussitôt pourquoi. Même avec ses cheveux teints en blond, Mimi Harrison était reconnaissable entre toutes, pour ses nombreux adulateurs. On pouvait compter sur les Américains présents dans la pièce pour réagir de manière assez excessive, lorsque la célèbre actrice traversa la salle, chaussée de talons extrêmement hauts.

Mimi était rentrée de New York avec sa nouvelle chevelure blonde. Pour rendre service à sir Laurence Olivier, elle avait accepté de se tenir prête à intervenir si Vivien Leigh tombait de nouveau malade alors qu'elle jouait à l'*Aldwych* dans *Un tramway nommé Désir*. Mimi profitait également de son séjour à Londres pour envisager un éventuel retour au cinéma après cinq ans d'absence.

Refusant toujours de retourner à Hollywood, elle assistait à des réunions concernant diverses productions britanniques à venir, dont *Pandora* et *Ma cousine Rachel*, actuellement en cours de production. Daphné du Maurier avait choisi Mimi Harrison pour le rôle de la mystérieuse femme d'âge mûr qui épousait la cousine du héros, mais les studios avaient une fois de plus déçu l'autrice en lui préférant Olivia de Havilland, qui avait moins de quarante ans, contrairement à Mimi.

Mais, aux yeux d'Evie, Mimi, la star de cinéma qu'Evie avait suivie sur les écrans depuis qu'elle était petite, bien avant qu'elles deviennent amies, avait toujours eu l'air éternellement jeune.

— Evie ! s'exclama Mimi en se précipitant vers la jeune fille pour l'enlacer et lui claquer une bise sonore sur la joue, avant de s'asseoir en ajustant sa perruque. Larry m'a fait essayer cette coiffure, au cas où j'aurais besoin d'endosser le rôle de Blanche DuBois. (Mimi soupira d'inquiétude en examinant rapidement, comme une mère, le visage de son amie.) Evie, tu travailles encore trop dur. Qu'est-ce qui se passe ?

Evie se mordit la lèvre. Elle faisait aveuglément confiance à Mimi, mais elle hésitait encore à dire à qui que ce soit ce qu'elle faisait réellement au magasin.

— Adeline m'a écrit que tu avais quitté Cambridge. Geoffrey était tellement convaincu que tu y trouverais un autre poste de chercheuse…

Evie acquiesça.

— Ça n'a pas fonctionné. Je travaille à Londres, à présent.

— C'est en effet ce que m'a appris Adeline. Tu vends des livres ?

— Non, en fait, je les répertorie. Les plus rares. Chez *Bloomsbury Books*.

Mimi but une gorgée du champagne rosé que le maître d'hôtel lui avait également offert à son arrivée.

— Mais ce n'est pas pour ça que tu es allée à Cambridge, si ? (Evie fit une drôle de tête.) Evie…

— Je crois que j'ai trouvé quelque chose.

— Sur Austen ?

Le visage de Mimi s'illumina.

— Non, quelque chose de totalement différent. Un livre très précieux, à sa manière. Et extrêmement rare. Unique en son genre, en fait. (Tandis que le serveur déposait entre elles un grand plateau d'argent à trois étages débordant de canapés, de pâtisseries et de scones, Evie baissa d'un ton.) Au début, il se trouvait dans la bibliothèque du Manoir de Chawton. Sotheby's l'a vendu pour quelques livres sterling à *Bloomsbury Books*.

Mimi s'appuya contre le dossier de son fauteuil doré.

— Ah ! Je vois. Tu t'es lancée à sa poursuite ?

Evie acquiesça.

— Alors Yardley et toi étiez passés à côté, à Chawton ? Vous vous relâchez, tous les deux.

— Je sais, c'est horriblement gênant.

Evie poussa un soupir, ce qui fit rire Mimi de bon cœur. Certains des touristes américains présents dans la salle se tournèrent alors de manière encore plus délibérée dans leur direction.

— De quelle somme parlons-nous ici ?

— C'est ça, le problème. Je n'en ai aucune idée. Je ne suis même pas sûre qu'il puisse être estimé. C'est peut-être la seule première édition qui reste dans le monde entier.

— Eh bien, je te remercie de m'avoir accordé ta confiance. Je crains que tu ne gardes trop de choses pour toi. (Mimi entreprit de remplir les tasses.) Tu te rappelles qu'on a pris le thé ensemble comme ça, avec Frances Knight, au Manoir, la première fois qu'on s'est rencontrées ? Tu as fait beaucoup de chemin, depuis. Tu sembles plus confiante, maintenant, encore plus… plus déterminée, si c'est possible. Mais peut-être aussi un peu plus triste. (Mimi marqua une pause avec ce spectaculaire sens du timing qu'Evie connaissait si bien.) Y a-t-il autre chose ?

Il était difficile de cacher quoi que ce soit à Mimi Harrison. Elle dégageait ce mélange très complexe de vivacité, de beauté mystique et de compassion. Evie finit par céder et lui parla de Christenson, Wesley et Kinross, ses trois ennemis jurés, auxquels elle songeait si souvent.

— Ce Kinross ! lâcha Mimi avec agacement. Geoffrey m'a dit que c'était une vraie andouille. Je l'espérais cependant inoffensif. Christenson, en revanche, est notoirement tyrannique.

— L'Unité Tyrannique de Christenson… UTC. (Evie ne put s'empêcher de sourire à cette évocation.) C'est comme ça que les étudiants appelaient ses créneaux de rendez-vous.

Mimi se remit à rire, d'une manière si délicieuse que même quelques clients britanniques qui tentaient de rester indifférents à la présence de l'actrice finirent par lancer un coup d'œil au duo mal assorti.

— Ce fut une énorme erreur que d'offrir à Fredrik le poste de vice-président. Ils n'ont fait que jeter de l'huile sur le feu. C'est le genre de choses qui arrivent tout le temps dans les studios. (Mimi se mit à tripoter distraitement la petite croix en argent de son collier, comme si elle se rappelait un souvenir.) Alors, tu as le livre, au moins, après tout ça ?

Secouant la tête, Evie expliqua à Mimi le nœud du problème : comment acquérir l'ouvrage sans éveiller les soupçons ni enfreindre plusieurs règles bien établies de la librairie ?

— Eh bien, nous avons appris beaucoup de choses aux débuts de notre fondation. D'abord et avant tout, il ne faut jamais faire cavalier seul. N'y a-t-il personne en qui tu puisses avoir confiance ?

Evie garda le silence.

— Qu'y a-t-il, ma petite ?

Elle raconta alors à Mimi tout ce qui lui pesait chez *Bloomsbury Books* : le personnel en conflit permanent, les règles étouffantes, le rendez-vous nocturne sur lequel elle était tombée… Mimi l'écouta attentivement, préférant manifestement s'abstenir de l'embrouiller davantage avec ses propres commentaires.

— Eh bien, d'après ce que tu me racontes, tes patrons m'ont l'air plus malavisés que méchants. Tu as au moins ça qui joue en ta faveur. C'est beaucoup plus facile à gérer.

Evie hocha la tête à contrecœur.

— Et cette règle ridicule contre les achats des employés. Pourquoi ne pas demander à quelqu'un d'acheter le livre pour toi, en tant que cadeau ?

Evie secoua énergiquement le menton.

— Même comme ça, on pourrait le voir comme une manière de profiter des connaissances acquises dans le cadre de mon travail. Contre ça aussi, il y a une règle.

— Comme nous aimons à le dire, nous les Américains, les règles sont faites pour être transgressées. Et si le livre te passait sous le nez ? Mieux vaut agir vite et te confier aux autres femmes, même à cette Vivien, que de courir ce risque.

Mimi hésita, puis posa sa main droite sur celle d'Evie.

— Tu es encore jeune. Évite de juger les autres trop vite, hein ? Je sais que tu restes toujours dans le droit chemin, et ça fait partie de ce que j'aime chez toi. Mais les gens ne sont pas tous comme toi, et Dieu sait qu'il faut de tout pour faire un monde.

Mimi caressa la main d'Evie avant de se remettre à tripoter la croix en argent autour de son cou.

— Écoute, Evie, fais-moi confiance, ce n'est pas parce que tu fais tout comme il faut que tu ne te tromperas pas au bout du compte. Il est impossible de contrôler les autres ; parfois, on ne peut même pas se contrôler soi-même.

L'idée de perdre la maîtrise des événements terrifiait Evie. C'était l'une des raisons pour lesquelles elle avait du mal à concilier ses sentiments grandissants pour Ash avec ce que faisaient Vivien et Alec. Il lui était encore plus difficile d'accepter qu'il y ait des choses que l'on ne pouvait pas maîtriser du tout. Elle avait toujours avancé dans la vie en mettant obstinément un pied devant l'autre, encaissant chacune de ses déceptions. Elle s'était fixé des objectifs qu'elle pouvait atteindre seule, comme l'inventaire de la bibliothèque du Manoir de Chawton, et avait réorienté ses ambitions calmement chaque fois qu'un obstacle s'était présenté sur sa route. Mais, en vieillissant, ces nouveaux objectifs et ces nouvelles orientations semblaient se fondre dans un cercle de frustration sans fin. Evie commençait à craindre qu'au bout de chaque nouvelle route ne se dresse un nouveau Stuart Wesley, un autre Christenson, voire un M. Dutton bien intentionné, mais trop restrictif.

Mimi leur servit de nouveau du thé.

— Tu sais, Evie, même en tant que star de cinéma, je ne faisais pas le poids face aux patrons des studios, les Jack Leonard et Monte Cartwright... Mon pouvoir, en réalité, reposait uniquement sur mon apparence.

— Tu as toujours dit que l'apparence n'était qu'éphémère.

— En effet, c'est le cas, et les hommes aux commandes guettent tous l'apparition du premier cheveu blanc. Fonder ma célébrité sur mon physique – et, chérie, il y a beaucoup de filles talentueuses – m'a permis de rester à ma place. Enfin, réfléchis-y : en tant que jeune femme séduisante, tu auras le plus de pouvoir quand tu seras le moins en mesure de l'exercer. Il ne fait que décliner avec l'âge.

Mimi éclata d'un rire particulièrement amer.

— Si seulement je pouvais récupérer ce livre..., chuchota Evie.

Mimi esquissa un sourire patient.

— Ce livre n'est qu'une partie de la solution. Tu es une universitaire. Tu prétends vouloir lui accorder de la valeur en lui redonnant la place qui lui revient dans l'histoire. Et puis quoi ? Il faudra un nom dans une note de bas de page, un nouveau poste de chercheuse dans une autre institution pour que ça se reproduise ?

— Alors ce que tu veux dire, c'est : « Pourquoi se donner cette peine ? »

— Non, je dis le contraire. (Mimi réfléchit de nouveau.) Je te dis : « Ne te contente pas de ça. »

Grâce à son sens de l'à-propos, Mimi avait toujours eu une façon unique de toucher Evie, que ce soit à l'écran ou en chair et en os. Elle lui révéla alors son désir de réimprimer les œuvres perdues ou oubliées d'autrices du passé.

— Oh, Evie, j'adore cette idée ! J'aimerais beaucoup y participer un jour.

— Mais je ne sais même pas par où commencer.

— Il y aura toujours quelqu'un qui pourra t'aider. Essaie de le trouver. Stuart Wesley est un flagorneur, d'après ce que j'ai entendu dire, mais il a au moins ça pour lui.

Pendant qu'elles finissaient leur thé, Mimi mit Evie au courant de tout ce qui se passait à Chawton. Evie se remémora la base de la Fondation Jane Austen : quatre hommes, quatre femmes. Chacun d'eux était différent des autres, mais avait un objectif commun. « Il faut de tout pour faire un monde », comme venait de le dire Mimi.

Evie s'était convaincue que sa manière de faire était toujours la meilleure parce qu'elle avait souvent été contrainte d'agir complètement seule. Si elle n'avait pas cru en elle, elle n'aurait jamais connu aucun succès. À présent, elle devait croire en quelque chose d'encore plus grand que cela : que les règles qui s'appliquaient aussi bien à elle qu'aux autres pouvaient mériter d'être transgressées.

Chapitre 26

Règle n° 25
Il est défendu au personnel d'exercer une activité qui entre en concurrence avec celle du magasin.

Ce dimanche après-midi-là, deux autres employés de *Bloomsbury Books* enfreignaient déjà l'une de ces règles. Comme beaucoup de jeunes libraires de leur génération, Alec et Vivien profitaient de leur jour de congé pour tenter de produire ce qu'ils vendaient aux autres.

Le lieu choisi par Alec était une cafétéria sur Bayswater Road, avec une grande baie vitrée donnant sur la rue par laquelle on pouvait voir la population londonienne se promener dans les allées verdoyantes de Kensington Gardens, de l'autre côté de la chaussée. Alec avait plus de facilité à se concentrer dans cet environnement – dans son appartement voisin, il était aisément distrait. Il se sentait également plus proche des auteurs qu'il admirait le plus, comme Hemingway, Beckett et Joyce, réputés pour passer des heures dans les cafés parisiens, se stimulant avec des cafés crème et s'inspirant de l'activité de la vie réelle autour d'eux.

Bien sûr, à Londres, aucun établissement ne proposait de véritable « café crème ». L'Angleterre fabriquait encore son propre breuvage à partir d'un mélange infâme de chicorée et d'essence de café, tout droit venu des paquets de rationnement des troupes américaines. Alec avait eu la chance de goûter au vrai café en Italie durant l'année qu'il avait passée à l'étranger avant l'université, et il savait ce que rataient les Anglais. La nation déprimée et fatiguée par la guerre était cependant restée amoureuse du café soluble, parce que c'était nouveau et américain, et par conséquent rapide et bon marché.

Quant à l'inspiration, Alec continuait à la chercher. N'ayant pas encore été publié en tant que romancier, il était convaincu que seul un grand roman pouvait lui permettre de prétendre à l'existence dont il rêvait. Il aspirait à devenir Hemingway à Key West ou James Joyce à Paris. Comme dans cette citation de Stephen Spender, Alec « pensait continuellement à ceux qui étaient vraiment grands ». En conséquence, il s'était fixé pour objectif d'avoir au moins achevé un roman à l'âge de trente ans. Il souffrait d'admettre qu'il avait déjà manqué cette échéance qu'il s'était lui-même imposée. Les récents événements survenus au magasin n'avaient fait que le ralentir davantage.

Le mois où il avait assuré l'intérim du directeur général, il n'avait pas écrit un seul mot, trop accaparé par les registres, les bons de commande et le mécontentement des employés pour laisser son esprit vagabonder comme il le faisait lorsqu'il était perché sur une échelle, observant les clients du magasin ou jetant des coups d'œil distraits à Vivien. En fait, Alec écrivait presque toujours sur Vivien ou sur des femmes dotées de ses qualités inimitables. Il en résultait une série d'héroïnes assez semblables dans leur irascibilité et leur audace, qui auraient été à leur place dans un roman de Thomas Hardy ou d'Henry James. Le fait d'être si éloigné de Vivien alors qu'ils avaient jadis partagé une réelle intimité ne l'avait pas aidé à stimuler son imagination.

Alec avait déjà suffisamment de doutes sur ses capacités intellectuelles, à cet égard. Tout ce qu'il écrivait, chaque personnage, semblait être une nouvelle version de quelque chose qui existait déjà. Ce qui le poussait le plus à écrire était la possibilité d'être publié en soi. En tant qu'acheteur pour le rayon Fiction, il était parfaitement conscient des concepts qui attiraient le plus les éditeurs exigeants et les clients occasionnels. En tant qu'écrivain craignant les limites de son imagination, il avait tendance à s'inspirer de ces idées préexistantes.

Le monde extérieur pouvait stimuler ces comparaisons et cette ambition dans son esprit, mais l'accès à ses compartiments secrets – à ses mondes refoulés – lui échappait. Lors du récent déjeuner littéraire, la prolifique Daphné du Maurier avait expliqué de quelle manière lui venaient ses nombreuses idées, et Alec n'en avait été que plus découragé. Il avait une grande facilité avec la langue et se retrouvait souvent en train de retravailler les phrases d'autres auteurs pendant qu'il lisait. Il n'hésitait pas non plus à faire preuve d'esprit critique, comme Vivien elle-même aimait à le souligner. Mais les idées ne l'avaient jamais réveillé la nuit, ne lui étaient jamais venues dans son bain, et il n'avait jamais besoin de les noter sur de petits bouts de paquets de cigarettes ou d'emballages de caramels qu'il aurait tirés de sa mallette ou de la poche de sa veste.

Par conséquent, en plus du roman à demi terminé sur la table en formica tachetée devant lui, il avait à présent dans un tiroir, chez lui, trois manuscrits inachevés. Alec portait les cent pages manuscrites dans sa mallette en cuir ornée d'un monogramme. Dès le début, il s'en était tenu à un plan scrupuleux, seulement pour découvrir à sa mise en œuvre que son histoire tombait à plat. Il s'était retrouvé à biffer des phrases entières, à changer de point de vue, à déplacer des scènes et à tenter toutes sortes de techniques pour que l'écriture reflète le niveau littéraire élevé qu'il s'était fixé. Les premières réactions d'un ami de son père éditeur chez Secker & Warburg n'avaient guère été enthousiasmantes : « La prose a été polie au point d'en devenir exsangue ; les trois conquêtes amoureuses de notre héros ont particulièrement besoin d'être mieux différenciées les unes par rapport aux autres. »

Alec regardait par la vitre de la cafétéria la mer de laine grise et de tweed terreux qui défilait sous ses yeux. À l'exception des riches tons hivernaux des manteaux des dames les plus aisées, la plupart des gens étaient vêtus de couleurs ternes qui se confondaient avec le ciel couvert. Alec se souvint du penchant de Vivien à porter du noir plutôt que des teintes plus vives et plus féminines, et à quel point cela lui allait à ravir. Il songea encore aux petits pots de rouge, aux crayons noirs et à l'eye-liner éparpillés sur le dessus de la commode de sa chambre. Même si le rationnement touchait enfin à sa fin et que le maquillage était plus facilement disponible, la plupart des femmes se contentaient encore simplement du mascara et du rouge à lèvres Victory Red qui les avaient accompagnées tout au long de la guerre. Ce n'était pas le cas de Vivien. Elle avait une intuition presque surnaturelle pour rester à la pointe de la mode. Avec son trait d'eye-liner aiguisé, ses sourcils prononcés et ses pulls noirs cintrés, elle se démarquait à tous points de vue.

La force de sa personnalité dominait les pensées d'Alec et, par conséquent, ses écrits. Alors qu'elle semblait en avoir terminé avec lui, il n'en avait pas fini avec elle. Il écrivait pour la comprendre et, ce faisant, pour mieux se justifier. Il était suffisamment privilégié et sûr de lui pour ne pas saisir qu'il était le seul lecteur au monde à s'intéresser à tout cela. Incapable de s'écarter de son chemin lorsqu'il écrivait et attaché à sa propre notion de l'importance, Alec avait continué à élaborer un produit susceptible d'intéresser un public composé d'une seule et unique personne.

Vivien n'écrivait pour personne, pas même, à proprement parler, pour elle-même. Ce dimanche après-midi-là, elle se trouvait dans son appartement glacé de Hackney, recroquevillée sur l'antique canapé français aux pieds tournés en acajou qu'elle avait acheté au marché de Broadway, à deux pas. Pas assez long pour pouvoir s'y étendre, il se trouvait sous une fenêtre qui donnait sur le mur de brique rouge de l'immeuble voisin.

L'absence de vue ne dérangeait pas Vivien. Lorsqu'elle écrivait, elle pénétrait dans un monde si distant de son propre esprit, ou si profondément enfoui, que tout ce qu'elle rencontrait était à ses yeux infiniment nouveau, fascinant et surprenant. Même sa grande confiance en elle n'était pas à la hauteur de la sensation merveilleuse que sa main écrivait guidée par quelqu'un d'autre. Ce n'était pas tout à fait l'écriture automatique que Gertrude Stein avait explorée à merveille à Harvard sous la tutelle du frère psychologue de Henry James, mais cela s'en rapprochait terriblement.

Contrairement à Alec, Vivien n'avait pas établi de plan. Elle se contentait d'écrire parce qu'elle ne pouvait s'en empêcher : c'était son plus grand bonheur. Elle était aussi coupable qu'Alec de ne pas tenter de plaire à un public, mais pour une raison très différente. Elle n'avait pas besoin d'écrire pour se comprendre elle-même : sa fameuse intuition provenait d'une conscience aiguë de ses émotions, qui n'était entravée que par son incapacité à les dissimuler. Le fait de vivre si près de ses sentiments – et d'avoir eu besoin, enfant, de faire face à ceux de sa mère – lui avait permis de mettre rapidement le doigt sur la source affective de la plupart de ses comportements.

Vivien écrivait surtout pour entretenir un talent qu'elle avait nourri en privé, mais qui n'était pas soutenu par le monde extérieur. Elle avait perdu l'homme qu'elle aimait, avait été maltraitée par le seul autre qu'elle avait laissé s'approcher d'elle, et ses années comme vendeuse lui avaient sérieusement sapé le moral. Mais personne ne pouvait la priver de son talent.

Ce que l'ego de Vivien l'empêchait de voir, c'était la nécessité de structurer son style. Elle écrivait sans but précis, et cela se percevait. Dans son appartement, ce dimanche en fin d'après-midi, laissant ses pensées lui venir spontanément, elle voyait les personnages et les événements prendre vie sous ses yeux, comme sur une scène ou à travers l'objectif d'une caméra de cinéma. Elle avait du mal à écrire assez vite pour suivre le rythme. Elle rédigeait également à la hâte, de peur que son don ne se tarisse, ce qui ne s'était jamais produit. Au contraire, il la rejoignait chaque fois sur la page, aussi intrépide et dynamique qu'elle. En ce sens, son don était également son ennemi. Sa facilité d'apparence dissimulait l'application et la maîtrise de soi nécessaires pour le contrôler. Plus que tout, Vivien avait besoin d'un mentor, de quelqu'un qui reconnaisse son talent, mais ne craigne pas de l'apprivoiser.

Raison pour laquelle sa rencontre avec Daphné du Maurier avait été un véritable coup de chance. Depuis qu'elle lui avait révélé son autre identité, lady Browning avait inexplicablement pris sur elle de la conseiller sur son écriture. Tout avait débuté durant le trajet en taxi qui avait ramené Vivien de la soirée d'Ellen Doubleday au *Dorchester*, lorsque la célèbre écrivaine avait demandé un échantillon de son travail à la simple vendeuse en admiration.

— En fait, j'en ai une partie sur moi.

Quand Vivien s'était apprêtée à sortir de son sac à main son dernier carnet vert à spirale, lady Browning avait souri d'un air entendu.

— Naturellement.

Vivien avait alors regardé la romancière lire incroyablement vite, faisant courir ses doigts sur les lignes manuscrites, ses lèvres prononçant à mi-voix les phrases de dialogue occasionnelles.

Lorsqu'elle en avait eu terminé, elle avait refermé le carnet, mais l'avait gardé sur ses genoux, posant ses mains dessus tout en restant plongée dans ses pensées. Quand elle avait enfin repris la parole, cela n'avait pas du tout été ce à quoi Vivien s'était attendue.

—Mais, ma chère, vous avez tout faux. Ces petites histoires, ce n'est pas vous. Votre don – et vous en avez assurément un –, c'est le dialogue. Ma chère, vous êtes une dramaturge.

Le ton solennel de lady Browning avait fait rire Vivien.

—Je suis très sérieuse.

—Lady Browning, avec tout le respect que je vous dois, je n'arrive même pas à faire en sorte que les magazines littéraires les plus modestes se penchent sur mon travail. Je ne peux pas me réveiller un matin et annoncer au monde que je suis dramaturge. Je vous garantis que personne ne s'en souciera jamais.

—Moi, je m'en soucie. (Lady Browning lui avait adressé un sourire énigmatique.) Et c'est parfois suffisant.

— Pourquoi vous en préoccupez-vous ? D'ailleurs, Mme Doubleday aussi... Vous êtes toutes les deux bien trop gentilles.

—Ellie m'a parlé des St Vincent et de la façon déplorable dont ils vous ont traitée. Je déteste Angelica St Vincent depuis des dizaines d'années. Figurez-vous que si j'avais une future bru comme vous, je vous montrerais à tout le monde. (Lady Browning avait tapoté le carnet toujours posé sur ses genoux.) Et ça aussi.

—Quand bien même, je ne connais rien à l'écriture pour la scène.

—Je peux vous aider. Une fois, j'ai écrit une pièce entière fondée sur Ellen. Et si Ellen était anglaise ? Que lui arriverait-il ? Elle a été jouée à l'*Aldwych* pendant près d'un an. Laissez-moi passer quelques coups de fil.

—Je ne peux pas vous demander ça.

— Pourquoi pas ? Vivien, ma chère, je ne suis pas sans relations. Les gens me le demandent tout le temps, même si je n'accepte presque jamais. Il est encore plus rare que ce soit moi qui le propose.

Lady Browning lui avait alors expliqué comment, jeune autrice, elle avait également reçu de l'aide d'une personne inattendue : le légendaire écrivain de Cornouailles, sir Arthur Quiller-Couch, qui écrivait sous le pseudonyme de « Q ». Jusqu'à ce jour, elle n'avait aucune idée de la raison pour laquelle il l'avait prise sous son aile et l'avait encouragée à écrire.

— Je suppose que nous nous sommes d'abord liés par notre amour des Brontë. Il a défendu Emily avec acharnement et a inclus son poème « Souvenance » dans son *Oxford Book of English Verse.*

Vivien adorait ce poème. Elle y avait mis une grande partie de sa peine pour David, enfouie dans la douloureuse mélancolie du vers. Soudain, elle l'avait récité à voix haute :

— « Aucune lumière n'est plus venue illuminer mon firmament, / Pas de seconde aurore n'a plus brillé pour moi »...

Lady Browning avait tapoté la main de Vivien avec affection et ce qui ressemblait à de la nostalgie, avant de poursuivre :

— « Alors j'ai appris comment chérir l'existence, / Plus forte encore, et nourrie sans le secours de la joie. »

— C'est si remarquable..., avait soupiré Vivien.

— Elles l'étaient toutes les trois. Elles ont écrit pour le lecteur, mais un lecteur idéal, qu'elles ont elles-mêmes fait naître. Elles nous ont offert ce que nous ignorions même vouloir. Quel courage d'avoir fait ça, à l'époque ! Même aujourd'hui, à vrai dire.

Lady Browning était restée anormalement silencieuse un long moment avant de tapoter de nouveau le carnet vert sur ses genoux.

— J'aime bien, avec la spirale.

— Ma collègue Grace les commande dans le New Jersey. Elle aimerait développer notre offre de papeterie, en plus des livres. Ils sont très appréciés des touristes et des étudiants qui s'y aventurent.

— Il faut absolument que j'aille voir votre petite boutique, ce *Bloomsbury Books*.

Vivien avait de nouveau soupiré.

— C'est un cloaque.

Lady Browning avait éclaté d'un rire si fort et inattendu que le chauffeur de taxi, surpris, avait jeté un coup d'œil dans son rétroviseur.

— Est-ce que ça peut s'arranger ?

— Pas avec un salaire de 7 livres par semaine. Je crains qu'il n'y ait que peu de choses que nous, les employées, puissions faire pour améliorer notre sort.

— Eh bien, quand vous y songerez, venez nous demander de l'aide, à Ellen ou à moi. Pour l'instant, puis-je garder votre carnet ?

Malgré les nombreuses choses passionnantes dont lady Browning et elle avaient discuté dans le taxi ce soir-là, c'était ce moment-là qui était resté gravé dans l'esprit de Vivien. Dès le lendemain, elle s'était rendue au travail et avait mis au point avec Grace l'idée d'un déjeuner littéraire avec Daphné du Maurier comme première invitée. Depuis cet événement, lady Browning avait envoyé des notes manuscrites au magasin, de temps à autre, commentant divers extraits de l'œuvre de Vivien.

Dans son billet le plus récent, lady Browning avait répété une chose que Q lui avait apprise : « Toute grande écriture naît d'un désir d'évasion, mais il faut savoir vers quoi on s'évade. Le public suivra tout ce que vous ferez s'il est sûr que vous savez où vous allez. »

Vivien était à présent seule chez elle, durant l'unique journée complète qu'elle pouvait consacrer à sa plus grande passion. Elle mâchait pensivement le bout de son crayon, son outil préféré pour écrire depuis qu'elle était derrière le comptoir du magasin. Elle commença à griffonner les mots qui jaillissaient de son esprit, puis ralentit sa main et songea à son public composé d'une seule et unique personne, Daphné du Maurier, et à ce qu'elle attendait d'elle.

Chapitre 27

Règle n° 36

Le personnel doit recommander des livres adaptés aux goûts du client.

Le lendemain matin, Vivien s'ennuyait derrière la caisse lorsqu'un homme d'une cinquantaine d'années s'approcha, un journal roulé sous le bras.

—Je cherche un livre.

Vivien posa son crayon et afficha son sourire le plus magnanime face à l'évidence de la remarque de l'homme.

—Bien sûr, monsieur. Un livre en particulier ?

—Rien de trop exigeant.

—Exigeant ?

—Vous savez. (Il fit une grimace.) Vieux jeu…

—Je vois. Pouvez-vous me dire quel livre vous avez aimé récemment ?

—J'ai bien aimé celui de C.S. Forester.

—Ah, des aventures navales alors ?

—Pas nécessairement.

Ces conversations étaient pour Vivien l'un des aspects les plus frustrants du travail en librairie. Les clients qui n'avaient aucune idée de ce qu'ils voulaient parmi les milliers de références existant au monde, mais qui supposaient, pour une raison ou une autre, que la vendeuse pourrait le deviner.

— Autre chose ? insista-t-elle.

— Noël Coward.

— Ah, une comédie de mœurs, peut-être ? J'ai ce qu'il vous faut.

Vivien surgit de derrière le comptoir et conduisit l'homme jusqu'à la table la plus proche, consacrée aux nouveautés de fiction.

— Celui-ci a beaucoup de succès.

Elle lui tendit un livre mince à couverture rigide.

— *L'Amour dans un climat froid*, lut-il lentement à voix haute. De Nancy Mitford.

— Oui, une de nos meilleures ventes.

Le dernier roman de Mitford était la recommandation par défaut de Vivien aux clients qui n'avaient aucune idée de ce qu'ils voulaient. Le nom tristement célèbre de Mitford, en tout cas, leur disait généralement quelque chose.

— Je ne lis pas de livres écrits par des femmes.

— Plaît-il ?

— Les femmes écrivains…

Il fit une nouvelle grimace.

— Je vois. (Vivien se mordit l'intérieur de la lèvre.) Ça, alors ? Nevil Shute ?

C'était sa ruse de vendeuse. *Le Testament* était l'un des récits les plus copieusement romantiques que Vivien ait jamais lus, écrit par un ancien ingénieur aéronautique et pilote.

— La Malaisie pendant la guerre… Avec des prisonniers de guerre japonais… (Elle baissa d'un ton.) De la torture…

Malgré ce résumé trompeur de l'intrigue, jamais un homme n'était revenu se plaindre. Ils avaient dû finir par apprécier l'histoire, ce qui l'amusait beaucoup. S'il avait été écrit par Daphné du Maurier ou toute autre femme, le livre aurait certainement été qualifié de simple romance.

Les yeux de l'homme s'illuminèrent à l'idée que des soldats australiens échappent à une exécution, et la vente fut conclue. Vivien enveloppa le livre dans du papier kraft, autour duquel elle noua un ruban bleu foncé assorti à la devanture de *Bloomsbury Books*. Grace avait récemment commandé plusieurs bobines à la mercerie quelques rues plus haut, puis avait demandé au graveur local de faire figurer tous les trente centimètres de ruban le nom de la librairie, l'année de sa création ainsi que le slogan « Cent ans de livres de qualité ». Elles avaient organisé tout cela à la hâte, avant le retour de M. Dutton, et commandé suffisamment de rubans pour que la librairie tienne jusqu'à Pâques.

Quand le carillon du magasin tinta, Vivien jeta un coup d'œil à l'entrée à l'instant précis où Alec baissait la tête du haut de son échelle. Ils regardèrent tous les deux avec intérêt la veuve de George Orwell approcher de la caisse au moment où le client précédent s'en éloignait. Sonia Blair était retournée chez *Bloomsbury Books* pour accepter en personne son invitation à la conférence de Beckett.

— Oui, annonça-t-elle d'une voix douce et sérieuse, avec ce que Vivien reconnut pour être du chagrin, quelques semaines seulement après la mort du mari de Mme Blair, célèbre dans le monde entier.

Vivien comprit rapidement ce que l'autre femme voulait dire.

— Oh, c'est adorable ! Nous sommes ravis que vous puissiez y assister.

À ce moment-là, Alec longea le mur le plus proche sans descendre de son échelle.

— Y a-t-il un endroit où nous pourrions discuter en privé ? demanda Sonia, tandis que passait la silhouette élancée d'Alec, sa chevelure abondante brillant dans le soleil matinal.

Vivien la dévisagea avec surprise et baissa d'un ton.

— Souhaitez-vous que je prenne ma pause quelques minutes plus tôt ?

Lorsque Sonia acquiesça, Vivien adressa un signe à Alec et éleva exagérément la voix.

— Je suis sûre que tu as entendu. Je reviens à 11 heures.

Les deux femmes sortirent dans l'agitation de fin de matinée de Lamb's Conduit. Elles prirent du thé dans des gobelets jetables sur le chariot à café, chacune d'elles ajoutant de fortes doses de lait et de sucre, puis empruntèrent la direction de Great Ormond Street et Queen Square, une place relativement cachée au charme désuet.

— J'ai toujours aimé cette rue, songea Sonia à voix haute en observant les différents commerces et leurs vitrines. Elle est parfaite pour une librairie, et très littéraire en soi. Eric – George – m'a dit un jour que Yeats assistait fréquemment à des séances de spiritisme au numéro 61. Il le traitait de « fasciste secret ».

Vivien éclata de rire.

— Nous en avons quelques-uns, à la librairie.

— C'est ce que j'ai entendu dire. (Sonia hésita.) Connaissez-vous *Horizon*, la revue littéraire où j'ai travaillé ?

— Oui, pourquoi ?

— C'est pour ça que je suis venue. Au déjeuner littéraire.

Les deux femmes tournèrent à gauche dans Great Ormond Street et passèrent devant le célèbre hôpital pour enfants, avant d'atteindre l'entrée de Queen Square.

— J'ai cru que c'était pour demander à lady Browning ce qu'elle pensait de *La Poupée*.

Sonia Blair se mit à rire à son tour.

— Oh, comme Eric aurait aimé voir ça. Une véritable tempête dans une tasse de thé en porcelaine de Limoges !

— Le responsable de mon rayon en est encore mortifié.

— Vous semblez aimer le pousser à bout, lui fit remarquer Sonia.

— Rien ne vous échappe !

Vivien se demanda de quoi Sonia souhaitait réellement parler.

— Non, je crains bien que non. Je suis venue à la boutique, vous voyez, pour vous rencontrer, aussi.

— Moi ?

— Avez-vous envoyé un texte à *Horizon*, à l'automne dernier ?

Vivien acquiesça.

— J'ai reçu une belle lettre de refus pour une de mes nouvelles.

— Oui, je le sais. C'est moi qui l'ai rédigée. Au nom de M. Connolly, bien sûr. Voyez-vous, Vivien – puis-je vous appeler ainsi ? –, je n'ai jamais vraiment oublié mes années de secrétariat. Cyril était merveilleux avec ses « dames », comme on nous surnommait, les assistantes de rédaction. Il était mieux que la plupart des autres patrons. Mais il n'en demeurait pas moins homme.

— Vous devez avoir une mémoire prodigieuse pour vous souvenir du rejet d'un de mes textes.

Elles franchirent à présent les portes majestueuses de Queen Square, une longue oasis rectangulaire au cœur de Bloomsbury, avec ses parterres de jardin parfaitement bordés de haies, ses bancs et ses grilles en fer forgé noir.

— J'ai gardé tous les envois de femmes que nous avons rejetés. (Sonia désigna un banc devant elle.) Avec la permission de Cyril, bien sûr. Heureusement, il ne comprenait pas pourquoi je m'y intéressais.

Elles s'installèrent l'une à côté de l'autre sur un banc qui bordait le périmètre de la place. Devant elles, des perce-neige commençaient à surgir du sol gelé, ce qui était toujours le premier signe du printemps, à Londres.

— Pourquoi vous vous y intéressiez ? lui demanda sans détour Vivien.

— Je songe souvent à diriger un jour ma propre revue, un magazine exclusivement féminin, peut-être en association avec une librairie… Eric n'étant plus là et *Horizon* ayant mis la clé sous la porte, je ne sais plus quoi faire. Tout le monde dit que je l'avais épousé pour son argent ; alors, autant faire quelque chose d'utile avec.

— Mais votre lectorat serait automatiquement réduit de moitié. Et les femmes n'achètent pas les bons livres, ou pas en nombre suffisant, me répète-t-on constamment.

— Foutaises ! J'ai vu les registres d'abonnement, au travail. Pourtant, lors de nos réunions, les responsables éditoriaux donnent chaque fois la même excuse : les histoires sur les préoccupations des femmes n'intéressent pas les hommes, alors que celles écrites par des hommes plaisent à tout le monde. Clarissa Spencer-Churchill et moi nous sommes toutes deux battues pour votre nouvelle, mais en vain. Vous avez une imagination débordante, vous savez, et vos dialogues sont d'un mordant redoutable. À bien des égards, ça nous a rappelé Anna Kavan.

S'abstenant de le laisser paraître, Vivien fut absolument ravie de cette comparaison avec l'une de ses autrices préférées et des compliments sur sa propre écriture, qu'elle n'avait montrée qu'à lady Browning, à l'exception de ses nombreux envois infructueux, année après année.

— Mais les responsables éditoriaux ont trouvé l'histoire trop absurde et invraisemblable. Et, sur ce point, je suis peut-être d'accord avec eux ; trop précipitée.

— J'admire votre franchise.

— Je suis certaine que vous êtes capable d'accepter la critique.

— C'est curieux, mais c'est vrai. (Vivien haussa les épaules.) L'écriture est la seule chose que je ne prends jamais personnellement. Je n'ai même pas l'impression qu'elle vienne de moi.

— En tant qu'éditrice, en quelque sorte, ça m'a toujours fascinée.

— Enfin, c'est une impression. (Vivien poussa un éclat de rire.) Je me trompe sans doute ; après tout, il faut bien que ça vienne de quelque part.

Ce fut au tour de Sonia de hausser les épaules.

— Pas nécessairement : je doute que le grand art puisse être aussi personnel et contenu. Il doit toucher une corde beaucoup plus universelle. Il est probable qu'aucun d'entre nous n'ira jamais vivre à Manderley, mais ce n'est certainement pas l'intention de lady Browning. Loin de là, j'en suis persuadée. Mais, d'une certaine manière, nous en rêvons tous. Cependant, lorsqu'il s'agit de femmes écrivaines, les hommes ont besoin de croire que les expériences sont inspirées du réel. Ce manque d'accès et de maîtrise sur nos pensées et nos univers les plus intimes est très castrateur, à bien y réfléchir.

Vivien dévisagea Sonia, l'esprit en ébullition.

— Vous croyez vraiment que c'est ce qui se cache derrière tout ça ?

— Je pense que tout débute et se termine par un sentiment de liberté, ou, du moins, de maîtrise de soi, et par la menace de le perdre au profit d'autres individus. L'antithèse de la coopération. Après tout, je suis une socialiste convaincue.

— Êtes-vous vraiment certaine de vouloir me parler de tout ça ?

— Maintenant que le magazine a fermé, oui. Il fallait que j'attende ce moment-là. Autrement, je ne vous aurais jamais approchée pour vous faire part de nos décisions éditoriales.

— Vous êtes donc venue au déjeuner pour nous rencontrer, du Maurier et moi, parce que vous avez lu nos histoires ?

— Non, pas tout à fait. J'ai également lu celle de M. McDonough, et je souhaitais rencontrer « la fille de la boutique ».

Vivien se tourna vers elle, sidérée. Aussitôt, elle sentit sa poitrine se serrer de rage, redoutant que sa plus grande peur ne se réalise. Elle se rappela avoir écrasé le journal sous son pied nu, jeté la plaque en laiton dans la corbeille à papier, puis, aussitôt après, avoir balancé son trench-coat au visage d'Alec. Elle avait tout fait pour que la dernière fois qu'il verrait son corps nu soit lorsqu'elle irait chercher ses vêtements dans le bureau.

— Sa nouvelle parle clairement de vous. (Sonia sembla hésiter en comprenant la fureur que ses paroles suscitaient chez Vivien.) Vous saviez qu'elle avait été publiée, bien sûr ?

— Non, pas jusqu'à très récemment.

— Vous l'ignoriez ?

Vivien hocha la tête.

— Alec ne laisse personne entrer dans les méandres de son esprit. Je savais qu'il essayait depuis des années de se faire publier. Mais j'ignorais qu'il tentait de le faire à mes dépens.

— Il sait que vous écrivez, vous aussi ?

— J'espère que non.

— Je trouve que Cyril aurait dû choisir votre nouvelle plutôt que la sienne. Mais la rédaction a adoré le personnage de la jeune fille. Plus que l'histoire en soi, j'en ai bien peur.

Le fait que Vivien soit passée si près de la publication pour perdre au profit d'Alec, et uniquement parce qu'il avait écrit sur elle, lui donnait le tournis. Ne pouvait-elle même pas avoir la mainmise sur l'histoire de sa propre existence ?

— Ils ont tous prétendu que la jeune héroïne leur rappelait un grand nombre de femmes célibataires qui s'étaient senties flouées par la guerre. Il était pourtant évident pour moi qu'il ne s'agissait pas d'une invention. Je ne crois pas que M. McDonough ait assez d'imagination pour ça. Écoutez, poursuivit Sonia plus doucement, rien de tout ça n'est très inhabituel. Malgré toutes leurs pleurnicheries sur « l'écriture des femmes », les auteurs masculins sont au moins aussi coupables de s'inspirer de ce qu'ils vivent et connaissent. Après tout, je suis la fille du Commissariat aux romans, comme m'appelait Eric dans *1984*.

— Ça ne vous dérange pas ? demanda Vivien, incrédule.

Sonia haussa de nouveau les épaules.

— La plupart des écrivains s'inspirent de personnes réelles. Les plus créatifs… eh bien, prenez lady Browning. On serait bien en peine de trouver le moindre élément autobiographique dans ses livres.

— Mais Alec devait se douter que les gens le découvriraient.

— Pas nécessairement. Clarissa Spencer-Churchill et moi l'avons découvert par hasard. Vous étiez présente à une soirée chez Ellen Doubleday, le mois dernier, et vous avez rencontré Clarissa, n'est-ce pas ? Ellen lui a dit – et Clarissa me l'a appris plus tard – que vous travailliez dans une librairie et que vous aviez été fiancée au futur comte St Vincent. Et il a été question d'un incident récent dans votre magasin avec une montre Cartier, exactement le même modèle que celui cité dans l'histoire de M. McDonough, à l'origine de la rupture entre les deux personnages. C'est ce qui nous a mis la puce à l'oreille et m'a conduite à votre événement.

— Ce que c'est frustrant ! se plaignit Vivien d'un ton amer. J'écris sur ce que je ne connais pas, et tout le monde me reproche un manque de crédibilité. Lady Browning est critiquée pour avoir imaginé les pensées les plus folles et les plus cauchemardesques. Et, pendant ce temps, Alec est publié en racontant ma propre histoire, sans aucune invention ni aucune autorisation. L'arrogance – l'indécence – de tout ça…

— Écoutez-moi, Vivien. Votre écriture est aussi singulière, aussi belle que toutes celles que j'ai lues. Votre heure n'est tout simplement pas encore venue. Je sais que personne n'a envie qu'on lui dise ce genre de chose. Vous préféreriez probablement qu'on vous dise que, si vos efforts ne sont pas récompensés, c'est parce que vous n'avez pas de talent. Mais l'adversité a ses bons côtés, comme l'a écrit Shakespeare.

À ces paroles, Vivien dévisagea Sonia avec curiosité.

— Madame Blair, je sais un peu ce que c'est que de perdre un mari. Pourquoi vous intéresser à tout ça ?

— Je suppose que c'est ma façon de faire face à l'adversité, justement. (Sonia esquissa un sourire attristé.) Je suis plus productive en m'immisçant dans la vie des autres. Eric a toujours prétendu que ça faisait partie de mon attrait pour une plus grande cause… quand on ne peut pas écrire. (Elle prit les mains gantées de Vivien dans les siennes.) Je ne doute pas qu'un jour vous connaîtrez le succès. Mais promettez-moi de contenir votre colère. Et de continuer à écrire. Mais… (Sonia lui adressa un sourire gêné), mais pas sur Alec. Je le trouve loin d'être aussi fascinant que vous.

Les deux femmes se séparèrent à l'entrée est du square. En regagnant le magasin, Vivien eut conscience de traverser rageusement le quartier même où T.S. Eliot avait exercé comme rédacteur en chef, où Virginia Woolf avait puisé l'inspiration pour son roman *Nuit et Jour* et où Thackeray avait écrit les premiers chapitres de *La Foire aux vanités*. Elle pourrait vendre des livres de ces auteurs et d'autres, mais c'était probablement tout. Malgré l'intérêt de lady Browning et de Sonia Orwell, ses chances de faire carrière dans l'écriture demeuraient extrêmement faibles. D'ailleurs, Vivien avait encore plus envie d'autre chose maintenant, et ce n'était pas de faire publier sa propre version de sa vie. Elle désirait enfin avoir l'impression de la contrôler.

Quelques heures plus tard, Evie s'approcha timidement de la kitchenette où Vivien était en train de préparer le thé.

— Bonjour, belle inconnue, la salua Vivien d'un ton détaché.

Evie resta en retrait dans l'encadrement de la porte. Elle avait soigneusement évité Vivien depuis le déjeuner avec du Maurier, mais sa conversation avec Mimi la veille avait eu l'effet escompté.

— Puis-je vous aider ?

Vivien acquiesça en remplissant la bouilloire d'eau.

— Vous connaissez la chanson.

Evie se hissa sur la pointe des pieds pour attraper la boîte de feuilles de thé noir qui se trouvait sur l'étagère au-dessus de leurs têtes.

— Tout va bien ? demanda brusquement Vivien en branchant la bouilloire.

Evie demeura immobile, sans savoir quoi lui répondre. Elle ne cessait de se remémorer Vivien et Alec se disputant dans le bureau de M. Dutton avec tant de colère, de violence, même. Un souvenir qui, des semaines plus tard, lui laissait encore un sentiment de gêne et de confusion.

— Je sais que vous avez fureté dans les livres, Evie.

La voix complice de Vivien la fit sursauter. Ce n'était pas ce dont Evie redoutait le plus de se voir accusée, mais presque, et elle se demanda ce que Vivien pouvait bien savoir d'autre. C'était de loin l'employée la plus observatrice de *Bloomsbury Books*. Evie se reprocha intérieurement de ne pas s'être montrée plus prudente en sa présence.

— Vous m'avez dit le premier jour, poursuivit Vivien, que Yardley et vous faisiez partie de l'association qui a sauvé le cottage de Jane Austen. Et que vous aviez fait la connaissance de M. Allen au cours d'une vente aux enchères chez Sotheby's, je me trompe ?

La mémoire aiguisée de Vivien complétait l'artillerie à laquelle les hommes de la boutique se heurtaient toujours, tout comme Evie à présent.

— Votre venue ici n'a rien d'une coïncidence, n'est-ce pas, Evie ?

Elle décela un peu d'agacement dans la voix de Vivien, une pointe d'agressivité qu'elle ne l'avait entendue employer qu'avec des hommes comme Alec et le capitaine Scott.

— Qu'est-ce que vous mijotez, Evie ?

— Si je tombe sur un livre dans un autre rayon, répondit Evie, qui n'était pas encore prête à tout avouer à Vivien, et qu'il est affiché à un prix inférieur à sa valeur réelle, est-ce que j'dois le signaler ?

Vivien la dévisagea avec curiosité.

— Eh bien, on sait ce que Dutton et Allen en diraient. Le capitaine Scott l'exigerait simplement pour violation de propriété. Mais il s'agit de connaissances acquises dans le cadre du travail, alors il me semble que la règle n° 24 est assez précise à ce sujet.

— Mais vous, qu'en pensez-vous ?

Vivien débrancha l'appareil et versa l'eau bouillante dans la théière.

— Je pense que je ne verrais aucun inconvénient à ce que vous leur coupiez l'herbe sous le pied.

Elle se tourna vers Evie, et lui adressa un sourire si chaleureux et compréhensif que cette dernière y vit le pardon dont elle ignorait avoir besoin.

— J'aimerais que nous soyons amies, Evie. Je crois qu'aucune d'entre nous n'ira bien loin toute seule. En tout cas, ça n'a pas encore marché pour moi. (Vivien désigna les bureaux d'un signe de tête.) Et abuser de l'amitié n'a que trop bien fonctionné pour le Tyran.

En quittant la cuisine, Evie comprit que Vivien était en train de se faire avoir par ses collègues masculins, tout comme cela avait été le cas pour elle à Cambridge. Elle avait rarement vu quelqu'un travailler aussi dur que Vivien, mais ses ambitions étaient constamment contrariées. Evie s'interrogea alors sur sa propre capacité à améliorer sa situation, que ce soit chez *Bloomsbury Books* ou ailleurs. Le fait d'avoir trouvé et acquis, d'une manière ou d'une autre, *La Momie !* pourrait temporairement lui apporter de la reconnaissance et de l'attention, de la même façon que le succès de son inventaire à l'origine de la dispersion de la bibliothèque du Manoir de Chawton. Mais, sans un complice quelconque, sans l'aide d'une fondation, elle ne serait pas de taille à affronter les structures de pouvoir en place.

Tandis qu'Evie regagnait le deuxième étage et ses fonctions solitaires, elle se rappela les conseils récents de Mimi au cours du thé de l'après-midi : tisser davantage de liens, en demander toujours plus. Cela n'avait pas été facile dans le cadre relativement restreint de Cambridge, où les responsables étaient peu nombreux et exerçaient une influence incommensurable. À Londres, c'était assurément différent. Dans une ville de plus de huit millions d'habitants, les occasions ne manquaient pas, et nombreux étaient ceux qui parvenaient à les saisir. Mais Evie ne voulait pas s'en contenter, elle souhaitait bâtir quelque chose de nouveau et de durable. Quelque chose que personne ne pourrait jamais lui enlever.

Dresser des inventaires et vendre des livres pour des hommes n'allait tout simplement pas lui suffire.

Chapitre 28

Règle n° 11
Le personnel se doit de saisir toutes les occasions qui s'offrent à lui de faire connaître le travail de Bloomsbury Books.

Tous les mercredis matin, Evie et Ash se retrouvaient désormais pour petit-déjeuner près de la gare de King's Cross, sur le chemin du travail. Evie connaissait le quartier pour y être allée assez souvent depuis Cambridge afin d'effectuer des recherches au British Museum. Elle lui avait récemment présenté son café préféré dans le quartier, où les serveuses étaient trop occupées par le flux de banlieusards matinaux pour prêter attention à qui mangeait avec qui. Ash commandait toujours le type de petit déjeuner anglais copieux que les touristes recherchaient ; Evie s'en tenait à son porridge habituel, avec beaucoup de sucre roux et du lait crémeux par-dessus.

Ils quittaient le café à 8 h 30, avant de marcher un quart d'heure jusqu'au magasin. Le soleil d'hiver faisait ressortir les costumes noirs et les chapeaux melon des hommes d'affaires qui se détachaient sur la fine couche de neige tombée pendant la nuit. Après quelques semaines étonnamment douces, l'hiver était de retour à Londres. Evie regrettait de ne pas avoir enfilé son fidèle cardigan bleu ou sa robe en tricot marine sous son manteau de laine. Elle portait une des robes de sa colocataire, cintrée à la taille et d'une teinte émeraude intense qui donnait à Evie l'impression d'attirer un peu trop l'attention, mais que Charlotte lui avait vivement conseillée.

En traversant la rue, Evie aperçut un groupe de fêtards de la veille qui attiraient encore plus l'attention qu'elle, vêtus d'un ensemble déroutant de tenues indiennes légères et fluides qui ne devaient pas leur tenir très chaud.

— Tiens, ça me rappelle quelque chose, commenta sèchement Ash.

Evie se sentit étrangement jalouse à la vue des trois jeunes femmes parées de saris colorés et de foulards assortis sur les cheveux. Leurs deux compagnons portaient chacun une veste de type *jodhpuri* avec un gilet de laine incongru et un pantalon plissé en flanelle pour hommes en dessous, et étaient coiffés de turbans élaborés à partir de draps blancs.

Au coin de la rue, Ash s'attarda derrière Evie pour acheter un exemplaire de *The Hindu* chez le marchand de journaux. Alors que les fêtards qui les précédaient commençaient à s'approcher, Evie baissa les yeux sur ses pieds avant de relever la tête, bouleversée, lorsqu'une voix familière l'interpella jovialement :

— Mademoiselle Evie Stone !

Elle se figea.

C'était Stuart Wesley.

— Quel plaisir de te voir ici ! Tu te souviens de Caldwell… Et voici ma nouvelle fiancée, Sonia Christenson, et ses amies de St Mary.

Il désigna de manière exagérée les jeunes femmes à ses côtés.

— Ellen Cleaves et Claudia Davis-Jones.

Evie étudia le groupe.

— Toujours aussi peu bavarde, je vois, poursuivit Stuart. Tu es toute seule ?

Evie hésita à faire les présentations, Ash les rejoignant.

— Et qui est-ce ? s'enquit Stuart avec un sourire narquois.

Ash semblait intérieurement amusé par les différentes tenues portées par les membres du groupe, tandis qu'Evie avait une impression tout à fait différente : elle éprouvait un profond sentiment de honte pour la façon dont tant de gens en Angleterre le traitaient.

— Ashwin Ramaswamy.

Il tendit la main à Stuart, qui la serra avec beaucoup d'enthousiasme.

— Stuart Wesley. Evie vous a peut-être parlé de moi. Vous avez tous les deux manqué la soirée à l'*Albert Hall* hier soir : le bal de Mardi gras, organisé par la Chelsea Art Society, vous savez ?

Bien sûr, songea Evie. Bien sûr que Stuart et ses amis étaient venus de Cambridge pour assister à l'événement annuel le plus sulfureux de Londres. À ce moment-là, Evie comprit, dépitée, que Stuart Wesley n'avait nul besoin de suivre le carnaval, dans la vie : c'était le carnaval qui le suivrait toujours.

— Cette année, le thème était : « La vie dans le Raj ». (Stuart esquissa un sourire avant d'adresser un signe de tête à Ash.) Vous auriez été parfaitement à votre place.

Evie vit la fille du vice-président Christenson donner à Stuart une tape peu amicale dans les côtes avec le revers de sa main droite.

— Oh, allez, il est beau joueur, j'en suis convaincu, n'est-ce pas, Ramaswamy ?

Sans attendre sa réponse, Stuart reporta son attention sur Evie, qui n'avait toujours pas décroché un mot.

Elle la devina de nouveau, l'avidité permanente dans son regard. Son ambition était le pivot au centre de toutes ses activités sociales : les appels professionnels après les heures de bureau, les bals, le champagne et les confettis. Stuart faisait en sorte qu'il soit agréable pour les autres de se tenir dans l'ombre de son raffinement éprouvé, laissant son ambition pure et dure en retrait. Mais Evie s'en rendait bien compte, car l'ombre de sa délicatesse ne s'étendait jamais tout à fait jusqu'à elle. Pire encore, Stuart se fichait qu'elle le remarque parce qu'il savait pertinemment – pour lui avoir récemment pris son poste – qu'elle était incapable de lui nuire. Il lui suffisait de se montrer gentil avec les gens au-dessus de lui pour pouvoir rester méchant avec quelqu'un d'aussi insignifiant qu'elle. Si elle s'était souvent révélée incapable de discerner le comportement dangereux d'autres individus, Evie s'aperçut que sa capacité à repérer celui de Stuart à présent ne le rendait pas moins menaçant, bien au contraire. Il se sentait manifestement à même de lui faire beaucoup plus de mal parce qu'elle paraissait également insignifiante aux yeux de nombreuses autres personnes.

— Eh bien, nous ferions mieux d'aller au travail.

Evie tenta de paraître aussi décontractée que déterminée.

— Au travail ? répéta Stuart en jetant un coup d'œil autour de lui. Et où est-ce ?

— C'est juste un magasin, répondit Evie le plus simplement du monde.

Elle fut surprise de sentir Ash la prendre par le coude, tandis que la lueur dans le regard de Stuart Wesley s'accentuait.

— Une vendeuse, hein ? Par ici ?

Aux paroles intrusives de Stuart, elle sentit la douce poigne d'Ash se resserrer agréablement autour de son bras, ce qui accéléra encore plus les battements de son cœur.

— À Bloomsbury, précisa Ash. Et vous, où est-ce que vous allez ? Au cirque ?

Stuart se tourna vers Ash en plissant les yeux si légèrement qu'Evie eut soudain hâte de se débarrasser de lui.

— Pas vraiment, même si Cambridge a son lot de monstres de foire, hein, Evie ? En fait, on y retourne, maintenant. (Stuart se tourna vers Evie une dernière fois.) Je ne manquerai pas de dire à Kinross qu'on s'est croisés. Il sera très intéressé de savoir où tu as atterri, et avec qui. Londres est vraiment le centre du monde, on dirait.

La joyeuse troupe de fêtards poursuivit son chemin, laissant Evie à la fois à bout de souffle et nauséeuse après leur départ.

— Charmant, lâcha Ash entre ses dents.

— Non, c'est loin d'être le cas.

Ash la tenait encore par le coude. Cela lui faisait désormais moins l'effet d'un soutien, mais ce contact lui procurait une chaleur agréable. Lorsqu'il recula en retirant sa main, Evie poussa un profond soupir.

— Désolé. C'est juste que je n'aimais pas sa façon de te parler. Je me suis dit que ça pourrait détourner son attention et l'empêcher de poser trop de questions sur la librairie.

C'était exactement ce qui s'était produit, et Evie en était ravie. Elle était heureuse que Wesley ait eu une impression si plate et triste de sa vie à Londres qu'il n'ait même pas souhaité en savoir davantage. Cela laissait présager qu'il ne penserait plus jamais à elle, et elle espérait que c'était la dernière fois qu'elle aurait à penser à lui aussi. Et elle avait tellement apprécié la sensation d'Ash auprès d'elle…

À cet instant précis, alors qu'ils laissaient leurs bras retomber le long de leurs corps, un homme les heurta si violemment qu'Evie trébucha contre Ash. Tandis qu'il la rattrapait, Evie se tourna machinalement vers l'individu qui les avait bousculés, s'attendant à un « pardon » vite expédié en portant la main à son chapeau. Mais les mots lâchés par l'inconnu furent si virulents qu'Evie eut du mal à croire ce qu'elle avait entendu. Comme si ces paroles ignobles n'avaient pas vraiment été prononcées, comme si elles provenaient d'une autre planète.

Tirant Evie encore plus près de lui pour la protéger, Ash eut un brusque mouvement de recul, comme si on l'avait frappé, mais il s'abstint de toute réaction. Evie n'en revenait pas. Cela ne ressemblait pas à Ash. Il ne se laissait intimider par personne.

— As-tu entendu ce que…

Evie s'interrompit. Elle avait l'impression que tout lui échappait : la présence apparemment anodine de Stuart Wesley, la pression de la foule autour d'eux et le coût pour Ash de devoir rester indifférent à tout cela, le contact de sa paume sur son bras… et même ses sentiments envers lui.

Ils reprirent leur progression vers le magasin dans un silence loin d'être confortable. Ash semblait agacé par tout ce qui l'entourait, même elle. Evie se souvint de ce qu'avait dit un jour le médecin du village de Chawton : « Tout dans la vie est soit un avertissement, soit un déclencheur. » Elle avait encore échappé à Stuart Wesley, ce type horrible dans la rue était parti depuis longtemps, et Ash marchait auprès d'elle comme il le faisait si souvent. Pourtant, ce retour à la normale – au statu quo – lui paraissait trompeur dans sa facilité. Quelque chose avait changé, notamment dans sa compréhension de ce à quoi Ash et elle étaient confrontés et, elle le craignait, au plus profond d'Ash en personne.

« Un avertissement ou une cause… » Même si elle n'était pas en capacité de distinguer dans quelle mesure le passé, le présent et l'avenir étaient tous liés. Evie savait que ce n'était pas là que résidaient ses forces. Elle n'était pas créatrice, et encore moins philosophe. Elle espérait plutôt partager les paroles et les idées de femmes disparues depuis longtemps de cette terre, des femmes qui ne pouvaient plus parler, mais qui, par leur détermination à ne pas demeurer muettes, pouvaient encore faire de l'effet, même aujourd'hui. Evie était convaincue que le fait d'avoir étudié le passé lui était utile, mais elle souhaitait que ce qu'elle y avait découvert fasse également écho à l'avenir. Nous étions en 1950, et le monde se voyait offrir une seconde chance après une autre guerre dévorante. Les gens n'avaient que le passé pour apprendre, mais ils semblaient déjà vouloir l'oublier et se tourner vers l'avenir. Il n'y avait aucune leçon à en tirer, uniquement des promesses. Evie se demanda à quel point ces promesses se révéleraient vaines, non seulement pour elle, qui avait presque mis la main sur le livre perdu de Jane Webb, mais aussi pour les femmes libérées par la guerre, les hommes qui s'apprêtaient à mener une nouvelle existence dans de nouveaux pays, et tous les survivants blessés et meurtris.

Chapitre 29

Règle n° 38
Seul le directeur général est habilité à consulter les registres du magasin.

Deux heures avant le début de la conférence de Beckett, Grace attendait seule dans le somptueux restaurant situé à l'est de Russell Square. Lord Baskin lui avait demandé, ainsi qu'à Vivien, de le retrouver pour un cocktail et un dîner léger à l'hôtel *Russell* avant le grand événement de la soirée. C'était si peu habituel que même Vivien avait été quelque peu décontenancée lorsque l'invitation était arrivée par coursier au magasin.

— Est-ce qu'on nous licencie ? avait demandé Grace en apercevant l'en-tête gaufré du comte.

Vivien avait secoué la tête.

— Ce n'est pas son style. Et l'homme a du style, il faut le reconnaître. D'ailleurs, tu te souviens de toutes les informations sur la société qu'il m'a révélées après la rencontre avec du Maurier ? Ce ne sont pas des choses que l'on partage avec des employées que l'on s'apprête à licencier. (Elle avait marqué une pause.) C'est à quelle heure ?

— Vers 18 heures.

— D'accord, ça peut être jouable. Il faut d'abord que je fasse une course, puis je vous rejoindrai tous les deux.

Il était désormais 18 heures bien passées, et Vivien n'était toujours pas là. Elle ne vit que lord Baskin qui traversait le bar attenant en direction de Grace, se faufilant avec décontraction parmi les nombreux canapés et fauteuils qui se dressaient sur son chemin. L'hôtel *Russell* était le point de chute de prédilection de la famille Baskin depuis trois générations, et le comte actuel connaissait manifestement par cœur le dédale de ses salons.

— Je suis vraiment navré, pardonnez-moi, déclara-t-il avec un sourire désarmant, se glissant à l'autre bout de la banquette incurvée de façon que Grace et lui se retrouvent face à face.

Heureuse de la distance qu'il avait instaurée entre eux, elle se mit à s'agiter d'un air gêné sous son regard.

— Nous installerons Vivien au milieu quand elle arrivera, dit-elle avec désinvolture. Comme un enfant capricieux.

— Oh, je suis encore une fois désolé, vous l'ignoriez ?

Il la regardait avec un si grand sérieux qu'elle ne se douta de rien.

— Quoi donc ?

— Mademoiselle Lowry ne pourra pas venir. Une note m'attendait à la réception. Il était déjà trop tard pour reporter le rendez-vous. (Il hésita.) J'espère que vous n'y voyez pas d'inconvénient.

Elle y voyait un inconvénient de taille : c'était une femme mariée, après tout, qui avait pu sortir ce soir uniquement parce qu'elle-même avait dû recourir à un subterfuge.

Après l'esclandre de son mari au magasin, leurs relations avaient atteint leur niveau le plus bas. Grace se doutait que quelqu'un d'aussi égocentrique que Gordon ne comprendrait jamais à quel point cette scène devant ses collègues de travail l'avait endurcie. Malgré tout ce qu'elle avait sacrifié pour son mari ces dernières années, la librairie restait son seul rempart contre lui, et la seule chose dont elle refusait qu'il s'approche. C'était sans doute pour cette raison qu'elle avait fait demi-tour ce matin-là, sur Lamb's Conduit, le goût encore chaud et amer du café sur les lèvres, et qu'elle avait postulé à l'annonce qui, dans sa formulation élégante, avait masqué les nombreuses manies de M. Dutton.

Sa relation avec Gordon avait atteint un point si critique qu'aujourd'hui Grace avait proféré son premier mensonge depuis son mariage. Elle avait prévenu Gordon qu'elle passerait la nuit chez sa mère pour l'aider dans ses rendez-vous médicaux du lendemain. Grace savait qu'elle pouvait compter sur sa mère pour la couvrir en cas d'appel de Gordon. Au fil des ans, elle avait eu vent de plusieurs crises de colère de son gendre, et elle ne semblait que trop bien comprendre la situation. Grace s'était toujours fiée à la discrétion de sa mère du fait de sa propre réticence à en parler.

À présent, la chose que Grace n'avait jamais prévue – la raison principale pour laquelle les époux se mentent si souvent l'un à l'autre – s'était matérialisée devant ses yeux contre son gré, facilitée soit par Vivien, soit par lord Baskin, ou les deux.

— Vous n'étiez pas au courant ? lui demanda-t-elle, haussant un sourcil méfiant. À propos de Vivien ?

— À propos de…

Grace remarqua qu'il paraissait lui aussi prendre conscience de ce qui était en train de se passer.

— Oh, mon Dieu ! Vous avez entièrement raison. (Il se leva comme pour partir.) Je suis vraiment désolé de vous avoir mise dans cette situation. Je n'aurais jamais fait quoi que ce soit qui puisse laisser entendre… qui puisse compromettre…

Elle lui fit signe de se rasseoir. Le comte étant visiblement contrarié, sa volonté de partir si précipitamment semblait prouver son ignorance de tout complot de la part de leur collègue.

— Ce n'est pas grave. Nous sommes déjà là. Je suppose qu'un verre ne fera de mal à personne.

Il fit immédiatement signe au serveur et demanda à Grace ce qu'elle voulait boire.

— Un Dubonnet avec des glaçons, commanda-t-elle en s'apercevant de la singularité de sa voix.

— Martini sec, comme d'habitude. (Lord Baskin se tourna vers Grace.) M. Westcott ici présent accompagne ma famille depuis de nombreuses générations, n'est-ce pas ?

Pas « sert », remarqua Grace. Ni « travaille pour ». Mais « accompagne ». Grace constata que ce choix dans les termes signifiait beaucoup pour son destinataire, qui lui répondit avec un sourire poli mais gracieux.

— Très certainement, lord Baskin. Déjà lorsque Sa Seigneurie ressemblait au petit lord Fauntleroy avec son costume et ses bouclettes.

Lord Baskin rit de bon cœur, et le serveur leur fit une légère révérence avant de partir.

— C'était adorable, commenta-t-elle.

— Quoi donc ?

— Votre façon de vous adresser à lui.

— Comment aurais-je pu lui parler autrement ?

Elle sourit. Lord Baskin semblait ignorer combien il était différent des autres hommes de son rang, et de ceux qui fréquentaient la librairie. Et de Gordon. À cette dernière pensée, elle sentit son sourire se dissiper. Elle se redressa.

Il contempla la salle richement décorée.

— Apparemment, Fitzroy Doll aurait conçu le restaurant du *Titanic* comme une reproduction fidèle de celui-ci.

— Ça me paraît pertinent.

— Je suis vraiment désolé... Vous êtes sûre que ça va ?

Sa sollicitude permanente à son égard et à l'égard des autres rappela à Grace ce qu'Ellen Doubleday leur avait dit après le déjeuner du Maurier, qu'un bon invité se conduisait toujours comme un hôte. Lord Baskin semblait à Grace quelqu'un de si reconnaissant de sa chance dans la vie qu'il ne la tenait pas pour acquise, sachant qu'il n'en jouissait que sur le dos des autres. Ce n'était pas l'idée qu'elle s'était faite de l'aristocratie britannique ; en tout cas, ce n'était pas la façon dont se comportait la clientèle la plus fortunée de leur magasin. Lord Baskin lui faisait sentir qu'il l'appréciait comme son égale et l'encourageait à s'exprimer comme telle. Avec le recul, elle reconnaîtrait plus tard que c'était à ce moment-là qu'elle avait commencé à baisser sa garde.

— De quoi vouliez-vous nous parler, à Vivien et à moi ? demanda-t-elle, considérant qu'il valait mieux s'en tenir aux affaires du magasin.

— De M. McDonough.

Ce n'était pas du tout ce à quoi elle s'était attendue.

— Alec ? Pourquoi cela ?

Ce fut au tour de lord Baskin de remuer sur son siège, mal à l'aise.

— Il s'est adressé à moi… et, en toute bonne foi, je ne devrais pas en dire un mot. (Lord Baskin jeta un coup d'œil rapide dans la salle avant de baisser légèrement d'un ton.) Mais j'ai cru comprendre qu'il souhaitait racheter la librairie.

Grace regarda fixement lord Baskin. Elle savait qu'Alec avait de l'argent. L'appartement de Knightsbridge, les tenues de Savile Row, la montre Patek… Tout cela était difficile à obtenir, voire impossible, avec un salaire de simple vendeur. Sa richesse se manifestait également dans la façon dont il dissimulait son ambition sous des airs fallacieux de nonchalance, donnant l'impression de ne rien avoir à perdre. C'était cette énergie que tout le monde enviait à Alec, au magasin. Elle lui permettait de tisser des liens sociaux de façon audacieuse, d'une manière que ni Vivien ni elle n'auraient osé envisager. C'était l'une des raisons pour lesquelles l'intérêt que montraient Ellen Doubleday, lady Browning et Sonia Blair envers Vivien était une telle aubaine pour elle. Sinon, une femme célibataire sans soutien familial n'aurait pu accéder à une vie meilleure que par le biais de la bonne volonté – et des attentes – d'un homme.

— Mais il ne peut pas… Enfin, il faudrait d'abord que vous soyez d'accord, non ?

Lord Baskin acquiesça vigoureusement.

— Vous avez raison, bien sûr. C'est juste que le magasin… eh bien, le magasin est devenu, pas vraiment un fardeau, mais… Eh bien, premièrement, le patrimoine familial ne cesse de croître en valeur, mais les ouvrages et les autres actifs ne valent qu'une fraction de ce qu'ils ont coûté. Sans compter les dettes en cours, il ne faudrait que quelques milliers de livres sterling pour racheter ma part… Je dirais 5 000, tout au plus. (Il hésita.) Et je ne sais pas combien de temps encore je pourrai continuer à m'y investir.

— Je ne comprends pas.

— Il est difficile pour moi, voyez-vous, d'aller à la librairie.

Il ne regardait pas Grace, pas directement, ce qui lui permit de comprendre qu'il parlait d'elle. C'était le maximum qu'il pouvait dire à une femme mariée tout en demeurant le gentleman qu'elle connaissait.

— Oh, je vois…

Il prit une inspiration.

— Travailler là-bas m'a beaucoup aidé, aussi bien quand Anna m'a quitté qu'au cours des dernières années de cette guerre interminable.

Grace médita ses paroles en silence. Elle réfléchit à ce que cela pouvait signifier de se faire quitter. Elle n'avait jamais pensé qu'à être celle qui s'en va, plus encore ces derniers temps, Gordon devenant de plus en plus irrationnel.

— Tu n'en fais plus qu'à ta tête, de toute façon..., se plaignait-il souvent, des jérémiades qui commençaient à rejaillir sur la façon dont il traitait leurs deux fils.

— Qu'est-ce que ça veut dire ? répliquait-elle, se demandant sincèrement ce qu'elle aurait pu faire de mal.

— Rester tard au travail, boire et te donner en spectacle...

— C'était une seule soirée en, quoi... presque cinq ans ? Cinq ans, et la seule fois où j'accepte et où je reste...

La discussion tournait en rond, revenant toujours à cette fête, au magasin. Depuis des années, Gordon exigeait de savoir exactement ce qu'elle faisait à tout moment. Heureusement pour leur couple, le fait de travailler comme secrétaire submergée de travail pour un homme comme M. Dutton avait laissé peu de place à son imagination, jusqu'à présent. Grace comprenait enfin combien son mari avait restreint son univers, à quel point il l'avait délimité pour le contenir dans le sien. C'était le marché que, d'une manière ou d'une autre, elle avait conclu tacitement, avec soumission, avec lui, et dont elle espérait voir un jour la fin.

Mais le fait d'être abandonné comme l'avait été lord Baskin, par une belle femme qu'il avait manifestement et passionnément aimée, si soudainement et sans avertissement... Que pouvait-on ressentir face à une telle trahison, surtout quand on était quelqu'un d'aussi généreux, attentionné et fier que Jeremy Baskin ?

— N'avez-vous jamais l'impression, lui demanda-t-il doucement en observant attentivement son visage, que nous sommes encore coincés en pleine période de guerre ? Alors qu'elle est terminée depuis près de cinq ans ? Comme si nous étions incapables d'aller de l'avant. Comment ça se fait ?

— La culpabilité. (Grace fut surprise par le ton péremptoire de sa voix.) Je ne vois que cette explication. La culpabilité de ne pas avoir fait davantage à l'époque, même si nous avons fait de notre mieux, car à quoi bon finalement ? Toutes ces vies perdues et gâchées, quand même… Et encore plus de culpabilité, j'imagine, d'avoir survécu, mais pour quoi faire ? La même routine, les mêmes choses qu'avant. Désolée, je ne devrais pas vous parler comme ça, surtout pas à vous.

Il parut surpris par la note inhabituelle de pessimisme dans sa voix.

— Peut-être que c'est ce que les survivants doivent faire : s'accrocher à ce qui a été.

Elle secoua la tête.

— Non, ça ne devrait pas être le cas. Regardez Ash, il est arrivé ici après la guerre, il a tenté de construire quelque chose de nouveau. Même Evie Stone, d'ailleurs. Aucun des deux ne s'est contenté du sort qui lui était réservé.

— Que feriez-vous différemment, si vous le pouviez ?

Lord Baskin attendit sans sourciller la réponse de la jeune femme. Il l'écoutait toujours patiemment et attentivement, et Grace se sentait appréciée comme c'était rarement le cas au travail, et encore moins souvent chez elle.

— J'aimerais le savoir. (Elle soupira.) Je n'ai pas l'impression de pouvoir faire quoi que ce soit. Je ne peux pas me le permettre. Contrairement à Alec. Lui peut faire le pitre au travail et où il le souhaite : prendre la succession de son patron, faire des offres au propriétaire.

— Je crains que vous n'ayez raison.

— Même si ce n'est pas le cas, tout porte à croire que si.

— Mais que feriez-vous si vous en aviez la possibilité ?

Il devait avoir perçu dans son regard une subtile mise en garde, car il ajouta :

— Vous êtes très douée pour la comptabilité, pour commencer… repérant chaque fois une décimale ou un chiffre manquant.

— Une bonne tenue des comptes nécessiterait une formation, cependant. Je n'ai pas le temps de m'y consacrer, pas avec une famille à la maison. (Elle haussa les épaules.) Je vis dans un univers beaucoup plus petit que vous et Alec. Je n'ai nulle part où aller. Nulle part où m'échapper si les choses tournent mal.

Il lui adressa un sourire attristé.

— Pas de librairie où se cacher.

Elle sourit à l'allusion qu'il faisait de lui pendant la guerre.

— C'est un privilège réservé au propriétaire. Mais, pour être honnête… (et c'était le maximum qu'elle pouvait lui dire en tant que femme mariée), j'ai accepté ce poste pour des raisons similaires. Et j'en suis ravie. Pour l'instant.

— Au fait, se souvint soudain lord Baskin, nous parlions d'Alec…

— Son offre est-elle sérieuse, à votre avis ?

— Je crois que oui. Mais je dois vous dire que MM. Dutton et Allen sont également très intéressés.

— Je le sais.

Il sourit.

— Ah, oui, Vivien. Vous vous racontez tout durant les longs trajets en bus pour rentrer chez vous.

« Tout se dire… » Elle se rappelait qu'il avait prononcé exactement les mêmes paroles, la dernière fois qu'ils s'étaient retrouvés ensemble, quelques heures avant le déjeuner organisé pour du Maurier. À l'époque, comme aujourd'hui, Grace devinait le désir qui se dissimulait derrière ces mots, et elle se sentit de nouveau mal à l'aise sous son regard.

— Pas tout. Mais quand il s'agit de ce qui se passe au magasin, c'est certainement le cas. Vous avez fait venir Vivien, ce soir, ainsi que moi, alors je vais demander en nos deux noms : Alec est-il pressé d'acheter ? Pourrait-il devancer MM. Dutton et Allen ?

— Je leur donnerai toujours l'occasion de me faire une offre. Je souhaite simplement que la librairie revienne à la meilleure personne possible, même si je m'inquiète de voir Herbert continuer à travailler compte tenu de sa santé, et du fait que Frank soit rarement présent. De son côté, Alec semble très pressé… même si j'en ignore la raison. Quelque chose dernièrement a-t-il pu l'inciter à se déclarer ?

Grace secoua discrètement la tête.

— Rien de plus que d'habitude.

Ils se regardèrent en silence et se comprirent.

— Je croyais que les choses s'amélioraient, de ce côté-là.

Grace garda le silence. Elle ne savait toujours pas précisément ce qui s'était passé entre Alec et Vivien, de même qu'elle n'avait pas tout révélé à Vivien sur son couple. Malgré tout ce qu'elle partageait avec elle, certains faits étaient tout simplement trop douloureux à admettre.

— Je ne suis pas sûr qu'il la mérite, d'ailleurs, ajouta lord Baskin.

— Possible. Mais je ne suis pas certaine que nous devrions en parler.

— Anna, mon ex-femme, et moi étions dans une dynamique similaire. C'était très spectaculaire.

— Encore une fois, je ne crois vraiment pas que nous devrions parler de tout ça, si ?

C'était sa dernière tentative pour les maintenir sur la bonne voie, et lorsque lord Baskin fit signe à Westcott de lui apporter l'addition, elle comprit que cela avait fonctionné. Mais elle fut également étonnée de constater que, quelque part, elle le regrettait. Cet après-midi-là, à *Hamleys*, elle se souvenait d'avoir rêvé de prendre ses garçons et de fuir son existence. Cette fois-ci, elle souhaitait rester là.

— Bien sûr, vous avez raison. Vous avez toujours raison. (Il but une dernière gorgée de son Martini et consulta sa montre.) Il est bientôt 19 heures et il faut préparer la boutique pour l'arrivée de M. Beckett.

— Oh, je suis certaine que Vivien ne m'a pas attendue.

Grace lui adressa un sourire crispé, mais sincère.

Il lui rendit son sourire, visiblement soulagé d'être encore en bons termes avec elle.

— Je n'en doute pas.

Il l'escorta jusqu'au hall d'entrée et la regarda s'éloigner. Elle aurait voulu lui dire tant de choses, mais n'y était pas parvenue. Le remercier d'avoir été un ami. D'avoir toujours veillé sur Vivien et sur elle au magasin, malgré leur grande différence de statut. Et de l'avoir considérée comme une personne importante, malgré la modeste vie qu'elle menait, bordée de part et d'autre par un arrêt de bus. Mais elle n'avait rien pu lui dire de tout cela. De près comme de loin. Tandis que le portier lui ouvrait la porte, Grace dut se contenter de sentir le regard de lord Baskin la suivre dans la rue, la tête haute, son univers si petit, et de plus en plus étriqué, se privant de tout ce qu'il lui était défendu de vouloir.

Chapitre 30

Règle n° 42
Toutes les manifestations se déroulant au magasin débutent à 20 heures précises.

Samuel Beckett et Peggy Guggenheim surprirent tout le monde en arrivant ensemble chez *Bloomsbury Books*, pleins d'entrain, avec dix minutes de retard. Suzanne Dechevaux-Dumesnil, la compagne et l'agente de longue date de Beckett, était absente ; elle avait dû rentrer à Paris pour affaires. Les deux anciens amants venaient tout droit d'un cocktail à l'*American Bar* du *Savoy* avec lady Browning et son agent littéraire, Spencer Curtis Brown, qui avait bien l'intention de signer un contrat avec Beckett pour le marché britannique.

À son arrivée, Beckett gravit aussitôt l'escalier à toute allure, proférant ses excuses les plus courtoises à Alec, qui ouvrait la marche. Le reste du personnel de *Bloomsbury Books* était au garde-à-vous au premier étage, à l'exception de M. Dutton, rentré chez lui à 17 h 30 précises sur ordre du médecin. Il suivait désormais les règles relatives à sa santé avec autant de diligence qu'il avait toujours géré le magasin. Le personnel en était très soulagé, personne ne souhaitant assister à la répétition de sa terrifiante attaque.

Le rayon Histoire avait de nouveau été libéré pour accueillir le public qui attendait patiemment. Beckett s'approcha de l'estrade tandis qu'Alec faisait sa présentation plutôt chargée, et tout le monde se tut en voyant le personnage saisissant qui se dressait devant eux.

Alec se tenait derrière Beckett, sur sa droite, et Vivien sur sa gauche. Contrairement à Grace dans son tailleur rouge classique, Vivien était tout de noir vêtue, comme il seyait à son humeur, et son ensemble moulant composé d'un polo en laine à col roulé et d'une jupe crayon attira aussitôt l'attention de Beckett.

Le reste de l'auditoire demeurait dans l'expectative, nombre d'invitées encore vêtues de leurs fourrures et de leurs chapeaux. Lady Browning, l'une des invitées VIP de Vivien, était au premier rang, en compagnie d'Ellen Doubleday et de Sonia Blair. Peggy Guggenheim, dont les cheveux noirs coupés court formaient une masse de boucles endiablées, était installée de manière décontractée face à elles, triturant ses perles dans sa main droite comme si elle attendait le début d'un spectacle.

Un verre de scotch dans sa main gauche, Beckett annonça qu'il allait lire le premier paragraphe de *Molloy*, un livre qui allait bientôt être publié en France. Tout en lisant, il traduisit simultanément son texte en anglais, occasionnant des pauses à ce qui était déjà une longue lecture. Alec s'impatienta, surtout lorsque Curtis Brown chuchota derrière lui que, à en croire la rumeur, le second paragraphe faisait quatre-vingts pages.

Peggy Guggenheim finit par lâcher un bâillement exagéré et audible. Beckett lui jeta un regard amusé, puis laissa retomber les pages du manuscrit relié et invita la salle bondée à lui poser des questions.

Plusieurs mains de femmes gantées s'agitèrent aussitôt, et Vivien dut réprimer un sourire. Avec ou sans podium, Beckett était l'homme le plus charismatique de la salle.

Tout se passait bien jusqu'à ce qu'un journaliste du *Times*, debout sur le côté de l'auditoire, lance :

— Mais ne pensez-vous pas que l'écriture doit au moins transporter le lecteur dans un endroit compréhensible, voire reconnaissable ?

Beckett haussa les épaules, son regard bleu acier et ses cheveux argentés coupés de près contrastant de manière séduisante avec le polo à col roulé et la veste en laine noire qu'il portait.

— Qu'est-ce que cela signifie « compréhensible » ? répliqua-t-il sans ménagement. Enfin, est-ce que l'un d'entre vous comprend vraiment ce qui se passe ici ? Il faut d'abord expérimenter pour comprendre. J'écris pour vivre et ensuite mieux me comprendre : c'est ma seule préoccupation.

— Votre seule préoccupation pendant que vous écrivez, peut-être. Mais, en l'absence de dispositifs narratifs essentiels tels qu'une intrigue, vous demandez au lecteur un niveau de confiance que l'œuvre en soi n'a pas encore gagné. Le lecteur mérite certainement de reconnaître quelque chose du monde tel qu'il le connaît.

Beckett secoua la tête d'un air dédaigneux.

— Un univers familier est stérile. Quel est l'intérêt de montrer ce que l'on connaît déjà ? Je peux vous assurer que les choses que je reconnais ici ce soir ne me font aucun effet.

Vivien le surprit en train de lancer un regard malicieux à Peggy Guggenheim, son ancienne maîtresse, au premier rang.

— Ce à quoi nous répondons... (il fit alors un petit signe de la main vers la gauche) lorsque nous décidons d'agir, c'est à l'invisible. Ce qui est complètement nouveau, ce qui est provocateur.

Beckett dévisagea Vivien d'une façon qui ne trompait pas. Elle soutint son regard un court instant, avant de se tourner vers le public pour voir Peggy Guggenheim lever les yeux au ciel de manière très familière.

— J'essaie d'atteindre l'essence de l'être. (Détournant son attention de Vivien, Beckett sembla enfin commencer à s'animer.) La seule chose qui nous pousse à avancer.

— Vous ne croyez donc qu'à une seule chose ? demanda le journaliste.

Beckett éclata de rire.

— Dans le cas des hommes, oui.

Les hommes de l'assistance rirent à leur tour, ainsi que plusieurs femmes subjuguées. Sur la scène improvisée, Vivien aperçut Alec, un peu moins fasciné par le poète et dramaturge irlandais qu'au début de la soirée.

— Mais on pourrait vous rétorquer que, dans la recherche d'une telle essence, comme vous l'appelez, l'art n'a plus de sens, insista le journaliste. C'est trop minimal – trop dépouillé –, et vous risquez d'exclure les lecteurs. Après tout, vous avez besoin d'eux autant qu'ils ont besoin de vous.

Vivien avait observé Beckett avec attention toute la soirée. Il avait un œil merveilleusement satirique et espiègle, ce qui faisait aussi partie de son attrait, en plus de son allure intimidante et de son talent illimité.

— Je n'ai pas besoin du public.

Un murmure parcourut les hommes dans la foule, ce bruit feutré qui indiquait que quelque chose était sur le point de dégénérer.

— C'est manifestement faux. (La sueur perlait sur le front du journaliste.) En fait, vous avez plus besoin de nous que nous avons besoin de vous.

Vivien vit avec amusement la mâchoire d'Alec se crisper.

— Pour quoi faire ? Pour écrire ? Je peux écrire n'importe où. Publiez-moi ou pas.

— Pourquoi diable sommes-nous ici ce soir, alors ?

— À vous de me le dire.

Le journaliste referma son petit carnet.

— Monsieur Beckett, peut-être votre refus de reconnaître les besoins de votre public explique-t-il pourquoi tant de vos écrits ne sont pas publiés. (Il se préparait à une joute verbale, les hommes dans la salle en avaient bien reconnu les signes. Vivien aussi ; elle avait souvent pratiqué avec Alec.) Peut-être que si vous répondiez à ses besoins plutôt qu'aux vôtres, vous toucheriez plus de monde. Et vous vendriez plus de livres. Après tout, l'un ne va pas sans l'autre.

Beckett en eut assez. Il vida d'un trait le verre de whisky qu'il tenait en équilibre précaire sur son pupitre et s'arrêta tout simplement de parler. Vivien l'observa avec curiosité, ravie qu'il n'ait aucun désir de faire plaisir. Elle se demanda si elle n'écrivait pas, elle aussi, pour pouvoir se détacher et se désengager, de cette manière qui permettait aux hommes, ou du moins ceux comme Beckett, de s'en tirer impunément dans la vie réelle.

L'écriture avait toujours été le seul moment où Vivien pouvait penser et dire ce qu'elle voulait sans crainte. Elle se souvint d'un autre conseil tiré d'une note manuscrite de lady Browning : « Écrire pour un public exige non seulement de s'oublier soi-même, mais aussi de sortir de son sillon, afin que l'œuvre soit à la fois divertissante et qu'elle ait une résonance affective pour les autres. » Lady Browning devait savoir de quoi elle parlait : un de ses précédents livres, *Le Général du roi*, se serait écoulé à plus d'un million d'exemplaires en trois semaines seulement et, aux États-Unis, son dernier ouvrage, *Les Parasites*, venait de se classer en tête de la liste du *New York Times* des romans les plus vendus.

En regardant Beckett mettre fin à son propre événement, Vivien dut reconnaître qu'elle le trouvait, lui et son assurance, profondément attirant, et pas seulement parce que c'était l'assurance d'un génie. Positionnée au plus près de lui, sur le côté gauche du pupitre, elle sentait également une certaine attirance entre son corps et le sien. Tout se conjuguait pour lui remonter le moral bien plus haut qu'il l'avait été ces derniers temps.

Le moral d'Alec, quant à lui, était visiblement assombri par la consternation. Beckett avait, pour ainsi dire, complètement délaissé sa posture d'auteur invité. La seule énergie qui émanait de lui semblait dirigée uniquement vers l'ancienne maîtresse d'Alec. Trois personnes demandèrent plus tard le remboursement de leurs 10 pence d'entrée. Aucune photo de groupe ne fut publiée dans les journaux londoniens, même s'il y eut un article de potins alléchant. Le lendemain, les ventes furent en légère baisse.

Pendant toute la durée de la conférence, Evie Stone s'était tenue seule contre la bibliothèque qui bordait le mur nord. De ce point de vue, elle avait pu observer Beckett et le personnel rassemblé autour de l'estrade, ainsi que chacune des femmes assises au premier rang. Evie avait aussitôt reconnu Daphné du Maurier et la veuve de George Orwell, déjà présentes lors du fameux déjeuner littéraire. Depuis l'incident survenu au magasin impliquant deux touristes et la montre Cartier de Vivien, elle savait aussi que sa collègue connaissait Ellen Doubleday, la veuve d'un célèbre magnat de l'édition américain.

La personne dans l'assistance qui la fascinait le plus était cependant Peggy Guggenheim, héritière et galeriste américaine résidant actuellement à Venise. Vivien lui avait expliqué que Guggenheim avait hérité d'une fortune après la mort de son père à bord du *Titanic*, dans les bras de sa maîtresse. Dans les années qui avaient suivi, Guggenheim avait amassé l'une des plus impressionnantes collections d'art au monde. Evie était intriguée par l'idée qu'une femme puisse dépenser d'énormes sommes d'argent pour des œuvres d'art avant qu'elles soient estimées à leur juste valeur ou appréciées au fil du temps. L'expérience d'Evie, tant dans le milieu universitaire que dans celui des affaires, l'avait constamment amenée à se faire doubler par des hommes.

Pour Evie, le point commun entre toutes les femmes invitées ce soir-là était l'argent. Grâce au sauvetage du cottage de Jane Austen, elle avait appris combien la sécurité financière pouvait se révéler essentielle pour pouvoir accéder aux meilleures opportunités. Sans un prêt important de l'actrice Mimi Harrison, la fondation n'aurait jamais pu racheter la bibliothèque de la famille Knight, qui s'était avérée si précieuse, en fin de compte. Mimi avait acquis cet argent grâce aux nombreux films qu'elle avait tournés, l'une des rares activités lucratives pour une femme qui avait eu la chance de naître avec un physique de star de cinéma. Guggenheim avait hérité de l'argent qui lui avait permis de rivaliser dans un monde d'hommes, Ellen Doubleday s'était trouvé un riche époux, et du Maurier avait réussi à bâtir l'une des carrières d'écrivain les plus rentables au monde ; encore une profession rare réservée à des femmes suffisamment chanceuses pour se faire leur propre place.

Evie savait que Vivien et Grace étaient malheureuses dans leur travail, mais elle se demandait comment elles pourraient améliorer leur situation sans aide financière. C'était ce qu'Evie avait commencé à redouter, découragée, dans le bureau de Christenson, et ce que Mimi lui avait conseillé récemment autour d'un thé : le travail acharné et l'application ne suffisaient pas toujours. Les filles de *Bloomsbury Books* gagnaient juste assez pour survivre, mais pas davantage. Il ne leur restait pas un shilling pour acquérir une œuvre qui pourrait prendre de la valeur avec le temps ou leur permettre d'épargner en vue de difficultés futures. En conséquence, Grace ne pouvait pas quitter son mari, et Vivien ne pouvait que se plaindre amèrement et sans fin. Evie craignait de se retrouver elle aussi prise au piège, avec de moins en moins d'options.

En parcourant du regard toutes ces femmes dans l'assistance, elle avait remarqué que Grace semblait inhabituellement tendue, ce soir-là. Evie s'était demandé si elle ne craignait pas le retour de M. Perkins. Elle n'avait jamais vu un couple marié se conduire de la sorte. Ses exemples les plus proches étaient ses parents et les membres mariés de la fondation, qui avaient tous retrouvé l'amour relativement tard et étaient bien conscients de leur chance. De tous les employés de la librairie, Evie était celle qui admirait le plus Grace, dont l'esprit intrépide et le stoïcisme lui rappelaient son ancienne employeuse, Frances Knight.

Il était clair pour Evie que le onzième comte Baskin admirait également Grace. Plus d'une fois, en regardant par la fenêtre du deuxième étage, elle avait aperçu lord Baskin et Grace assis sur un banc devant le magasin, savourant un café en riant. Comme Evie et Ash, Grace et lord Baskin venaient de milieux très différents, même s'ils étaient tous deux nés et avaient grandi sur le sol britannique. Mais ils lui semblaient avoir le même tempérament, la même sollicitude envers les autres et la même réserve à l'égard d'eux-mêmes.

Ces qualités n'étaient pas du tout partagées par Alec et Vivien, qu'Evie avait également observés. Grace qualifiait souvent les collègues en conflit de « jumeaux malheureux », et, ce soir-là, la tension qui régnait entre eux était à son comble, car ils recevaient ouvertement les attentions respectives de Guggenheim et de Beckett. Paradoxalement, l'attirance palpable de Guggenheim pour Alec aidait Evie à garder son calme face à l'intérêt indéniable que celle-ci manifestait également pour Ash. Flirter avec un homme devant les autres était suffisamment étranger à Evie pour qu'elle ne puisse pas s'imaginer montrer une attention aussi manifeste et simultanée envers deux hommes.

Et puis il y avait Ash. Il se faisait souvent un devoir de rappeler à Evie combien ils étaient différents. Pourtant, il était évident pour

Evie qu'ils se ressemblaient aussi, du moins dans les domaines qu'elle jugeait les plus importants. Evie était particulièrement sensible aux déceptions professionnelles d'Ash, après avoir vu ses propres années de travail acharné et solitaire perdues à cause de l'habileté de Stuart Wesley et du désintérêt de Christenson pour quelqu'un d'aussi banal et insignifiant qu'elle.

À part Mimi, Ash était la seule personne à qui Evie avait confié les récentes trahisons universitaires dont elle avait souffert, mais elle désirait partager bien plus avec lui. En sa présence, elle se sentait à la fois satisfaite et étrangement agitée. Dans ce curieux état affectif, elle découvrait de nouvelles choses sur elle : entre autres, combien il était agréable de ne pas toujours tout faire par soi-même. Lorsqu'elle se promenait dans Londres ou dînait sans Ash, les remarques intéressantes qu'il formulait à ses côtés lui manquaient. Surtout, elle aimait l'entendre parler de l'Inde, de son amour pour un pays qu'elle n'avait jamais vu et dont il avait paradoxalement fini par croire qu'il devait partir.

Evie n'arrivait pas à se représenter l'Inde : tout n'était pour elle qu'un mélange de films documentaires pendant la guerre et de vieilles cartes et atlas qu'elle avait découverts au magasin. Elle s'apercevait qu'à force d'être si préoccupée par ce qu'elle avait sous les yeux, elle avait manqué une partie de la romance et de la beauté du monde. Jusqu'à présent, elle n'avait jamais eu envie de voyager. L'Angleterre comptait suffisamment de livres pour l'occuper toute une vie. Mais Ash avait sa propre bobine de film dans la tête, avec un tout autre assortiment d'images, une collection sensorielle qui lui était spécifique. Pour la première fois, Evie voulait comprendre, autant que son propre esprit, le fonctionnement interne de celui d'un d'autre.

Elle aimait la façon dont l'intellect d'Ash fonctionnait, à la fois précis et vaste. Il connaissait chaque fleur et chaque arbre qu'ils croisaient. Il pouvait mettre un nom sur chaque chose, et pas de manière aussi péjorative que Vivien. Même si les rues étroites et les immeubles imposants de Londres obscurcissaient souvent le ciel, Ash lui donnait l'impression que le monde était infini. Il existait plus d'un million d'espèces d'insectes répertoriées dans le monde, et Ash voulait apprendre à connaître chacune d'entre elles. C'était dans ce domaine qu'Evie et lui se ressemblaient le plus.

Elle s'interrogeait sur l'Inde et sur ce que devait être la vie là-bas. Peut-être un jour aurait-elle l'occasion de s'y rendre. Jusqu'à présent, cette idée ne lui aurait jamais traversé l'esprit, mais elle n'était pas la première à vouloir découvrir un nouveau recoin du monde à cause d'une rencontre. Evie songea à Jane Wells Webb et à ses romans oubliés, à son mariage avec le botaniste John Loudon, beaucoup plus âgé et infirme, et à la carrière qu'elle avait menée par la suite en tant qu'écrivaine spécialisée dans le jardinage, en partie pour s'aligner sur les passions de son époux. À l'époque, le mariage ne pouvait pas faire de place à deux existences entièrement séparées, mais les temps avaient assurément changé. Il y avait désormais sûrement moyen de combiner carrière et mariage, si les deux personnes s'aimaient et se respectaient suffisamment.

Evie s'était étonnée de ce souhait soudain et avait jeté un coup d'œil gêné dans la salle. Se sentant rougir, elle s'était rappelé la première fois qu'elle avait rencontré Ash, dans l'encadrement de la porte du bureau de M. Dutton, tandis que ce dernier était étendu par terre, immobile. Elle avait rougi aussi, à cet instant-là. Au début, elle s'était dit que c'était lié à la confusion du moment. Mais ses rencontres ultérieures avec Ash n'avaient fait qu'accroître l'étrange malaise qu'elle éprouvait chaque fois qu'elle se trouvait en sa présence.

Evie se demandait si quelqu'un d'autre aurait pu lui dire ce qu'elle ressentait pour Ash. Elle n'avait pas l'habitude d'avoir des émotions si fortes qu'elle ne pouvait les dissimuler. Son ressentiment féroce envers le contingent de Cambridge qui avait ruiné sa carrière était ce qui s'en rapprochait le plus. Jusqu'à présent, Evie s'était laissé guider par des tâches, des échéances et des objectifs qu'elle s'était fixés. Cette fois, quelque chose provoquait ses émotions depuis l'extérieur, hors de sa maîtrise, et suscitait une réaction qu'elle n'avait jamais connue.

En observant les couples mal assortis devant elle, Evie s'était étonnée de la volonté de chacun de télégraphier ses désirs par des signaux silencieux. Incapable d'exprimer pour elle ce qu'elle voulait, elle aurait été bien en peine de flirter de manière aussi subtile, et pourtant si ostentatoire. À Londres, la vie mondaine avait remplacé l'existence paisible et recluse du milieu universitaire de Cambridge et l'avait chamboulée de manière vertigineuse. Les citadins étaient beaucoup plus transparents sur ce qu'ils voulaient. L'ambition n'était pas mal vue. Le travail en soi n'était pas nécessairement la seule récompense, et l'argent et la célébrité étaient autorisés. Samuel Beckett ne s'inclinait pas humblement devant son public, pas plus d'ailleurs que lady Browning.

« Mais n'est-ce pas ce qui nous y attire ? Pour y découvrir des choses qu'on ne trouve nulle part ailleurs ? »

Ash lui avait posé cette question la première fois qu'ils s'étaient parlé. Malgré tous les hommes de Cambridge et de *Bloomsbury Books* qui avaient tenté de lui enseigner le contraire, il n'y avait assurément aucune honte à en vouloir davantage. Ils lui avaient promis de vagues récompenses si elle restait à sa place et faisait ce qu'on attendait d'elle, jusqu'à ce qu'ils manquent à leur parole et qu'il soit trop tard. Evie savait désormais que Londres récompensait toujours ceux qui prenaient des risques et enfreignaient les règles. Cela donnait à des moments comme celui de ce soir-là une énergie débordante : le sentiment que, à la moindre velléité, tout pouvait arriver entre deux personnes.

Chapitre 31

Règle n° 4
La loyauté du personnel envers le magasin et sa direction doit être totale et indéfectible.

Le public était parti.

À la fin de la soirée, personne n'avait abordé l'invité d'honneur pour lui dire un mot ou deux en privé. Tout le monde avait été bien trop intimidé. Beckett s'appuyait à présent nonchalamment sur le pupitre tandis que Guggenheim régalait le personnel de *Bloomsbury Books* et ceux avec qui elle avait bu un verre à l'*American Bar* avec des histoires de l'époque où elle avait été libraire. Vivien était captivée par la dynamique entre les deux anciens amants : quand l'un se mettait en retrait, l'autre se faisait plus dominant. Du Maurier avait déjà confié à Vivien ce qu'elle savait de la longue liaison de Beckett et Guggenheim à Paris :

— Ils sont restés quatre jours dans cette chambre du *Ritz* et n'ont ouvert la porte qu'une seule fois : pour un plateau de sandwichs !

Dès que Beckett et Guggenheim avaient pénétré chez *Bloomsbury Books*, l'odeur de poussière et de renfermé avait fait place à une atmosphère chaude et envahissante. Alors que les anciens amants avaient une attitude un peu taquine l'un envers l'autre, semblable à celle entre un frère et une sœur, l'attention qu'ils portaient aux autres n'avait rien à voir. Vivien avait bien vu que Peggy Guggenheim était fascinée par le physique d'enfant de chœur d'Alec et par ses manières pleines de prévenance, tandis qu'il s'efforçait de charmer les invités de marque de la soirée. Vivien s'était étonnée de la liberté totale de Guggenheim, qui dépassait même celle de lady Browning, une femme mariée, après tout. Guggenheim avait déjà divorcé deux fois et, d'après la rumeur, avait eu des dizaines, voire des centaines d'amants, au fil des années. Vivien s'était trouvée particulièrement admirative. Elle n'avait jamais croisé de femme qui semblait se moquer à ce point de ce que les autres pensaient d'elle.

Guggenheim leur raconta le stage non rémunéré qu'elle avait effectué trente ans auparavant dans une librairie de Manhattan, le *Sunwise Turn*.

— Que ce cher Nelson a achetée, bien sûr, dès qu'elle s'est révélée insolvable.

En faisant allusion à son défunt mari, Guggenheim se tourna vers Ellen Doubleday. Vivien commençait à avoir l'impression que, d'une manière ou d'une autre, tout le monde à Manhattan – ou, du moins, tous les gens riches – se connaissait.

— C'était une boutique comme celle-ci, poursuivit Guggenheim, mais entièrement détenue et gérée par des femmes.

Vivien se tourna aussitôt vers Grace, puis Peggy.

— Vraiment ?

— Oh, oui. Et nous faisions aussi de l'édition.

Evie écarquilla notablement les yeux et, dans son empressement, fit un petit pas en avant.

— Vous possédiez votre propre imprimerie ?

— Absolument !

Peggy se tourna vers la salle et ajouta en riant :

— Nous avions suffisamment de machines pour remplacer les hommes.

Plusieurs femmes se mirent à rire en se souvenant du récent tollé provoqué dans cette même salle par l'évocation de *La Poupée*.

—Nous imprimions de la poésie, des essais, de n'importe où dans le monde, dont un charmant gentleman indien du nom de Coomaraswamy. (Peggy Guggenheim se tourna vers Ash et le toisa de manière suggestive.) Et nous avions même une galerie et un espace dédié aux présentations. C'est là que ma fascination pour l'art moderne a réellement pris son essor, car ces choses-là ne poussent pas sur les arbres. (Elle laissa échapper un rire délicieusement malicieux.) Chez *Sunwise*, les femmes en ont toujours trop fait.

—Le docteur Ananda Coomaraswamy, intervint Ash. Il était en fait originaire de Ceylan. Son père était un brahmane tamoul, comme le mien. Et sa mère était blanche, du Kent, si je me rappelle bien.

Guggenheim dévisageait désormais Ash avec un intérêt non dissimulé, tandis que le reste du personnel se tournait vers lui, étonné qu'il ait choisi un moment aussi public pour se mettre à révéler quoi que ce soit de sa vie privée.

—Il a obtenu son diplôme de géologie et de botanique à l'University College de Londres, poursuivit Ash, toujours à la surprise des autres membres du personnel. Il a fondé la Commission géologique de Ceylan. J'ai une partie de ses anciens travaux au sous-sol.

—Comme c'est fascinant ! s'enthousiasma Guggenheim.

Derrière elle, Beckett secoua la tête, l'air enfin amusé.

—Marguerite, rien ne te fascine moins que les plantes et les pierres.

Guggenheim se tourna vers l'assemblée.

—C'est le seul que j'autorise à m'appeler par mon prénom de naissance. Mais ça n'a pas que des avantages, n'est-ce pas, Sam ?

Beckett secoua de nouveau la tête et fit signe à Alec de lui resservir du whisky. Vivien prenait un malin plaisir à assister aux efforts vains pour sauver la soirée de celui qui avait récemment retrouvé son poste de responsable du rayon Fiction, face à un Samuel Beckett parfaitement indifférent à sa présence. Vivien avait le pressentiment que, cette fois, Alec ne serait pas invité à sortir avec Beckett pour un dernier verre, comme cela avait été le cas avec tant d'autres auteurs masculins au cours des années passées.

Elle se demanda si l'écrivain n'allait pas l'inviter elle, plutôt.

Depuis la fenêtre du premier étage, Alec observait Vivien et Beckett sur le trottoir, en contrebas, penchés l'un vers l'autre, en pleine conversation intime. L'assemblée de veuves et de rivales sociales qu'Alec avait attendues avec impatience pour se divertir était encore en train de s'affairer dans la pièce, buvant joyeusement, mais s'amusant surtout à ses dépens.

— Quelque chose me dit que vous avez tout fichu en l'air, déclara une femme derrière lui.

Se retournant, Alec se retrouva nez à nez avec Peggy Guggenheim, qui faisait tourner le double rang de perles autour de son cou d'un air moqueur.

— Mlle Lowry fait bien ce qu'elle veut.

— Je doute que ce soit le problème.

— Nous sommes simplement l'un et l'autre en concurrence, au travail.

— Vous êtes sûr que ça ne concerne que le travail ?

Il sursauta, puis jeta un nouveau coup d'œil dans la rue, en contrebas.

— Qu'insinuez-vous ?

Guggenheim cessa de tripoter son collier le temps de boire une gorgée de champagne.

— J'ai entendu dire qu'elle était plutôt douée.

— C'est le moins qu'on puisse dire.

— Et vous… vous êtes doué ?

Alec sentit qu'il commençait à avoir mal au crâne. Il n'avait aucune envie de coucher avec Peggy Guggenheim. Une fois encore, il s'était servi des attentions d'une riche invitée du magasin pour rendre Vivien Lowry jalouse. Mais il était seulement parvenu à la pousser dans les bras de l'un des conteurs irlandais et des héros de la Résistance les plus énigmatiques au monde : une double menace pour la virilité d'Alec, à tout le moins.

— Pourquoi un homme comme vous se contente-t-il de travailler dans une librairie ? Vous avez sûrement des ambitions d'écrivain ?

Se détournant de la fenêtre, Alec regarda fixement Guggenheim, redoutant qu'elle ne puisse lire dans ses pensées.

— C'est souvent le cas, n'est-ce pas ? insista Guggenheim. Sauf si on est vieux et décrépit, et que la vie nous a échappé d'une manière ou d'une autre. Mais ce n'est certainement pas votre cas.

Elle posa légèrement la main sur le bras d'Alec. Celui-ci s'écarta alors subtilement pour abandonner sa coupe de champagne vide sur le rebord de la fenêtre.

Peggy dut percevoir son manque d'intérêt, car elle changea aussitôt d'attitude.

— Eh bien, je pense que nous pouvons qualifier cette soirée de franche réussite. À tous points de vue.

— Beckett les a incontestablement laissés dans l'expectative.

Elle se pencha pour jeter un coup d'œil avec Alec sur le trottoir, où Vivien et le dramaturge se tenaient côte à côte dans une conversation animée.

— Toujours.

Adressant un clin d'œil à Alec, Guggenheim regagna la salle remplie de femmes qui les scrutaient avec amusement.

Alec était à présent libre d'observer ce qui se passait en bas : Vivien était adossée contre le vieux lampadaire tandis que Beckett avait son bras gauche, avec lequel il écrivait, tendu, sa main juste au-dessus de la tête de la jeune femme. Beckett dépassait Vivien de quelques centimètres – il mesurait à peu près la même taille qu'Alec –, ce qui lui permettait de regarder sa conquête potentielle de manière très intime.

Plus les minutes s'écoulaient, plus Alec était jaloux. Ses sentiments à l'égard de Vivien avaient été très changeants ces derniers temps. L'incident avec la montre et le mois que Vivien avait passé en tant que responsable avaient curieusement lissé la situation entre eux, suffisamment pour qu'ils succombent de nouveau à l'intense attirance physique qu'ils dissimulaient derrière leur irrévérence l'un envers l'autre. Après le déjeuner du Maurier, ils avaient entendu des pas s'éloigner alors qu'ils faisaient l'amour dans le bureau, et savaient donc qu'un des membres du personnel était au courant de leur relâchement passager. Alec n'avait pas encore déterminé de qui il s'agissait, mais il avait des soupçons. Ensuite, à cause de ses manœuvres puériles, Vivien avait découvert par inadvertance qu'il s'était fait publier, à ses dépens. Elle avait aussitôt recommencé à le traiter comme un ennemi, et il avait de nouveau eu le cœur brisé.

— Pourquoi n'allez-vous pas lui parler ? demanda une autre femme.

Alec soupira à l'idée de voir sa vie amoureuse disséquée par une autre veuve ou une divorcée, mais, en se retournant, il fut étonné de constater que c'était seulement Evie Stone.

« Seulement Evie Stone », c'était ainsi que les hommes du magasin surnommaient la nouvelle employée, qui arrivait promptement au travail chaque matin et se dirigeait aussitôt vers le rayon des livres rares, au deuxième étage. Ensuite, on ne l'apercevait plus qu'occasionnellement au cours de la journée, la plupart du temps lorsqu'elle prenait le thé avec Vivien ou Grace.

— Pardon ? s'enquit Alec, surpris qu'Evie tente d'engager la conversation avec lui, ce qui était une première.

Il avait toujours eu l'impression qu'elle ne lui faisait pas vraiment confiance.

— Vous ne cessez de regarder par la fenêtre.

— Je souhaite simplement m'assurer qu'elle rentre chez elle en toute sécurité, et que M. Beckett reste un gentleman.

Evie plissa les yeux, lui faisant comprendre qu'elle n'était pas dupe du tout.

— Elle vous plaît ? se contenta-t-elle de demander.

C'était donc elle qui les avait surpris dans le bureau, ce soir-là.

— Écoutez, mademoiselle Stone. Ce n'est pas comme dans vos livres écrits par des femmes, ces histoires à l'eau de rose et autres balivernes. Parfois, les gens ne s'intéressent tout simplement pas l'un à l'autre. Ça ne signifie pas pour autant qu'il y a quelque chose d'autre à y voir.

— Qu'est-ce qui ne vous plaît pas chez Vivien ?

— Je pense que c'est plutôt moi, qui ne lui plais pas.

— Pourquoi ?

Alec dévisagea Evie, son regard noir pénétrant et l'air innocent de son visage juvénile. Elle était loin de faire ses vingt ans, avec ses joues rosées de jeune fille, ses ongles rongés et le bout éraflé de ses chaussures d'écolière.

— Parce qu'il m'est arrivé de commettre des erreurs, comme tout un chacun. Et je m'en suis excusé à plusieurs reprises. Mais rien ne sera jamais suffisant pour Mlle Lowry. Et ça, c'est ce qui ne me plaît pas chez elle.

— Ça ressemble à de l'orgueil, comme dirait ma mère.

— Comment ça ?

— Vous pensez que vos excuses, vos mots, suffisent. Et non vos actes. C'est de l'orgueil.

— Eh bien, il est hors de question que je la supplie.

Evie secoua la tête.

— Je doute que ce soit ce que Vivien attend.

— C'est bien là le problème. (Alec soupira de nouveau, commençant à se détendre sous l'effet du champagne, malgré le regard inquisiteur d'Evie.) Je n'ai aucune idée de ce qu'elle veut vraiment. Je ne sais plus quoi faire avec elle.

Evie haussa les épaules, comme pour lui faire comprendre que cela ne dépendait pas d'elle.

— C'est juste une personne, monsieur McDonough, ni meilleure ni pire qu'une autre. Comme vous l'avez dit, ce n'est pas un personnage de roman.

Il resta interdit, regardant fixement la jeune femme s'éloigner alors que ses paroles brutalement honnêtes résonnaient dans son esprit. Evie Stone était la dernière personne dont il aurait pu attendre des conseils en matière d'amour. À cette idée, il prit son manteau sur le présentoir et quitta la fête avant que les autres femmes présentes dans la pièce se mêlent davantage de ses affaires.

Il ne restait désormais plus que lady Browning, Ellen Doubleday, Peggy Guggenheim, Sonia Blair, Grace et Evie au premier étage de *Bloomsbury Books*.

— Toutes ces absurdités, ce manque de considération envers les lecteurs et tout le reste…, se plaignit lady Browning aux autres, en désignant d'un signe de tête le pupitre vide, derrière elles.

— Mon ancien patron, Cyril Connolly, serait d'accord, convint Sonia. Il a dit un jour : « Mieux vaut écrire pour soi et ne pas avoir de public que d'écrire pour le public et de ne pas avoir de soi. »

Une nouvelle voix s'éleva :

— Il y a sûrement un juste milieu, non ? (Toutes les femmes se retournèrent en même temps. Vivien, tout sourires, se tenait dans l'encadrement de la porte.) Soirée entre femmes ?

Peggy Guggenheim frappa dans ses mains.

— Oh, j'aurais tant aimé voir sa tête quand vous l'avez repoussé ! s'exclama-t-elle d'un ton guilleret. Il est tellement rare qu'on le rejette. Les avantages de la célébrité…

Lady Browning hocha vigoureusement le menton pour manifester son approbation.

— Aucune objection de ce côté-là.

— Bien que les hommes écrivains soient une race à part, renchérit Ellen Doubleday.

— Les écrivains en général, dirais-je, fit remarquer Guggenheim. Une bande d'individus insignifiants qui manquent cruellement de confiance en eux.

— Absolument, acquiesça Ellen. Le nombre de dîners désastreux que Nelson m'a fait subir… Je ne parle pas de vous, Daphné, bien entendu.

— Les artistes, pour le coup, poursuivit Guggenheim, ne manquent pas du tout de confiance en eux. Ils sont beaucoup trop *Übermensch*, au contraire. Mais indéniablement bons amants.

Grace et Vivien se tournèrent toutes les deux vers Evie, sachant qu'elle allait rougir à cette allusion, mais la jeune fille semblait trop abasourdie et captivée par Guggenheim pour réagir.

— Si vous avez terminé…, déclara Vivien en riant, avant d'attendre que les femmes se taisent. Il ne voulait pas me sauter – désolée, Evie, me séduire –, même si j'imagine que c'est toujours dans le domaine de l'envisageable, avec quelqu'un comme lui.

— Qu'est-ce qu'il pouvait bien vouloir, alors ? s'étonna Peggy Guggenheim à voix haute, avant d'ajouter plus poliment : Si vous me permettez de poser la question.

— Il souhaitait… me conseiller. Oh, je vois les regards sceptiques sur vos visages. Mais, apparemment, lady Browning lui a montré mes écrits en buvant un verre, plus tôt dans la soirée. Je savais que j'aurais dû lui demander de me rendre ce carnet.

Lady Browning fit un geste d'innocence tout en remplissant sa coupe de champagne à l'aide de la bouteille sur le plateau d'argent posé sur le bureau.

— Je ne suis pas sûre que j'aurais été publiée un jour sans sir Arthur Quiller-Couch et ses conseils. « À cheval donné on ne regarde pas les dents », comme on dit. Ni, franchement, quoi que ce soit d'autre.

— Eh bien, ce n'est pas ce que le jeune M. McDonough a cru qu'il s'était passé. À moins que… (Le regard noir de Peggy Guggenheim s'illumina de malice.) À moins que ce soit en partie le but recherché ?

— De toute façon, reprit Vivien d'un ton plus sérieux, ce n'est pas vraiment la raison pour laquelle je suis remontée. Le *Sunwise Turn*, énonça-t-elle simplement en se tournant vers Guggenheim. Dites-nous-en plus.

— Que voulez-vous savoir ? Nous étions toutes bénévoles, nous avons passé beaucoup de temps à passer le balai et vendu des milliers de livres. Et nous avons également bu des litres de thé. Un peu comme vous, j'imagine. Bien que les autres, à cause de mon niveau minable en maths, ne m'aient autorisée à m'approcher de la caisse qu'à midi, quand c'était calme. (Ce souvenir la fit sourire.) Mais nous avons beaucoup appris, malgré notre jeune âge, quand nous en avions le temps. Sans cette expérience, je n'aurais jamais eu ma galerie sur Cork Street.

En entendant le récit de Guggenheim, Grace prit soudainement conscience de son âge.

— Cela fait des années que je fais la même chose, en boucle.

— C'est-à-dire ? voulut savoir Guggenheim.

— Pour l'essentiel, saisir les courriers du directeur général.

— Comme c'est passionnant ! railla lady Browning.

— J'ai commencé comme ça chez *Horizon*, fit remarquer Sonia Blair. Mais j'ai eu de la chance : Cyril Connolly aimait les femmes de la meilleure façon qui soit. Clarissa Spencer-Churchill et moi avions presque la mainmise sur l'établissement, à la fin. Bien sûr... (la veuve de George Orwell poussa un petit éclat de rire débordant d'autodérision, à la limite de la mélancolie), l'entreprise a mis la clé sous la porte, pour ce que ça vaut.

Les femmes se mirent à rire.

— Mais qu'est-ce que cela impliquerait, je veux dire vraiment ? De diriger son propre commerce ?

Vivien regarda attentivement Guggenheim.

— La meilleure chose à faire, c'est de partir de quelque chose d'existant. C'est l'aménagement initial qui coûte le plus cher. L'espace, les étagères, la constitution du stock... Après tout ça, vous serez déficitaire un an ou deux. (Guggenheim lança à Vivien un regard compatissant avant de consulter sa montre.) J'ai bien peur de devoir partir. Je reprends le train tôt pour Venise, demain matin.

— Puis-je avoir votre carte ? lui demanda Evie sous le regard étonné de Vivien et de Grace.

— Mais bien sûr. Faites-moi signe si jamais vous allez à Venise. Vous viendrez voir ma collection sur le Grand Canal.

— Oh, quelque chose me dit qu'elle ira d'abord en Inde, déclara Vivien en adressant un clin d'œil à Evie, qui la regarda comme si l'idée ne lui avait jamais traversé l'esprit.

Peggy Guggenheim enfila lentement ses gants en regardant Evie rougir, avant d'esquisser un sourire entendu.

—Ah, je comprends mieux...

—Je suis née en Inde. À Calcutta, annonça Sonia en allant chercher son manteau sur le stand voisin. Eric aussi, dans ce qui s'appelait alors le Bengale. Nous avons tous les deux emménagé en Angleterre très jeunes. J'ai l'impression que ça remonte à une éternité, à des millions de kilomètres d'ici ! Ce doit être très difficile pour M. Ramaswamy de se trouver si loin de sa famille...

—À quoi ça ressemble ? s'enquit Evie, tandis que Vivien et Grace se souriaient discrètement par-dessus sa tête.

—Dans mon esprit d'enfant, tout était grand et vaste, et aussi animé qu'un kaléidoscope. Pourtant, tout semblait recouvert d'un voile terne, un blanc vide et délavé. Eric parlait d'atmosphère oppressante. Des années plus tard, il est retourné travailler en Birmanie, et en est venu à mépriser l'ordre colonial et la manière dont les Britanniques soumettaient les populations. Je comprends ce qu'il voulait dire, même si je n'oserais jamais prétendre le comprendre comme lui ni, surtout, comme eux. Bref, je crains de devoir partir, moi aussi.

Les quatre dernières clientes de *Bloomsbury Books* descendirent, hélèrent trois taxis alors qu'elles ne partaient que dans deux directions différentes, puis se réorganisèrent en riant en s'apercevant de leur erreur. Après avoir salué les taxis depuis l'intérieur de la boutique, Vivien ferma les portes du vestibule avant de remonter faire le ménage avec Grace et Evie.

—Ces questions, à propos du *Sunwise*, demanda Grace à Vivien alors qu'elles apportaient chacune un plateau de coupes à champagne à la cuisine pour les laver et les ranger, laissant Evie remettre de l'ordre au premier étage. Où voulais-tu en venir ?

—J'en ai juste assez d'ici. Pas toi ? Rien n'évoluera jamais. M. Allen continuera à être porté disparu, le capitaine Scott à nous rembarrer, et Ash à rester seul avec ses petites lames de microscope et ses insectes, même si personne ne peut lui en vouloir. Et M. Dutton, l'homme le plus gentil qui soit, mais qui ne changera jamais, ne serait-ce que de quelques cheveux sur sa tête ! D'ailleurs, il ne devrait pas revenir travailler. Il a le teint carrément jaunâtre.

Vivien ferma le robinet d'eau chaude et tapa dessus du plat de la main.

—Et nous, on est là à faire la vaisselle après tout le monde, à préparer leur thé comme ils l'aiment, et à vendre chaque fois tout le stock avant qu'ils aient eu le temps de lever le petit doigt. Alec n'a même pas eu la décence de nous aider après l'échec de son propre événement.

—On peut toujours partir.

—On peut ? Tu pourrais ?

Grace préféra éviter de chercher le sens précis des paroles de Vivien.

—Que proposes-tu, alors ? D'ouvrir une boutique à nous ? Tu as entendu Mlle Guggenheim. Je ne peux pas me permettre de vivre sans revenus, ne serait-ce que quelques mois, et encore moins de subir des pertes.

—Le soir où Gordon est venu ici, et que lord Baskin et moi avons eu cette conversation dont je t'ai parlé plus tard…

—Oui…, répondit distraitement Grace en finissant d'essuyer la dernière coupe.

—Je me sentais comme… Je ne sais pas… J'ai eu l'impression qu'il me lançait un défi, qu'il *nous* lançait un défi, en quelque sorte.

Elles prirent chacune un plateau de verres nettoyés et se dirigèrent vers le placard à liqueurs bien clairsemé du bureau de M. Dutton.

— Le défi de faire quoi ? De partir ?

Grace s'agenouilla devant le meuble pour remettre les verres à leur place.

Vivien secoua la tête.

— Non, c'était plus subtil que cela. Tu es au courant de tout ce qui a été dit sur le fait que MM. Allen et Dutton étaient sur le point d'acquérir ensemble la majorité des actions ? Un peu plus de cinquante parts de marché à 50 livres chacune ?

Après avoir fermé les portes du placard, Grace se leva en s'appuyant péniblement sur le bureau de M. Dutton. Il était couvert de piles de lettres bien rangées qui attendaient encore sa réponse, après le passage chaotique d'Alec.

— Baskin a dit qu'ils pouvaient racheter ses parts pour moins de 3 000 livres.

Vivien se tourna vers Grace en haussant son sourcil droit d'un air évocateur.

Baissant les yeux sur ses mains croisées sur ses genoux, Grace se mit à faire tourner son alliance toute simple autour de son annulaire gauche.

— Qu'y a-t-il ? demanda Vivien.

— Je ne devrais vraiment rien répéter, mais lord Baskin m'a dit quelque chose, ce soir, au *Russell*. La véritable raison pour laquelle il nous avait convoquées toutes les deux pour prendre un verre. Rien à voir avec tes petites manigances. (Grace hésita.) Ne t'énerve pas, mais, apparemment, Alec a déjà contacté lord Baskin pour lui acheter la boutique.

— Comment ? Je veux dire, pourquoi ? Pourquoi diable voudrait-il se mettre un fil à la patte comme ça ?

Grace arqua un sourcil.

— Ça n'a rien à voir avec toi, n'est-ce pas ?

— Avec moi ?

— La situation entre vous deux semble terriblement tendue ces derniers temps.

— Mais ça fait des années que c'est tendu… Et puis, qu'en est-il de M. Dutton ? Et de Frank ? Pourquoi Alec voudrait-il anéantir leurs projets comme ça, alors qu'ils ont été comme des pères pour lui ? (Vivien s'interrompit comme si elle se souvenait tout à coup de quelque chose.) Oh, pour l'amour du ciel, quel prude !

Grace poussa un profond soupir.

— Quel bazar !

— Eh bien, il ne pourra pas racheter le magasin si nous l'obtenons en premier.

— Vivien, ma chère, où pourrions-nous trouver une telle somme ? Et, même si c'était le cas, pourquoi lord Baskin nous vendrait-il ses parts ?

Vivien haussa les épaules.

— Baskin ne semble pas très attaché au magasin. À la rigueur, il passe ici à cause d'une sorte de prétention nobiliaire mal placée. Et encore !

Sans tenir compte de l'insinuation dans la voix de Vivien, Grace se mit à triturer les manches de son chemisier, qu'elle avait retroussées pour laver la vaisselle.

— Tu veux qu'on en parle ? demanda doucement Vivien, en désignant d'un signe de tête l'avant-bras gauche de Grace.

— Qu'on parle de quoi ?

— Je l'ai vu, Grace. Ton poignet. Quand on faisait la vaisselle.

Grace secoua la tête d'un air dédaigneux.

— Ce n'est rien.

— Est-ce qu'il t'a déjà frappée ?

Grace la dévisagea avec incrédulité.

— Il ne m'a pas frappée. (Vivien patienta, immobile.) Il m'a juste empoignée un peu trop fort, et ça m'a laissé un bleu. Ne me regarde pas comme ça.

— Il t'a déjà « empoignée » avant, alors ?

Grace hésita.

— Ce n'est rien de grave. Il traverse une période difficile.

— Il traverse toujours des périodes difficiles, Grace.

Se détournant, l'intéressée soupira à la vue de tous les documents sur le bureau de M. Dutton.

— Il y a tellement de travail…

— Oui. On peut tout faire sauter, ou bien nous y attaquer petit à petit. Mais il va falloir s'y mettre.

Grace esquissa un sourire gêné.

— Je sais ce que tu voudrais faire, Viv. À propos du magasin. Et de Gordon, aussi. Et même d'Alec, d'ailleurs. Je sais que tu serais plus que ravie de tout envoyer valser. Mais ce n'est pas ma façon de faire.

Vivien s'approcha et posa doucement sa main sur l'autre bras de Grace.

— Alors, vas-y progressivement. Remets tout en ordre. Élabore un plan. Il a encore une mère et un endroit où aller. Toi aussi, d'ailleurs. Ça ne va aller qu'en empirant, tu peux me croire.

— Et après ? Je ne peux pas élever les garçons seule avec mon unique salaire. Ici ou ailleurs, vu la façon dont nous, les femmes, sommes payées. L'indemnité de Gordon est tout juste suffisante.

— Quand nous aurons notre magasin, alors ce sera à nous de fixer les règles. Et les salaires.

— Viv, le statu quo me convient très bien. Je ne peux pas me permettre d'aggraver la situation en y mettant fin.

— Les gens désespérés – et Gordon en a tout l'air – t'imposeront toujours une fin, mais jamais celle que tu souhaites. Avec notre entreprise, nous aurions au moins cette occasion. Grace… (Vivien lui serra affectueusement le bras.) Tu sais ce qu'il te reste à faire.

— Je préférais quand on planifiait de prendre le pouvoir, soupira Grace.

Les deux femmes entendirent une légère toux. Se retournant, elles virent Evie dans l'embrasure de la porte du bureau. Celle-ci faisait une drôle de tête.

— Je crois que je peux vous aider, se contenta-t-elle de déclarer.

Chapitre 32

Règle n° 37
Toute erreur dans les stocks ou les prix doit être signalée au plus vite.

Vivien et Grace suivirent Evie jusqu'au premier étage. Vivien prit place dans le fauteuil usé du capitaine Scott, secouant la tête d'un air amusé face à l'attitude sérieuse d'Evie. La jeune fille traversa la pièce en direction des fenêtres qui donnaient sur la rue, tira un ouvrage fin relié de cuir d'une étagère du haut, avant de revenir d'un air tout aussi solennel. Sans un mot, elle ouvrit soigneusement le livre pour leur en montrer la page de titre :

LA MOMIE !

UN CONTE
DU VINGT-DEUXIÈME SIÈCLE.

« Pourquoi troubles-tu mon repos ?
Pourquoi m'as-tu fait revenir ? »
Samuel, XXVIII, 15.

EN TROIS TOMES
TOME I

LONDRES :
HENRY COLBURN, NEW BURLINGTON
STREET.
1827

S'approchant d'un pas hésitant, Evie tendit le livre à Vivien, tandis que Grace se penchait par-dessus le dossier du fauteuil de Scott, impatiente de voir. Vivien tourna doucement plusieurs pages avant de lever les yeux vers Evie, immobile devant elles, débordante de satisfaction.

— C'est donc de la fiction et non de l'histoire ? Typique d'Allen. Pas étonnant que tu aies eu du mal à le trouver. (Vivien continua à en feuilleter les pages.) On dirait une imitation de *Frankenstein*. Est-ce que c'est bien ?

— On pense qu'il s'agit d'un des tout premiers romans d'anticipation jamais écrits. Il a été complètement oublié et n'a été réimprimé qu'une seule fois, à bas prix, en 1872. Jusqu'à il y a quelques années, il ne figurait dans aucun catalogue. (Evie prit un air un peu moins satisfait.) Enfin, aucun catalogue sauf un. Ce livre est apparemment très prémonitoire, on y parle de chemins de fer, de télégrammes, d'électricité... et même d'une sorte de télévision ! Et d'un règne dynastique féminin.

Le visage de Vivien s'illumina.

— Il n'y a aucun nom dessus, cependant, fit remarquer Grace. A-t-on une idée de qui en est l'auteur ?

— Une jeune fille de dix-sept ans.

— Tu plaisantes ! s'écria Vivien.

Evie secoua la tête d'un air ravi. Elle vivait pour des moments comme celui-là.

— Elle s'appelait Jane Webb. Elle est devenue Jane Loudon, la...

— La spécialiste en jardinage ! Oh, incroyable ! s'exclama Vivien.

— Tu étais au courant de cette histoire ? s'étonna Grace en se penchant par-dessus l'épaule de Vivien pour voir le livre de plus près.

Vivien le referma entre ses mains et le tendit à Evie, qui le remit à sa place sur l'étagère.

— Pas vraiment, je savais juste qu'Evie mijotait quelque chose, qu'elle fouinait dans les autres rayons...

— Comment as-tu su qu'il était là ? demanda Grace à Evie. Grâce à tes recherches à Cambridge ?

— Avant ça, répondit Evie en retournant de l'autre côté de la pièce. Quand je dressais l'inventaire de la bibliothèque du Manoir de Chawton. Ce livre faisait partie de la collection, mais il ressemblait à n'importe quel autre conte gothique de seconde zone, et nous l'avons estimé en conséquence. Lorsque le contenu de la bibliothèque a été mis aux enchères chez Sotheby's, M. Allen a acheté ce titre et quatre autres textes du XIXe siècle pour quelques dizaines de livres seulement. J'ai tenu un registre des ventes.

— Ça ne me surprend pas, rétorqua Vivien.

— Attends, c'est donc pour ça que tu es venue ici ? Tu le cherchais depuis le début ? voulut savoir Grace.

Evie acquiesça, de nouveau satisfaite.

Vivien éclata de rire.

— À combien s'élève l'enchère d'Allen finalement ?

— À 20 livres. Le prix de réserve. Personne d'autre n'a surenchéri.

— Une idée de sa valeur réelle ? demanda Grace.

— Pour l'instant, en m'appuyant sur des ventes similaires, je dirais au moins quelques centaines de livres, peut-être 500. (Evie vit les visages de Vivien et de Grace se décomposer légèrement.)

Compte tenu de la place singulière qu'il occupe dans l'histoire de la littérature, ce montant devrait être bien plus élevé, mais le regain d'intérêt ne fait que commencer, et essentiellement aux États-Unis.

— Sans compter que c'est une femme qui l'a écrit, soupira Vivien. Eh bien, Evie, ce n'est pas avec cet argent que nous pourrons changer de vie, loin de là. Et le prix indiqué au crayon par M. Allen est de 30 livres, ce qui représente des semaines de salaire pour toi. Tu pourrais toujours le piquer.

— Oh, non ! J'espère que vous ne me soupçonnerez jamais d'être capable d'une telle chose.

Evie prit un air effaré.

— Non, bien sûr que non. (Vivien éclata d'un rire désarmant.) Même si tu sembles pleine de surprises.

— La clé, c'est que le marché le reconnaisse à sa juste valeur, intervint Grace d'un ton pensif.

— Sans se laisser aveugler par le genre de celle qui l'a écrit, ajouta Vivien.

— Absolument ! s'enthousiasma Evie. Vous vous souvenez de ce que Mlle Guggenheim nous a dit, ce soir, à propos de Berthe Morisot ? Le fait que, dans les années 1800, ses toiles avaient encore plus de valeur que celles de Monet et de Pissarro ?

— Des hommes, soupira de nouveau Vivien.

— Ce livre devrait valoir au moins 1 000 livres. La première critique littéraire américaine de l'unique édition abrégée date du printemps dernier. Je pense que ce n'est qu'une question de temps avant que quelqu'un ici s'en empare. Il a été écrit un siècle avant que nous trouvions un terme pour désigner la science-fiction, c'est dire à quel point il était en avance sur son temps !

— Je suis très impressionnée, Evie, déclara Grace avec admiration. Mais qu'est-ce qui t'a pris de te lancer à sa recherche ?

— C'est à cause de mon travail à Cambridge. J'ai trouvé une référence à ce livre dans une lettre de Thackeray que j'ai découverte au Trinity College.

— Et tu dis qu'un magazine américain a publié une critique de sa version abrégée ?

Evie acquiesça.

— L'année dernière.

Grace se tourna vers Vivien.

— Combien lord Baskin a-t-il dit qu'il faudrait pour racheter ses parts ? Quelque chose comme 3 000 livres ?

— Je pense que 2 500 et des poussières nous permettraient d'obtenir une majorité de contrôle. (Vivien expliqua rapidement à Evie sa récente conversation avec le comte, et la structure actuelle de l'actionnariat majoritaire qui pourrait bientôt basculer en faveur de Dutton et d'Allen.) Evie, si nous mettons notre argent en commun, penses-tu que M. Allen acceptera de vendre le livre à prix coûtant ?

— Tu as dit que le prix de réserve lors de la vente aux enchères avait été de 20 livres, n'est-ce pas ? insista Grace.

Regardant tour à tour les deux femmes, Evie acquiesça sans mot dire, s'efforçant d'assimiler toutes les informations qu'on lui donnait sur les finances du magasin.

— D'accord, lâcha Vivien d'un air songeur. Essayons de réunir les 20 livres, et Evie pourra acheter le livre en notre nom. Ils ne la soupçonneront jamais.

— M. Dutton n'acceptera jamais. (Grace soupira.) La règle n° 19 interdit absolument les achats des employés.

Vivien se concentra en se mordillant la lèvre.

— Maudites soient ces fichues règles ! D'accord. Laissez-moi le temps de réfléchir. Si le livre reste mal classé ici, sous la seule supervision de Scott, il ne se passera rien entre-temps. Puis, lorsqu'il nous appartiendra, Evie pourra le conserver pour nous jusqu'à ce que nous ayons décidé de la marche à suivre. D'accord ?

Evie regarda les deux femmes, leurs visages débordants d'enthousiasme à l'idée de reprendre la librairie. Bien que Vivien en particulier n'ait aucun scrupule à acheter le livre sous le nez de son employeur, cette idée embarrassait Evie. M. Dutton l'avait engagée en partie pour sa connaissance des livres rares, qu'elle était payée pour mettre à profit dans l'intérêt du magasin, et elle gardait à l'esprit la règle n° 24 : « Il est défendu au personnel d'utiliser les connaissances acquises au travail à des fins personnelles. » Evie comprenait la frustration de Vivien et de Grace, et compatissait à leur sentiment d'être sous-estimées et négligées. Mais, bien qu'elle ait connu le même genre d'injustice à Cambridge et ailleurs dans la vie, Evie n'était toujours pas convaincue que les hommes de la direction méritaient de perdre leur magasin.

Pour l'instant, Evie garda pour elle cette inquiétude silencieuse et lancinante. Lorsqu'elle s'était lancée à la recherche de *La Momie !*, elle n'aurait jamais pu prévoir sa rencontre avec M. Dutton et ses règles inflexibles. Sa nature compulsive et son approche littérale des choses la poussaient naturellement à l'obéissance. Des individus comme Stuart Wesley en avaient profité assez souvent. Evie se sentait redevable envers l'homme qui l'avait recrutée et dont la mauvaise santé évidente lui pesait depuis lors. La question était désormais de savoir comment elle pourrait rester fidèle à son employeur tout en aidant Vivien et Grace à obtenir ce qu'elles désiraient le plus : le détrôner.

Chapitre 33

Règle n° 26

Aucune visite personnelle n'est autorisée dans les locaux du magasin.

— Eh, bonjour !

Vivien leva les yeux de derrière le comptoir de la caisse où elle se tenait voûtée, appuyée sur ses coudes. Elle ne quittait plus que rarement les limites de son poste. C'était un véritable défi pour Alec, qui souhaitait qu'elle continue à parcourir le magasin comme elle l'avait fait avec tant de succès durant son bref mandat de directeur général provisoire, ce qui leur avait permis de faire grimper les ventes.

— Bonjour, monsieur. En quoi puis-je vous être utile ? demanda Vivien à voix basse, d'un ton blasé.

L'homme avait l'air d'avoir une quarantaine d'années, le sourire enjoué et le regard d'une grande intelligence. Il était extrêmement bien habillé et un peu petit, de sorte que Vivien – qui, avec ses talons, frôlait le mètre quatre-vingts – devait le regarder de haut.

— Je cherche une certaine Mlle Evelyn Stone.

Il esquissa un sourire conquérant.

Vivien le regarda avec surprise.

— Livres rares. Via Dolorosa. Par ici.

Tandis qu'ils se dirigeaient vers l'escalier de devant, il poussa un éclat de rire sec et assuré.

— Vous avez donné un surnom à l'escalier, comme c'est adorable !

En arrivant au palier qui donnait sur le rayon des livres rares, au deuxième étage, Vivien aperçut Evie, assise comme à son habitude sur son petit tabouret près du bureau de M. Allen, un épais catalogue sur les genoux.

— Ce monsieur désire vous voir, mademoiselle Stone, annonça Vivien d'un ton officiel en adressant un hochement de tête respectueux à l'inconnu qui se tenait derrière elle.

— Yardley ! s'exclama Evie avec une excitation inhabituelle.

Elle se précipita pour serrer la main de l'homme au moment même où il se penchait pour l'embrasser sur la joue droite, ce qui les fit se cogner la tête et rire à l'unisson sans la moindre gêne. L'homme esquissa une moue contrite avant de la serrer dans ses bras.

— Pardonnez l'absence de formalités. Ça fait bien trop longtemps, s'excusa-t-il en reculant.

— Vivien, je vous présente M. Yardley Sinclair, de Sotheby's.

Vivien se souvint de qui il s'agissait.

— De la Fondation Jane Austen ? Qui a sauvé le cottage ?

L'homme poussa un éclat de rire.

— En quelque sorte. Avez-vous bien pris soin d'Evie ? Vous ne trouverez pas travailleuse plus acharnée.

— On ne peut pas dire le contraire. (Vivien adressa un clin d'œil complice à Evie.) Désirez-vous que je vous prépare un thé ? C'est encore mieux pour rattraper le temps perdu.

Yardley regarda Vivien disparaître dans l'escalier.

— « Via Dolorosa ».

Evie rit.

— Vivien n'aime pas cet endroit. Elle a un surnom pour tout.

— Le chemin de la tristesse…, marmonna-t-il en parcourant l'étage du regard. Bonté divine, dans quel état se trouve cet endroit ! Je savais que Frank était… préoccupé, ces derniers temps…

— Ce n'est pas grave. Ça me plaît d'être seule ici toute la journée.

— Je n'en doute pas. (Yardley caressa le dos d'une série de livres avec ses longs doigts délicats, d'une manière familière.) Ta mère aimerait que tu ailles lui rendre visite.

— J'ai juste, euh… besoin de prendre mes marques, d'abord, dans cette ville.

Se tournant vers elle, il étudia attentivement son visage.

— Evie, tu as mis du rouge à lèvres ? Mimi serait si fière !

— Juste un peu. Yardley, que fais-tu ici ?

Il se dirigea vers le bureau de M. Allen et feuilleta l'un des nombreux catalogues qui s'y trouvaient empilés avant de se tourner vers elle.

— Je me suis dit qu'il était grand temps que l'un d'entre nous te rende visite. Nous avons tous été surpris d'apprendre par Adeline que tu avais quitté Cambridge. Tout va bien, là-bas ?

Evie acquiesça sans pour autant lui cacher son désarroi. Elle en avait toujours été incapable.

— Ah, c'est ce que je me demandais. Raconte tout à ton vieil ami, hein ?

Il lui fit signe de s'asseoir, et elle regagna obligeamment son petit tabouret avant de lui répondre.

— J'ai perdu un poste de chercheuse, au profit d'un autre étudiant.

— Ce ne serait pas un certain Stuart Wesley, par hasard ?

Evie entrouvrit la bouche d'étonnement.

— Comment diable le sais-tu ?

Yardley passa derrière le bureau de M. Allen et tira son fauteuil.

— J'espère que Frank n'y verra aucun inconvénient. Puis-je ? (Il s'assit, et elle remarqua qu'il parcourait les nombreux documents éparpillés sur le bureau d'un regard inquisiteur.) Il semblerait qu'un certain M. Wesley, du Jesus College de Cambridge, se soit penché dernièrement sur les archives de la vente aux enchères du Manoir de Chawton.

— Pardon… quoi ?

Yardley hocha la tête.

— J'en ai eu vent par l'un de mes assistants, qui m'a demandé l'autorisation de partager avec ce M. Wesley des informations sur une vente en particulier. Un seul livre, en trois tomes. Avec un curieux sous-titre…

Evie sentit son cœur se serrer. Elle savait de quoi il s'agissait avant même qu'il le dise.

— *La Momie !*, conclut-elle avec un soupir.

Elle avait toujours espéré que son processus de recherche resterait à l'abri du regard indiscret de Stuart Wesley, étant donné qu'il était fondamentalement paresseux. Une fois de plus, elle était encore manifestement passée à côté de quelque chose : la force avec laquelle son ambition l'emportait sur ses principaux défauts. Il avait dû tomber sur la lettre de Thackeray à laquelle elle faisait référence dans ses premières recherches pour le professeur Kinross et avait ensuite dû remarquer une tendance dans ses autres découvertes. Quiconque aurait été assez motivé pour examiner l'historique de ses retraits au British Museum ainsi que dans diverses institutions de Cambridge aurait pu déduire l'intérêt démesuré qu'elle portait à *La Momie !* et, à partir de là, remonter le fil de ses recherches. Evie se rappela avec soulagement que Stuart, tout à sa réussite sociale au bal de Mardi gras, ne l'avait pas poussée à donner plus de détails sur sa modeste vie de vendeuse.

— Dieu du ciel, oui ! s'exclama Yardley. Comment diable le sais-tu ? Est-il venu ici ?

— Non, pas encore. Mais, connaissant Wesley, ce n'est qu'une question de temps. Comptes-tu lui révéler qui a acheté ce livre ?

Face à la détresse évidente de la jeune femme, Yardley s'exprima avec précaution.

— Nos ventes aux enchères sont ouvertes à tous, mais, avec des détaillants très appréciés comme M. Allen, nous avons un accord entre gentlemans pour ne jamais divulguer l'identité d'un acheteur sans son autorisation préalable.

Tout devint clair pour Evie.

— Raison de ta présence ici.

— D'une certaine manière. J'aurais toujours pu me contenter d'écrire ou de téléphoner à Frank. Mais je souhaitais vraiment te voir, Evie. Pour prendre de tes nouvelles.

Evie songea à Yardley et à Adam Berwick, à la petite maison où ils vivaient ensemble, dans les environs de Chawton, ainsi qu'à toutes les autres personnes qu'elle avait quittées dans le petit village où elle avait grandi. Le simple fait de voir Yardley lui donna le mal du pays. Là-bas, au moins, personne n'essayait de lui gâcher la vie.

— Alors, tu vas quand même poser la question à M. Allen ?

— J'ai bien peur d'y être obligé. C'est la politique de l'entreprise.

— Et s'il accepte ?

Yardley ne lui avait toujours pas répondu lorsque Vivien surgit dans l'encadrement de la porte, un plateau à thé dans les mains. Elle vit avec surprise Yardley s'approcher d'elle pour le lui prendre.

— Mademoiselle Stone et moi ne faisons pas de manières, pas même ici.

Avec un sourire courtois, il alla déposer le plateau sur le seul espace libre disponible sur le bureau de M. Allen.

Dans le dos de Yardley, Vivien lança un regard approbateur à Evie, puis redescendit tandis que l'étrange duo prenait place de part et d'autre du bureau.

—Je ferai bien sûr de mon mieux pour gérer la situation avec M. Wesley. (Yardley servit le thé en réfléchissant.) Mais je me demande ce qui peut bien l'intéresser dans un ouvrage aussi obscur.

Evie comprit qu'il était temps de tout avouer à Yardley, malgré ses obligations professionnelles envers Sotheby's. C'était son unique chance d'obtenir de l'aide pour mettre Stuart Wesley sur une fausse piste. Elle lui raconta tout ce qui concernait *La Momie !*, la référence à la lettre de Thackeray, l'entrée manquante dans *Le roman anglais, 1740-1850* de Block et la récente critique américaine, ainsi que l'importance potentielle d'une orpheline de dix-sept ans rédigeant l'un des premiers romans de science-fiction du monde.

Dans un premier temps, Yardley se prit le visage à deux mains et poussa un gémissement spectaculaire, s'en voulant d'être lui aussi passé à côté de tout cela. Puis il leva les yeux et se tourna vers la jeune femme en secouant la tête avec sa malice habituelle.

—Mon Dieu ! Evie, tu t'es encore surpassée ! D'abord la bibliothèque du Manoir, et maintenant ici. Deux découvertes exemplaires en marge du milieu universitaire. Personne ne pourra plus jamais nier tes compétences, j'y veillerai. (Il reprit un air sérieux, presque sévère.) Mais, la prochaine fois que quelqu'un tente d'interférer avec ta promotion, fais-le-moi savoir.

Evie acquiesça avec gravité.

—Je crois que je retiendrai la leçon.

—À cette fin, très chère, y a-t-il autre chose que vous aimeriez me dire, pendant que je suis là ?

Elle hésita avant de répondre calmement :

—Je crois que j'ai rencontré quelqu'un.

Yardley posa le petit pot à crème et la regarda fixement.

— Oh, Evie ! C'est merveilleux. Il est gentil ?

Elle acquiesça.

— C'est l'homme le plus gentil que j'aie jamais rencontré. À part M. Berwick, bien sûr. (Elle ne vit pas l'expression de fierté sur le visage de Yardley en entendant le nom d'Adam.) Il est intelligent. Un peu réservé.

Yardley se mit à rire si fort qu'Evie se joignit à lui en souriant.

— Bien sûr, l'inverse eût été surprenant ! Vous devez faire un sacré duo.

Evie but une gorgée de thé en silence, puis tint la tasse et la soucoupe chaudes à deux mains, se demandant ce qu'elle pouvait lui dire d'autre.

— Comment vous êtes-vous rencontrés ?

— Il travaille ici, en fait, au magasin. Il dirige le rayon Sciences et Nature.

— M. Ramaswamy ? Le monsieur Ramaswamy d'en bas ?

Elle eut du mal à déchiffrer la lueur dans son regard.

— Tu n'approuves pas ?

— Oh ! ma chère, si, absolument. Je suis très heureux pour toi. C'est juste que je... Je sais ce que c'est.

— Vraiment ?

L'observant attentivement, il choisit ses mots avec la même attention.

— Plus ou moins. Les gens n'aiment pas que nous fassions ce qui n'est pas attendu, ce qui n'est pas habituel. L'inconnu. Ça leur fait peur, je pense, cette latitude et cette liberté si souvent absentes de leur propre vie. Les autres sont-ils au courant ?

— Je crois que oui. J'ai même l'impression qu'ils l'ont su avant moi.

— Pourquoi est-ce que ça ne me surprend pas ? (Yardley esquissa un sourire.) Et M. Ramaswamy, il t'aime bien ?

Yardley observait Evie avec tant d'affection qu'elle se sentit s'attendrir, intérieurement. Elle s'aperçut à quel point elle était souvent renfermée sur elle-même, au point qu'elle ne baissait que rarement la garde en présence de quelqu'un. Avec sa promptitude à se réjouir et son désintérêt total de nuire aux autres, Yardley était l'une des rares personnes au monde avec qui elle était vraiment détendue.

—Je n'en suis pas sûre... Comment le savoir ?

Yardley but une gorgée de thé, avant de reposer délicatement la tasse et la soucoupe devant lui.

—Parfois, Evie, si difficile cela puisse-t-il paraître, il faut être la première à parler. Même – et surtout – sans promesse de retour. (Il lui tapota la main.) Bien entendu, je sais combien ça doit te sembler audacieux.

—Et s'il ne me considérait que comme une amie ?

—Le plus beau, dans tout ça, ma chère, c'est que si tu as le sentiment qu'il y a quelque chose entre vous, c'est presque toujours réciproque.

Il se pencha pour ajouter d'un air taquin :

—Mais ne me crois pas sur parole. Après tout, mon travail de commissaire-priseur consiste à faire grimper les attentes des autres.

Malgré les nouvelles troublantes concernant Stuart Wesley, Evie était ravie de recevoir de nouveau la visite de Yardley, entourée de livres. Cela lui rappelait le temps qu'ils avaient passé ensemble à répertorier la bibliothèque du Manoir de Chawton, et la joie extatique qu'ils avaient partagée lors de sa dispersion record par Sotheby's, dont ils se souviendraient à jamais.

Trois ans plus tard, seule dans son petit appartement de Castle Street, Evie avait éprouvé la douleur du refus de Christenson, laissant la lettre de sa mère non décachetée sur le seuil de la porte. Elle s'était juré à l'époque de ne pas revenir en arrière, ce qu'elle était parfaitement parvenue à faire jusqu'à présent. Mais ce moment avec Yardley lui rappela qu'il ne fallait pas renoncer à tout, ni se focaliser sur l'avenir au point de devoir recréer de zéro ce qui avait fait d'elle quelqu'un de spécial.

Yardley était réapparu dans sa vie pour une autre raison. Il lui fallait rapidement avertir Vivien et Grace de l'existence d'un nouvel acheteur potentiel. Les trois femmes allaient devoir accélérer leurs tentatives pour augmenter le prix de revente à temps afin de contrecarrer les projets de Stuart Wesley et de ses acolytes.

Evie aurait bien aimé pouvoir révéler leurs plans secrets à Ash, mais elle refusait de l'accabler d'informations susceptibles de compromettre son propre travail de quelque manière que ce soit. Elle décida de seulement lui dire que Wesley continuait à capitaliser sur les recherches qu'elle avait effectuées à Cambridge. Quant à ses sentiments de plus en plus romantiques envers Ash, malgré les encouragements de Yardley, Evie n'oserait jamais prendre les devants. Elle serait mortifiée de mettre son nouvel ami mal à l'aise d'une manière ou d'une autre. Elle ne pouvait qu'espérer que, peu à peu, les sentiments d'Ash à son égard deviendraient plus clairs.

Elle ne pouvait se douter que, sur ces deux points, elle allait commencer à manquer de temps.

Chapitre 34

Règle n° 31

Les membres du personnel doivent se traiter avec amabilité en permanence.

Ash avait commencé à s'inquiéter pour Evie à cause de Stuart Wesley.

Il n'avait pas été surpris quand elle lui avait appris que Wesley était aux aguets, suivant secrètement son travail de recherche comme une série d'indices. Lors de leur rencontre, le matin suivant le bal de Mardi gras, l'attitude enjouée du jeune homme envers Evie avait semblé à Ash, même à l'époque, ne pas être tout à fait sincère. Ash ne savait toujours pas exactement ce qu'Evie faisait au deuxième étage de *Bloomsbury Books*, et, à vrai dire, lui aussi lui cachait quelque chose. Cela compliquait les sentiments de protection et d'affection qu'il éprouvait de plus en plus à son égard.

En plus de prendre leur petit déjeuner ensemble le mercredi matin, Ash et Evie passaient désormais la plupart de leurs dimanches à se promener côte à côte le long de la Tamise. C'était leur version de la promenade fluviale dont il lui avait parlé lors de ce premier repas partagé non loin du Musée d'histoire naturelle. Ash passait la semaine à chercher un segment particulier du fleuve pour qu'ils l'explorent tous les deux, depuis le dernier tronçon non soumis à la marée à Shepperton, à l'ouest, jusqu'à quelques kilomètres de la mer. Sachant qu'Evie aimait que chaque étape soit planifiée, il cherchait le moyen de transport local le plus efficace, qu'il s'agisse du bus, du métro ou du train, pour l'aller comme pour le retour. Ash s'était efforcé d'éviter les zones de marée montante qui auraient pu les bloquer à certaines heures de la journée, un risque qui semblait préoccuper particulièrement Evie. Lors d'une de leurs pauses chai quotidiennes, il lui montrait la carte de leur destination suivante. À ce jour, ils avaient tous deux parcouru plusieurs tronçons du fleuve.

Le dernier dimanche de février, ils avaient prévu de se retrouver sur la rive sud de Teddington et de marcher vers le nord, en direction des jardins botaniques royaux de Kew. À 14 heures, ils se tenaient au bord de la Tamise à marée basse, à un kilomètre en aval de Kew Bridge, contemplant le fleuve qui traversait la ville, laissant derrière lui ses vestiges oubliés. Des millénaires de vie londonienne s'étaient échoués sur ces rives caillouteuses : des morceaux de poterie romaine, de petites pipes en argile de l'époque de Shakespeare, des tessons de porcelaine en forme de diamant du siècle dernier…

Ash avait récemment initié Evie à la recherche de trésors enfouis au milieu des pierres et de la vase. Expert dans l'art de découvrir les vestiges les plus exquis, il se penchait à présent pour ramasser un morceau de porcelaine bleu et blanc avant de le lui remettre.

— Les survivants, commenta Evie en souriant.

Elle fit tourner le débris dans la paume de sa main, puis l'enveloppa délicatement dans un mouchoir pour le ranger dans la poche de son manteau. Elle avait entamé une collection chez Charlotte, conservant chaque fragment qu'Ash lui donnait dans une grande boîte à sablés.

— Plutôt les vestiges, lui rétorqua-t-il. Les restes brisés.

Evie leva les yeux en entendant la note de résignation dans sa voix.

— Quelque chose ne va pas ?

Il n'avait toujours pas le cœur à le lui dire. Il se contenta de la prendre doucement par le bras, et ils remontèrent ensemble le remblai.

À l'entrée de Kew Gardens, Ash et Evie mirent chacun un penny dans le tourniquet pour pouvoir pénétrer dans le parc. Le printemps arrivait toujours tôt, dans le sud de l'Angleterre, et nulle part ailleurs à Londres il n'était aussi éclatant qu'ici. C'était le moment de l'année où l'air s'adoucissait. Les prairies de jonquilles, d'hellébores et de perce-neige tombaient en cascade jusqu'aux chênes et aux bouleaux qui bordaient le chemin où déambulait le jeune couple. En surgissant de la zone boisée, ils se dirigèrent vers l'herbier de Kew, avec sa vue sur le fleuve et ses millions de spécimens de plantes séchées à l'intérieur.

Ash souhaitait examiner la collection Petiver, rapportée d'Inde à la fin du XVIIe siècle, tandis qu'Evie désirait visiter la bibliothèque et les archives, qui se trouvaient également dans le bâtiment victorien. Elle était à la recherche de dessins botaniques réalisés par une horticultrice du nom de Jane Loudon, dont le nom de famille disait quelque chose à Ash. Ce dernier se souvint du dimanche où il était tombé sur Evie, au Musée d'histoire naturelle, pendant qu'elle consultait les archives de John Loudon. Il n'insista pas davantage auprès d'Evie. Il avait appris à ne pas trop la presser sur quelque sujet que ce soit, car cela la rendait souvent mutique et la poussait à se renfermer complètement.

En entrant dans l'herbier, les deux jeunes gens se séparèrent, convenant de se rejoindre une heure plus tard pour le thé. À 16 heures précises, Ash retourna dans le hall d'entrée de l'herbier. Il y trouva Evie en pleine conversation avec une femme beaucoup plus âgée. Ses cheveux blancs étaient assortis à sa blouse. Ash se rappelait avoir déjà vu cette femme lors de ses précédentes escapades en solitaire à Kew, bien qu'il n'ait jamais tenté de lui adresser la parole.

Elsie Maud Wakefield était la conservatrice adjointe de l'herbier. Diplômée d'Oxford en 1908, elle avait depuis lors été employée à Kew par intermittence, toujours surchargée de travail et en sous-effectif. Elle avait bénéficié de plusieurs promotions méritées en raison de l'absence des hommes durant la guerre, et était notamment devenue responsable de la collection de mycologie en 1915. L'expertise de Wakefield en matière de champignons l'avait protégée du sort des jardinières. Si ces dernières avaient travaillé à Kew Gardens pendant la Première Guerre mondiale, elles avaient dû cesser entièrement leur activité en 1922, jusqu'à ce qu'on ait de nouveau besoin d'elles, au début de la Seconde Guerre mondiale.

Restant là à regarder les deux femmes discuter avec animation, il se fit la réflexion que le regard noir d'Elsie, franc et indifférent au jugement des autres, lui rappelait beaucoup celui d'Evie. Il l'imaginait très bien comme cela, un jour, seule un dimanche dans un institut de haut niveau, tandis que les familles et les amoureux se promèneraient à l'extérieur. Il ne lui souhaitait pas nécessairement une existence si solitaire : avec sa grande loyauté et son enthousiasme, Ash pensait qu'elle ferait un jour une excellente compagne pour quelqu'un. Il ne voulait surtout pas gâcher cela, ni rendre les choses plus difficiles qu'elles l'étaient déjà.

— Ash, viens par là.

Evie lui fit signe d'approcher tandis que Mlle Wakefield se tournait vers lui avec un regard à la fois audacieux et scrutateur.

— Mlle Wakefield travaille ici depuis quarante ans, expliqua Evie. Nous avons discuté de *A Curious Herbal* d'Elizabeth Blackwell ; nous en avions un exemplaire de la première édition, à la bibliothèque du Manoir de Chawton. Il a été vendu au British Museum.

Elsie Wakefield poussa un petit éclat de rire moqueur à l'évocation de l'autre institution.

— Mlle Wakefield m'a appris qu'Elizabeth Blackwell avait été la première femme à utiliser la classification linnéenne ! Elle a écrit son livre pour rembourser les dettes de son mari, rien de moins.

Ash fut surpris par le soudain enthousiasme d'Evie, si différent de ce qu'elle avait montré durant ses premières semaines à la librairie. Londres devait avoir un réel effet sur elle ; elle semblait avoir pris à cœur la façon dont le caractère aléatoire de la vie urbaine obligeait les gens à tisser des liens qui se seraient noués naturellement dans les villages. Le fait de devoir s'efforcer de se créer des relations rendait ces dernières encore plus précieuses et, paradoxalement, moins fréquentes dans les grandes universités et les autres institutions structurées. Ayant lui-même fréquenté l'université de Madras, Ash savait combien il était aisé d'être socialement paresseux dans ce type d'établissement. Il se demanda si lui aussi aurait pu mieux se lier aux autres à Londres, malgré les obstacles évidents qui s'étaient dressés sur sa route.

— Mlle Stone m'a parlé de vous, annonça Mlle Wakefield d'une voix forte et autoritaire qui résonna dans le hall désert. Un entomologiste. (Tout ce que disait Elsie Wakefield était une déclaration, comme si elle étiquetait le monde des humains d'après la même classification linnéenne que ses spécimens.) Avez-vous trouvé la collection Petiver ?

Ash se contenta de hocher la tête, surpris de la trouver si intimidante. Il se sentait rarement intimidé par qui que ce soit, ce qui était l'une des raisons pour lesquelles sa nouvelle existence en Angleterre lui était si difficile à supporter. Il avait toujours excellé dans tout ce qu'il entreprenait, mais, ici, les opportunités les plus intéressantes lui échappaient totalement. Aux yeux des autres, il se sentait constamment réduit à sa couleur de peau. Peu de gens semblaient capables de voir au-delà, et il avait du mal à croire que les mentalités évolueraient un jour. C'était quelqu'un de pragmatique, alors qu'Evie était optimiste, et il enviait sa capacité à ne pas voir la réalité en face. Elle lui avait confié une partie de ce qui lui était arrivé à Cambridge, et il s'émerveillait de la rapidité avec laquelle elle avait changé de cap et s'était investie dans son poste chez *Bloomsbury Books*.

— Bien, dit Mlle Wakefield. C'est notre plus ancienne collection. Elle est presque aussi vieille que moi !

Evie rit joyeusement, et Mlle Wakefield prit le temps de lui sourire avant de se tourner de nouveau vers Ash.

— À présent, jeune homme, emmenez Mlle Stone prendre le thé que vous lui avez promis.

Ash acquiesça de nouveau, cette fois en esquissant un sourire.

— Bien sûr, ce n'est plus le pavillon de thé d'origine, expliqua Mlle Wakefield. Les suffragettes y ont mis le feu en 1913. Il a été réduit en cendres. Les hommes d'ici ont trouvé que c'était une façon bizarre d'obtenir le droit de vote. Mais, malgré tout, ils en parlent encore !

Alors qu'ils faisaient tous les trois leurs adieux, Evie demanda la carte de Mlle Wakefield, que la femme ne parut que trop heureuse de lui remettre. Ash regarda Evie passer ses petits doigts tachés d'encre sur les lettres gaufrées qui précisaient le titre ronflant d'Elsie Wakefield à Kew. Ils la quittèrent devant la porte de l'herbier, encadrée de colonnes et d'un portique peints en blanc, et la saluèrent vigoureusement d'un signe de la main en franchissant les grilles en fer forgé de l'entrée.

Le pavillon où se trouvait la buvette n'était qu'à cinq minutes de marche, mais Ash connaissait suffisamment Evie pour savoir que son estomac criait famine. Ils s'installèrent sur les chaises de bistrot pliantes à l'extrémité d'une longue table de ferme, sous les branches nues d'un chêne imposant.

À leur arrivée, Ash remarqua que leurs voisins déplaçaient leurs chaises un peu plus loin. Il fut à la fois soulagé et un peu agacé qu'Evie ne semble pas l'avoir remarqué, tant elle était absorbée par le contenu de la carte. Ash fit signe au serveur de lui apporter du thé, tout en continuant à observer Evie du coin de l'œil.

Elle avait l'air si jeune, assise là dans son petit manteau de laine, avec son béret assorti, s'efforçant d'oublier combien elle était affamée. Elle avait tout l'avenir devant elle, et tant de rêves à réaliser... Il songea à son idée d'imprimerie, à ses mystérieuses recherches sur Loudon, à sa passion pour les écrivaines délaissées. Ses sentiments pour elle – et ce qu'elle éprouvait possiblement pour lui – pourraient réduire tout cela à néant. Ash repensa à Mlle Wakefield et à l'herbier sur lequel elle régnait avec tant de bonheur. Se rappelant le genre de vie que menaient les nombreuses femmes récemment passées à la librairie – mariées, veuves, divorcées, toutes indépendantes –, Ash s'aperçut qu'Elsie Wakefield ressemblait beaucoup à une Evie Stone adulte. Il comprit que c'était le moment de prendre la parole.

— Evie.

— Mm-hmm...

Elle continua à étudier la longue liste de pâtisseries sur le menu.

— Mlle Wakefield...

— N'est-elle pas merveilleuse ? Elle ne prend jamais un dimanche de congé.

— Quel dévouement !

Evie pouffa.

— Je ne crois pas que ce soit ça. Je pense qu'elle sait que c'est une nécessité. Travailler plus dur que les hommes, je veux dire.

— Mais tu aimes travailler tout le temps. (Il la regarda en haussant un sourcil complice.) La première fois que nous nous sommes croisés, tu faisais bien des recherches un dimanche, après tout.

— Tout comme toi.

Il ne put s'empêcher de sourire.

— Tu as sans doute raison. Mais je suis assez seul ici, en Angleterre. Tu pourrais rentrer à Chawton pendant tes jours de congé.

— Je le ferai. Plus tard.

— Alors tu ne comptes pas rentrer chez toi de sitôt ?

Elle secoua la tête.

— J'adore Londres. Ça me fait penser à une centaine de villages réunis en un seul. On pourrait vivre ici pour toujours et ne jamais tout connaître.

— J'ai décidé… (Ash s'interrompit pour s'éclaircir la voix tandis que la serveuse déposait la théière entre eux.) Evie ?

— Hein ? Ah, oui. Je vais prendre le cake au citron, s'il vous plaît.

— Une assez grosse tranche, si c'est possible, demanda Ash à la serveuse, qui le surprit avec un sourire compréhensif. Comme je le disais, j'ai décidé de rentrer chez moi.

— Ah… oui, bien sûr, juste après le thé…

— Je veux dire « rentrer en Inde ».

Perplexe, Evie leva les yeux du menu.

— Je ne comprends pas. En voyage ?

— Non, pour de bon.

— Mais tu viens d'arriver.

— Ça fait un an.

— Ce n'est pas si long.

— Pour moi, si. Je suis venu là pour être scientifique. Pas pour vendre des livres.

— Je ne suis pas allée à Cambridge pour vendre des livres non plus.

Evie referma la carte.

— Ce n'est pas pareil.

Visiblement froissée, Evie le dévisagea sans mot dire.

— Écoute. (Il poussa un soupir de frustration, convaincu qu'il n'arriverait jamais à lui faire comprendre le fond de sa pensée.) Je n'ai aucun regret. Mais il est clair que je ne suis pas le bienvenu ici. C'est de plus en plus évident, et encore, pour le moment je ne suis qu'un sujet de curiosité. Que se passera-t-il si les choses changeaient ?

Interdite, elle secoua la tête.

— Un sujet de curiosité…

— Je voulais juste dire que, pour l'instant, je ne suis une menace pour personne. Je suis invisible. Ce n'est pas encore suffisant. Ça ne le sera jamais. Mieux vaut partir que d'être quelqu'un que je ne suis pas et de devenir une menace malgré tout.

Il soupira de nouveau, se sentant impuissant face à son silence et à son ressentiment.

— Désolé que tu ne puisses pas voir les choses comme moi. Mais mon départ est vraiment la meilleure solution. Pour nous deux.

Le mystère et le caractère définitif de ses paroles planant entre eux, Ash saisit la théière et servit Evie. Elle refusa aussi bien de boire que de le regarder. Cette fois, il n'avait pas essayé d'en savoir davantage sur elle, mais elle s'était tout de même renfermée. Il cherchait à prendre la meilleure décision pour eux deux, avant que la situation devienne ingérable. Mais alors qu'ils se faisaient désormais face en silence, l'air maussade, leur dernier dimanche ensemble en tant qu'employés de *Bloomsbury Books* gâché par la conversation qu'ils venaient d'avoir, Ash avait l'horrible sentiment qu'il était déjà trop tard.

Chapitre 35

Règle n° 22
Le personnel se doit de rester à son poste à tout moment, sauf dans les cas autorisés par le présent règlement.

Septimus Feasby, conservateur en chef des livres imprimés au British Museum, effectuait chaque année quatre visites trimestrielles chez *Bloomsbury Books* depuis ses bureaux voisins. D'un regard d'aigle, il passait la matinée à égrener les dernières acquisitions de Frank Allen, toutes encore dans leurs caisses d'expédition ou en piles d'une hauteur inquiétante sur le plancher. Le docteur Feasby était tristement célèbre dans sa profession pour n'avoir jamais manqué une acquisition clé, qu'il s'agisse d'une vente aux enchères ou d'une recommandation.

Septimus Reginald Feasby avait été baptisé par des parents qui, compte tenu de ce choix de prénoms, destinaient manifestement leur enfant à une carrière liée au passé. À cette fin, il avait obtenu une licence d'anglais au Jesus College de Cambridge, aux côtés du futur vice-président Christenson, dont l'intérêt pour les résultats scolaires d'Evie Stone l'avait conduite à son poste actuel chez *Bloomsbury Books*.

Comme Christenson, le docteur Feasby avait échappé à la Grande Guerre, car il avait simplement eu la chance d'avoir six mois de moins que l'âge requis à la toute fin de celle-ci. Les deux hommes avaient toutefois obtenu leur licence à temps pour passer le nouveau doctorat de philosophie de Cambridge. La thèse de Feasby sur l'ensemble du théâtre anglais avait été dirigée par sir Arthur Quiller-Couch, professeur de littérature anglaise du roi Édouard VII, *fellow* du Jesus College et mentor estimé de Daphné du Maurier, qui s'était inquiété de la consommation « inépuisable » de livres de sa protégée. Ambitieux à l'extrême, le docteur Feasby avait fait carrière au British Museum en tant que conservateur du département des livres imprimés, son lien avec Cambridge se poursuivant par sa participation à différents conseils, dont le conseil académique. Il avait été déçu, tout comme Christenson, lorsque cette dernière instance avait voté en faveur de l'octroi aux femmes d'un diplôme complet à Cambridge, ce qui avait précipité l'admission peu après de la jeune Evelyn Stone, pleine d'ambition et de détermination.

Le conservateur programmait invariablement ses visites chez *Bloomsbury Books* à 9 h 30 précises, arrivant au magasin à la minute où il devait ouvrir. Devant l'entrée, tapotant impatiemment sur sa montre-bracelet, il surprenait souvent Vivien en l'observant à travers la vitrine avec ses airs de faucon, alors qu'elle s'approchait pour déverrouiller la porte extérieure. En une occasion mémorable, le docteur Feasby s'était retrouvé enfermé entre les deux portes du vestibule, dans un enchaînement bizarre de circonstances qui avait conduit à la réprimande de plusieurs membres du personnel, et à une obséquiosité durable de leur part à l'égard du docteur Feasby qui n'était ni authentique ni méritée.

Ce fut donc à la surprise générale qu'il se présenta à midi le 28 février, un mois avant sa visite trimestrielle suivante.

— Docteur Feasby, l'accueillit Vivien. Comment allez-vous ?

La gratifiant de son habituel hochement de tête, Feasby lui passa devant pour gagner l'escalier.

— Vous désirez monter ? lui demanda Vivien, sachant qu'il ne répondrait pas.

Elle l'avait toujours méprisé, mais souhaitait presque avoir une excuse pour l'accompagner, ne serait-ce que pour voir de quelle manière il réagirait en rencontrant la nouvelle employée du magasin.

Evie était assise sur son petit tabouret devant le meuble qui contenait la plus précieuse sélection d'antiquités de *Bloomsbury Books*. Elle n'avait plus le moral depuis la visite au jardin botanique, le dimanche précédent. Le lendemain matin, Ash avait informé M. Dutton de son intention de démissionner. Lors d'une réunion du personnel inhabituellement brève, M. Dutton avait annoncé qu'Ash quitterait son poste le 14 avril, date du début de la nouvelle année dans son État natal de Madras. Depuis qu'elle avait appris sa décision, Evie ne lui avait pas adressé plus de quelques mots. Elle était bien trop novice en matière d'amour pour pouvoir gérer un chagrin si déconcertant. Le seul moyen qu'elle avait trouvé pour y faire face, surtout lorsque sa fierté était en jeu, consistait à se renfermer sur elle-même.

Par ailleurs, Evie était encore bouleversée par ce dont Yardley Sinclair était récemment venu l'avertir à la boutique. Au moindre bruit, elle ne cessait de lever les yeux vers la porte, s'attendant à voir Stuart Wesley en personne, figure incontournable du monde dont elle avait été exclue. Evie avait tenté de laisser ce milieu derrière elle et de ne plus jamais regarder en arrière ; quelle déception de s'apercevoir qu'elle n'avait aucune prise sur cela non plus !

Entendant des pas approcher, puis s'immobiliser brusquement derrière elle, Evie jeta un coup d'œil par-dessus son épaule. Elle découvrit sur le palier un homme à l'allure familière. Il était penché dans l'ouverture, ressemblant exactement au mûrier séculaire tordu qu'Ash lui avait montré un jour. À ce souvenir, Evie ressentit un nouveau pincement au cœur.

— Où est M. Allen ? s'enquit l'homme d'une voix sonore.

— Il assiste à une vente au pays de Galles, répondit calmement Evie.

Il ne l'intimidait pas. Il lui paraissait presque trop caricatural pour être inquiétant.

— Hmmph…

Il parcourut la pièce du regard avant de reporter son attention sur elle.

— Et vous êtes…

— Evelyn Stone.

— Je veux dire « quelle est votre fonction » ?

— M. Dutton m'a engagée au début de l'année pour l'aider à répertorier les livres rares.

— Il vous a embauchée ? D'où ?

— Du Girton College. À Cambridge.

Il poussa un grognement qu'elle n'avait jamais entendu auparavant.

— Je sais où ça se trouve, merci. Je viens de Jesus. Septimus Feasby, docteur en philosophie.

Evie savait également qui il était. Elle avait entendu le professeur Kinross se vanter assez souvent de son amitié avec le célèbre conservateur. Elle avait aussi vu son nom sur la lettre du British Museum qui autorisait Kinross à étudier certains documents d'archives dans un tel état de délabrement que l'accès en était sévèrement limité, sauf pour des questions de grande importance nationale. Heureusement pour Kinross et son équipe, le docteur Septimus Feasby avait trouvé qu'un projet d'annotation de *La Foire aux vanités* en œuvre depuis des années entrait dans cette catégorie.

— Docteur Feasby. Bien sûr. (Evie se leva.) Que nous vaut l'honneur de votre visite ?

Ne tenant aucun compte de sa question, il jeta un coup d'œil autour de lui.

—Allen a totalement perdu le contrôle de cet endroit. Comment suis-je censé trouver quoi que ce soit dans un tel capharnaüm ?

—Je peux peut-être vous aider.

Le docteur Feasby se dirigea vers le bureau et se mit à feuilleter l'un des gros catalogues de Sotheby's laissés par M. Allen lors de son dernier passage.

—J'en doute fort, répondit finalement le docteur Feasby, comme s'il prenait tout juste conscience de sa présence.

Evie resta debout près de son tabouret, observant ses recherches d'un œil de plus en plus méfiant. Il était en train d'examiner attentivement le registre des ventes annuelles.

—Je pense vraiment que...

Il se tourna vers elle et lui fit signe de se taire.

—Retournez simplement à vos occupations.

Elle le regarda se diriger vers la section des étagères consacrée à la période georgienne tardive et se mettre à fureter.

—Est-ce que tout ça date de la fin des années 1820 ? lui demanda-t-il par-dessus son épaule voûtée.

—Je crains de ne pas en être sûre. Tout est assez dispersé.

—Connaissez-vous bien ces livres ?

—Assez bien, je dirais.

—Et sont-ils souvent « dispersés », comme vous dites ?

Elle acquiesça.

—Quand Allen revient-il ?

—Lundi.

Il se tourna enfin vers elle, presque à contrecœur, comme si elle était trop insignifiante pour qu'on s'adresse à elle directement.

—Alors, vous allez m'aider. J'essaie de mettre la main sur un exemplaire d'un livre de 1827 intitulé *La Momie !*.

Evie se mit aussitôt à réfléchir. Elle était surprise qu'il lui révèle son jeu de la sorte, mais il ne la considérait manifestement pas comme une menace. Elle se demanda ce que Wesley ou Kinross auraient pu répondre au docteur Feasby, à la fois sur la valeur potentielle du livre et sur sa propre connaissance du sujet. Cambridge et le British Museum étaient souvent en concurrence pour l'acquisition d'objets littéraires importants pour leurs collections. Les universitaires de Cambridge n'avaient pas dû faire montre d'un enthousiasme trop évident, vu le peu d'efforts que Feasby avait fournis pour s'assurer d'avoir le livre entre ses vilaines pattes flétries avant de dévoiler à Evie l'objet de ses recherches. À moins qu'elle ne soit tout bonnement bien trop insignifiante à ses yeux pour qu'il se préoccupe de ce qu'elle pourrait faire de cette information. Tout cela devenait assez confus. D'une manière ou d'une autre, il lui fallait tourner à son avantage le désintérêt évident qu'il avait pour elle.

— J'ai bien peur de ne pas me rappeler avoir vu ce livre ici, répondit-elle lentement, sachant qu'il s'agissait plus d'une omission que d'un mensonge pur et simple.

— Vous connaissez son existence ? lui demanda-t-il sèchement.

Elle acquiesça avec désinvolture, s'efforçant de paraître aussi indifférente que possible.

— Si vous vous intéressez aux débuts de la science-fiction…

Il leva la main pour l'interrompre.

— Je m'intéresse à ce qui m'intéresse. Ce n'est pas à vous de le deviner. Aidez-moi juste à le trouver.

Evie était à présent dans un état d'affolement total.

— Je sais de source sûre que M. Allen a acquis le livre au cours d'une vente aux enchères. Ça a été confirmé à l'un de mes associés. Par Sotheby's elle-même. Le livre est ici, et je vous demande de me le retrouver.

Evie déglutit.

— J'ai bien peur de ne pas pouvoir. Je ne connais aucun livre de ce type à cet étage.

— Vérifiez les registres des ventes sur le bureau, alors. Remontez jusqu'à septembre 1946. D'après ce que j'ai vu, vous ne vendez qu'une poignée de vieux livres par semaine. Si c'est effectivement le cas, ça ne devrait pas être long.

Se dirigeant consciencieusement vers le bureau, Evie ouvrit chacun des registres annuels où étaient référencées les ventes hebdomadaires du rayon au cours des quatre dernières années, tandis que le docteur Feasby continuait à fureter dans les étagères. Elle parcourut chacune des pages d'un doigt tremblant, mais s'acquitta rapidement de sa tâche, compte tenu de ses années de recherche à Cambridge, de son récent examen des registres et de la certitude que ce qu'elle cherchait ne s'y trouvait pas. Au bout de vingt minutes, elle leva les yeux et secoua la tête alors qu'il se tenait désormais devant elle, le visage figé d'impatience.

— Alors conduisez-moi aux autres étages. À en juger par le chaos qui règne dans ce rayon, ce livre pourrait se trouver n'importe où dans le magasin.

— Je ne peux pas. Je n'ai pas le droit de quitter mon poste.

— Bien sûr que si !

— En fait, non, c'est la politique du magasin. Règle n° 22.

Il fut choqué par son refus.

— Vous me conduirez aux autres étages et m'aiderez à trouver ce que je cherche.

Evie secoua de nouveau la tête.

— Je ne peux vraiment pas quitter cet étage, sauf pendant mes pauses. Mais si vous souhaitez demander de l'aide aux autres responsables de rayon…

Il la dévisageait à présent avec beaucoup d'attention. Elle était incapable de lire dans ses pensées. Elle aurait voulu pouvoir évaluer le danger exact qu'il représentait pour elle. Elle se remémora Wesley, Kinross et Christenson, et tous les signes qu'elle avait manqués, là aussi, alors qu'elle travaillait, ignorée, sans qu'on la remarque, dans les nombreuses bibliothèques de Cambridge. Evie savait qu'il lui fallait faire plus attention à ce que les autres pensaient d'elle, mais elle ne le voyait simplement pas. C'était un univers de règles non écrites, et, contrairement à Grace et à Vivien, cela ne l'avait jamais dérangée que M. Dutton explique tout dans le détail.

Elle refusa donc une fois de plus, espérant que le docteur Feasby finirait par renoncer et tenterait d'obtenir ce qu'il voulait d'une autre manière. Espérant que la situation n'était pas aussi grave et désastreuse qu'elle commençait à le paraître. Espérant qu'en respectant les règles et en ne lui mentant pas ouvertement – dans son empressement, il avait omis de lui poser des questions plus précises, à elle qui n'était rien à ses yeux –, elle pourrait d'une façon ou d'une autre échapper à son venin.

Ce n'était pas la première fois qu'Evelyn Stone sous-estimait gravement la situation.

Chapitre 36

Règle n° 3
Tout comportement indigne d'un membre du personnel à l'égard d'un client ou de manière plus générale entraînera un licenciement immédiat.

Septimus Feasby se rendit directement dans l'arrière-boutique, où Herbert Dutton était tranquillement assis, savourant une tasse de thé au curcuma à la suggestion d'Ash Ramaswamy. Bien qu'il ait repris le travail depuis près d'un mois, M. Dutton souffrait toujours d'une série de symptômes inquiétants, notamment des douleurs d'estomac récurrentes, des maux de tête occasionnels et des palpitations cardiaques, et il n'avait été que trop heureux de suivre les conseils médicaux de M. Ramaswamy, certaines herbes étant réputées guérir ce genre de désagréments.

En trente-deux ans de carrière chez *Bloomsbury Books*, Herbert Dutton n'avait jamais vu qui que ce soit se faire licencier. En vertu des règles qu'il avait établies pour le magasin, il était le seul à pouvoir le faire. Pour la première fois dans son rôle de directeur général, M. Dutton regretta ce pouvoir, mais craignit que son unique choix à l'heure actuelle soit de l'exercer. Le département des livres imprimés du British Museum était de loin le plus gros client de *Bloomsbury Books*.

À contrecœur, M. Dutton convoqua Evie. Par respect pour elle, qui faisait partie de son personnel, il lui demanda tout d'abord sa version des faits. Ensuite, il lui rappela que, conformément aux règles n° 2 et n° 6 du magasin, elle était tenue de toujours donner la priorité aux besoins des clients et de maintenir au plus haut niveau la réputation du magasin en tant que pourvoyeur de livres de qualité. Enfin, il l'informa qu'à compter de ce moment il était mis un terme à son contrat chez *Bloomsbury Books*.

Sous le choc, Evie vit arriver Grace en trombe, suivie de Vivien, qui avait également eu vent de la situation. Alec devait bientôt partir prendre un verre avec Norman Mailer, qu'il espérait convaincre de venir donner une conférence. Allan Wingate avait récemment publié l'édition britannique du roman de guerre *Les Nus et les Morts* de Mailer, qui avait été très bien accueillie, et, après le fiasco de la conférence de Beckett, Alec souhaitait à présent promouvoir un jeune auteur en devenir dépourvu de toute polémique. Le capitaine Scott déjeunait déjà au *Lamb*, tout en haut de la rue. Ashwin Ramaswamy mangeait, comme à son habitude, à son bureau, au sous-sol, ignorant tout de l'agitation qui régnait au rez-de-chaussée.

M. Dutton était assis là, seul, docile, observant les trois femmes devant lui. Il s'efforçait de prendre les profondes respirations méditatives recommandées par son médecin généraliste, tout en rêvant de pouvoir s'enfuir.

— C'est invraisemblable ! s'exclama Vivien.

— Mademoiselle Lowry, je vous en prie, l'implora M. Dutton, tentant désespérément de maintenir l'ordre. Je sais que nous sommes tous bouleversés, mais il vous incombe, en tant que membre du personnel, de ne pas interférer dans le traitement de votre collègue. N'ayant vous-même aucune capacité d'encadrement ou de supervision...

— Oh, je vous en prie ! l'interrompit Vivien avec force, frappant de la paume sur le bord du bureau tandis que Grace lui lançait un subtil regard d'avertissement. Tout le monde sait que Septimus

Feasby est un vieil enquiquineur sans une once de patience ni d'humanité. Il est grand temps que quelqu'un refuse une de ses exigences ridicules.

— Mademoiselle Lowry, je vous en supplie, si vous continuez à faire preuve d'insolence, je n'aurai d'autre choix que de vous licencier, vous aussi.

Sur ces mots, Alec surgit dans l'embrasure de la porte du bureau.

— Que se passe-t-il ?

Herbert Dutton leva les deux mains en l'air en signe de reddition et d'impuissance. Vivien expliqua la situation à Alec, tout en lançant un regard noir à M. Dutton.

— Herbert, cette fille n'est là que depuis quelques semaines, la défendit Alec d'un ton presque implorant en avançant d'un pas dans la pièce. Laissons-lui une chance.

Vivien et Grace se tournèrent vers Alec dans un état de désarroi flagrant.

M. Dutton secoua la tête.

— Navré, ma décision est définitive.

— Mais ce n'est clairement pas une…

— J'ai dit « définitive ».

C'était de loin l'injonction la plus sévère que l'équipe de M. Dutton ait jamais entendue, ce qui poussa Alec à quitter le bureau en claquant la porte pour la première fois. À ce moment-là, Grace, toujours très à l'écoute des changements d'ambiance – ayant perfectionné cette compétence chez elle –, comprit toute l'ampleur de ce à quoi les trois femmes étaient confrontées. Elle se mit à réfléchir aussitôt à toutes les discussions de rachat, tandis que M. Dutton demeurait installé confortablement dans son fauteuil, inflexible, pour une fois, face à leurs supplications et totalement inconscient de ce qui était réellement en jeu.

Grace lança un dernier regard maternel à Evie avant de conclure que la meilleure chose à faire consistait à tenter de récupérer le seul élément susceptible d'empêcher que ce genre de situation se reproduise.

— Monsieur Dutton, je pense que vous conviendrez qu'Evie s'est révélée une employée exemplaire au cours des sept dernières semaines. (Grace s'efforça de conserver un ton aussi mesuré que possible.) Et elle est toujours en période d'essai, n'ayant pas atteint les trois mois de présence requis pour se faire licencier, conformément à la règle n° 49, n'est-ce pas ?

M. Dutton acquiesça, soulagé que quelqu'un puisse citer le règlement du magasin, pour une fois.

— Donc, vous ne lui donnerez pas les salaires non payés ? demanda Grace.

Pour toute réponse, M. Dutton hocha de nouveau la tête. Grace remarqua qu'Evie l'observait avec un mélange d'affolement, d'effroi et de crainte.

— Alors, en notre qualité de membres du personnel, nous aimerions vous faire une suggestion. Offrir à Evie un présent, un modeste cadeau. Un souvenir, si vous voulez, du temps qu'elle a passé au magasin.

M. Dutton poussa un soupir de soulagement qui n'échappa à aucune d'entre elles.

— Bien sûr, nous sommes parfaitement au courant des règles interdisant les achats par les employés, quels qu'ils soient, poursuivit Grace avec calme.

M. Dutton hocha la tête, manifestement soulagé de ne plus avoir à se battre contre elles sur la question du licenciement.

— Et nous savons tous à quel point cela doit être difficile pour quelqu'un d'aussi passionné par les livres que Mlle Stone.

Il continua à hocher la tête, tout en respirant profondément.

— Pouvons-nous vous suggérer, alors, qu'Evie soit autorisée à prendre un livre de la librairie, pas du rayon des livres rares, bien entendu, compte tenu de leur valeur… Juste un livre de son choix, comme un petit gage en souvenir du temps qu'elle a passé ici, et en guise de gratitude de notre part à tous ?

Evie dévisagea Grace avec stupéfaction, tandis que Vivien commençait à s'éloigner du bureau en signe d'apaisement.

— D'accord, chuchota finalement M. Dutton, prenez ce que vous voulez, Evie, dans l'un des autres rayons. Je sais que vous avez été une travailleuse très assidue. M. Allen en particulier vous est très reconnaissant pour tout ce que vous avez fait, compte tenu de ses longues absences, ces derniers temps. Je vous demande seulement de rassembler rapidement vos effets et de partir avant le retour du docteur Feasby. Ça nous serait très utile dans cette situation plutôt tendue. Vous comprenez ?

Evie se mordit la lèvre inférieure et regarda ses pieds, submergée par l'intense émotion du moment et par les paroles qui menaçaient de lui échapper.

— Allons, mon enfant, l'encouragea M. Dutton en remarquant la détresse de la jeune fille. Tout se passera bien. Je serai ravi de vous fournir une lettre de recommandation pour vous aider à trouver un nouvel emploi. Le docteur Feasby peut, il est vrai, être assez difficile et acariâtre. Je suis sûr qu'avec le temps vous mettrez vos talents évidents et votre persévérance au service d'un tout nouveau projet.

Elle tenta de lui offrir le sourire indulgent qu'il espérait tant, et lorsqu'elle tourna de nouveau son visage lumineux vers lui, il s'attendrit une nouvelle fois.

— Dites-moi, ma chère, savez-vous quel livre vous aimeriez emporter avec vous, en guise de cadeau d'adieu ?

Evie jeta un coup d'œil à Grace et Vivien, songea à Stuart Wesley se promenant dans les allées de Cambridge jonchées de bouchons de champagne et de confettis, puis répondit de manière simple et directe :

— *La Momie !*.

À son retour, après le déjeuner, le docteur Feasby se rendit droit au bureau de M. Dutton, et exigea de savoir si la jeune fille était bien partie et de recevoir l'aide qui lui était due.

M. Dutton se sentait mal pour Evie, mais le magasin avait surtout besoin du docteur Feasby et de son travail de conservateur. Le British Museum s'approvisionnait auprès de *Bloomsbury Books* depuis près de cent ans. Ce fut donc avec un certain soulagement que M. Dutton prit place à son bureau, ne se sentant toujours pas tout à fait bien physiquement, mais, au moins, assuré que ce dernier petit incendie avait bien été circonscrit.

— Bien sûr, docteur Feasby. Un livre rare ?

Septimus Feasby sentant se rétablir le respect et l'ordre qu'il exigeait de ceux qui le servaient, son air mécontent se dissipa peu à peu.

— Oui. Frank a perdu la maîtrise complète de son rayon, et cette petite peste a carrément refusé de m'aider.

— Je suis vraiment navré de ce qui s'est passé, répondit M. Dutton d'un ton apaisant. En quoi exactement pouvons-nous vous être utiles ?

— Je sais pertinemment que Frank a acquis un certain livre aux enchères il y a quelques années, mais il ne se trouve nulle part à l'étage.

— Peut-être a-t-il été vendu ? suggéra M. Dutton avec douceur.

— Cessez de me prendre pour un nigaud. J'ai déjà vérifié. Il doit être rangé à un autre endroit.

Préférant éviter d'exaspérer davantage le conservateur, M. Dutton se leva.

— Bien sûr. Je vous emmènerai en personne au rayon Histoire, et nous commencerons par là. Nous mettrons cet endroit sens dessus dessous, s'il le faut. Mais je peux vous garantir que nous trouverons votre livre.

M. Dutton quitta son bureau devant le docteur Feasby pour le conduire au premier étage. Chaque fois que M. Dutton déambulait au sein du magasin, il ressentait très fortement l'importance de son poste de directeur général. Son cœur malade se gonflait de fierté à l'idée que tout fonctionnait bien autour de lui, comme la Cartier finement réglée au poignet de Mlle Lowry. L'ensemble des cinquante et une règles étaient scrupuleusement respectées, et tout était en ordre.

Malgré la négligence de Frank, ils n'avaient encore jamais perdu de livre. Avec une confiance absolue, Herbert Dutton monta vers le premier, jetant un coup d'œil en bas de l'escalier. Il aperçut la tête blonde et angélique d'Alec qui les observait du haut d'une échelle et le visage renfrogné de Vivien, sa silhouette gracile derrière le comptoir de la caisse. Quelque part dehors, la jeune Evie Stone errait dans les rues de Londres, sûrement inconsolable, leur petit présent d'adieu, un livre, dans le sac en cuir cabossé qu'elle transportait partout. M. Dutton avait reconnu ses qualités particulières dès le début, dès qu'il avait repris connaissance, sauvé par sa vivacité d'esprit, sa diligence et sa persévérance. Il éprouvait une culpabilité tenace au souvenir de la façon dont elle lui avait sauvé la vie. Et voilà de quelle manière il se voyait obligé de la remercier, pour que *Bloomsbury Books* survive. C'étaient simplement les affaires, se rassura-t-il en contemplant son royaume, en contrebas. Tout ce qui concernait les affaires devait être pardonné et oublié, car tout convergeait vers le même objectif. Pour que les entreprises survivent, les individus devaient leur faire de la place, et non l'inverse. Rien de personnel, se remémora-t-il.

Le docteur Feasby attendait avec impatience sur la dernière marche avant le palier où se tenait à présent M. Dutton, surveillant son petit univers inébranlable. À vrai dire, il n'avait jamais apprécié Septimus Feasby. Mais faire plaisir au client passait toujours avant tout, se rappela-t-il, comme cela avait été le cas quelques minutes auparavant avec Evie.

Souriant avec une grâce experte et bien rodée, il se tourna vers le conservateur et lui demanda :

— Et quel est le titre du livre que vous cherchez ?

Aussi rapidement qu'elle était apparue, Evie Stone avait disparu.

Elle n'avait laissé aucune adresse, puisqu'elle n'attendait plus aucun salaire. M. Dutton avait omis de consigner ses coordonnées dans les dossiers du magasin dès son embauche. Cette erreur inhabituelle de sa part reflétait son trouble physique de l'époque, à présent ravivé par le stress.

Le docteur Feasby continuait à faire planer sa menace d'aller voir ailleurs.

De retour du pays de Galles, Frank apprit qu'un ouvrage rare et inestimable dont il avait la responsabilité avait été perdu au sein même du magasin.

Quant au capitaine Scott, en revenant du pub, il découvrit que son rayon avait accueilli une œuvre de fiction historique avant-gardiste.

Aucun d'eux ne pouvait deviner que ce même livre, écrit par une jeune fille de dix-sept ans, allait bientôt bouleverser les milieux de la littérature gothique et de la science-fiction.

Chapitre 37

Règle n° 8
Le personnel doit faire preuve de courtoisie, de disponibilité et de zèle à tout moment.

Chez *Bloomsbury Books*, le vendredi après-midi était généralement le moment le plus détendu de la semaine, reflet de l'humeur des clients qui s'y rendaient. Il s'agissait surtout de petits groupes d'étudiants après leurs cours, d'hommes d'affaires qui prenaient leur temps avant de rentrer chez eux, et de femmes de la haute société qui venaient de se faire coiffer et manucurer en prévision d'une soirée quelques heures plus tard.

Mais, ce vendredi-là, il régnait au magasin une ambiance assez sinistre, compte tenu du départ forcé d'Evie en début de semaine. Grace et Vivien partirent ensemble à 17 h 30 précises, comme à leur habitude, mais sans dire un mot à aucun des hommes. Elles tenaient leurs sacs à main noirs devant elles, raides comme des piquets, comme pour signifier qu'elles ne se laisseraient pas faire. Pour la première fois depuis longtemps, Grace ne s'était pas approchée de la porte du bureau de M. Dutton pour lui demander joyeusement : « Avez-vous besoin d'autre chose avant que je parte, monsieur ? » Toujours respectueux des horaires de son personnel, M. Dutton se contentait chaque fois de secouer la tête avec un sourire poli, conscient des heures de travail qui l'attendaient encore.

Le refus de Grace de lui poser la question traditionnelle, ce soir-là, était une marque de défi, si seulement il avait pu le comprendre.

Ash quitta tranquillement l'établissement peu après les deux femmes, suivi par le capitaine Scott, qui se dirigea droit vers le pub pour dîner. Alec était seul derrière la caisse lorsque lord Baskin surgit dans le vestibule, sortant tout juste d'un taxi.

— Vous avez tout loupé, lui annonça Alec avec ironie.

— C'est ce qu'on m'a dit.

D'un signe de tête, lord Baskin désigna l'arrière-boutique, où l'on pouvait voir MM. Dutton et Allen en grande conversation derrière la baie vitrée.

Alec ferma le carnet de commandes que Vivien négligeait de plus en plus depuis qu'elle était de mauvaise humeur.

— J'étais en train de finir.

— De grands projets pour ce soir ?

— Pas grand-chose. Et vous ?

— Je vais passer le week-end à Syon House. Ça vous dit d'aller boire une pinte au *Lamb* avant de rentrer ?

Alec hésita. Il en voulait encore à M. Dutton et n'avait aucune envie de découvrir chez lord Baskin un quelconque soutien au renvoi d'Evie Stone. Mais, malgré sa colère, il se rappela que le comte s'était toujours montré très aimable et éminemment raisonnable. Il rangea donc le carnet de commandes sous le comptoir et franchit la porte battante pour le rejoindre.

Le *Lamb Public House* se trouvait à l'extrémité nord de Lamb's Conduit Street. Bâtie en 1729, sa façade actuelle était un mélange de structure georgienne austère, de style victorien élaboré et d'un retour édouardien aux lignes plus épurées de ses origines du XVIIIe siècle. À l'intérieur, le comptoir central conservait encore ses cloisons snobs du XIXe siècle, composées de panneaux vitrés mobiles destinés à l'origine à cacher le client au tenancier pendant qu'il passait commande, ainsi qu'à masquer les différences de classes sociales entre les clients. Alec s'amusa intérieurement à l'idée que, cent ans auparavant, un fils de médecin comme lui aurait rarement été vu en train de boire une pinte avec un comte.

La patronne actuelle était Mme Bessie Rosenberg, veuve depuis peu. Elle avait repris l'établissement après la mort de son mari Arthur, en 1944, mais, d'après la rumeur, elle aussi était en mauvaise santé. En pénétrant dans le pub, les deux hommes aperçurent le capitaine Scott déjà installé, en pleine discussion avec Mme Rosenberg. Baskin posa délicatement sa main sur le dos d'Alec et le dirigea vers une petite table ronde dans l'angle opposé de la pièce.

— Un peu d'intimité ne nous fera pas de mal.

Il fit signe à Alec de s'asseoir sur le siège le plus confortable.

— Vous aurez du mal à trouver une quelconque intimité au *Lamb* : Scott vit quasiment ici. (Alec jeta un coup d'œil dans la salle.) Vous avez parlé de Syon House, tout à l'heure ?

Lord Baskin acquiesça.

— Le duc envisage d'ouvrir la demeure au public, ce dont je discute avec ma mère depuis des années. Des changements se préparent. Que puis-je vous offrir ?

Alec fut surpris par l'invitation. Au fil des ans, lord Baskin et lui avaient toujours bavardé en étant servis avec élégance dans les restaurants et les salons de différents hôtels. Pourtant, le comte semblait parfaitement à sa place au *Lamb* lorsqu'il se dirigea vers le comptoir pour passer commande. En fait, remarqua Alec, lord Baskin n'avait jamais l'air de faire tache où que ce soit. Alec l'enviait.

Lord Baskin revint à leur table avec deux bières et en déposa une devant Alec.

— J'imagine que vous devez en avoir besoin aussi.

— Allez-vous voir Herbert et Frank, après ?

Lord Baskin hocha la tête.

— Mais je voulais d'abord m'entretenir avec vous.

Alec poussa un soupir de frustration.

— C'est juste que c'est Dutton en personne qui a inventé ces règles. Evie n'était en poste que depuis deux mois – même pas –, et elle les suivait à la lettre. Elle méritait au moins qu'on lui reconnaisse cette qualité. À défaut d'autre chose, ne serait-ce qu'en lui payant les salaires non versés.

— On lui a offert un livre, si j'ai bien compris ?

Lord Baskin haussa les sourcils en regardant Alec avec amusement.

— Je n'ai jamais vu quelqu'un d'aussi furieux que Feasby à ce moment-là. Dutton ne s'est toujours pas remis de l'affront.

Baskin hocha de nouveau la tête d'un air songeur.

— Je ne crois pas que Herbert se soit remis du tout.

— Vous parlez de sa santé ?

— Pas seulement. J'ai cru comprendre que son état s'améliorait, même si ce n'est pas à pas de géant. Non, je parlais surtout de l'humiliation, pour un homme comme Herbert, de perdre tout contrôle sur son lieu de travail. Devant l'ensemble de son personnel, en plus. (Baskin s'interrompit, jusqu'à ce qu'il croise le regard d'Alec.) Devant… des femmes.

L'accent mis par lord Baskin sur ce dernier mot attira également l'attention d'Alec.

— Qu'insinuez-vous ?

— Il est revenu plus tôt, malgré les ordres de son médecin, après tout. Peut-être se sent-il vulnérable à plusieurs égards. (Lord Baskin réfléchit de nouveau.) Dites-moi, comment vous sentez-vous à l'idée de reprendre éventuellement la librairie ?

Alec savait que cela allait arriver. Et sa propre réponse – pour une fois spontanée et vraiment sincère – l'étonna.

— Moins sûr de moi, compte tenu des événements récents. Le moral du personnel est extrêmement bas.

— Il est toujours possible de procéder à des ajustements.

— Comme M. Dutton vient de le faire ?

— Pas vraiment. Mais, franchement, le personnel du magasin aurait sans doute besoin d'un petit rééquilibrage. Nous, les hommes, sommes très semblables, très ancrés dans le passé. Les femmes forment un mélange nettement plus intéressant. Dites-moi… (Baskin se pencha vers lui.) Qu'espérez-vous obtenir en devenant propriétaire ?

Alec haussa les épaules.

— J'ai sans doute le sentiment qu'il est temps de changer un peu les choses.

— Pour le magasin ou pour vous ?

C'était la question qu'Alec se posait depuis plusieurs semaines.

Pendant qu'il y réfléchissait, lord Baskin s'adossa à son siège, l'air étonnamment calme et songeur, malgré la situation qui se dégradait rapidement au magasin.

— J'essaie de me dire que mon travail consiste à faire ressortir ce qu'il y a de meilleur chez les autres. Je crains que la plupart des propriétaires n'aient tendance à réfléchir en termes de contrôle. Mais, malgré tous les efforts de M. Dutton, ce n'est pas une question de directives. Nous vendons des livres, après tout, pas du plutonium.

— J'ai l'impression d'être coincé. La guerre est terminée depuis des années. Il serait temps que je m'active.

— Et posséder le magasin serait la solution ?

— Eh bien, c'est la seule étape logique, compte tenu de la situation dans laquelle je me trouve. Et j'ai les moyens financiers, d'après ce que vous m'avez dit.

— Certainement.

Les deux hommes se tournèrent vers Mme Rosenberg, qui riait bruyamment de ce que venait de dire le capitaine Scott. Une serveuse qui s'approchait de leur table fit un clin d'œil complice à Alec.

— Quel charmeur, çui-là ! Il vient ici depuis des années, leur dit-elle.

Alec et lord Baskin se consultèrent du regard, avant de reporter leur attention sur la serveuse avec une certaine surprise.

— Et v'là-t-y pas qu'ils folichonnent tous les deux, juste au moment où l'état de madame se dégrade, qu'Dieu la bénisse ! Tout va bien, messieurs ?

Alec fut si stupéfait qu'il se souvint à peine de ce qu'il répondit ensuite au franc-parler de la jeune femme.

— Eh bien, nous savons enfin ce que Scott faisait toutes ces années.

Lord Baskin se mit à rire tandis que la serveuse s'éloignait.

— Ce vieux filou…

— Je ne voudrais pas passer pour un snob, mais Mme Rosenberg est si…

— Différente ? Sans doute. Mais c'est peut-être pour ça que ça marche. On ne veut jamais trop ressembler à l'autre.

Alec saisit le sous-entendu dans la voix de lord Baskin et se demanda à qui il pouvait bien faire allusion. Durant le mois où il avait été directeur général provisoire, Alec avait remarqué l'intérêt subtil, mais indéniable que lord Baskin portait à Grace Perkins à chacune de ses visites, de plus en plus nombreuses ces derniers temps.

— Un couple, c'est comme une équipe. L'un et l'autre doivent se compléter, si possible. (Le comte but une gorgée de bière blonde.) Une concurrence excessive peut être préjudiciable.

— Vous parlez de Vivien, là ?

— Je parle de Vivien, là.

Alec se demandait ce que lord Baskin avait pu deviner au long de toutes ces années.

— Je pensais la promouvoir au rang de responsable du rayon Fiction, si jamais je parvenais à prendre les rênes du magasin.

— Comme c'est généreux de votre part.

— Vous pensez que ça ne fonctionnera pas ?

— Au contraire. Mais je ne crois pas que ça réglera votre problème à tous les deux.

Alec soupira. Lord Baskin avait donc deviné, finalement.

— Probablement pas. Ni ça ni autre chose, d'ailleurs.

— Vous ne pourrez jamais la contenir. J'en sais quelque chose.

Alec fut étonné par l'allusion de lord Baskin à son ex-épouse, Anna, partie depuis longtemps aux États-Unis avec son second mari américain. Avec les hommes de la librairie, Baskin évoquait rarement sa vie amoureuse ; pour la première fois, Alec se demanda si Grace n'en était pas la raison.

— J'imagine que nombreux sont ceux qui ont essayé, songea lord Baskin à voix haute. Elle ne le supportera pas.

— De la contenir comment ?

— On peut aller loin avec un physique comme le sien, mais seulement dans une direction, et avec un seul objectif apparent. Je le vois chaque saison. Mais lord St Vincent a péri au combat, ainsi que toute une génération d'hommes éligibles, et, soudain, nous voilà dans les années 1950. Vivien pourrait même s'y être habituée, à présent, à vivre seule.

— Difficile d'éprouver de la peine pour elle. Elle est toujours dans un tel état de colère...

— Manifestement, oui. Mais n'est-ce pas votre cas aussi ? Notre cas à tous, d'une certaine manière ? (Lord Baskin soupira.) La décision de Herbert à propos d'Evie est bien venue de quelque part.

Peut-être de la colère. De la peur… Quoi qu'il en soit, c'était évidemment une mauvaise décision. À présent, il me faut, d'une manière ou d'une autre, réparer les dégâts.

— Pauvre Evie Stone, marmonna Alec avec une émotion inhabituelle.

Grâce à la bière et à la commisération du comte, Alec se sentit plus détendu. Soudain, il ne s'estimait plus aussi engagé ou piégé par l'avenir. Curieusement, il avait l'impression que lord Baskin lui offrait une porte de sortie.

— J'ai de la peine pour elle, même si ce n'est pas le cas de tout le monde.

— Nous l'avons certainement déçue. Mais la réaction du docteur Feasby m'amène à m'interroger.

— À quel sujet ?

Baskin but une dernière lampée de bière, avant de se fendre d'un sourire malicieux.

— Je ne suis pas sûr qu'au bout du compte Mlle Stone soit longtemps à plaindre.

Chapitre 38

Règle n° 5
Aucun comportement rebelle ni mutin
de la part du personnel,
seul ou en réunion, ne sera toléré.

Ce dimanche-là, en fin d'après-midi, lord Baskin fit un petit détour avant de rentrer dans le Yorkshire depuis Syon House. Il avait accepté de rencontrer les trois femmes à l'*American Bar* de l'hôtel *Savoy.*

— Nous désirons acheter la librairie, annonça Vivien lorsqu'il prit place face à elles, commandant un whisky sec.

Lord Baskin porta aussitôt son regard sur Grace, avant de se tourner vers Vivien.

— « Nous » ? demanda-t-il, visiblement perplexe. Vous voulez dire, avec vos… maris ? Vos proches ?

Vivien secoua la tête.

— Non, nous trois.

— Je ne comprends pas.

Vivien poussa un éclat de rire.

— Grace, pourquoi ne lui expliquerais-tu pas ? Je pense qu'il comprendra mieux si c'est toi qui lui dis.

Installée entre Evie et Vivien, Grace était épuisée par tous les bouleversements récents, aussi bien au travail que chez elle.

Elle avait déménagé chez sa mère à la fin de la semaine précédente, emmenant ses deux fils avec elle, le tout sous les protestations de Gordon. Il avait téléphoné toutes les heures, jusqu'à ce que sa mère – désormais pleinement consciente de ce que sa fille avait enduré durant toutes ces années – débranche la ligne. Les garçons avaient été contrariés par ce déménagement précipité et n'avaient cessé de la menacer de s'enfuir. Grace n'avait plus qu'à espérer qu'elle avait construit avec eux une relation suffisamment solide, toutes ces années, pour qu'ils tiennent à elle. Elle avait fait au mieux. Une grande partie de cette situation ne dépendait plus d'elle.

La menace des factures d'avocat pesait aussi lourdement sur elle. Gordon se disait déterminé à obtenir la garde de leurs fils turbulents. Là encore, Grace ne pouvait qu'espérer qu'avec le temps le calme dans la maison parviendrait à apaiser l'agitation intérieure de son mari, et lui apporterait un peu de la sérénité et du respect qu'il tentait constamment d'extorquer à son entourage. C'était ce harcèlement constant qui avait peu à peu étouffé l'âme de Grace, jusqu'à ce qu'il ne lui reste plus que son propre tourment.

Grace se tourna vers lord Baskin, qui attendait patiemment, avec ses manières toujours élégantes, bien que légèrement flegmatiques, et son chaleureux regard noisette. Chaque fois qu'elle se trouvait en sa présence, elle éprouvait le sentiment à la fois étrange et merveilleux d'être valorisée et comprise sans qu'il exige quoi que ce soit d'elle en retour. Elle se remémora le trajet en bus, les clés tombées sous le banc et le café renversé... tous ces petits moments qui avaient marqué leur première rencontre. Des moments qui avaient servi – conjointement à l'appel d'Alec dans l'embrasure de la porte, l'annonce dans la vitrine et les critères d'embauche qui lui avaient paru atteignables – à dissimuler ce qui s'était réellement passé ce jour-là : elle était tombée amoureuse.

Il lui avait fallu plus de quatre longues années de travail acharné pour en arriver là, et c'était loin d'être terminé. Mais lorsqu'elle croisa son regard, Grace se sentit soutenue par ce sentiment de compréhension qu'elle savait désormais être une autre forme d'affection. Être comprise, appréciée et non jugée : voilà les pierres angulaires du véritable amour. Celui qui nous aidait à avancer dans la vie, qu'importe ce que celle-ci nous réservait, ce qu'elle nous faisait perdre. Cet amour-là, au moins, était toujours présent, même si nous n'y pouvions rien.

Lord Baskin adressa à Grace un sourire encourageant, comme s'il était également conscient de tout cela, et de ce qu'elle s'apprêtait à dire.

— Nous souhaitons acquérir vos parts dans le magasin – vos cinquante et un pour cent –, et le gérer nous-mêmes. Entièrement détenu et exploité par des femmes.

— Et vous avez l'argent pour ? demanda-t-il avec surprise.

Grace acquiesça. Vivien prit la parole.

— Il y aura bientôt un communiqué. Vous saurez alors exactement de quelle manière nous comptons nous y prendre.

Il regarda avec curiosité les trois femmes, chacune droite comme un « I » avec un air extrêmement sérieux à la table de l'*American Bar* du *Savoy*. Bien qu'il s'agisse d'un choix surprenant, l'hôtel, situé sur le quai de la Tamise, était suffisamment éloigné de Bloomsbury et de la librairie pour garantir un certain degré d'anonymat à une opération aussi ambitieuse que celle-ci.

— Le choix de cet endroit semble très judicieux, compte tenu de son histoire, fit-il remarquer en souriant. Tous ces chefs de guerre qui ont rencontré Churchill ici, ou qui ont dîné au *Grill Room*… de Gaulle et Masaryk qui conspiraient…

— Je peux vous assurer, intervint finalement Evie, qu'il n'y a rien d'inconvenant là-dedans.

— Non, non, ma chère, bien sûr que non. Je n'ai aucune inquiétude à ce sujet. Je suis juste… surpris… compte tenu de la somme en jeu. (Il se tourna de nouveau vers Grace.) Je dois vous avouer quelque chose. Alec se retire. J'ai l'impression qu'il n'est pas du tout satisfait de la décision de M. Dutton de licencier Evie.

— Alors nous n'avons que MM. Dutton et Allen à redouter ? demanda Grace.

Lord Baskin acquiesça.

— Se doutent-ils de quelque chose ?

— Non. Nous ne le pensons pas. Pas encore. Mais il se peut qu'ils s'en rendent compte assez vite.

— Mais il se peut aussi qu'ils ne s'en rendent pas compte, ajouta Vivien avec dédain.

— Mais il vous faudra aussi racheter leurs parts, vous savez ? poursuivit lord Baskin. Ils ne vont pas s'en aller aussi facilement.

— Dans ce but, nous espérons accroître suffisamment les bénéfices, répondit Grace. Ou obtenir un financement supplémentaire, si nécessaire… peut-être de la part de quelques futurs nouveaux partenaires.

— Nous sommes également largement sous-payées par rapport aux hommes, et nous nous y sommes habituées, ajouta Vivien. S'ils partent tous, ça devrait nous permettre de dégager suffisamment de trésorerie pour commencer à acheter le reste des actions dans l'année, et à nous rémunérer de manière plus équitable.

— Tous les hommes ? Partir ? bredouilla-t-il avec étonnement.

Les trois femmes hochèrent la tête en même temps.

— De toute façon, M. Ramaswamy repart en Inde le mois prochain. (Grace jeta un rapide coup d'œil à Evie.) Le capitaine Scott n'est plus au mieux de sa forme et aurait dû prendre sa retraite de la marine il y a des années.

— M. Dutton est manifestement encore en convalescence et, avec son cœur affaibli, il ne devrait probablement même pas être au travail, fit remarquer Vivien avec une compassion inhabituelle. Et M. Allen préférerait à l'évidence se trouver n'importe où, loin de la librairie.

— Et M. McDonough ?

— Alec aussi, d'ailleurs, répondit Vivien. Je suis convaincue que tout ce qu'il souhaite faire dans la vie, c'est donner des ordres aux autres. Écoutez, s'ils veulent rester, nous y sommes totalement ouvertes. Bien sûr, il y aura beaucoup de changements dans le magasin qui ne leur plairont peut-être pas. De nouvelles règles, de nouvelles directives, etc.

— Et un nouveau nom ! s'exclama Evie. Le *Sunwise Turn*.

— « Dans le sens du soleil »… D'est en ouest, rétorqua lord Baskin. C'est une expression écossaise, n'est-ce pas, pour le « chemin de la prospérité » ?

— Exactement, approuva Evie, qui semblait enfin se détendre en la présence du comte.

Lord Baskin ne put s'empêcher de rire.

— Quand j'ai parlé pour la première fois à Vivien de la structure des actions de la librairie, je me suis dit que j'étais peut-être en train de réveiller un monstre. Mais aucun d'aussi féroce ! Je dois avouer que je suis impressionné. Mais est-ce une affaire conclue ?

Les trois femmes hochèrent de nouveau la tête.

— Je suis toujours votre propriétaire, cependant. Vous ne vous débarrasserez pas de moi si facilement.

Il lança un nouveau regard à Grace, que même la jeune Evie remarqua.

— Tout ce qu'il nous faut, c'est 2 500 livres, n'est-ce pas ? Et 50 de plus ? insista Evie. (Lord Baskin acquiesça.) Alors nous devrions être fixés d'ici le 15 mars. Les ides de mars.

— Le jour du règlement de toutes les dettes romaines, déclara Vivien triomphalement.

Il rit de nouveau.

Les trois femmes étaient à présent seules sur la banquette incurvée de l'*American Bar*. Au milieu de blocs-notes, d'enveloppes et de feuilles volantes, elles griffonnaient furieusement.

— Comment ça se présente ? demanda Grace à Vivien, à côté d'elle.

Alors qu'elles disposaient côte à côte les lettres sur lesquelles elles étaient en train de travailler pour les comparer, Grace vit qu'Evie se frottait les yeux de fatigue.

— Comment tu t'en sors, Evie ? s'enquit Grace avec une inquiétude toute maternelle.

Evie avait généralement les joues roses de la jeunesse que Grace aimait chez ses deux fils, mais ce jour-là, la jeune femme avait les traits tirés et le teint pâle.

Evie secoua la tête.

— Il faut que je continue. Il reste juste assez de temps avant le quinze. J'ai tout calculé à la minute près.

— Ça va de soi. (Grace soupira.) Au moins, lord Baskin est de notre côté.

— Ça va de soi, répéta Vivien. Mais tu ne lui as pas dit. Tu aurais dû.

— Lui dire quoi ? demanda Evie avec inquiétude.

Grace regarda Vivien en secouant la tête d'un air de reproche.

— Je ne voulais pas t'embêter avec ça, Evie, mais j'ai quitté mon mari. J'ai pris mes garçons et j'ai emménagé chez ma mère, pour l'instant. Mais ne t'inquiète pas, ça n'a rien à voir avec le magasin.

Evie sembla perdue.

— Alors, pourquoi devrais-tu le dire à lord Baskin ? Même s'il t'admire…

Grace regarda Evie d'un air étonné.

— Qu'est-ce qui te fait dire ça ?

Vivien eut un rire moqueur.

— Grace, je t'en prie, si même Evie l'a remarqué…

— Surtout depuis les fenêtres du deuxième, ajouta Evie, faisant éclater de rire les deux autres femmes. Est-ce que ça signifie que toi aussi, tu l'aimes bien ?

— Mesdames, s'il vous plaît, laissez-moi faire les choses à mon rythme. Tout comme Evie. (Grace soupira de nouveau.) Les enjeux sont tellement importants, et il y a tant de gens à garder dans la confidence. Et si toute cette affaire nous explosait à la figure ?

Evie regarda ses deux complices avec enthousiasme et demanda avec l'optimisme de la jeunesse :

— Et si tout se passait bien ?

Chapitre 39

Règle n° 51
Le personnel doit notifier son intention de démissionner deux semaines à l'avance.

Le lundi 6 mars, Herbert Dutton arriva chez *Bloomsbury Books* à 9 heures précises pour commencer sa journée. Après avoir ouvert la porte d'entrée, il découvrit en tendant une main gantée que la porte intérieure du vestibule était encore verrouillée. Cela l'étonna, car l'un des membres du personnel aurait déjà dû arriver pour préparer la journée.

Il jeta un coup d'œil à l'intérieur de la librairie déserte. Le soleil matinal entrait par les fenêtres de derrière et, dans les rayons orange et jaune, M. Dutton distingua la poussière qu'il s'était toujours efforcé d'éliminer grâce à la mise en place d'un programme de nettoyage à tour de rôle avec les filles du magasin. Ce n'était qu'un signe supplémentaire que son absence prolongée avait entraîné un relâchement des normes habituellement élevées de *Bloomsbury Books*.

M. Dutton entra et traversa le rayon désert des œuvres de fiction. Vivien n'était pas encore à son poste derrière la caisse, où elle donnait visiblement l'impression d'être prise au piège, et Alec n'était pas encore perché sur son échelle. En atteignant les bureaux, Dutton remarqua que celui de Grace était lui aussi inoccupé.

Pas une feuille de papier ne traînait sur sa surface en bois poli, brillant sous les rayons du soleil de ce début de printemps. C'était également inhabituel, car, même si Grace était une travailleuse compétente, elle ne parvenait que rarement à s'acquitter de la totalité de la conséquente correspondance de M. Dutton.

En pénétrant dans son propre bureau, il s'immobilisa devant le bord effiloché de la moquette où il s'était effondré deux mois auparavant. Une fois encore, il s'imagina étendu là, la pauvre Evie Stone s'occupant de lui à ses côtés. Il aurait aimé pouvoir cesser de repenser à son attaque et à son impact insistant sur sa santé, mais le traitement agressif pour son cœur rendait la chose difficile. Désormais, Evie n'était plus là, et le docteur Feasby ainsi que le soutien du musée avaient rapidement disparu dans son sillage. Herbert Dutton avait fait un mauvais calcul sur tous les fronts, et son manque de protection à l'égard du membre le plus récent et le plus vulnérable de son personnel lui avait fait douter de son aptitude à diriger et de son jugement. Après tout, c'était lui qui avait établi les cinquante et une règles du magasin auxquelles Evie Stone avait tout simplement refusé de désobéir.

Dutton accrocha son chapeau melon et son trench doublé de laine avant de prendre place à son bureau surchargé. Il ne voyait pas comment il pourrait rattraper de sitôt les montagnes de documents et de correspondance que M. McDonough avait laissés s'accumuler durant le récent congé maladie de Dutton. Il était cependant incapable de se résoudre à prendre Alec à partie pour sa négligence. D'une part, Herbert restait mortifié par la façon dont Alec avait appris son secret et celui de Frank. Ils ne devaient peut-être la vérité à personne, mais leur silence auprès d'Alec avait sans aucun doute sapé la force de leur amitié et l'estime du jeune homme. Herbert et Frank n'avaient pas fait confiance à Alec, et cela avait dû le blesser, même si les deux hommes avaient eu raison de craindre que leur relation ne le contrarie. Depuis sa visite surprise chez eux, il était devenu de plus en plus distant et distrait au travail. M. Dutton l'évitant soigneusement, et M. Allen ayant repris ses longs voyages d'une vente à une autre, l'amitié du groupe semblait s'être dissipée.

En entendant le carillon du magasin, M. Dutton fut soulagé à l'idée que la journée puisse commencer normalement. Il comptait beaucoup sur une routine bien établie pour apaiser ses nerfs délicats. Les cinquante et une règles avaient été édictées non seulement pour guider son personnel, mais aussi pour devenir la seule chose sur laquelle Herbert Dutton pouvait compter dans une existence et un milieu où les récompenses habituelles étaient hors de sa portée. Frank et lui ne connaîtraient pas les plaisirs d'une vie partagée en dehors du secret de leur foyer. Mais, au magasin et sur le papier, M. Dutton était responsable et maître de toutes les catastrophes susceptibles de survenir.

Au son des talons hauts qui claquaient sur le vieux plancher de chêne, M. Dutton leva les yeux. Il vit Grace et Vivien dans l'encadrement de la porte, encore coiffées de leurs chapeaux et vêtues de leurs manteaux, chacune un sac à main noir accroché à leur bras gauche.

— Eh bien, bonjour. Vous êtes arrivées ensemble ?

En y regardant de plus près, il s'aperçut qu'elles tenaient chacune une enveloppe à la main.

— Qu'est-ce que c'est ?

Elles approchèrent pour les déposer devant lui, sur son bureau.

— Nous démissionnons, déclara simplement Grace, la voix légèrement tremblante.

— Pour protester contre le licenciement injustifié d'Evie Stone, précisa Vivien avec, dans la sienne, un simple ressentiment glacial et implacable.

M. Dutton ouvrit méthodiquement chacune des enveloppes et posa les deux courtes missives sur le buvard devant lui, côte à côte. Au fur et à mesure qu'il lisait, il sentit la sueur perler sur son front.

— Je ne comprends pas. Qu'allez-vous faire ? Où allez-vous aller ?

— Ces questions ne sont pas de nature à nous retenir ici, répondit sèchement Vivien. C'est une question de principe. Un concept que la direction ferait bien de ne pas oublier.

— Nous sommes toutes les deux très reconnaissantes d'avoir eu l'occasion de travailler au magasin, ajouta Grace. Mais ce n'est pas comme ça qu'on traite le personnel, ici. Du moins, qu'on devrait le traiter.

— Et sans préavis ? Vous avez l'intention de partir sur-le-champ, aujourd'hui, en violation de la règle n° 51 et de ses exigences très claires ?

— Les règles s'appliquent à tous ou elles ne s'appliquent à personne, lui répondit Vivien d'un ton amer.

— Ce n'est pas comme ça que ça fonctionne, répliqua-t-il, se sentant gagné par la colère et l'incompréhension.

— Alors, renvoyez-nous aussi, conclut Vivien.

Les deux femmes tournèrent les talons et longèrent le couloir bordé de livres avant de sortir ensemble par la porte, comme cela avait été le cas tous les jours ouvrés depuis la fin de la guerre.

Les femmes ayant quitté le magasin pour de bon, les hommes ne savaient plus où donner de la tête. Alec McDonough devait s'occuper seul du rez-de-chaussée, et M. Dutton connaissait suffisamment les habitudes de travail d'Alec pour s'affoler face au chaos qui ne tarderait pas à s'ensuivre en matière d'approvisionnement et d'ordre. Frank accepta à contrecœur de rester au magasin autant que possible, ce qui l'amènerait à manquer plusieurs ventes de printemps. Avec le départ imminent de

M. Ramaswamy, Herbert Dutton avait l'impression que la machine à vendre des livres, bien huilée depuis trente ans, s'arrêtait de manière mystérieuse et irréversible. Pire encore, il n'avait même plus l'impression de maîtriser l'engrenage.

Herbert et Frank dînaient ensemble, se plaignant de plusieurs désastres survenus après le départ des femmes, le matin même, et qui ne feraient que s'amplifier en leur absence. Après le dessert, les deux hommes se retirèrent dans le petit salon, comme c'était le cas tous les soirs lorsque Frank était à la maison. Herbert commença à lire méthodiquement ses deux éditions du journal du soir, pendant que Frank feuilletait superficiellement des brochures de voyage et le *National Geographic*.

Tandis que Herbert tournait une à une les pages du *Times*, Frank recommença à se plaindre d'Alec McDonough, à qui il reprochait d'avoir été distant et distrait tout au long de la journée.

— Peut-être se reposait-il encore plus sur Mlle Lowry que nous ne le soupçonnions, suggéra Herbert.

— Je t'avais dit de la nommer directrice adjointe à ton retour.

Herbert secoua le menton en continuant de tourner les pages de son journal.

— Le pouvoir lui serait certainement monté à la tête. Ça aurait découragé les clients masculins et compliqué la tâche d'Alec.

— Le jeune prodige, marmonna Frank avec un sourire contrit. Même s'il n'est peut-être plus aussi prodige que ça, hein ?

— Il n'aurait jamais dû être mêlé à nos affaires privées. C'est notre faute.

Frank posa son exemplaire du *National Geographic* en adressant un soupir à son partenaire de près de vingt ans.

— Non, rien de tout ça n'est notre faute. Nous avons tous été mis dans une position intenable. Se cacher comme si notre vie – cette vie – en dépendait…

— Eh bien, c'est le cas.

Herbert était toujours le plus calme et raisonnable, à la maison.

— Mais imagine comme les choses seraient différentes, si ce n'était pas le cas. Et Alec devrait alors y être confronté, réellement. Et en tirer une leçon, avec un peu de chance, et pas seulement à ce sujet… (Frank désigna la pièce d'un grand geste avec son bras long et élégant), mais aussi à propos de lui-même. Il est clairement amoureux de Vivien et n'a absolument aucune idée de comment s'y prendre.

— Contrairement à toi ?

Les deux hommes se regardèrent, avant d'éclater de rire, aussi bien à cause de l'ironie que de l'absurdité de la situation, leur premier véritable moment de légèreté depuis des jours.

— Les voyages me manquent. (Frank reprit le *National Geographic*.) J'ai été ravi que Mlle Perkins suggère que nous commercialisions ce magazine. Elle va sincèrement me manquer. Et voilà que M. Ramaswamy s'en va aussi. Nous aurions vraiment pu faire mieux, sur ce coup-là.

Herbert observa l'homme qu'il aimait. Si doux, confiant, mais facilement distrait, tellement différent de lui. Ils avaient été amis, amants et colocataires durant de nombreuses années, et, pendant tout ce temps, Herbert s'était dit que c'était suffisant. Alors qu'il était alité depuis des semaines, inquiet de la fragilité croissante de son cœur, il avait été à la fois surpris – et profondément ému – par le degré de dévouement de Frank. Il comprenait à présent que le plus grand privilège d'être aimé était d'être choyé et indispensable pour quelqu'un. Pourtant, en tant que couple, ils avaient été privés de vivre cet amour pleinement, et Herbert s'était convaincu que leur situation était supportable. Nécessaire. Compréhensible.

Il s'était persuadé de tout cela pour survivre, et avait renvoyé Mlle Stone pour la même raison. Il avait fait passer la sécurité et le confort avant tout le reste, et, dans cette approche déséquilibrée de la vie, il s'était créé un refuge qui allait forcément finir par être anéanti.

C'était certainement ce que l'univers – sous l'apparence de Vivien et de Grace, désormais parties – avait tenté de lui faire comprendre, alors que les hommes se demandaient, affolés, comment maintenir la boutique en activité. Malgré les efforts confus de Herbert, le docteur Feasby faisait désormais affaire ailleurs, furieux d'avoir perdu le livre qu'il avait été si déterminé à acquérir. Le désespoir de Herbert, qui avait licencié Evie dans le seul but de conserver un client difficile mais de longue date, montrait à quel point le magasin avait besoin de chaque centime. Les bénéfices annuels de *Bloomsbury Books* étaient toujours aussi maigres. Frank et lui pouvaient continuer à accepter des actions de lord Baskin en échange de quelques semaines de salaire jusqu'à l'année suivante, lorsqu'ils seraient enfin propriétaires du magasin. C'était dire à quel point la situation était tendue.

Herbert n'était même plus certain de vouloir conserver sa participation financière dans la librairie, et encore moins de l'augmenter. Après ce dernier combat pour sa santé et la présence inébranlable de Frank à ses côtés, il commençait à se demander s'il ne serait pas plus judicieux de préparer sa retraite et de permettre à Frank de poursuivre ses propres passions. Il avait toujours semblé apprécier les voyages plus que les livres, et n'avait jamais ressenti le besoin d'être à la boutique toute la journée, contrairement à Herbert. Le fait de posséder le magasin ensemble ne ferait qu'étouffer Frank un peu plus.

Peut-être le rêve de devenir propriétaire avait-il toujours signifié autre chose. Peut-être avait-il été – comme les cinquante et une règles – un désir de contrôle, de véritable partenariat, alors qu'en tant qu'homosexuels ils s'étaient sentis tout sauf maîtres de leur destin et de leur existence commune.

Herbert Dutton reporta son attention sur les dernières pages du *Times* où étaient affichées quotidiennement les annonces de diverses ventes, enchères et autres événements à venir. Il faillit manquer l'avis de Sotheby's, mais le nom de « Yardley Sinclair », leur contact de longue date, qui avait toujours été d'un grand soutien pour la boutique, accrocha son œil.

Il laissa le journal tomber par terre.

— Qu'est-ce qu'il y a ? Herbert, mon chéri, que se passe-t-il ? demanda Frank, consterné par la pâleur du visage de Herbert. Est-ce une nouvelle attaque ?

Herbert Dutton secoua la tête, puis émit un curieux son, tandis qu'il reprenait rapidement des couleurs, rougissant à cause de toutes sortes d'émotions.

— Non.

Il poussa un gémissement qui frôla l'éclat de rire.

— C'est Evie Stone.

De grande taille, l'annonce du *Times* indiquait qu'une première édition de *La Momie !*, jusqu'alors perdue, avait été retrouvée. Ce « conte du XXIIe siècle » avait été récemment découvert dans une librairie londonienne. Son nouveau propriétaire, un particulier, avait chargé Sotheby's de vendre aux enchères cette œuvre historique le 15 mars dans ses bureaux du 34-35, New Bond Street. La vente allait être présidée par Yardley Sinclair, le directeur des services culturels, un geste rare témoignant de l'importance de l'événement.

Avec un prix de réserve impressionnant de 500 livres, les marchés londoniens et mondiaux des acquisitions avaient rapidement pris note de la date, et des journalistes du *Times* et du *Daily Mail* avaient été dépêchés pour couvrir l'événement.

La veille de la publication de l'avis de vente aux enchères, Yardley avait eu la surprise de recevoir un mot d'Evie Stone lui demandant d'accepter de prendre le thé avec elle au *Thames Foyer* du *Savoy*, où elle séjournait secrètement en tant qu'invitée de Mimi Harrison.

Si surpris avait-il été du lieu de rendez-vous, Yardley l'avait été davantage encore lorsque Evie avait tiré délicatement de son sac de cuir la précieuse première édition de *La Momie !*. Elle lui avait expliqué calmement, mais fermement que ce livre extrêmement rare lui avait été offert par son employeur lors de son départ involontaire et injustifié la semaine précédente, qu'elle en était donc la propriétaire indiscutable et qu'elle souhaitait organiser une vente aux enchères pour le vendre le plus rapidement possible.

Yardley aurait aimé plus de temps, à la fois pour procéder à une estimation correcte et susciter l'impatience. Si inestimable et digne d'intérêt soit ce livre, il faisait encore partie d'un genre, la science-fiction, en plein essor. Les trois tomes avaient également souffert de l'intérêt relativement faible porté à leur autrice, une femme jusqu'alors uniquement connue pour ses manuels de jardinage destinés aux femmes au foyer. Yardley craignait que les universitaires et les conservateurs masculins, en particulier, ne continuent à sous-estimer la valeur réelle du livre, laissant Evie sans travail, avec seulement quelques centaines de livres pour ses efforts.

Mais Evie tenait absolument à ce que la vente ait lieu au plus vite, avec un prix de réserve de 500 livres. Yardley lui avait suggéré un prix de réserve de 200 livres. Conscient qu'Evie avait perdu son nouvel emploi et qu'elle était seule à Londres, Yardley voulait s'assurer que le livre atteindrait bien le montant minimum requis pour la vente. Selon son avis d'expert, 200 livres étaient un prix raisonnable, atteignable et représentant presque la moitié d'un an de salaire pour la jeune femme. Evie, cependant, avait tenu bon et l'avait emporté.

Quelques jours après la parution dans le *Times*, Yardley fut étonné d'apprendre, par un Frank Allen irrité, la démission soudaine et conjointe du reste du personnel féminin de *Bloomsbury Books*, le même jour que l'annonce de la vente aux enchères. Yardley se demanderait toujours quel événement était survenu le premier. Quoi qu'il en soit, il soupçonnait que l'annonce publique de la vente avait provoqué un tel chaos et une telle fureur à la direction de la librairie que les femmes avaient judicieusement choisi le moment de leur départ.

Ayant déjà cédé à Evie sur plusieurs points substantiels, Yardley avait accepté avec joie une concession supplémentaire : le choix du 15 mars pour la vente du livre. Evie lui avait communiqué cette date de la part de Vivien Lowry, son ancienne collègue chez *Bloomsbury Books*. Yardley était parfaitement conscient de la signification historique de cette date, les ides de mars.

C'était la date limite à laquelle les Romains devaient régler l'ensemble de leurs dettes, et le jour où le règne du *dictator perpetuo* Jules César avait pris fin de manière tristement célèbre.

Chapitre 40

Règle n° 34
Le personnel ne doit jamais mêler travail et plaisir.

Alec McDonough travaillait tard le soir, seul au magasin. Il n'avait plus le cœur à l'ouvrage, et ce, à plus d'un titre. Récemment, il avait bu une pinte au *Lamb* avec Samuel Beckett. Alec avait invité le dramaturge à prendre un verre dans l'espoir d'obtenir des conseils sur son propre travail d'écriture, comme cela avait été le cas avec de nombreux clients importants de la boutique au fil des ans.

Beckett avait refermé les pages de la dernière nouvelle d'Alec et avait éclaté de rire.

— Pourquoi ne pas coucher avec elle, mon vieux, et en finir avec ça ?

Alec fut mortifié de se sentir rougir comme un écolier.

— Écoutez. (Beckett remua sur son siège et posa ses deux mains sur la petite table en chêne devant lui.) L'écriture, c'est un sport de combat. Il faut le vouloir plus que tout. C'est votre cas ?

Alec refusait de passer pour un amateur hésitant, mais, face au regard perçant et aux sourcils froncés de Beckett, le jeune homme eut soudain l'impression que c'était le cas. Il savait que quelqu'un d'aussi célèbre que Beckett pour son pragmatisme n'accorderait pas beaucoup de temps ni de réflexion à autre chose que la vérité, si glaciale et dure soit-elle.

—J'aime tout ce qui concerne l'écriture, sauf écrire.

—Au moins, c'est honnête. Ça se respecte.

Beckett remonta ses petites lunettes rondes sur son front en soupirant.

—Qu'est-ce que je fais, alors ? À part ranger des livres dans une librairie ?

—Je crains qu'il ne vous reste qu'une chose à faire... (Beckett plissa ses yeux bleus avec bonne humeur.) Devenir éditeur.

Une semaine plus tard, Alec était assis, l'air maussade, au bureau de M. Dutton, s'efforçant de rattraper son retard sur les bons de commande encore en souffrance. Les étagères du rayon Fiction du rez-de-chaussée commençaient déjà à se vider, ce qui n'était guère attrayant pour les clients qui s'y rendaient. Vivien devait être encore plus efficace qu'il l'avait craint, se désolait Alec en tâchant de se montrer à la hauteur.

Cela faisait longtemps qu'il tentait de se montrer à la hauteur, et pas seulement au travail. Pourtant, il n'arrivait pas encore à la cerner. Elle refusait de se conformer à l'idée que l'on se faisait d'une femme, et encore moins à la sienne. En tant que bon parti, Alec avait toujours eu du mal à croire que Vivien préférait renoncer à toute histoire avec lui plutôt que de lui pardonner ses paroles insensibles du passé. Curieusement, elle se comportait autant en veuve qu'Ellen Doubleday et Sonia Blair. Leurs futurs amants ne semblaient jamais à la hauteur de l'homme perdu... symbolisé par la date au dos de sa montre, le seul attachement sentimental que Vivien ait jamais manifesté à l'égard de quoi que ce soit. L'inscription continuait de préoccuper Alec, autant que ce premier matin-là, au lit : le simple souvenir d'un autre homme pouvait largement suffire à Vivien, ou, du moins, compter plus que lui.

Evie Stone avait eu tout à fait raison de mettre son attitude sur le compte de l'orgueil masculin. Il n'était guère étonnant qu'il ait éprouvé une telle satisfaction à conquérir le lieu de travail que Vivien et lui avaient partagé, tandis qu'elle trouvait sa propre ambition plutôt inconvenante ; encore un paradoxe qui, jusqu'à présent, lui avait échappé. Porté par son ego, il avait travaillé dur et, sans le savoir, avait beaucoup sacrifié pour que tout ait l'apparence qu'il estimait la plus appropriée.

Tout cela n'avait abouti qu'à une victoire à la Pyrrhus. En faisant tout ce qu'il fallait pour ne pas gagner – et parce que Vivien avait autant l'esprit de compétition que lui –, il s'était mis en position d'échouer de la façon la plus spectaculaire qui soit. La seule chose qu'il souhaitait conquérir, au plus profond de lui – Vivien –, était perdue à jamais.

Paradoxalement, les autres hommes du magasin s'étaient révélés tout aussi incapables que lui de séparer l'amour du travail. Alec savait désormais que toutes leurs relations professionnelles n'étaient qu'une façade pour des désirs plus personnels, tandis que les femmes, pendant tout ce temps, semblaient gérer elles-mêmes les affaires. Pour Herbert et Frank, le magasin n'était qu'un volet de leur union ; le capitaine Scott faisait la cour à la tenancière du pub d'en face ; même lord Baskin semblait avoir des arrière-pensées lors de ses visites régulières à la boutique.

En outre, le magasin s'était avéré invulnérable au changement, offrant le type de routine étouffante qu'Alec avait voulu fuir en choisissant *Bloomsbury Books* plutôt qu'un emploi de bureau. D'un point de vue esthétique, le magasin avait l'avantage de ressembler trait pour trait à ce qu'il était cent ans auparavant, lorsque le huitième comte Baskin l'avait gagné au jeu. Les parquets bien entretenus, les clous typiques de l'époque georgienne et les étagères en vieux chêne avec leurs joints faits à la main avaient quelque chose de réconfortant. Les clients étaient aussi merveilleusement fidèles, même si Alec avait souvent ouvert la porte à une file d'hommes âgés, parapluies et journaux sous le bras, eux-mêmes créatures du passé. Alec les considérait comme une espèce en voie de disparition, l'entraînant avec eux, avec ses tentatives ratées d'écrivain, d'amant et d'ami. Car, sur ce dernier point, il avait également déçu MM. Dutton et Allen.

Lorsque Alec avait rejoint le magasin au lendemain de la Seconde Guerre mondiale, il était en quête d'un nouveau départ. Au travail, les hommes étaient rapidement devenus comme des frères pour lui ; Herbert presque un père. Ce dernier l'avait conseillé et poussé à exploiter tout son potentiel d'une manière tout à fait généreuse et gracieuse. Alec savait qu'il était considéré comme le « jeune prodige » bien avant que Frank le surnomme ainsi, bien avant que Vivien l'affuble du sobriquet de « Tyran ».

Que reprochait-il encore à Herbert et à Frank ? Il aurait dû s'être remis du fait qu'ils lui avaient caché un tel secret. Si c'était leur homosexualité en soi, pourquoi ne parvenait-il pas à séparer la personne de l'acte ? Il se souvint de la désastreuse conférence de Beckett où Daphné du Maurier avait ouvertement flirté aussi bien avec lui qu'avec Vivien, et du malaise que cela lui avait causé. Vivien, en revanche, avait pris tout cela comme un compliment supplémentaire. Il ne faisait aucun doute – et là, Alec sentit une pointe ignoble de jalousie – qu'elle n'avait été que trop heureuse de recevoir les regards appréciateurs de Beckett tout au long de la soirée.

Alec devait se rendre à l'évidence : il était prude. Il en ignorait la raison. Il était incapable de l'associer à un élément précis dans son existence. Il avait l'impression d'avoir toujours été ainsi. Quelque chose dans la nature transgressive du sexe et de l'attirance le rebutait, une répulsion qui n'était libérée pour lui que par l'acte sexuel en soi. C'était ce qu'il avait ressenti en commun avec Vivien depuis le début, depuis la nuit de leur première erreur :

la compréhension partagée et silencieuse qu'un tout autre monde était là, à portée de main, un univers que la plupart n'oseraient jamais explorer.

Ensuite, ils avaient commis de nouveau la même erreur, après le succès de Vivien lors du déjeuner littéraire. Mais, cette fois, leur erreur était incontestablement devenue la dernière.

D'une certaine manière, elle avait été l'ultime souffle de son imagination réprimée. En couchant avec Vivien, il l'avait libérée. Et cette erreur allait à présent rester là, prise au piège, au lit avec elle, et dans l'arrière-boutique au clair de lune, un moment à la fois transgressif et parfaitement, magnifiquement réel. Piégée, craignait-il désormais, dans le simple souvenir de Vivien, de ses cheveux châtains jadis longs et de son visage sans fard, sur l'oreiller à côté de lui. Des années auparavant, à la suite d'une conférence beaucoup plus réussie, un auteur célèbre, notoirement ivre, avait confié à Alec qu'il était resté célibataire pendant toute la durée d'écriture d'un livre. L'auteur était persuadé qu'il existait un lien entre l'accumulation de son énergie sexuelle et la libération de son imagination sur la page.

Alec referma le carnet de commandes et alla le ranger à la caisse. Il était épuisé. Las de réfléchir à tout cela, en long et en large, sans résultat. Fatigué de ne pas pouvoir quitter le souvenir du lit de Vivien, malgré le fait qu'elle lui avait claqué la porte au nez aussitôt après, jusqu'à ce qu'elle ait totalement disparu de son champ de vision. Et, désormais, elle était partie. Il n'aurait plus l'occasion de se disputer ni de se battre avec elle. De rivaliser avec elle pour les affaires de la boutique.

« Vous êtes sûr que ça ne concerne que le travail ? » lui avait demandé Peggy Guggenheim, alors qu'il regardait par la fenêtre du premier étage Samuel Beckett en train de tenter d'emmener Vivien dans la nuit.

Peut-être que Vivien et lui avaient été rivaux dans un tout autre domaine. Son ego meurtri désirait qu'il s'agisse d'amour. Il était blessé que Vivien se soit si volontiers éloignée de lui. Il était resté en haut de l'échelle, perché sur sa tour d'orgueil, et elle était restée derrière la caisse, piégée comme lui, mais bien contre son gré.

Alec posa le carnet de commandes à sa place, sous le comptoir. D'autres livres et catalogues étaient rangés là, et, en les poussant de la main, Alec sentit le bord métallique glacé d'une spirale. Il en tira le carnet dans lequel Vivien avait pour habitude de griffonner, jusqu'au jour où elle avait démissionné avec Grace en signe de protestation.

Au clair de lune, le vert de la couverture luisait presque. Tout le reste de la librairie était d'un brun plus ou moins terne. Vivien avait eu l'œil pour choisir les cahiers les plus brillants et les plus éclatants du rayon papeterie et cadeaux que Grace avait demandé à plusieurs reprises à M. Dutton au fil des ans. Alec ne pouvait reprocher à aucune des deux d'en avoir eu assez de toutes ces disputes et d'être parties. La vie n'allait pas être facile pour elles, en dehors des limites réconfortantes du magasin. L'économie était encore en difficulté. Le revenu hebdomadaire moyen était inférieur à 10 livres. Comment l'une et l'autre allaient-elles trouver un nouvel emploi sans l'aide d'un aussi honnête homme que Herbert Dutton ?

Alec ouvrit le carnet vert et se mit à le lire. Rien de tout cela ne lui était familier. Rien n'avait de sens pour son esprit linéaire et sans imagination. Les idées étaient décousues par endroits, de grandes parties étaient asynchrones, et il y avait un recours excessif aux verbes actifs et aux métaphores. Mais il y avait aussi de la poésie, là-dedans, dans la structure et dans les espaces entre les mots parfaitement choisis. Surtout, il y avait des pages et des pages de dialogues, si riches et si authentiques, bien qu'ils ne ressemblent en rien à la façon dont les gens parlaient réellement. Pourtant, ils capturaient avec force leur façon d'être.

Alec fut à la fois choqué et impressionné par le peu de liens avec ce qu'il connaissait de Vivien Lowry. Son écriture secrète venait d'ailleurs, d'un univers créatif souterrain qu'elle ne rejetait pas, qu'elle n'ignorait pas et qu'elle ne jugeait pas. Elle demeurait la personne la plus libre qu'il ait jamais rencontrée, évoluant en permanence dans deux mondes parallèles, alors qu'il avait à peine exploré l'un d'entre eux.

Il avait un jour écrit une nouvelle entière sur ses sentiments irrésolus pour Vivien. En lisant son carnet, il s'aperçut qu'il était condamné à la perdre depuis le début, mais pas pour les raisons qu'il s'était imaginées. Ce n'était pas une question de tempérament inadapté ni de rancune. Il ne méritait tout simplement pas une femme comme elle. C'était ce que son orgueil avait redouté et combattu depuis le premier jour.

Il n'y avait plus rien à faire. Le clair de lune tombait en cascade sur le vieux comptoir de chêne, couvert de marques laissées par tant de plumes d'oie, de stylos à plume et à bille au cours de ces cent dernières années. Alec fouilla dans la vieille boîte qu'ils utilisaient à la caisse pour ranger les stylos et les crayons, et en tira un rouge. Puis il fit la seule chose que Vivien lui avait laissée, la seule chose qu'il lui restait à faire.

Il se lança dans l'édition de son texte.

Chapitre 41

Règle n° 33
Le personnel ne doit en aucun cas s'immiscer dans les affaires personnelles de ses collègues.

Vivien tourna une dernière fois sa clé dans la serrure de porte de *Bloomsbury Books*.

Elle avait omis de la rendre avant de partir avec Grâce, en début de semaine. Elle avait également oublié de récupérer son carnet de notes sous la caisse. Elle revenait à présent tard dans la nuit pour réparer ses erreurs sous le couvert de l'obscurité, n'étant pas d'humeur à affronter les membres de la direction.

Mais elle avait d'abord retrouvé Samuel Beckett au *Dorchester Bar*. En organisant la rencontre, Ellen Doubleday avait qualifié l'endroit de « ligne de démarcation », rappelant à Vivien leur penchant commun pour les surnoms.

Devant un cocktail, Beckett avait rendu à Vivien le vieux carnet à spirale que Daphné du Maurier lui avait remis, à présent annoté de tourbillons d'encre rouge, de gribouillis et de griffonnages à peine lisibles. Vivien s'était demandé si, un jour, ce carnet ne deviendrait pas l'objet le plus précieux en sa possession, surtout si ses propres écrits, à l'intérieur, demeuraient méprisés et ignorés.

Assis à ses côtés au comptoir, le carnet entre eux deux, Beckett s'était étendu sur tous les défis auxquels un jeune dramaturge devait faire face. Vivien l'avait écouté respectueusement, étonnée qu'un auteur aussi réputé lui accorde autant de temps. Mais Samuel Beckett avait couché avec Peggy Guggenheim, qui connaissait Ellen Doubleday, qui était aimée de lady Browning, dont l'agent littéraire était Spencer Curtis Brown, qui avait connu George Orwell, qui avait épousé Sonia Brownell, et qui connaissait à présent Vivien. C'était le genre de réseau qui avait permis le premier – et sans doute le dernier – déjeuner littéraire chez *Bloomsbury Books*. Le succès de l'événement organisé par Vivien avait conduit à son amitié avec Sonia Blair et à la riposte d'Alec avec la conférence de Beckett, dont l'échec avait mené à ce soir.

Rejetée par le septième comte et la comtesse St Vincent en raison de son éducation résolument de classe moyenne et de son manque de prestige social, Vivien se demandait comment la famille de son défunt fiancé la considérerait aujourd'hui. Ce qu'il y avait de bien avec ces nouvelles relations, c'était qu'elle ne les avait pas cherchées à des fins stratégiques : c'étaient elles qui l'avaient trouvée. Une montre Tank de Cartier, une rencontre dans un hall d'hôtel, une nouvelle bancale inspirée par cette même vie de classe moyenne… ces éléments disparates avaient attiré une coterie de femmes riches, elles-mêmes sous le choc d'une perte ou d'une déception amoureuse. Pour supporter la douleur, cependant, elles nourrissaient toutes le seul espoir que les privilèges pouvaient conférer : la capacité d'anticiper et de rechercher un nouvel horizon. Si l'argent les avait piégées, d'une certaine manière, il leur avait aussi offert une échappatoire que Vivien, Grace et – jusqu'à présent – la jeune Evie Stone ne pouvaient envisager dans leur propre vie.

Vivien enjamba le fil de fer sur le seuil du vestibule, empêchant le battant du carillon de venir frapper son boîtier métallique, comme c'était le cas tout au long de la journée. Refermant la porte derrière elle, elle passa lentement devant les tables de livres, se laissant guider par le clair de lune. Elle contempla les rangées d'étagères et se sentit étonnamment nostalgique. Quoi qu'il advienne, l'époque de *Bloomsbury Books* était révolue.

Une petite lumière était restée allumée dans le bureau de Grace. Vivien longea le couloir pour l'éteindre, dans un dernier acte d'obéissance.

— Oh !

Elle se figea à la vue d'Alec, assis au petit bureau débarrassé avec un air d'écolier, les manches retroussées, le gilet défait et ses cheveux blonds dans les yeux.

— Tu es revenue ?

Il posa machinalement les mains sur son travail.

— Seulement pour rendre ma clé. (Elle scruta dans l'obscurité l'éclat familier de la spirale métallique sur les bords du papier devant lui.) Et pour récupérer mon carnet… Alec…

Il s'écarta du bureau, penaud.

— Vivien, je n'en avais aucune idée.

Elle se précipita avec colère pour lui prendre le carnet, mais il posa délicatement sa main sur la sienne.

— Vivien, on peut discuter ? Pour une fois ? (Il esquissa un sourire attristé.) Calme-toi.

Vivien recula. Elle était en effet constamment en colère. Daphné du Maurier partageait sa rage contre le monde entier, mais Ellen Doubleday refusait d'y céder, et Sonia Blair le lui avait déconseillé, ce jour-là, à Queen Square. Vivien se demanda si elle et du Maurier ne se servaient pas toutes deux de cette colère comme carburant pour leurs écrits, et à quel prix.

— Très bien. Parle. Dieu me préserve de t'interrompre.

— Je ne savais pas que tu écrivais, pas comme ça. Pourquoi ne m'as-tu rien dit ?

— Je ne pensais pas que nous étions assez proches.

Il secoua la tête en signe de frustration évidente.

—Je connais des gens. J'aurais pu t'aider.

—Ou t'en servir dans ta prochaine nouvelle.

—Vivien, tu sais qu'il ne s'agissait pas vraiment de toi.

—Inutile de m'en convaincre, crois-moi. Mais je risque d'être la seule à te croire. (Elle se mordit la lèvre pour se retenir de hausser le ton.) Tu aurais dû me prévenir et tu le sais.

—J'aurais dû faire beaucoup de choses différemment. J'ai laissé ma fierté prendre le dessus. Dans mes écrits, et ici, au magasin. Et avec toi. (Il lui tendit le carnet.) C'est excellent. Je suis plutôt jaloux.

Elle n'était pas loin de s'en réjouir. En matière de littérature, Alec était incontestablement difficile, mais il avait bon goût.

—Et désolé d'avoir regardé sans ton autorisation. Je n'ai pas pu m'en empêcher. Je crois que je n'ai jamais pu. (Il hésita.) Je ne pensais pas que tu reviendrais.

Entendant une pointe inédite de regret dans sa voix, elle sentit l'étau autour de son cœur se desserrer d'un cran. Elle s'y opposa rapidement ; ce n'était pas le moment de s'attendrir. Mais, compte tenu des défis qui l'attendaient, il lui fallait commencer à dompter sa colère. Vivien se demanda jusqu'à quel point elle pouvait se montrer polie avec Alec. Pour elle, il avait toujours représenté l'insouciance et la décontraction que permettait la richesse : le snobisme qui sévissait en Angleterre, du mépris pour un accent à la subtile importance d'une montre-bracelet. Son apparence lui accordait bien des avantages, mais celle-ci ne pouvait la mener que jusqu'à un certain point. Il n'était donc pas étonnant que quelqu'un comme Ash, si direct et maître de lui-même, ait décidé de tout abandonner.

—Où comptez-vous aller, Grace et toi ? (Elle haussa les épaules.) Eh bien, il faut que je te dise que je m'en vais, moi aussi.

Réellement surprise, Vivien arqua un sourcil.

— Il faut que je te dise autre chose. (Il lui fit signe de s'asseoir face à lui.) J'ai envisagé de racheter les parts de lord Baskin dans la librairie avec une partie de mon héritage. Même si le licenciement d'Evie par Dutton n'a certainement pas arrangé les choses. (Alec hésita.) Tu n'as pas l'air étonnée…

— Venant de toi, rien ne me surprend.

Elle prit place à contrecœur en face de lui.

— Quoi qu'il en soit, ça a été une décision assez éphémère, en fin de compte.

— Qu'est-ce qui t'a fait changer d'avis ?

Alec soupira.

— J'ai toujours rêvé d'être écrivain, mais c'est difficile pour moi, vraiment. Ce n'est pas une compétence que l'on peut acquérir uniquement par le travail. Il faut une étincelle d'imagination, une conscience des sentiments. Et il ne se passe rien, là-dedans.

Souriant, il désigna sa tête d'un geste débordant d'autodérision.

— J'aurais pu te le dire tout de suite.

Son ancien côté taquin remplaçait peu à peu le ressentiment perpétuel qu'elle éprouvait à son égard.

— Ce n'est pas difficile pour toi, pourtant, hein ? Ça vient tout seul.

— Je ne suis qu'une jolie façade.

— Non, pas du tout. Tu es juste… très authentique.

Elle le dévisagea avec curiosité.

— J'ai toujours cru que ta colère était un mur qui t'empêchait de ressentir quoi que ce soit. Mais ce n'est pas le cas, n'est-ce pas ? Elle vient au contraire de ce que tu ressens. (Il désigna d'un signe de tête le carnet qu'elle tenait dans ses mains.) J'imagine qu'il faut bien qu'elle aille quelque part.

— Si c'est vrai, je n'en suis pas consciente.

— Ça n'enlève rien à ton talent.

— Je n'ai pas dit que c'était le cas, rétorqua-t-elle d'un ton enjoué.

Ils se regardèrent tous les deux avant d'éclater de rire.

— Alors j'ai pris une décision. (Alec leva ses deux mains et joignit doucement l'extrémité de ses doigts.) Je commence dans deux semaines chez Faber, à Russell Square. En tant qu'assistant de rédaction.

Il la regarda avec enthousiasme, lui faisant comprendre combien son opinion, son assentiment, comptaient pour lui. Ils avaient jusqu'à présent tous deux mêlé ce désir d'approbation à la rancœur d'en avoir tant besoin. La guerre en était-elle responsable : avait-elle rendu le fait de dépendre de quelque chose ou de quelqu'un si risqué qu'il valait mieux s'endurcir ?

Une fois encore, Vivien sentit qu'elle commençait à s'attendrir. Le plus troublant était que ce moment ne ressemblait pas à un adieu, après tout. Même le passé lui semblait différent. Cela ne ressemblait pas non plus à une erreur ou à un début, mais peut-être un prélude à quelque chose de bien plus inattendu.

— Éditeur ? (La nouvelle la réjouit étonnamment.) Mais, Alec, c'est parfait pour toi… bien sûr.

— Tu trouves ? J'en suis ravi. Beckett semble le penser aussi.

— Beckett ?

— Oui. Il m'a dit que j'écrivais comme un pied.

Vivien dut se mordre la lèvre pour se retenir de rire.

— Tant pis. (Alec laissa échapper un éclat de rire.) Il s'est avéré qu'il connaissait l'un des directeurs de Faber, et il nous a présentés. À moins qu'il ait juste tenté de m'éliminer comme rival vis-à-vis de toi.

Vivien fit la grimace.

— Ne t'inquiète pas, Alec. Je te repousse uniquement à cause de ta personnalité.

Ils rirent de nouveau ensemble, avec facilité, enfin les collègues complices qu'ils n'avaient jamais été. Pour la première fois depuis des années, Vivien eut l'impression de pouvoir lui faire confiance, et se surprit à vouloir se confier à lui au sujet d'Evie et du livre. Mais ce n'était pas uniquement son secret.

— Alec, il faut que je te dise que je suis fière de toi. Pour une fois, tu ne t'es pas fait une place juste grâce à ton porte-monnaie.

— Merci, Viv.

— Non, je suis sincère. Il faut beaucoup de courage pour renoncer à tout comme ça et tenter l'aventure.

Il secoua la tête.

— Ça va aller. Mais je me fais du souci pour toi, et pour Grace. Et pour la pauvre Evie.

— Oh, je trouverai autre chose. Ne t'en fais pas pour moi.

— Je m'inquiète, pourtant. Je m'inquiéterai toujours.

Elle n'avait rien à lui répondre, pour l'instant. *Bloomsbury Books* allait sans doute bientôt disparaître, mais il y avait toujours la promesse que quelque chose de nouveau naîtrait à sa place. Quoi qu'il en soit, cela ne se ferait qu'en rompant totalement avec le passé. Vivien se demanda s'il en irait de même pour elle et Alec, avec suffisamment de temps et de distance entre eux.

— Que comptes-tu faire, après ? s'enquit-il.

Elle se leva, son carnet vert à spirale dans une main.

— Dominer le monde, déclara-t-elle avec éclat, déposant sa clé sur le bureau de son autre main, avant de quitter *Bloomsbury Books* pour de bon.

Ashwin Ramaswamy avait accepté de revoir Evie Stone une dernière fois.

Depuis son licenciement, elle avait complètement disparu de *Bloomsbury Books* et de sa vie. Le lundi suivant, Vivien et Grace avaient également quitté le magasin, d'une manière qui semblait bien trop théâtrale pour qu'il puisse s'agir d'une coïncidence. C'était à ce moment-là qu'Ash avait commencé à se douter de quelque chose. Ses soupçons avaient été confirmés lorsqu'en ouvrant le *Times*, ce soir-là, il avait découvert l'avis de Sotheby's annonçant la mise aux enchères imminente de *La Momie !*. Le livre même qu'Evie avait demandé, reçu, et glissé dans son petit sac en cuir ; le livre même contre lequel le docteur Septimus Feasby avait pesté moins d'une heure plus tard, si bruyamment que plusieurs clients avaient immédiatement fui le magasin, ainsi que tout futur contrat avec le British Museum.

Ash détestait la façon dont les choses s'étaient finies entre Evie et lui. Aussi avait-il été très soulagé – et un peu nerveux – quand il avait reçu son mot au foyer, quelques jours avant la vente aux enchères. À sa manière polie mais directe, Evie lui demandait de la retrouver près du Musée d'histoire naturelle, au salon de thé où ils avaient déjeuné pour la première fois ensemble. Depuis, ils avaient partagé de nombreux repas et promenades, la plupart du temps sous le regard intrusif et hostile de badauds qui tentaient de donner un sens à ce qu'ils refusaient de comprendre. Comme la serveuse écossaise qui se tenait à présent à leur table, attendant une fois encore avec autant d'impatience que de mépris. Ash aurait voulu lui faire une remarque, mais il savait que c'était inutile. De plus, il allait bientôt partir, lui aussi, et préférait éviter que son impolitesse fasse partie des derniers moments qu'Evie et lui passeraient ensemble.

— Leurs regards ne me manqueront pas, se contenta-t-il de dire à Evie, après que la serveuse les eut quittés en faisant claquer bruyamment son calepin contre sa main.

Evie était assise tranquillement face à lui, toujours visiblement contrariée par sa décision de rentrer chez lui.

— Les gens me regardent bizarrement aussi, parfois. Je sais que ce n'est pas pareil...

— Ça n'a rien à voir. Tu as raison. Et c'est cette différence qui fait tout. Ils pensent toujours te connaître. Mais ils ne savent rien de moi – pourquoi je suis venu, ce que j'attends d'eux, parce que j'attends forcément quelque chose –, et c'est ce qui les pousse à me détester, le fait de ne pas savoir. J'en ai assez.

— C'est donc pour ça que tu pars ?

— Non. Ça rend simplement les choses plus faciles.

Evie remua sur son siège d'un air gêné, comme si elle voulait dire quelque chose.

— Qu'est-ce qu'il y a ? demanda-t-il doucement.

— C'est juste que... tu ne sembles pas être quelqu'un qui cherche la facilité.

— Je veux la justice. (Il s'éclaircit la voix.) Comme toi.

Elle hocha rapidement la tête.

— Et si tu avais une boule de cristal ?

— Pardon ?

— Une boule de cristal. Une amie, chez moi, Frances – mon ancienne employeuse en fait, elle est un peu plus âgée que moi –, disait toujours que, dans la vie, y valait mieux faire semblant d'avoir une boule de cristal pour essayer d'imaginer comment se terminait tout c'qui nous arrivait. Et pour voir que, finalement, les mauvaises choses qui t'inquiètent n'arrivent jamais. Pour l'instant, rien ne te dit que la situation ne va pas s'améliorer.

— Tu parles d'espoir ?

— Pas seulement. De prendre les choses au jour le jour, petit à petit. Jusqu'à c'que tu saches vraiment à quoi t'es confronté. Ash...

— Oui, Evie ?

— Je ne veux pas que tu partes. (Elle baissa les yeux. Elle refusait de croiser son regard.) Je t'aime.

Il ne s'y attendait pas. Il avait du mal à croire que ces paroles venaient d'elle, si jeune, si résolue et si fière. Bien sûr, il n'avait aucune envie de la quitter non plus. Mais, tout comme lord Baskin, jamais il n'aurait poussé la femme qu'il aimait à aborder un sujet dont elle préférait éviter de parler. Ses besoins ne rivaliseraient jamais avec son désir inné de la traiter avec courtoisie.

Surtout, il ne pourrait jamais demander à la femme qu'il aimait de renoncer à tant de choses pour lui. C'était en grande partie pour cette raison qu'il envisageait de partir. Cette décision douloureuse leur simplifierait finalement la vie à tous les deux. Ils couperaient les ponts, ce qui les obligerait à passer à une situation plus « convenable », comme les Britanniques aimaient à le dire. Il était facile d'aimer Evie, la personne la plus pure, la plus directe et la plus courageuse qu'il ait jamais rencontrée. Mais il lui serait inutilement difficile de passer sa vie avec lui. Il n'avait pas oublié la bousculade et les injures de l'inconnu dans la rue après que Stuart Wesley se fut éloigné et qu'Ash eut relâché le bras d'Evie, la seule fois où ils s'étaient vraiment touchés. Comment pouvait-il la soumettre à de tels mauvais traitements permanents alors qu'elle menait une existence déjà suffisamment compliquée, surtout maintenant ?

— Evie…

Elle secoua la tête.

— Non. Je t'en prie.

— Evie, je ne peux pas te demander une chose pareille. Tu dois le savoir. Tu mérites ce qu'il y a de mieux. (Il avait un nœud dans la gorge.) Et je ne peux pas te l'offrir.

— Je peux m'en procurer une partie toute seule.

Elle le regarda enfin dans les yeux, et il y décela une nouvelle lueur de détermination.

— Tu ignores à quel point ce sera difficile, insista-t-il. Personne ne peut t'y préparer. Je ne peux pas – peu importe ce que je ressens –, je ne peux tout simplement pas.

— Tu ne m'aimes pas ?

— Ce n'est pas la question. Même l'amour n'est pas à la hauteur de l'horrible façon dont les gens se comporteront envers toi, envers… nous.

— Je ne me suis jamais souciée des autres. Au contraire. Je devrais même m'en préoccuper davantage.

— Il ne s'agit pas seulement de toi, ni de moi. (Il hésita.) Il s'agirait aussi de nos enfants.

Le simple fait qu'il ait mentionné cette idée lui fit monter les larmes aux yeux. Ash se mit à chercher son mouchoir pour le lui prêter, l'expression d'une émotion aussi soudaine de sa part lui brisant le cœur.

— Tu es exactement comme M. Dutton.

— Je te demande pardon ? demanda-t-il, surpris.

Elle hocha la tête, les larmes commençant à couler.

— Vous avez vos propres règles, et tout le monde doit les respecter. (Elle se sécha les yeux avec le mouchoir qu'il lui tendait.) Mais qu'en est-il de ce que je veux ? De ce pour quoi je suis prête à me battre ?

Ash commença tout juste à comprendre qu'en prenant cette décision pour eux deux il l'empêchait d'avoir son mot à dire. Il pensa à Grace et à Vivien, qu'il avait toujours discrètement admirées, et à la façon dont elles aussi semblaient avoir été tenues à l'écart, à cause de décisions prises par des hommes, de l'amour et du bonheur qu'elles méritaient. Il arrivait souvent aux femmes – en fait, à beaucoup de monde – d'être confrontées à des événements qui les maintenaient sur un chemin qu'elles n'avaient pas entièrement choisi et qui ne leur permettait jamais de s'épanouir véritablement.

Lorsque Evie se leva et quitta précipitamment la table, encore en pleurs, Ash s'aperçut que lui aussi la maintenait sur un chemin qui n'était pas entièrement le sien. Ce qu'il déplorait le plus dans sa propre existence. Le fait de ne pas pouvoir vivre comme on l'entendait était une forme de servitude, quelque part. Pour que les choses demeurent en l'état, les individus au pouvoir avaient besoin que les gens comme lui, Evie, Grace et Vivien restent eux aussi à leur place. En retournant en Inde, Ash savait qu'il donnait l'impression d'avoir baissé les bras. Mais, au moins, cela ressemblait à un choix. Contrairement à ces regards affreux de la part de la serveuse ou aux insultes chuchotées des autres qui le remettaient constamment à sa place. Là où il n'avait aucune envie de se trouver. Mais, surtout, là où il refusait à jamais d'emmener Evie.

Depuis ce moment atroce au magasin où il était monté en courant du sous-sol juste à temps pour la voir quitter le bureau de M. Dutton, en larmes et le visage rougi, montant droit au premier, il était inquiet pour elle. Personne ne l'avait suivie – il s'était demandé si c'était intentionnel de la part des autres femmes –, et elle avait peu après redescendu la « Via Dolorosa » de Vivien, serrant le sac de cuir abîmé contre son flanc, tenant fermement le seul trésor qu'elle était la seule au monde à avoir trouvé.

Il se souviendrait toujours de ce moment, de la victoire arrachée par une fille unique et déterminée.

Quoi qu'il advienne par la suite, il garderait toujours ce souvenir en lui, bien plus précieux que n'importe quel livre.

Chapitre 42

Règle n° 7
Il est interdit de remettre en question la réputation du magasin, que ce soit en public ou en privé.

La vente aux enchères était sur le point de débuter.

Yardley Sinclair inspecta la salle principale du niveau inférieur de Sotheby's, pleine à craquer d'acheteurs potentiels, de spectateurs intrigués et de divers journalistes. La salle était tellement bondée qu'on avait apporté des chaises supplémentaires depuis d'autres pièces. Yardley était anormalement nerveux, tant pour Evie Stone que pour lui, et il cherchait du regard des visages qu'il était susceptible de connaître. L'espace d'un instant, il crut reconnaître un visage familier en forme de cœur, au dernier rang, mais la personne avait une chevelure d'un blond peroxydé qui lui était inconnu, et la rangée de têtes devant lui masquait ses autres traits.

Le reste de la foule était essentiellement composé de représentants masculins de musées, de bibliothèques et d'autres institutions prestigieuses. Yardley remarqua un peu plus de femmes qu'à l'accoutumée, toutes d'un « certain âge », comme il aimait à le dire. Probablement de riches Américaines de passage à Londres durant leur périple européen hivernal.

En montant sur l'estrade pour lancer les enchères en sa qualité de directeur des services culturels, Yardley étudia une dernière fois la foule assez dense. Du coin de l'œil, il aperçut Evie Stone, qui regardait fixement de l'autre côté de la salle. Suivant son regard pénétrant, Yardley repéra la présence de Stuart Wesley, le jeune homme passé chez Sotheby's quelques semaines auparavant au sujet de *La Momie !*. Il était assis au bout de la première rangée, à trois sièges du docteur Septimus Feasby du British Museum. Yardley espérait que le jeune homme savait ce qu'il faisait. Lui-même n'aurait pas aimé être la cible d'un des regards déterminés d'Evie Stone.

Le professeur Fredrik Christenson, nouveau vice-président du Jesus College de Cambridge, et son collègue Robert Kinross, désormais maître de recherches, étaient assis entre Feasby et Wesley sur des chaises en bambou dont les coussins étaient couverts d'une broderie au crochet. Les quatre hommes occupaient une rangée complète à l'extrême gauche de l'estrade, du côté opposé au mur de miroirs et à la double porte d'entrée. Christenson consulta la nouvelle Rolex Tudor Oyster qu'il s'était offerte à la suite de sa récente nomination au poste de vice-président. Il leva les yeux, visiblement agacé, lorsque les portes s'ouvrirent une dernière fois, quelques secondes avant l'heure exacte et le début de la vente aux enchères. Une femme mince tout de noir vêtue se glissa aussitôt à l'intérieur, se dirigeant directement vers le fond de la salle, prenant place dans l'angle le plus éloigné, suivie d'une femme d'âge mûr d'allure aisée, qui restait debout près des portes dans son manteau de fourrure, et du journaliste fébrile du *Daily Mail*, qui avait récemment défié Daphné du Maurier sur une scène beaucoup moins chic.

— Nous avons devant nous aujourd'hui, annonça Yardley sur son ton inquiétant habituel, une découverte des plus spectaculaires et des plus rares : *La Momie ! Un récit du* XXIIe siècle. Une première édition de la maison d'édition londonienne Henry Colburn, publiée de façon anonyme en 1827 par une jeune femme qui deviendrait plus tard Jane Loudon, la célèbre experte en jardinage. Trois tomes reliés de cuir avec des plats marbrés et des lettres gaufrées dorées dans un état de conservation exceptionnel. L'une des deux seules éditions publiées par Colburn, l'une des trois seules impressions jamais réalisées et, à l'heure actuelle, l'unique exemplaire connu de la première édition. Récemment, et avec beaucoup d'enthousiasme, d'éminents critiques et spécialistes du livre ont salué cet ouvrage comme l'un des premiers exemples de science-fiction, un des genres en plein essor parmi les plus fascinants de la littérature. *La Momie !* est prémonitoire tant par son thème que par son contenu, et Sotheby's est très honorée de vous présenter aujourd'hui cette œuvre historique. Les enchères s'ouvrent à présent à 200 livres.

Le docteur Feasby leva la main. Il avait toute autorité pour enchérir dans les limites de son pouvoir discrétionnaire au nom du British Museum, dont il était le principal conservateur, l'un des plus anciens dont la réputation n'était plus à faire.

— Deux cents livres pour le monsieur au premier rang. Ai-je bien entendu 250 ? Deux cent cinquante livres !

Le vice-président Fredrik Christenson enchérit à son tour. Outre le prestige de son nouveau poste, le professeur Christenson demeurait le plus grand spécialiste de littérature anglaise du XIXe siècle à l'université de Cambridge. Il avait toute latitude pour enchérir au-delà du prix de réserve, jusqu'à 1 000 livres, un montant à la fois improbable et peu inquiétant. Bien que Christenson soit en concurrence avec le docteur Feasby et le British Museum, l'étroitesse de leurs relations permettrait toujours le prêt d'importantes ressources académiques entre les deux institutions.

— J'entends bien 300 livres ? Trois cents livres ?

Yardley s'efforça de ne pas laisser transparaître d'excitation prématurée dans sa voix, mais il était intérieurement ravi qu'Evie Stone puisse finalement obtenir son prix de réserve.

— Quatre cents.

Toutes les têtes se tournèrent vers la voix féminine qui venait d'enchérir. Son visage était dissimulé par un chapeau à larges bords, sous lequel on distinguait d'épaisses montures de lunettes noires.

Le docteur Feasby commençait à s'agiter sur sa chaise.

— Quatre cent cinquante, déclara-t-il sans attendre l'invitation de Yardley, manifestement désireux d'atteindre le prix de réserve et d'en finir avec la procédure.

— Quatre cent cinquante ! psalmodia Yardley. Est-ce que j'entends 500, le prix de réserve ? Désormais, toute offre gagnante engagera pleinement le vendeur.

— Mille livres, annonça une nouvelle voix féminine au fort accent américain.

Aussitôt, tous les regards convergèrent vers la femme assise au centre de la salle. Elle semblait vaguement familière à Yardley, avec ses cheveux courts bouclés et son long collier de perles qu'elle tripotait entre ses doigts. Elle ne paraissait cependant pas le faire par nervosité, car elle se tourna joyeusement vers les spectateurs ébahis.

Yardley déglutit sous l'effet de l'excitation.

— Mille livres. Est-ce que j'entends 1 100 ?

Le docteur Feasby ne se donna pas la peine de regarder ses concurrents dans la salle. Il se contenta de lever d'un air grave et avec assurance son index droit en direction de Yardley.

Les limites du pouvoir discrétionnaire du vice-président Christenson étaient à présent dépassées. Il se pencha pour s'entretenir avec Kinross et Wesley à sa droite, puis tapota sur le bras du docteur Feasby, à sa gauche, lui souhaitant bonne chance en marmonnant. Aucun des hommes de la première rangée de gauche ne manifestait d'inquiétude à ce sujet. Durant les dizaines d'années qu'il avait passées en tant que conservateur en chef des livres imprimés au British Museum, Septimus Reginald Feasby n'avait jamais perdu une seule enchère.

— Mille cinq cents.

La salle sursauta en entendant retentir la voix de l'Américaine, près de l'entrée.

Yardley jeta un coup d'œil à Evie, dont le visage, jusqu'à présent si sombre, s'était illuminé d'une façon dont il ne se souvenait que trop bien. Il était ravi de sa bonne fortune, mais professionnellement stupéfait de ce qui se produisait. Les premières éditions d'œuvres littéraires atteignaient rarement plus de quelques centaines de livres, à moins qu'elles fassent partie des classiques : les folios de Shakespeare, un William Blake original illustré à la main, les premiers romans d'apprentissage comme *Don Quichotte*... Hormis Jane Austen, Yardley ne se souvenait pas que l'œuvre d'un auteur féminin ait jamais dépassé les 1 000 livres dans l'histoire de Sotheby's.

Les enchères se poursuivirent alors furieusement entre Septimus Feasby et quelques femmes disséminées dans la salle, jusqu'à ce qu'on atteigne les 2 000 livres.

— Deux mille cinq cents ! s'exclama une autre voix féminine, celle de l'Américaine aux cheveux blonds du dernier rang.

Yardley tenta de nouveau de la distinguer ; sa voix lui semblait étrangement familière.

— Deux mille cinq cents livres ! annonça-t-il avec joie, attendant impatiemment de voir ce qui allait suivre.

Yardley avait estimé la valeur du livre à 1 000 livres au maximum, en s'appuyant sur les ventes passées d'œuvres littéraires écrites par des femmes. *La Momie !* pouvait avoir de la valeur en tant que précurseur de la science-fiction moderne, mais que penser des quelques classiques féminins reconnus – *Middlemarch*, *Orgueil et Préjugés*, *Jane Eyre*, voire *Frankenstein* – si les enchères sur un roman gothique jusqu'à présent obscur atteignaient plusieurs milliers de livres ?

Au premier rang, le docteur Feasby restait de marbre. Yardley vit les traits tirés et creusés du vieil homme s'assombrir quand il pencha la tête vers le bas, à la fois en signe de mépris pour ses concurrents et de concentration.

— Trois mille, annonça-t-il calmement.

La déclaration de l'éminent conservateur provoqua des applaudissements.

À l'aide de son marteau, Yardley fit taire la salle.

— Trois mille livres ! s'exclama-t-il avec une jubilation non contenue. Une fois, deux fois… adjugé, vendu pour 3 000 livres au British Museum !

Les messieurs du premier rang à gauche étaient en plein conciliabule, tête baissée. Comme d'accoutumée, ils ne prêtaient aucune attention à ce qui se passait derrière eux. Ils ne virent pas quatre femmes et la jeune Evelyn Stone se lever en même temps de leurs chaises pour rejoindre l'Américaine près des portes avant de quitter la salle ensemble, ni n'entendirent le bruit des nombreux appareils photo de presse qui cliquetaient dans leur direction.

Evie resta seule sur le trottoir devant Sotheby's, le « disperseur » des grands trésors du passé et du présent, tandis que les femmes passaient devant elle.

La femme aux cheveux décolorés. Celle au grand chapeau et aux lunettes. Celle aux perles. Celle en fourrure. Celle en noir.

Evie les salua joyeusement pendant qu'elles grimpaient en vitesse dans les taxis qui les attendaient avant de partir dans quatre directions très différentes : les Cornouailles, Boston, Venise et New York. Ces deux dernières semaines, Evie avait tenu de nombreuses réunions secrètes au *Thames Foyer* du *Savoy*, et lord Baskin avait vu juste lorsqu'il avait évoqué Churchill, de Gaulle et Masaryk qui s'y étaient tous réunis pendant la guerre pour conspirer de la même manière. Evie avait effectivement eu l'impression de se trouver à la tête d'une campagne militaire lorsqu'elle avait pris le thé avec chacune de ces femmes, à l'abri des regards derrière des plateaux d'argent à étages et des palmiers en pot, et qu'elle s'était découvert une toute nouvelle compétence : la coordination créative.

Les taxis filèrent devant le flot de cameramans et de journalistes, et tout le monde s'entassa sur le trottoir devant l'entrée majestueuse de la première maison de vente aux enchères du monde. On se bouscula, on cria et on tendit le cou tandis que les enchérisseurs masculins du livre perdu *La Momie !* quittaient rapidement l'institution et battaient en retraite, presque honteux. Alors que les appareils photo crépitaient à leur suite et que la mer de chapeaux melon noirs commençait à refluer, Evie scruta la foule d'hommes et vit devant elle, comme s'il l'avait toujours attendue, le seul homme qu'elle ait jamais osé espérer voir ce jour-là, la main tendue vers la sienne.

— Tu ne pars pas ? demanda-t-elle, stupéfaite.

— Non. (Ash prit sa main dans la sienne avant de s'incliner pour l'embrasser sous les yeux de la foule qui se dispersait.) Parce que j'ai enfin trouvé une chose que je ne pourrai trouver nulle part ailleurs.

Et, à cet instant, Evie comprit qu'elle avait tout gagné, finalement.

Quant à ceux qui venaient de perdre face à elle, et à celles responsables de leur défaite, leurs noms figureraient plus tard en légende sous les photos prises à la hâte au moment où Yardley abattait son marteau une dernière fois de manière retentissante.

Mme Ellen Doubleday, veuve récente de Nelson Doubleday père.

Mlle Mary Ann « Mimi » Harrison, actrice.

Lady Browning, alias Daphné du Maurier, écrivaine.

Mlle Marguerite « Peggy » Guggenheim, héritière et collectionneuse.

Mme Sonia Brownell Blair, veuve récente de l'écrivain George Orwell (né Eric Blair).

Chapitre 43

Règle n° 1
Le magasin situé au 40 Lamb's Conduit Street, Bloomsbury, sera connu ad vitam æternam sous le nom de Bloomsbury Books & Maps.

La liquidation d'une grande partie du stock de *Bloomsbury Books* eut lieu deux semaines plus tard.

Les trente mille références furent réduites de moitié, livre par livre, sur une période de plusieurs jours. Pendant ce temps, Evie montait la garde à l'étage des livres rares afin de vérifier que seuls les ouvrages correctement estimés par elle-même et Yardley quittaient les lieux pour être remis aux mains des clients impatients. Ainsi, la collection de livres rares, dotée de la plus grande valeur de tous les rayons de la librairie, demeura relativement intacte.

Le rayon Histoire fut le plus sévèrement touché, le capitaine Scott n'étant pas parvenu à maintenir son stock à la hauteur des attentes du lectorat. Après une visite de Mlle Elsie Wakefield, conservatrice adjointe de l'herbier des jardins botaniques royaux de Kew, le rayon Sciences et Nature devint le second le plus dévalisé. Ayant subi au fil des ans de nombreux accrochages avec le conservateur des livres imprimés du British Museum, Mlle Wakefield avait été ravie d'apprendre que le docteur Feasby avait subi un revers commercial à cause du livre perdu *La Momie !*.

Grâce à la correspondance qu'elle avait entretenue par la suite avec Evelyn Stone, Mlle Wakefield avait eu l'occasion de consulter les livres de botanique et les autres ouvrages scientifiques du magasin avant qu'ils soient vendus au public. Très impressionnée par les connaissances et l'actualité de la collection, elle en avait acquis un grand nombre avant d'offrir à Ashwin Ramaswamy, alors au chômage, le poste de nouveau bibliothécaire en chef à Kew.

Les bénéfices de la liquidation ayant été réintégrés à la trésorerie du magasin, Evie, Vivien et Grace possédaient désormais des actions de *Bloomsbury Books* pour une valeur d'environ 7 000 livres, soit une augmentation significative par rapport aux 3 000 qu'elles avaient récemment versées à lord Baskin avec les bénéfices de la vente de *La Momie !*. Lord Baskin demeurait propriétaire de l'immeuble situé au 40, Lamb's Conduit et de ses immobilisations (le mobilier, les rayonnages, la cuisine équipée et autres). L'investissement des trois femmes dans le magasin se limitait donc à la valeur de son stock, ce qui réduisait considérablement leur exposition financière et les risques encourus, tout en permettant à lord Baskin de conserver un intérêt personnel et financier dans l'activité exercée dans son magasin.

Dutton et Allen possédaient désormais des parts d'une valeur nettement supérieure à celle qu'ils avaient envisagée lorsqu'ils avaient pris leur retraite anticipée de la librairie. Après une visite de lord Baskin à leur domicile, les deux hommes avaient accepté de céder leur participation partielle dans *Bloomsbury Books*. Le comte leur avait expliqué la récente vente de toutes ses actions aux trois anciennes employées du magasin, donnant aux femmes le contrôle majoritaire en tant que bloc de vote. Avec cet afflux soudain d'argent, Herbert et Frank prévoyaient de créer une agence de voyages à Dulwich, maintenant que les Britanniques partaient en vacances à l'étranger en plus grand nombre grâce à la reprise de l'économie. Herbert se concentrerait sur la logistique des vols, des excursions en mer et d'autres moyens de transport, tandis que Frank s'occuperait de mettre en œuvre des circuits touristiques et d'établir des relations avec différents hôtels et d'autres fournisseurs, dans le but d'offrir à leur clientèle des prix compétitifs et des expériences de voyage uniques.

Lorsqu'il apprit que la future librairie du 40 Lamb's Conduit serait entièrement détenue et gérée par des femmes, le capitaine Scott prit aussitôt sa retraite. Il se maria avec Bessie Rosenberg, la propriétaire du *Lamb*, au début du mois d'avril, après quoi il établit ses quartiers dans un recoin du bar historique et régala tous ceux qui voulaient bien l'écouter de ses récits en mer. À la surprise de tous les commerçants du coin, Scott devint également un compagnon dévoué à sa femme, la soignant tout au long d'un déclin prolongé et l'aidant à gérer les affaires du pub.

La maison d'édition Cambridge University Press découvrit que l'annotation de *La Foire aux vanités* par le professeur Kinross, maître de recherches au Jesus College, contenait plusieurs erreurs flagrantes et de nombreux plagiats, tous attribuables à Stuart Wesley, ancien assistant de recherche sur le projet. À la suite du scandale qui s'ensuivit, Sonia Christenson annula ses fiançailles avec Wesley, ce qui entraîna également son départ immédiat de l'équipe de recherche du vice-président Christenson du Jesus College. Septimus Feasby continua à exercer ses fonctions de conservateur au British Museum, mais dans un état d'esprit encore plus déplorable qu'auparavant.

Enfin, pour compléter le rachat de la librairie, les trois nouvelles actionnaires de *Bloomsbury Books* – Evelyn Stone, Vivien Lowry et Grace Perkins – furent tenues de racheter l'ensemble des parts de Dutton et Allen. Ce rachat fut rendu possible par une série de prêts accordés par les cinq femmes qui avaient si habilement contribué à la vente historique de *La Momie !*, prêts rapidement remboursés par une participation de quarante-cinq pour cent dans la société, répartie à parts égales entre les cinq prêteuses. Avec autant de liquidités, la nouvelle direction féminine du magasin prévit de reconstituer ses stocks et de mettre en œuvre plusieurs initiatives conformes à sa vision du magasin.

Elles déposèrent notamment, le 14 avril 1950, une demande de changement de nom pour *Bloomsbury Books* auprès du bureau d'enregistrement des sociétés du Royaume-Uni. La librairie de longue date située au numéro 40 sur Lamb's Conduit Street, s'appelait désormais *Sunwise Turn*, en l'honneur de l'une des premières librairies d'Amérique entièrement détenue et gérée par des femmes. La nouvelle signalétique, le papier à lettres, les étiquettes et les bordereaux d'expédition prirent une teinte orange vif, une couleur très efficace pour la vente, d'après Grace, afin de refléter la nouvelle identité de la boutique.

L'inauguration était prévue pour ce même jour de la mi-avril.

Grace et lord Baskin étaient assis sur le banc devant *Sunwise Turn*, chacun tenant d'une main une tasse de café couleur crème provenant du chariot de Jonny, leur autre main tenant discrètement celle de l'autre. Ils regardaient ensemble vers le deuxième étage du magasin, où Evie les saluait joyeusement tout en regardant avec enthousiasme d'un côté et de l'autre de la rue. Elle guettait l'arrivée d'une grande presse à bras fabriquée au début du siècle et récemment acquise à un prix relativement réduit. Le rayon des sciences ayant été purgé par Elsie Wakefield et déplacé à l'étage des livres rares, l'imprimerie devait être installée au sous-sol, à sa place. Evie prévoyait d'y employer une jeune syndicaliste pour composer et imprimer les œuvres oubliées des écrivaines du passé.

Lorsque le camion arriva enfin, le visage de lutin d'Evie disparut, le temps qu'elle descende quatre à quatre la « Via Dolorosa » afin de superviser la livraison.

— Répète-moi ça, demanda lord Baskin en riant, tandis que l'on entendait les petits pieds d'Evie dévaler l'escalier et franchir les portes d'entrée, maintenues ouvertes par des caisses de livres en prévision de l'arrivée tant attendue.

Les livreurs descendirent de l'arrière du camion, peinant sous le poids de la machine en fonte. Evie les guida vers l'escalier menant au sous-sol, près de la porte de la cuisine, où Vivien se tenait immobile, regardant avec amusement passer l'énorme machine.

— Evie savait qu'il lui fallait deux bonnes semaines pour retranscrire à la main les quelque six cents pages de *La Momie !* avant de les remettre à Sotheby's pour la vente aux enchères, expliqua de nouveau Grace à lord Baskin.

— Les ides de mars n'étaient donc pas qu'une date symbolique... (Grace secoua la tête.) Et tu étais obligée de me cacher tout ça ?

Elle lui serra affectueusement la main.

— J'avais donné ma parole à mes deux autres associées. Tu sais mieux que n'importe qui ce que ça signifie.

— C'est vrai. Mais, tout de même, la quantité de travail que ça a dû nécessiter...

— Environ trente à quarante pages par jour, dix heures par jour. Elle était enfermée au *Savoy*, gaie comme un pinson. Je lui ai enseigné les fondamentaux de la sténographie Pitman, et elle s'y est mise comme la brillante érudite qu'elle est.

— Ainsi, sa copie manuscrite complète rend la dernière acquisition de Septimus Feasby moins exclusive, en fin de compte. C'est parfait. Et elle a d'autres titres prêts à être réimprimés ?

— Oui, une longue liste compilée durant des années d'inventaire à la bibliothèque du Manoir de Chawton et ses travaux de recherche à Cambridge. Et, si jamais elle en trouve le courage, *La Poupée* de Daphné. Mais, pour l'instant, après le succès de la vente aux enchères, c'est bien sûr *La Momie!* qui suscite le plus d'intérêt. La première commande de réimpression s'élève déjà à un millier d'exemplaires. Ça devrait aider à payer le propriétaire qui, comme je le comprends dans mon nouveau rôle de comptable, continue à venir réclamer son dû.

Lord Baskin en profita, à juste titre, pour l'embrasser rapidement, les autres actionnaires du magasin étant occupées par l'arrivée de la presse.

À la cuisine, Vivien préparait deux grandes théières. Comme Evie, elle avait dressé sa propre liste de livres pour lui permettre de poursuivre le travail qu'elle avait commencé pendant son règne bref, mais mémorable en tant que responsable temporaire du rayon Fiction. La liquidation des stocks lui avait laissé une marge de manœuvre assez large pour les nouveaux arrivages, et ses journées étaient remplies de bons de commande, de factures, de visites commerciales des représentants des maisons d'édition anglaises, et d'appels téléphoniques transatlantiques vers de nombreuses autres maisons d'édition à l'étranger. Elle n'avait pas beaucoup de temps pour écrire, mais, avec un texte en cours de soumission chez Faber & Faber grâce à l'aide de son tout nouvel éditeur junior, Alec McDonough, Vivien était reconnaissante d'avoir suffisamment de travail pour rester occupée.

Elle déposa une théière de thé noir et une autre de chai infusé sur un plateau, ainsi qu'un pot de lait brûlant et un bol de sucre. Elle se dirigea prudemment vers l'escalier de l'entrée et monta les marches menant à la galerie du premier. En atteignant le palier, elle entendit les rires des quelques femmes déjà réunies. Peggy Guggenheim était au centre de l'attention, accrochant les différents tableaux qu'elle avait apportés en taxi dans deux valises Louis Vuitton volumineuses.

— Je regrette l'époque où je fréquentais les galeries londoniennes, songea Guggenheim à voix haute tandis que Vivien déposait le plateau sur le guéridon situé à l'extrémité est de la pièce, à l'endroit où le vieux bureau fatigué du capitaine Scott dominait jadis l'espace.

On avait également meublé le premier de deux fauteuils à oreilles confortables, de chaque côté d'une table ronde, d'une cheminée récemment restaurée pour créer une atmosphère chaleureuse semblable à celle d'une bibliothèque, et d'un buffet permanent amplement garni de tasses, de soucoupes et de verres pour les événements au sein de la boutique, qu'ils soient officiels ou informels, comme celui-ci. Vivien sortit du buffet suffisamment de vaisselle pour toutes les personnes présentes, et les dames interrompirent toutes leurs activités pour se servir.

— Le thé et la presse sont arrivés, annonça Vivien.

Sonia Brownell Blair se leva d'un bond de la pile de coussins au milieu de la pièce sur lesquels elle était assise. On avait déplacé la plupart des étagères de l'ancien rayon de Scott au deuxième, où les livres d'histoire et de sciences restants étaient à présent entreposés avec la collection encore importante de livres rares, le tout sous l'œil attentif d'Evelyn Stone.

— Il faut que je voie ça, déclara Sonia Blair en prenant une tasse de chai avant de se diriger vers l'escalier.

Elle avait récemment organisé l'acquisition par *Sunwise Turn* de plusieurs nouvelles rejetées d'autrices qu'elle avait rassemblées au fil des ans au sein des revues littéraires *The Criterion* et *Horizon*, aujourd'hui disparues.

Vivien esquissa un sourire de satisfaction en voyant Sonia s'éloigner avec un tel enthousiasme, tandis que Peggy Guggenheim et lady Browning reprenaient la préparation du premier étage pour accueillir les événements à venir. Peggy aimait revivre l'époque où elle était stagiaire à la librairie de Manhattan en l'honneur de laquelle *Bloomsbury Books* avait été rebaptisée. Peu après la vente aux enchères, Ellen Doubleday était retournée en Amérique à l'occasion du premier voyage de printemps du RMS *Queen Mary*. En son absence, lady Browning et Peggy Guggenheim étaient devenues des amies très proches, découvrant l'une chez l'autre un même sens de l'espièglerie et une faible tolérance envers les imbéciles. Elles avaient toutes les deux prévu de rendre visite à Ellen à Long Island durant la saison estivale, en compagnie de Mimi Harrison, également rentrée aux États-Unis après avoir remplacé Vivien Leigh une semaine à l'*Aldwych*.

Tandis que les deux femmes reprenaient l'accrochage des divers tableaux prêtés par l'immense collection personnelle de Guggenheim, Vivien se dirigea vers les fenêtres de devant pour contempler l'activité de la rue, en contrebas. Elle vit Grace et lord Baskin assis sur le banc, discutant amicalement, et Evie faisant ses adieux aux déménageurs tandis qu'Ash arrivait, un peu plus haut dans la rue, un petit bouquet de fleurs venant des jardins botaniques à la main.

Tout cela était très différent de ce deuxième jour de janvier, lorsque M. Dutton s'était écroulé et que le magasin avait été rempli d'ambulanciers et d'employés affolés. Les trois directrices de *Sunwise Turn* avaient été soulagées et satisfaites lorsque MM. Dutton et Allen avaient poliment accepté les invitations écrites à la main sur le nouveau papier à lettres du magasin pour assister à la journée d'inauguration, et Vivien s'était secrètement réjouie du fait qu'Alec McDonough avait également accepté de venir. Leur travail commun d'écrivain et d'éditeur progressait étonnamment bien chez Faber & Faber.

Tandis que Vivien se tenait à la fenêtre ouverte, la brise lui apporta un parfum mêlé de tabac, de café et de fleurs de cerisier typique de ce petit coin de Bloomsbury. Les boutiques de la rue, en contrebas, sortaient de plus en plus leurs étals à la chaleur du soleil, et le trottoir était bondé de passants qui ne pouvaient s'empêcher de jeter un coup d'œil par la vitrine à l'intérieur de la librairie qui allait bientôt rouvrir ses portes.

La mi-avril était une période de l'année si riche de toutes les promesses de renouveau du printemps que même Vivien ne put manquer de l'apprécier.

Épilogue

Règlement de Sunwise Turn, Ltd

Fondé le 14 avril 1950

PROPRIÉTAIRES :
GRACE PERKINS
VIVIEN LOWRY
EVELYN STONE

Tout individu, qu'il soit employé ou client, doit être traité à tout moment avec la plus grande dignité et le plus grand respect. Sans exception.

Chaque responsable de rayon élabore, en collaboration avec chaque employé, un plan de carrière qui lui permet d'assumer des responsabilités accrues et de relever des défis à la mesure de ses désirs et de ses capacités.

Tous les membres du personnel sont invités et encouragés à suggérer de nouveaux titres à stocker, quel que soit leur domaine d'expertise.

Les employés bénéficient d'une réduction de 15 %
sur tout le magasin.

Lors de la conception et de la réalisation d'événements, il conviendra de porter une attention particulière à la communauté dans son ensemble, afin que la sélection des auteurs et autres intervenants soit en adéquation avec ses besoins et ses intérêts.

Chaque employé de Sunwise Turn *est responsable de la préparation de son propre thé.*

Remerciements

Ce livre a été écrit alors que j'étais confinée chez moi au cours d'une pandémie mondiale. Je n'aurais rien pu faire sans l'aide et le soutien apportés à ma famille par nos amis : Tim Liznick, Sarah Eves, Andrea Nairn, Vicky DeVries, Chris Stoate, Patti Harbman, Jordan Morelli et Candice Scholaert. Nous sommes également reconnaissants au docteur Nathan Hambly, au docteur John Yates, au docteur Ayesha Chaudhry, au docteur Eugene Downar, au docteur Marissa Joseph, à Maysa Deif et Cherry Jin de Rexall Pharmacy, ainsi qu'à Michel Rizkallah et Mina Fanous de Morelli's Pharmacy, pour l'assistance médicale de grande qualité et la compassion qu'ils nous ont offertes durant cette période difficile.

Ni ce livre ni mon premier roman, *Le Cercle littéraire des amoureux de Jane Austen*, n'existeraient sans les conseils avisés, sensibles et inlassables de mon agent, Mitchell Waters. Il a changé – et sauvé – ma vie plus qu'il ne pourra jamais l'imaginer.

Martin's Press pour leur enthousiasme contagieux à l'égard de mes deux livres et pour leur promotion infatigable, créative et réfléchie à une époque de difficultés sans précédent pour l'industrie de l'édition. Je suis particulièrement redevable à mes éditeurs, Keith Kahla et Alice Pfeifer, qui savent exactement ce qui convient à une histoire et comment l'extraire de mon esprit ; à l'attachée de presse Dori Weintraub, qui sait exactement comment la partager ; et à Marissa Sangiacomo, qui commercialise le tout de manière si experte.

Merci à mon équipe de Brandt & Hochman, notamment à Marianne Merola, qui a su faire face à un marché international de la

traduction perturbé avec une réactivité et un calme extraordinaires. Si vous avez la chance d'avoir un livre intéressant pour le cinéma et la télévision, avoir Lucy Stille de Lucy Stille Literary à vos côtés est un atout inestimable.
En tant qu'ancienne avocate, j'ai eu la chance de pouvoir compter sur Ian Cooper de Cooper Media Law et Ronald Davidzon de Davidzon Law, qui ont tous deux généreusement partagé leur temps et leur sens juridique avec moi.
De merveilleux auteurs ont eu la gentillesse de lire des versions préliminaires de ce roman à différents stades, et je leur suis extrêmement reconnaissante pour leur soutien, leur sagesse et leurs encouragements : Laurel Ann Nattress, Molly Greeley, Rose Servitova, Barbara Heller, Martha Waters, le docteur Nguyễn Phan Quế Mai, Elle Croft et Brooke Lea Foster. L'un des aspects les plus intéressants de l'écriture d'une fiction historique est le prétexte qu'elle m'a donné pour contacter des auteurs, des conservateurs, des archivistes et des historiens du monde entier afin de bénéficier de leur expertise, qui m'a été gracieusement accordée par Paula Byrne, Jane Healey, Nick Holland, Katie Childs, Gillian Dow, Kathryn Rooke, Seb Falk, Victoria Ogunsanya, Louise Ansdell et Anita Felicelli. D'un point de vue personnel, ma route vers la publication a été facilitée de façon incommensurable par trois écrivains canadiens extraordinaires qui se trouvent également vivre pas très loin de chez moi à vélo : Samantha Bailey, Jennifer Hillier et Hannah Mary McKinnon.
L'inspiration en matière d'écriture provient de sources surprenantes. C'est en revoyant le merveilleux film *84 Charing Cross Road* (tiré du roman tout aussi merveilleux de Helene Hanff) que j'ai découvert le début de mon histoire. Un article fascinant d'Emily Midorikawa sur le blog « Something Rhymed », qui célèbre l'amitié littéraire féminine, a allumé l'étincelle du milieu de mon histoire. Le fait

de tomber sur un article fabuleux de Ted Bishop sur le véritable *Sunwise Turn*, ainsi que sur une nouvelle édition récente des mémoires de 1923 de sa cofondatrice Madge Jenison, m'a conduite par hasard à la fin de l'histoire.

Mon livre doit également beaucoup, en termes de créativité et d'imagination, à deux magasins gérés par des femmes à Londres : *The Second Shelf* à Soho, spécialisé dans les livres rares et redécouverts écrits par des femmes, et *Persephone Books* (anciennement à Lamb's Conduit Street à Bloomsbury et désormais à Bath), librairie mais aussi éditeur indépendant d'ouvrages négligés écrits par des femmes écrivains du milieu du xxe siècle. J'ai également été inspirée par la librairie *Heywood Hill* à Mayfair et par *The Bookshop at 10 Curzon Street: Letters between Nancy Mitford and Heywood Hill, 1952-73*, édité par John Saumarez Smith. Dans ce récit épistolaire, j'ai adoré la façon dont Heywood Hill avait surnommé l'escalier raide de sa boutique « Via Dolorosa », et j'ai adopté ce concept ici aussi, de façon fictive et effrontée. En tant qu'ancienne propriétaire d'une librairie indépendante, je vous conseille vivement d'en apprendre davantage sur ces trois merveilleux établissements.

Dans tous les domaines qui comptent vraiment, j'écris chacun de mes mots pour un public composé de deux personnes : mon mari Robert, et notre fille Phoebe. S'ils ont une résonance plus large, c'est la cerise sur le gâteau. Mon cœur leur appartient.

Enfin, je suis très reconnaissante à ma mère et à mon père, Pat et Roger Jenner, d'avoir fait de moi une écrivaine. Personne n'a jamais eu de parents plus compréhensifs, à quelque stade que ce soit de son existence, et je peux à présent ajouter à ce soutien les compétences sans pareilles de mon père en matière de correction d'épreuves. Leur enthousiasme pour mes deux livres s'est révélé l'élément le plus important lors de ma publication, et j'ai beaucoup de chance de pouvoir partager cette aventure avec eux deux.

Achevé d'imprimer en avril 2024
par Aubin Imprimeur à Ligugé
N° d'impression 2402.0005
Dépôt légal, mai 2024
Imprimé en France
38122722-1